KOMPAẞ-BAND 383

Unbekannte energetische Wirbel, Ergophagen, haben plötzlich die Erde überfallen, breiten sich rasend schnell aus und vernichten alle Energiekomplexe. Die Oberste Raumbehörde hat beschlossen, die Menschheit zu evakuieren. Doch Elmer und Dorean, zwei junge Mitarbeiter der Raumsicherheit, wollen so schnell nicht aufgeben, denn sie haben zufällig erfahren, daß einige Angestellte der Obersten Raumbehörde schon seit Jahren über die Ergophagen informiert sind, darüber bisher jedoch geschwiegen haben. Sie vermuten eine Verschwörung, durchstöbern heimlich die Datenbunker, hören Gespräche ab und suchen Verbündete. Die Spur führt sie zum Planeten Pollux und zu den Sonnensteinen, die helfen werden, das Rätsel um die Ergophagen zu lösen.

Michael Szameit

Das Geheimnis der Sonnensteine

Phantastischer Roman

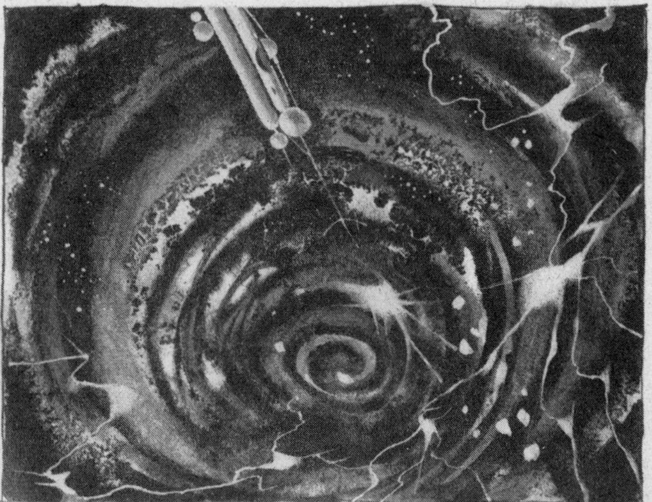

Verlag Neues Leben

Illustration von Karl Fischer

ISBN 3-355-00962-8

Lizenz Nr. 303 (305/147/89)
LSV 7503
Umschlag: Karl Fischer
Typografie: Ingrid Engmann
Schrift: 9p Timeless
Gesamtherstellung: GG Völkerfreundschaft Dresden
Bestell-Nr. 644 7414
00290

Proximer Dorean Malden bremst das gepanzerte Geländefahrzeug und bringt es zum Stehen. Er dreht sich grinsend um, wischt sich mit dem Handrücken den Schweiß von der Stirn und sagt: „Jetzt wollen wir denen mal zeigen, was eine Harke ist!"
„Meinst du, daß zwanzig Kilometer Sicherheitsabstand ausreichen?" Elmer Ponape fühlt sich nicht wohl in seiner Haut, doch das liegt keineswegs nur an der sengenden Glut der Mittagssonne, die in dem schweren Strahlenschutzskaphander kaum zu ertragen ist. Er muß immer wieder an die Hunderttausende denken, die, dicht zusammengedrängt wie eine Schafherde, schweigend und ängstlich vor den Toren der Stadt die Landung der Formation Exodus abwarten. Jeder darf nur ein Gepäckstück von der Größe eines Reisekoffers mitnehmen. Bald sind sie Heimatlose, Flüchtlinge, die nicht wissen, wohin ihr Weg sie führen wird.
Dorean sieht Elmer erstaunt an. Er schüttelt seinen Kopf und fragt verwundert: „Sag mal, du hast doch nicht die Hosen voll? Die Aktion ist bis ins geringste Detail durchorganisiert."
„Ach, das ist es nicht!" unterbricht Elmer ihn schroff. „Durchorganisiert! Niemand weiß, wie diese Scheusale reagieren werden..."
Doreans Blick folgt seinem ausgestreckten Zeigefinger zum Horizont. Dort liegt Zoarix, die Hauptstadt des ehemaligen Reiches Korenth. Klotzig und stumm, wie aus Bausteinen eines gigantischen Kinderbaukastens aufgeschichtet, zeichnen sich die Silhouetten der Urbaniden ab, düster aufragende Wohntürme, die ganze Stadtteile in sich bergen.

Etwas unheimlich war es auch ihm, als sie die verlassene Stadt durchquerten. Vor Tagen noch ein brodelnder Vulkan des Lebens, liegt Zoarix jetzt da wie ein verendetes Wild, tot und kalt...

„Du meinst also auch, daß es Lebewesen sind?" fragt Dorean zweifelnd.

„Wieso Lebewesen?"

„Nun..., du sagtest gerade, niemand weiß, wie sich diese Scheusale verhalten werden."

Elmer zögert mit der Antwort und reibt sich nervös seinen knochigen Handrücken. Dann flüstert er: „Quattro hält es sogar für möglich, daß sie vernunftbegabt sind."

„Unsinn!" entgegnet Dorean überzeugt. „Da hast du den Kosmander falsch verstanden! Es handelt sich höchstwahrscheinlich um ganz simple energetische Wirbel, die sich von einer Energieströmung losgelöst haben, in deren Bereich die Erde zufällig geraten ist."

„Und was für eine Strömung soll das bitte sein?" fragt Elmer lauernd.

„Nun..., selbstverständlich eine..., eine energetische..., so in der Art..." Proximer Dorean Malden verstummt und winkt hilflos ab.

Da meldet sich eine heisere Stimme aus dem Lautsprecher. „Phönix an Königskobra! Hallo, Jungs, der Wind hat sich gedreht und steht jetzt günstig für uns, weg von Zoarix. Was ist, habt ihr geeignete Nester für eure Kuckuckseier gefunden?"

Dorean verzieht das Gesicht, als plagten ihn unerträgliche Zahnschmerzen, und flüstert Elmer zu: „Stellaster Terniff Geonyx hat heute wieder einen unübertrefflichen Humor. Wie sollen wir den Tag nur überstehen, ohne uns die Unterkiefer auszurenken?" Proximer Elmer Ponape nickt spöttisch. Dann räuspert sich Dorean und antwortet: „Zu Befehl, Stellaster, die Eier sind gelegt! Hoffen wir nun, daß die Vöglein auch gewillt sind, sie auszubrüten!" Geonyx lacht hemmungslos, doch plötzlich wird er ernst. „Keine Sorge, Jungs. Sie werden sich wie ausgehungerte Wölfe auf die Beute stürzen. Jetzt muß alles auf die Sekunde genau ablaufen. Mit höchster Präzision! Wenn die Raumkreuzer der Exodusformation in die dichten Atmosphärenschichten eintauchen, gebe ich euch das Kommando, klar? Bloß gut, daß wir endlich vernünftiges Wetter haben, die Leute

hier werden schon unruhig. Kann ich auch verstehen, vier Tage warten ohne ein festes Dach über dem Kopf, das zehrt an den Nerven."
„Wieso haben wir nicht wenigstens die Klimageneratoren in Betrieb gesetzt, Stellaster?" fragt Elmer.
„Mein Gott! Begreift ihr das nicht? Wir mußten die ganze Stadt ohne Energie lassen, die Biester regelrecht aushungern. Nur so können wir sicher sein, daß sie den Köder annehmen."
Dorean winkt ab. „Laß doch, ihr wißt sowieso alles besser, unsere monatelange Erfahrung ist da nicht gefragt..."
„Sie irren, Proximer Malden!" antwortet Geonyx schneidend, und Dorean beißt sich erschrocken auf die Unterlippe. „Ihre Erfahrung schätzen wir sehr hoch, oder warum haben wir Ihnen und Ponape wohl diese wichtige Aufgabe übertragen?"
Elmer zieht die Stirn kraus, doch Dorean, dem der Schreck noch in den Gliedern sitzt, legt hastig den Zeigefinger auf die Lippen.
„Jungs, ihr wißt doch, ihr seid unser bestes Gespann!" Die Stimme des Stellasters klingt wieder versöhnlicher. „Also redet doch nicht solch einen haarsträubenden Blödsinn. Und bis jetzt seid ihr vor jeder Entscheidung zu Rate gezogen worden. Sogar Admirander Reganta hat sich kürzlich sehr anerkennend geäußert. Doch es geht los, Jungs. Soeben erhalte ich die Nachricht, daß die Formation Exodus landet. Macht euch fertig!"
Dorean klappt das getönte Visier seines Skaphanderhelms herunter und öffnet die Luke des Geländefahrzeugs. Er greift nach einem kleinen, auf dem Fahrzeugboden liegenden Sender und wickelt sich dessen Tragegurt um das Handgelenk.
„Was hast du vor?" fragt Elmer verwundert.
„Ich will mir den Spaß von draußen ansehen", antwortet Dorean kurz und steigt die kleine Metalleiter hinunter. Elmer zuckt mit den Schultern, folgt ihm aber.
„Das ist doch dasselbe, ob drinnen oder draußen. Im Fahrzeug kann man wenigstens bequem sitzen." Er springt von der letzten Sprosse und schaut in den Himmel. Das strahlende Blau, von vereinzelten weißen Wolkenschleiern durchzogen, blendet seine Augen und erinnert ihn daran, daß auch er sein Helmvisier schließen muß.
Einen Steinwurf von ihm entfernt wirbelt ein Vogelschwarm auf wie Herbstlaub im Wind.

„Irgend etwas haben wir vergessen, ich kann mir nicht helfen“, sagt Elmer leise. Dorean wendet sich um und beschwichtigt ihn: „Keine Angst, es ist an alles gedacht worden. Es kann gar nichts schiefgehen.“ Doch Elmer schüttelt nachdenklich den Kopf. „Das ist die Aufregung“, beruhigt ihn Dorean lächelnd und klopft ihm aufmunternd auf die Schulter. Dann dreht er sich um und stapft schwerfällig einen kleinen Hügel hinauf. Elmer folgt ihm unentschlossen, den Blick auf den Boden geheftet. Als Dorean ihn ruft, schaut er unwillig auf. Doch das Bild, das sich ihm da bietet, fasziniert ihn.
Einem Ritter aus König Artus' Tafelrunde gleich steht Dorean im gleißenden Sonnenlicht, das verwirrende Blitze und Funken über das stahlblaue Metall des Schutzanzuges huschen läßt. In dieser Sekunde spürt Elmer wieder den unbezwingbaren Neid auf Dorean, der ihn schon als Kind plagte. Manchmal hat er sich gefragt, ob es eine echte Beziehung ist, die sie so aneinanderfesselt, oder ob sie nicht einfach die Freundschaft ihrer berühmten Väter kopieren. Äußerlich kann er sich in keiner Weise mit Dorean Malden vergleichen, er wirkt mit seiner hageren Gestalt und seinem Raubvogelgesicht beinahe abstoßend neben Dorean.
„Phönix an Königskobra! Achtung, Jungs! Noch zwei Minuten!“ meldet sich Stellaster Terniff Geonyx.
„Königskobra an Phönix! Wir sind bereit“, antwortet Dorean gelassen.
Elmer bemerkt, wie der Freund die rote Taste auf der Oberseite des Senders entriegelt, indem er zwei Sperren löst. Zuerst zieht er einen an einem dünnen Kunststoffaden hängenden Splint aus der Bohrung, dann klappt er einen Winkel zurück.
„Zünder entsichert“, meldet Dorean daraufhin gleichgültig. Doch Elmer spürt deutlich, daß auch der Freund die Aufregung nur mit Mühe unterdrücken kann. Dazu kennen sie sich zu gut. Plötzlich scheint es um sie herum totenstill zu sein. Als sei die Savanne zu Eis erstarrt. Nur weit oben, kaum zu erkennen, zieht ein einsamer Geier ruhig seine Kreise. Elmer sieht sich noch einmal um und mustert die düsteren Konturen der Urbaniden von Zoarix, der toten, verlassenen Stadt, die über den Horizont hinausragen. Doch er weiß besser als jeder andere: Diese Stadt ist nicht tot und verlassen. Zwar befindet sich kein Mensch dort in den leeren Wohntürmen, und auf den Straßen

flattern nur Papierfetzen, wirbelt der schwache Wind gelegentlich eine Staubfahne auf, trotzdem lebt etwas in dieser Geisterstadt. Ja, Geisterstadt ist wohl der richtige Ausdruck! überlegt Elmer. Vielleicht sind es tatsächlich Geister! Oder besser: das, was man früher dafür gehalten hat. Im restlos zerstörten Annihilationskraftwerk werden sie sich zu Tausenden aufhalten, überlegt er. Aber man sieht sie nicht, hört und fühlt sie nicht. Sie sind grauenvoll. Tollwütige Geister, die der Satan selbst auf die Erde losgelassen hat! Zwar greifen sie die Menschen nicht unmittelbar an, doch kein Fahrzeug, kein Raumschiff, kein Kraftwerk ist vor ihnen sicher.
Sie haben gesiegt! denkt er verbittert. Sie zwingen uns, die Erde zu verlassen. Wenn man doch wenigstens mit ihnen reden könnte, fragen, warum sie das tun! Weshalb stürzen sie sich nicht in die Sonne, wo es Energie im Überfluß gibt, wo sie schwelgen und prassen könnten? Warum müssen sie ausgerechnet die Erde verwüsten?
„... noch zwanzig Sekunden ..., neunzehn ..." Stellaster Geonyx' Stimme reißt ihn aus seinen Grübeleien, und er wendet den Blick ab von der Wüste aus Glas, Stahl und Beton, die einst voller Leben war.
Zoarix ist die erste Großstadt, die evakuiert wird. Elmer weiß, daß alles wie am Schnürchen ablaufen muß. Sie proben den Modellfall. Wenn alles gut geht, wird die Aktion Exodus durchgeführt und die Erde innerhalb weniger Monate ein menschenleerer Himmelskörper sein.
„... sieben ..., sechs ..., fünf ..."
Elmer kehrt Zoarix endgültig den Rücken zu und starrt angestrengt in die Ferne. Gleich wird es geschehen und den Leuten von der Raumsicherheit für wenige Stunden die Möglichkeit geben, die Bevölkerung von Zoarix ohne Gefährdung an Bord der Raumkreuzer der Formation Exodus zu bringen. Zweitausendachthundert Raumschiffe! Eine solche Flotte hat es in der Geschichte der Menschheit noch nie gegeben. In aller Eile umgerüstete Großtransporter neben Kreuzern der Luxusklasse, alle verfügbaren Schiffe der Erkunderflotte, die Zerstörergeschwader der Raumsicherheit, darunter die seiner eigenen Einheit – alles, was in der Lage ist, ein gutes halbes Jahr im Nonstopflug zu bewältigen, wurde aufgeboten.
„... zwei ..., eins ..., zünden!" hört er die schrille Stimme des

Stellasters. Unwillkürlich zuckt Elmer zusammen, aber er ist nicht in der Lage, sich vom Fleck zu rühren. Wie im Zeitlupentempo drückt Doreans Zeigefinger die rote Taste des Senders. Da zerreißt ein furchtbarer Blitz den Himmel, der für Sekunden die Sonne verblassen läßt. Deutlich sieht Elmer, wie sich in zwanzig Kilometer Entfernung vor ihnen eine gigantische, milchige Blase aufbläht, lautlos und gespenstisch. Unnatürliches bläuliches Licht überflutet die Savanne, plötzlich scheint alle Farbe aus der Natur zu weichen und in einem spröden Grau zu ersticken. Der Tod! denkt Elmer, und er glaubt zu spüren, wie die harten Gammaquanten auf die Panzerung seines Skaphanders herabprasseln. Wie festgenagelt steht er auf dem Hügel, unfähig, sich auch nur einen Millimeter vom Fleck zu rühren.
Die merkwürdige Blase wuchert bereits bis in die plötzlich zurückweichenden, durcheinanderwirbelnden Wolken hinein, da zuckt ein zweiter schrecklicher Blitz über die Savanne.
Elmer spürt plötzlich, wie sich zwei eiserne Klauen um seinen Oberarm krampfen, und schreit entsetzt auf. Er schlägt hart auf den Boden hin. „Mensch, bist du blöd?! Das haut dir die Beine weg, daß du einen zwölffachen Salto machst! Kopf runter! Die Druckwelle ist gleich ran!“ Doreans Faust preßt ihn gewaltsam gegen den Boden, als er sich instinktiv erheben will. Da begreift er. Wie ein Wirbelsturm rast es heran.
Eine Wand aus Sand und zerfetzten Pflanzenteilen, ein gigantischer Strudel, der aus der Erde hervorgebrochen ist, jagt auf sie zu. Im selben Moment erschüttert ein gräßlicher Schlag die Erde, der in einem lang anhaltenden Donnergrollen verebbt. Elmer spürt, wie etwas auf seinen Rücken klatscht. Gleichzeitig wird ihm bewußt, wie leichtsinnig es von ihnen war, das Geländefahrzeug zu verlassen. Doch daran denkt er nur einen Augenblick. Zu beeindruckend ist die teuflische Macht, dieses Inferno. Donnerschlag folgt auf Donnerschlag. Sechsundfünfzig Wasserstoffladungen sollen den Köder bilden, in Abständen von jeweils dreißig Sekunden gezündet.
Flach an den Boden gepreßt, verfolgen Dorean und Elmer das von ihnen ausgelöste Geschehen.
In das ohrenbetäubende Bersten und Donnern mischt sich ein anderes Geräusch. Dorean stößt Elmer an.
„Sie kommen! Sie kommen! Es klappt!“

Jetzt hört auch Elmer es ganz deutlich: Ein tosendes Heulen nähert sich aus der entgegengesetzten Richtung.
Kein Zweifel, Dorean hat recht. Die Ergophagen verlassen Zoarix, angelockt von den gewaltigen Energiemengen, die durch die atomaren Detonationen freigesetzt werden.
Da braust es auch schon über sie hinweg wie ein Orkan. Niemand weiß, welche räumliche Ausdehnung die unsichtbaren Energiefresser haben, ob man sie überhaupt nach irdischen Kriterien beurteilen kann. Aber das müssen Zehntausende sein, die sich da gierig und ausgehungert in das Zentrum der glutheißen Wasserstoffusionen stürzen.
Dorean registriert, daß die Ergophagen allem Anschein nach in der Lage sind, sich mit mehrfacher Schallgeschwindigkeit fortzubewegen. Diese Beobachtung wird Quattro interessieren, denkt er, und uns helfen, den zeitlichen Ablauf der nächsten Evakuierungsaktionen noch präziser festzulegen.
So unfaßbar sind sie also gar nicht, überlegt er weiter, während die Ergophagen über ihre Köpfe durch die Luft jagen. Zumindest sind sie fühlbar, wenn sie sich mit hoher Geschwindigkeit bewegen. Das macht es uns leichter, als zu hoffen war.
„Phönix an Königskobra! Formation Exodus landet in vierzig Sekunden! Was beobachtet ihr?“ fragt Stellaster Geonyx.
Elmer zuckt zusammen, als Dorean zurückbrüllt: „Es geht alles glatt, Stellaster! Sie verlassen die Stadt und bewegen sich, wie geplant, auf die Kernexplosionen zu. Die Raumkreuzer können landen!“
Ein Wald aus Rauchpilzen wächst in den Himmel. Elmer ist halb taub vom Lärm. Die ununterbrochenen Detonationen empfindet er nur noch als einen dumpfen Druck auf dem Trommelfell. Längst hat er es aufgegeben, die Explosionen mitzuzählen.
„Sie sind gelandet!“ schreit Geonyx mit sich überschlagender Stimme. Elmer sieht in Gedanken vor sich, was nun geschieht. Tausende Fahrzeuge jagen über die Savanne jenseits von Zoarix. Jetzt zählt jede Sekunde. Es darf keinem Ergophagen gelingen, in den Triebwerksblock eines Raumkreuzers einzudringen, alles hängt davon ab, ob das Ablenkungsmanöver gelungen ist. Die Menschen hasten auf die Kolosse zu und werden von ihnen wie von gefräßigen Monstren zu Hunderten verschlungen. Dann jagen die Raumschiffe steil in die Wolken hinauf, um in

die Sicherheit des luftleeren Raumes einzutauchen. Die von der Menschheit erschlossenen Planeten sind viel zu weit entfernt, um als zukünftiges Asyl dienen zu können. In aller Eile mußten im Umkreis von wenigen Lichtjahren vier weniger geeignete Planeten notdürftig hergerichtet werden, deren Masse ausreicht, um eine Sauerstoffatmosphäre zu halten. Aus diesem Grund schied auch der Mars aus, obwohl es einige Projekte gab, ihn zu besiedeln. Hätte man gewagt, eines dieser kühnen Projekte vor zehn oder zwanzig Jahren in Angriff zu nehmen, ja, dann... Jetzt reicht die Zeit dazu nicht mehr aus. Und so unlogisch es auch erscheint, der Weg über einige Lichtjahre ist in der gegenwärtigen Situation kürzer als der Schritt vor die Haustür. Die vier zur Besiedlung vorgesehenen Planeten besitzen Atmosphären, die durch geeignete Methoden den menschlichen Bedürfnissen angepaßt werden können. Die Arbeiten dazu sind in vollem Gange, und der Zeitplan des Unternehmens Exodus sieht vor, daß sie wenige Tage, bevor die Raumkreuzer eintreffen, abgeschlossen sind. Ein gewagtes Spiel, aber die einzige Rettung. Auf der alten Erde gibt es keinen sicheren Ort mehr, und niemand weiß, wann die Ergophagen sich auch an Bioenergie vergreifen...

Die plötzlich wieder eintretende Stille ist beinahe noch unheimlicher als das irrsinnige Toben der Detonationen. Drohend stehen die Atompilze über der Savanne. Sekunden noch gaukeln die überreizten Nerven Elmer das Beben und Vibrieren der Erde vor, dann erhebt er sich benommen. Als er sich aufrichtet, rutscht etwas seinen Rücken hinunter. Elmer dreht sich um und erstarrt. Die toten Augen eines kleinen Geiers scheinen ihn mit ihrem Blick durchbohren zu wollen. Der Körper des Vogels ist zerschmettert, als wäre er unter einen Schmiedehammer geraten. Die gebrochenen und gesplitterten Rippen stechen durch das angesengte Federkleid – jetzt erst bemerkt Elmer, daß die Savanne in hellen, lodernden Flammen steht. Elmer gelingt es nicht, den Blick von dem Vogel abzuwenden, und als er die aufgerissene Bauchhöhle des Tieres sieht, wird ihm übel. Seine rechte Hand krampft sich um den Verschluß des Helmvisiers. Der Brechreiz krümmt ihm den Rücken, und er hat es bereits aufgegeben, ihn zu unterdrücken, da schlägt ihm eine Faust die Hand vom Helmverschluß.

„Bist du wahnsinnig?“ brüllt Dorean. „Wir stehen in einer radioaktiven Hölle! Ein paar Sekunden ohne den Skaphanderschutz, und du bist so tot wie dieser Vogel da!" Elmer preßt sich beide Hände auf den Magen. Tief durchatmen! befiehlt er sich. Und nicht hinsehen! Langsam läßt der Brechreiz nach. Dorean hält ihn fest, und er stützt sich dankbar auf den Freund.

„Jetzt weiß ich, was wir vergessen haben ...", röchelt Elmer. „Wir haben nicht an die Tiere gedacht! Verstehst du? Wir haben sie einfach vergessen! Jahrhunderte brauchten die Menschen, um die Sünden unserer Vorfahren zu mildern, um ein gesundes Gleichgewicht zwischen Mensch und Natur herzustellen. Und jetzt lassen wir sie einfach im Stich!"

Dorean schüttelt ihn sacht. „Komm zu dir, Elmer! Hier geht es darum, daß die Erdbevölkerung überlebt. Wir können keine Arche bauen wie einstmals Noah! Die Pflanzen und Tiere müssen sich den neuen Verhältnissen anpassen. Einige hochspezialisierte Arten werden wahrscheinlich untergehen, aber sicher entstehen dann sogar Symbiosen zwischen Ergophagen und organischem Leben..."

Elmer macht sich frei und antwortet traurig: „Du weißt, daß das nicht wahr ist. Sie sind Bestien. Sie werden alles ausrotten. Sieh sie dir doch an..."

Elmer zeigt auf die Rauchpilze, die langsam vom Wind zerweht werden.

Auch aus der Entfernung von zwanzig Kilometern ist deutlich zu erkennen, daß sich dort etwas tut. Zuerst sieht es so aus, als rasten Hunderte, Tausende kleiner Wirbel und Strudel durch die radioaktiven Rauch- und Staubmassen, die bis hoch in die Stratosphäre emporgeschleudert werden. Ein dumpfes Brausen dringt aus diesem Hexenkessel.

„Sie feiern ihren Sieg!" Elmer betrachtet böse das Schauspiel.

„Sie haben nicht gesiegt, ganz im Gegenteil, wir haben ihnen ein Schnippchen geschlagen!" korrigiert ihn Dorean trocken. Elmer lacht auf. „Manchmal beneide ich dich um dein Gemüt, Dorean. Was für ein Schnippchen, was für ein lächerliches, unbedeutendes Schnippchen haben wir ihnen denn geschlagen? Eine kleine, unwichtige Schlacht ist gewonnen. Aber wie sieht es denn wirklich aus? Damit sie uns nicht auffressen, mußten wir ihnen ein Festmahl bereiten. Das nennst du ein Schnippchen schlagen. Wir haben schon längst verloren, schon vor dieser..., dieser merkwürdigen Schlacht."

Dorean zieht seine dichten Augenbrauen zusammen und spitzt trotzig die Lippen.
„Du gibst zu früh auf“, antwortet er entschieden. „Wir haben vorläufig den Rückzug angetreten, das ist richtig. Aber aufgeben werden wir nie! Eines Tages zahlen wir es ihnen heim. Du wirst es erfahren!“
„Wem willst du es heimzahlen, denen da?“ Elmer winkt resigniert ab. „Den Ergophagen ist nicht beizukommen. Wir können froh sein, wenn sie uns in Frieden abziehen lassen …“
Dorean schüttelt nur unwillig den Kopf. Der Freund hat ja recht, im Augenblick jedenfalls. Doch er wird sich nie mit einer Niederlage abfinden. Da dürfte er nicht der Proximer Dorean Malden sein!
Die Ergophagen werden immer wilder. Dorean meldet es Stellaster Geonyx. „Sollen sie sich ruhig austoben“, antwortet der, „in einer halben Stunde sind wir hier startklar.“
„Weißt du was?“ Dorean grinst Elmer vielsagend an. „Auf dem Rückweg werden wir uns in Zoarix mal etwas umsehen. Ich kann mir denken, daß es sich lohnt.“
„Ist aber verboten“, wendet Elmer ein. „Außerdem schicken sie Streifen durch die Stadt, die Plünderungen verhindern sollen.“
„Ach was!“ widerspricht Dorean energisch. „Das sind doch unsere eigenen Leute. Außerdem, was heißt Plünderung. Ob wir nun etwas Brauchbares vor der Nutzlosigkeit bewahren oder ob der Trödel dort in den nächsten tausend Jahren einstaubt, das ist doch gleich. Also nehmen wir lieber mit, was wir finden.“
„Wenn das herauskommt.“ Elmer ist unschlüssig.
„Uns tut keiner was, die brauchen uns doch!“ sagt Dorean selbstsicher.
„Sieh mal, was ist das denn?“ fragt Elmer plötzlich verwirrt.
Durch die grauen Staubschwaden vor ihnen schimmert es wie blauglitzerndes Eis.
„Das werden Luftspiegelungen sein“, sagt Dorean.
Die Luft flimmert über der brennenden Savanne, und Dorean glaubt ein nervtötendes hochfrequentes Singen und Zirpen zu hören. Ein lähmendes, furchteinflößendes Geräusch. Er schüttelt energisch den Kopf, um sich von dieser Zwangsvorstellung zu befreien, aber das Zirpen wird lauter. Wie aus weiter Ferne sagt Elmer: „Da sind sie. Ich dachte auch erst, meine Nerven spielen mir einen Streich …“

Dorean späht angestrengt in die wallenden Staubwolken. Es ist das erstemal, daß die Ergophagen sich optisch und nun auch akustisch bemerkbar machen. Bisher gab es keine Möglichkeiten, sie zu lokalisieren. Nur Quattro ist auf rätselhafte Weise in der Lage, die Anwesenheit von Ergophagen zu registrieren. Aufmerksam prägt sich Dorean alle Einzelheiten ein.

Die Ergophagen führen irgend etwas im Schilde. Durch die Rauch- und Staubwolken schimmern merkwürdige, glitzernde Konturen. Eine Windböe zerweht den Vorhang aus bleigrauen und rostroten Nebeln. Plötzlich schreit Dorean auf.

Ein merkwürdiges, eisblaues Gebilde ragt Hunderte Meter hoch in den düsteren Himmel. Deutlich ist seine ungleichmäßige, gitterartige Struktur zu erkennen. Entfernt ähnelt es einem gigantischen Korallenstock. Ein Bauwerk! In unmittelbarer Nähe der verzerrten, fremdartigen Gitterkonstruktion glüht die Luft kirschrot wie kochendes Glas. Ein seltsamer Kontrast zum kristallinen Glitzern des unheimlichen Gewächses.

„Quattro hat recht – sie sind intelligent!" Elmer staunt.

„Unsinn!" erwidert Dorean. „Bienen sind wahre Meister des Sechsecks, und trotzdem verfügen sie über keinen Funken Verstand. Wenn die Ergophagen intelligent wären, dann hätten sie versucht, Kontakt zu uns aufzunehmen."

„Weshalb denn?" Elmer schüttelt den Kopf. „Du hast recht naive Vorstellungen von Vernunft. Vielleicht nehmen sie uns überhaupt nicht wahr, weil ihre Intelligenz grundsätzlich verschieden von der unseren ist! Sie kann doch einen ganz anderen Ursprung haben. Die menschliche Vernunft entwickelte sich, weil wir die Umwelt unseren Bedürfnissen entsprechend veränderten. Wenn die Vernunft der Ergophagen nun ein Mittel ist, mit dessen Hilfe sie sich, völlig im Gegensatz zu uns, den Veränderungen ihres Milieus anpassen, um auf diesem Wege ein homöostatisches Gleichgewicht zwischen sich und der Natur zu erreichen? Verstehst du das nicht, zwei Intelligenzen, die keinerlei Berührungspunkte miteinander haben, können sich auch nicht gegenseitig wahrnehmen. Vielleicht handelt es sich bei den Ergophagen sogar um eine vagabundierende atechnologische Zivilisation..."

„Quatsch! Eins und eins ist auch in Galaxien, die Milliarden von Lichtjahren von uns entfernt sind, immer zwei", widerspricht Dorean.

Elmer stöhnt verzweifelt. „Eben nicht, das will ich dir doch gerade erklären. Es sind Formen der Intelligenz vorstellbar, denen sich die Grundfragen, die das Fundament menschlichen Denkens bilden, gar nicht stellen, die sich völlig anderer, uns unbekannter Kategorien bedienen ..."
„Weißt du was?" unterbricht ihn Dorean. „Wir sehen uns das einfach mal aus der Nähe an!"
Elmer betrachtet schweigend die immer klarer hervortretenden Formen des wie aus blinkendem Eis erschaffenen Gebildes und schüttelt den Kopf. „Ich bin wahrhaftig kein Feigling ..., aber geradewegs in die Hölle?"
Dorean klopft ihm leutselig auf die Schulter. „Du hast aber wenig Vertrauen zur Intelligenz fremder Wesen!"
„Na, so habe ich es ja auch nicht gemeint." Elmer folgt Dorean, der wortlos in das Geländefahrzeug klettert.
Ohne die Tonnenlast der atomaren Sprengsätze auf der Ladefläche sind sie manövrierfähiger und kommen gut voran. Das flache Fahrzeug jagt auf seinem federnden Luftkissen über den schwelenden Savannenboden, einen Schweif aus Ruß und Asche emporwirbelnd.
Als sie eine mit gräßlich verstümmelten, verkohlten und zerfetzten Tierkadavern übersäte Ebene durchqueren, schaut Elmer starr in die Ferne, aber eine magische Kraft lenkt seine Blicke immer wieder auf die Tiere. Er kann sich nicht dagegen wehren.
Dorean beschleunigt das Fahrzeug so sehr, daß es ein paarmal rüttelnd aufkommt, als er kleinere Bodenunebenheiten nicht umfährt, sondern hastig darüber hinwegsetzt. Es ist nur ein schwacher Trost für Elmer, daß der grauenvolle Anblick dieses Schlachtfeldes auch den hartgesottenen Freund nicht kaltläßt.
Das matte Grün der in kleinen Senken oder im Schatten von Hügeln unversehrt gebliebenen Farne und Gräser ist nun völlig verschwunden, immer häufiger werden die Flächen, die mit rotbrauner, blasiger Schlacke bedeckt sind. Ein unheimlicher, grauenvoller Anblick.
„Mein Gott, was für Höllenwesen sind das, die ihre Lebenskraft aus solch einem Inferno schöpfen können, statt von den Detonationen zerfetzt zu werden ...", sagt Dorean entsetzt.
„Siehst du, jetzt glaubst du auch, daß es Lebewesen sind", sagt Elmer leise.

„Bestien!“ schreit Dorean haßerfüllt. „Bestien sind das!“
Am Rand eines Kraters von einigen hundert Metern Durchmesser stoppt Dorean. Am Boden des Kraters wabert glutflüssiges Magma, dünne Rauchfähnchen steigen auf.
Sie sind bereits so nahe an das Epizentrum der Kernexplosion herangekommen, daß sich das blauglitzernde Geäst der seltsamen Gitterkonstruktion hoch über ihren Köpfen in den Wolken verliert. Elmer schätzt den Durchmesser des spitzkegligen Gebildes am Fuß auf fünfzig Meter.
Vorsichtig fährt Dorean um den Krater herum, dem Kamm des durch die Explosion aufgeschütteten glasigen Walls folgend.
„Wäre es nicht besser, das letzte Stück zu Fuß zu gehen?“ fragt Elmer unsicher. „Wenn sie die Energie des Geländefahrzeugs spüren ...“
„Ach was“, antwortet Dorean. „Die beachten uns doch gar nicht. Wo sind sie überhaupt ...“ Er tritt hastig das Bremspedal durch und starrt durch die Frontscheibe. Der Wind hat die Rauchpilze verweht. Nichts deutet mehr darauf hin, daß sich die Ergophagen noch in der Nähe aufhalten.
„Vielleicht ist es wirklich besser, wenn wir den Rest laufen“, sagt er zögernd. Vorhin, als man die Aktivitäten der Energiefresser sehen und hören konnte, da fürchtete er sich nicht. Jetzt sind sie ihm wieder unheimlich. Wo stecken sie? Haben sie die in den Akkumulatoren des Fahrzeuges gespeicherte Energie bereits gewittert? Könnte es sein, daß ihre unersättlichen, unsichtbaren Schlünde schon wieder weit aufgerissen auf Opfer lauern?
Dorean und Elmer springen vom Fahrzeug auf den zu glasiger Schlacke erstarrten Boden. Ringsum ist es totenstill, nur der Wind fährt leise durch die gebogenen, sich verzweigenden Streben und Äste des eigenwilligen Bauwerkes.
Blau glitzernd reckt es sich in den Himmel. Elmer betrachtet es genauer. Es scheint tatsächlich aus Milliarden kleiner Eiskristalle zusammengesetzt zu sein, seine Oberfläche sieht aus wie Kandiszucker. Vorsichtig streicht er mit dem Zeigefinger über eine dreikantige, etwa armdicke Strebe.
„Das könnte ein Silikat sein“, sagt er nachdenklich. „Aber zu welchem Zweck haben sie diese Streben errichtet?“
Dorean zuckt mit den Schultern. „Vielleicht ist das nichts weiter als ein Verdauungsrückstand, ein Stoffwechselprodukt.“
„Oder ein Bau“, sagt Elmer, korrigiert sich aber sofort wieder:

„Nein, das kann nicht sein. Wozu sollten sie eine Behausung benötigen? Es sieht bald so aus, als hätten sie nach unvollständigen Konstruktionsunterlagen gearbeitet, findest du nicht auch?"
„Ich weiß überhaupt nichts mehr." Dorean ist ratlos, doch plötzlich springt er zur Seite. „Wir müssen zurück, Elmer! Das ist kein Silikat! Sieh mal auf deinen Gammaindikator!"
„Verdammt! Strahlendurchschläge! Ich habe schon dreiundvierzig Rad im Skaphander! Das Zeug strahlt ja teuflisch, nichts wie weg!"
Sie hasten zum Geländefahrzeug zurück. Die erstarrte Schmelze unter ihren Füßen knirscht und splittert wie Glas. Auf einmal wird es Elmer bewußt, wie unvorsichtig und verantwortungslos sie gehandelt haben, bereits das zweitemal! Zwar wurde ihnen nicht ausdrücklich verboten, das Fahrzeug zu verlassen, aber wer rechnet denn auch damit, daß jemand so unvernünftig sein könnte, die Zündung der ersten Serie außerhalb des schützenden Panzers zu beobachten. Schon das hätte er verhindern müssen. Elmer weiß selbst nicht, was ihn jedesmal davon abhält, sich Doreans Eigenmächtigkeiten energisch zu widersetzen. Dieser Privatausflug war geradezu disziplinlos, immerhin müssen sie kurz vor dem Start der Raumkreuzer die zweite

Serie zünden! Wie konnten sie den erfolgreichen Abschluß des Unternehmens nur dadurch gefährden, daß sie sich selbst tödlicher Gefahr aussetzten! Als habe Dorean geahnt, was den Freund beschäftigt, sagt er atemlos: „Der Stellaster darf davon nichts erfahren ..., wir riskieren sonst eine Kopfwäsche, bei der uns die Haare ausgehen ...“
Nachdem sie sich in das Fahrzeug geschwungen haben und nun eilig den Rückweg antreten, antwortet Elmer: „Aber wir müssen ihm das melden. Das mit dem seltsamen Ding. Da führt kein Weg dran vorbei ...“
„Jaja“, entgegnet Dorean ungeduldig. „Aber daß wir da waren, muß er nicht erfahren, was hilft es ihm schon. Wir haben doch nichts Bemerkenswertes entdeckt.“
„Na doch“, widerspricht Elmer, „daß das Ding ungeheuer radioaktiv ist! Vielleicht doch so etwas wie eine Behausung, ein Bau, eine Höhle ... Das kann wichtig sein!“
Dorean stöhnt. „Mensch, die schicken doch sofort Spezialisten los, die alles genau untersuchen. Was spielen da ein oder zwei Stunden für eine Rolle!“
„Wenn du meinst ...“ Wieder ist sich Elmer bewußt, daß sie einen Fehler begehen – den dritten. Aber eigentlich hat Dorean doch recht. Es ist unwahrscheinlich, daß ihr Schweigen Schaden anrichten kann, wozu sollen sie sich also selbst Schwierigkeiten bereiten?
Dorean setzt sich mit Stellaster Geonyx in Verbindung und berichtet ihm alles über das merkwürdige Bauwerk der Ergophagen, ohne zu erwähnen, daß sie dort waren. Wie erwartet, kündigt der Stellaster ihnen an, daß er einen Spezialistentrupp zusammenstellen wird, der sofort nach der Zündung der zweiten Serie aufbrechen soll.
„Na bitte!“ Dorean zwinkert dem Freund zu. „Kein Grund zur Aufregung.“
Eigentlich müßte auch Elmer erleichtert aufatmen, doch so recht will ihm das nicht gelingen. Er schüttelt nur den Kopf und sagt: „Stell dir mal vor, uns wäre da draußen etwas zugestoßen. Ich meine nicht unsertwegen, wir haben einfach vergessen, daß wir auch noch anderen Rechenschaft schuldig sind, nicht nur uns selbst ...“
„Ach was!“ Dorean winkt ab. „Was sollte uns schon geschehen! Wir sind doch keine Veteranen, wie der Admirander sie jetzt

einen nach dem anderen herbeiholt, um die wichtigsten Posten mit ihnen zu besetzen. Die lassen sich von ein bißchen Wind und einem Dutzend Gammaquanten natürlich umhauen, aber wir doch nicht!"

„Laß das nicht den Admirander hören, der wird ganz fuchsteufelswild, wenn jemand seine alte Garde verspottet!" Elmer lächelt. „Aber recht hast du! So manche Entscheidung vom alten Reganta verstehe ich auch kaum. Statt jungen, dynamischen Leuten eine Chance zu geben, holt er in einer Situation, in der der geringste Fehler tödliche Folgen haben kann, Großväter aus ihren Refugien. Nimm zum Beispiel Tolder. Endlich hat er es zum Generalinstrukteur der Balinth-Schule gebracht und schon mit der Pension geliebäugelt, da schickt der Admirander den alten Mann in die kosmische Wüste, um Planeten besiedlungsfähig zu machen."

„Und, was ich schon gar nicht verstehe", fällt Dorean ihm ins Wort, „er befiehlt Quattro, dem Ergophagenspezialisten, gerade jetzt auf Einhornjagd zu gehen!"

Elmer hat völlig vergessen, daß er sich gerade noch mit durchaus berechtigten Selbstvorwürfen herumplagte. Was soll das auch, es ist nichts geschehen. Wenn es gegen die alten Experten geht, fühlt er sich in seinem Element.

„Schlimm ist das: Haben sie ihren Hintern erst einmal in die Polster irgendeines Bürosessels gepreßt, dann wissen sie alles viel besser. Du wirst es sehen – wenn Geonyx erst mal Kosmander ist, dann macht er es genauso!"

„Geonyx wird nicht Kosmander, solange er Quattros Stellvertreter bleibt." Dorean grinst. „Oder meinst du, der läßt ihn gehen? Quattro ist ein ganz ausgekochter Bursche. Weil er die anerkannt beste Truppe der ganzen Raumsicherheit kommandiert, glaubt jeder, der Weg durch seine Mannschaft wäre der kürzeste zu Ruhm, Ehre und Beförderung. Aber das stimmt nur zur Hälfte. Ruhm und Ehre – das kann man sich unter Quattro verdienen. Alle möglichen Zuschläge und Vergünstigungen auch. Das lockt viele, zugegeben. Aber fiel dir noch nie auf, daß Quattro immer die von der Zusammensetzung her stabilste Mannschaft hat? Das ist ja gerade sein Trick. Seit wann bist du Proximer?"

Elmer zögert mit der Antwort. „Fast sechs Jahre, wie du ...", sagt er schließlich.

„Und seit wann arbeitet Gornes Morrik bei Quattro als Galaxor? Über zehn Jahre, und Geonyx ist nun schon gute siebzehn Jahre Stellaster! Kein Zufall! Und genaugenommen habe ich sogar ein wenig Verständnis für Quattro. Besser kann er es gar nicht machen. Er läßt seine Leute nicht gehen und vermasselt ihnen damit ihre Karriere, von der ja jeder träumt, der von der Balinth-Schule kommt. Aber dafür hat er eine Truppe wie aus einem Guß. Weißt du was? Ich glaube, wer zu seiner Mannschaft gehört, gewöhnt sich schnell an den Gedanken, daß Schluß ist mit dem ‚Aufstieg'. Oder willst du um den Preis, aus diesem Verein ausscheiden zu müssen, irgendwann einmal Kosmander werden?"
Elmer schüttelt verwirrt den Kopf.
„Siehst du, wie er uns im Griff hat!" sagt Dorean. „Wenn das überall so wäre, hätten wir wahrscheinlich keine Probleme mehr. Nun ja, man kann wirklich darüber streiten, was mehr ist: Kosmander auf irgendeinem lächerlichen Patrouillenkreuzer oder Proximer in Quattros Truppe. Vom Verdienst her ist da kaum ein Unterschied."
„Im Augenblick interessiert mich überhaupt nicht, was ich verdiene. Wenn wir das alles erst einmal hinter uns hätten ...", unterbricht Elmer ihn nachdenklich.
„Anderen Leuten ist es auch nicht egal, weshalb sollen ausgerechnet wir Edelmut heucheln", sagt Dorean unwillig. „Das alles geht vorbei, und so mancher wird das Durcheinander nutzen, um sein Schäfchen ins trockene zu bringen."
„Du willst dich doch nicht mit denen auf eine Stufe stellen?" Elmer ist entsetzt.
Dorean mustert den Freund abschätzend und sagt langsam: „Das nicht gerade. Aber allzuweit darüber möchte ich auf dem moralischen Treppchen auch nicht stehen, da ist mir die Luft zu dünn und der Erdboden zu weit entfernt ..."
„Dafür stinkt es unten!" entgegnet Elmer heftig.
Dorean schweigt verstimmt.
Eigentlich wollte er es gar nicht so sagen. Doch manchmal regt ihn Elmers Naivität derart auf, daß er es sich nicht verkneifen kann, den Freund zu provozieren. Sieht er denn wirklich nicht, was um ihn herum vorgeht?
Plötzlich lacht Dorean und klopft Elmer begütigend mit der Hand auf die Schulter. „Jetzt reicht es aber! Wir haben wieder

mal maßlos übertrieben. Ich kann mir nicht helfen, es macht Spaß, mit dir zu streiten. Du bist ein echter Gegner!“
Erst will Elmer die Hand von seiner Schulter schütteln und dem Freund zu verstehen geben, daß es für ihn mehr war als eine der gewohnten kleinen Meinungsverschiedenheiten. Doch als er Doreans friedfertiges Grinsen sieht, bringt er es nicht fertig.
„Klar, war ganz schöner Blödsinn“, antwortet er widerstrebend.
Dabei weiß er genau, daß Dorean nicht gescherzt hat. Die Ereignisse der letzten Monate haben ihn verändert. Er ist kaltblütiger und unfairer geworden. Dabei zählt Dorean zu den aktiven Kendokämpfern, die in dieser uralten japanischen Sportart beachtliche Erfolge erzielen konnten. Elmer erinnert sich an die unzähligen Kendogefechte, die er als Zuschauer erlebt hat. Das strenge Ritual dieses tänzerischen Stockfechtens, bei dem jede der genau vorgeschriebenen Angriffsaktionen durch einen ankündigenden Schrei mitgeteilt wird, fasziniert auch ihn. Dorean beherrscht es vollendet, dieses fesselnde Wechselspiel zwischen lauerndem Umkreisen, blitzschnellen Attacken, bei denen die traditionellen Bambusschwerter verwirrende Figuren zeichnen, und dem Erstarren der Rivalen in herausfordernden Posen. Nur selten geschieht es, daß Dorean sich eines Regelverstoßes schuldig macht, und auf unsaubere Aktionen seiner Gegner reagiert er gelassen und ohne jede Unbeherrschtheit. Und doch wird Elmer nie den Augenblick vergessen, als ein schlecht parierter Schlag des Gegners Dorean die Schutzmaske vom Kopf riß und er das haßerfüllte, schweißnasse Gesicht des Freundes erblickte. Es war für ihn wie ein Peitschenhieb.
Elmer zuckt zusammen, als er die Stimme Stellaster Geonyx’ hört. „Wir sind startklar, Jungs. Ich gebe euch das Kommando für die zweite Serie. Und drückt den armen Teufeln, die Haus und Hof verloren haben, die Daumen. Die nächsten Monate werden die schlimmsten ihres Lebens sein, solch grauenvolle Stunden und Tage, wie sie ihnen jetzt bevorstehen, immer in der Furcht, daß es doch einem Ergophagen gelungen sein könnte, an Bord ihres Raumkreuzers zu gelangen – diese Ungewißheit ist wohl noch schlimmer als das Gefühl der Heimatlosigkeit ...“
„Sie tun gerade so, als ob es uns besser ergehen würde“, antwortet Elmer mit leisem Vorwurf.

„Ach, Jungs! Wir waren doch sowieso nie so richtig auf der Erde zu Hause, die wenigen Urlaubstage mit der Familie ... Unser Zuhause ist die Skorpion – und das wird sie wohl auch bis ans Ende unserer Tage bleiben. Aber die da ..., einige mußten von den Streifen mit Gewalt aus ihren Wohnungen geholt werden. Im Attila-Urbanidum hatten sich über hundert Familien verbarrikadiert, wir mußten Gas einsetzen, sonst hätte es Verletzte gegeben. Seid froh, daß ihr nicht dabei wart, acht Leute des Räumkommandos erlitten einen Nervenzusammenbruch. Wir haben uns das alles wohl zu leicht gemacht, glaube ich, man kann den Leuten nicht einfach sagen: Ihr müßt gehen, sonst werdet ihr sterben. Es gibt nämlich einige, die sich vor dem Sterben nicht fürchten, Verzweifelte, Wahnsinnige ..."
Dorean und Elmer hören schweigend zu. Die Stimme des Stellasters klingt rauh und heiser.
Als Geonyx schließlich den Zündbefehl gibt, schließt Elmer die Augen. Er kann es kein zweites Mal ertragen, obwohl die Entfernung jetzt mehr als doppelt so groß ist.
Durch das Dröhnen und Bersten, das Beben der Erde und das grelle Schmettern der Detonationen glaubt er das brausende Orgeln der Tachyonentriebwerke der startenden Raumkreuzer zu vernehmen. Wie ein gigantischer Drache, wie dreitausend feuerspeiende Ungeheuer wird die Formation Exodus in den Himmel aufsteigen. Ihr werden unzählige kleinere Geschwader folgen – bis die Erde den neuen Herren ganz allein gehört ...

•

Dorean hält am Stadtrand von Zoarix, und sie entaktivieren Fahrzeug und Skaphander. Unbedingt nötig ist das nicht, da sie an Bord der Skorpion, des Flaggschiffs des Zerstörergeschwaders Rota vierzehn, sowieso durch die Gammaschleuse müssen. Aber Dorean hat sein Vorhaben, in den verlassenen Urbaniden nach etwas Brauchbarem herumzuschnüffeln, nicht fallengelassen. Und dabei wären die schweren Skaphander nur hinderlich.
Elmer hat nur halbherzig Protest eingelegt. Ihnen geht es nicht darum, sich persönlich zu bereichern. Es ist die Neugier, die sie durch die erloschene Stadt treibt. Für sie, denen Abenteuer und Gefahr mit jedem neuen Dienstreiseauftrag garantiert werden, die also zum beruflichen Alltag gehören, für sie hat die ge-

spenstische Stimmung in Zoarix einen neuartigen, lockenden Reiz.
„Vielleicht finden wir hier irgendwo noch einen alten Heliomaticstrahler, aus dem ich das Reglermodul ausbauen kann", sagt Elmer, um sich zu rechtfertigen.
„Hast du immer noch niemanden gefunden, mit dem du tauschen kannst?" fragt Dorean beiläufig.
„Ach was." Elmer winkt verdrossen ab. In seinem Spind stapeln sich die Raritäten: Duplexelemente für Thermolokatoren, Digiquarzfingerspangen in allen Größen, Teflomiddichtungen aus alten Tachyonenbatterien und sogar ein kompletter Satz regenerierter Amigoreifen. Allein für den zwar schon gebrauchten, aber im Handel so gut wie nicht erhältlichen Multitensor eines Sphärogleiterautogoniums würde er ein Dutzend Reglermodule bekommen! Und der Tandemansaugstutzen bringt unter Freunden auch noch drei dieser seltenen Ersatzteile.
„Frag mal den Chefenergetiker von Rota neun, der sucht eine regenerierte Lenksäule", rät Dorean.
„Hab ich doch nicht." Elmer schnieft mißmutig.
„Beim großen Sirius! Mußt du eben eine besorgen. Protoproximer Nansen hat eine und sucht verzweifelt zwei Ballonreifen, melde dich mal bei ihm."
Langsam gleitet das Geländefahrzeug zwischen den gigantischen Urbaniden dahin. Nur wenige Tage haben ausgereicht, und Zoarix scheint in Schmutz und Abfall zu ersticken. Niemand machte sich mehr die Mühe, gebrauchtes Packpapier oder allerlei Folien und Tüten in die dafür vorgesehenen Plopps zu werfen, denn die Verbrennungsschächte waren ja ebenso ohne Energie wie die ganze sterbende Stadt. So flattert der Unrat wie ein Schwarm merkwürdig zerzauster, schmutziger Vögel über die Straßen.
Das ist alles, was von der hochentwickelten irdischen Zivilisation bleiben wird, denkt Elmer, nur Schmutz und Unrat. Wie empfindlich und störanfällig doch ein so ausgeklügelter und komplexer Organismus wie der einer supermodernen Stadt sein kann! Der technische Fortschritt hat uns einerseits unabhängig von den Launen der Natur gemacht, andererseits aber geht es uns wie den Sauriern der Kreidezeit, den Königen ihrer Ära, die ein unscheinbares Naturereignis, dessen Spuren nie aufgefunden werden konnten, auslöschte, als hätte es sie nie gegeben. Ein

Koloß auf tönernen Füßen ist unsere Zivilisation, sagt er sich verbittert, eine überreife Frucht, die irgendwann vom Baum fällt, unausweichlich. Wird sie am Boden verfaulen, oder wird ein neuer, widerstandsfähigerer Organismus aus ihr wachsen?
Dorean fährt auf den aus Beton und Schaumstahl errichteten Block des Park-Urbanidums zu. Hier wohnte die Elite von Zoarix. Zwar sieht man das dem unförmigen Giganten äußerlich nicht an – die in kosmischen Produktionsstätten gefertigten Schaumstahlplatten scheinen eher zum Bunkerbau geeignet –, und doch ist das Park-Urbanidum der modernste Wohnkomplex von Zoarix. Dorean hat mit Bedacht ausgewählt.
Die links abbiegende Allee steigt sanft an und geht fließend in den Kreisel Alpha über, eine von vielen Wendelauffahrten, die die knapp hundertfünfzig Ebenen des Urbanidums, von dem ein Drittel unter der Erdoberfläche liegt, miteinander verbinden. Bereits auf Höhe des ersten Planums verläßt Dorean den Kreisel und biegt in die als „Dronder-Transversale“ ausgewiesene schnurgerade Hauptverkehrsader dieser Ebene ein.
Zu beiden Seiten huschen die halbgeöffneten Schotten der Tubifexstationen vorbei, eines Kabinenbahnsystems auf pneumatischer Basis, das aus einem weitverzweigten Netz schmaler Röhren besteht. Den Tubifex können sie nicht benutzen, obwohl sie damit schneller vorankommen würden, weil die Pneumotoren keine Energie bekommen. Nicht einmal die Notbeleuchtung funktioniert, so daß sie auf das Licht der Fahrzeugscheinwerfer angewiesen sind, die grellweiße Strahlenbündel in das Dämmerlicht senden. Bald stellen sie fest, daß es keinen Zweck hat, mit dem Luftkissengleiter weiterzufahren: Im abgeschlossenen Schacht der Dronder-Transversale hinterlassen sie einen undurchdringlichen Nebel aus Staub und emporgewirbeltem Dreck.
Dorean zeigt auf eines der vielen, am Straßenrand abgestellten Akkumobile, kleine wendige und sehr schnelle Fahrzeuge mit Ballonreifen und einer flachen Windschutzscheibe, die etwas über den offenen Fahrgastraum ragt.
„Vielleicht funktionieren die Amigos noch. Mal probieren!“
Sie springen aus dem Luftkissengleiter und laufen auf die andere Straßenseite, wo die nur für den Urbanidenverkehr zugelassenen Flitzer stehen. Der vierte Amigo hat tatsächlich einen vollgeladenen Akkumulator. „Läßt du mich fahren?“ fragt El-

mer schnell. Erst will Dorean ablehnen, doch dann überläßt er dem Freund den Fahrersitz. Seufzend greift er nach einem der auf der hinteren Sitzbank liegenden Helme, stülpt ihn sich über und schnallt sich an. Seit er sich einmal mit einem Amigo überschlagen hat, vergißt er diese Vorsichtsmaßnahmen nicht mehr. Auch damals saß Elmer am Lenkrad ... Er fährt nicht schlecht, das weiß Dorean, läßt sich aber schnell ablenken und gerät oft ins Träumen. Nun gut, hier kann nichts passieren, der gesamte Urbanidenverkehr besteht ja nur aus ihrem kleinen Amigo.
Leise summend fährt das Akkumobil an. Dann gibt Elmer Vollgas, und sie jagen mit zweihundert Stundenkilometern die Dronder-Transversale hinauf. Die Scheinwerfer des Amigos sind viel schwächer als die ihres Geländefahrzeugs, und so starren sie angestrengt in die Dunkelheit. Mit einer der beiden Handlampen, die Dorean vorsorglich mitgenommen hat, versucht er, die Namensschilder der Querstraßen zu entziffern.
„Halt mal an!" ruft er plötzlich. Der Lichtkegel seiner Lampe streicht über ein die ganze Vorderfront eines Gebäudes bedekkendes Relief.
Elmer stoppt und fährt quer über die Transversale auf das in Bronze gegossene Bild zu.
Das Relief zeigt eine Szene aus der Raumfahrt: Astronauten betreten das erstemal den Boden eines noch unerforschten Planeten. Im Zentrum des Geschehens der Kommandant des Raumschiffes, das links im Hintergrund zu sehen ist, um ihn herum gruppieren sich die Mitglieder der Mannschaft. Elmer gefällt das Kunstwerk. Es strahlt genau das aus, was er als naiver Kadett von seinem zukünftigen Beruf erwartet hatte: Erhabenheit. In der Praxis ist für solche nutzlosen Stimmungen keine Zeit, und Elmer fragte sich oft vergebens, was, zum Teufel, erhaben sei an seinem Beruf.
Elmer betrachtet die Figur in der Bildmitte. „Das ist ja Quattro", ruft er fassungslos. Genau dieselbe schmächtige Gestalt, das hagere Gesicht mit dem schütteren, straff nach hinten gekämmten Haar! Quattro, wie er leibt und lebt, sogar die typische Geste mit dem ausgestreckten, stumm befehlenden Zeigefinger.
„Nein, das ist nicht Quattro", entgegnet Dorean finster. „Das ist Großadmiral Elldes ... Quattros Vater!"
Elmer sieht ihn zweifelnd an. „Ja, aber warum ist das Relief dann nicht schon längst entfernt worden?"

Dorean macht ihn darauf aufmerksam, daß der Text unter dem Kunstwerk fehlt. „Um das Bild wäre es doch wirklich schade …, vielleicht ist es auch ein Zugeständnis an die ehemaligen Korenther. Mit dem Beitritt Korenths zur Solaren Föderation waren die wirklichen Probleme ja noch lange nicht gelöst."
„Aber mit Großadmiral Elldes wird sich doch niemand identifizieren wollen!" Elmer ist entrüstet. „Er hat die gefangenen Rebellen der Liga zu Tausenden abschlachten lassen, und wäre er seinem Gericht nicht durch Selbstmord entkommen, wer weiß, ob dann nicht doch noch einmal ein Todesurteil gefällt worden wäre …"
„Kann ja auch sein, daß man das Relief einfach vergessen hat. Nach dem Sieg der Liga der Neun gab es Wichtigeres zu tun als eine archaische Bilderstürmerei. Und jetzt, nach gut dreißig Jahren, weiß kaum noch jemand, wer Großadmiral Elldes war. Er kann doch keinen Schaden mehr anrichten, so wie er da steht, in Bronze gegossen …" Dorean wendet sich ab.
„Und ich hatte erst wirklich geglaubt, es wäre Quattro", sagt Elmer enttäuscht. Nach einer kleinen Pause fragt er plötzlich: „Was meinst du, ob Quattro sehr darunter leidet?"
„Worunter soll er leiden?" fragt Dorean verwundert.
„Na, darunter!" Elmer zeigt auf das Relief. „Ich möchte nicht der Sohn eines solchen Verbrechers sein und dazu noch Korenther. Es gibt viele, die Korenther nicht mögen. Sogar Admirander Reganta, der sonst ein Pfundskerl ist, verhält sich Quattro gegenüber äußerst reserviert, als ob der etwas dafür könnte …"
„Der Admirander verhält sich Terry Spinks gegenüber genauso zurückhaltend – das hat also nichts zu sagen. Du weißt doch, daß der Großadmiral Terrys Vater hinrichten ließ …"
Elmer nickt stumm.
„Jahrhundertelang gewachsene Vorurteile lassen sich eben nicht in drei Jahrzehnten auslöschen", fährt Dorean fort.
„Mir ist das egal, ich habe nichts gegen einen Menschen, nur weil er früher Korenther war. Aber jene, die die Zeit selbst miterlebten, denken da sicher anders."
„Ist ja auch egal. Das ist lange, lange her. Da lagen wir wohl noch in den Windeln. Komm, laß uns weiterfahren", sagt Dorean gleichgültig.
Das kurze Erlebnis hat Elmer nachdenklich gestimmt. Er sieht Zoarix, das ehemalige kulturelle und politische Zentrum des

Reiches Korenth jetzt mit anderen Augen. Gerade hier – im Park-Urbanidum – lebte die Führungsschicht dieses letzten irdischen Staatengebildes auf der Grundlage der Klassengesellschaft. Mit einigem Unbehagen stellt er fest, daß sich eigentlich nicht viel verändert hat: Auch heute ist das zentral gelegene hochmoderne Konglomerat aus Wohntrakten und Versorgungseinrichtungen, kulturellen Stätten und dem Netz der Tubifexröhren ein Refugium der Prominenz. Gewesen, berichtigt er sich in Gedanken. Selbst im befreiten Korenth gab es noch deutliche soziale Unterschiede, vielleicht ist das der Grund für die kühle Distanz, die so mancher zu den Bewohnern dieses kleinen Teils der Erde wahrt.
„Hier, die Baxmor-Siedlung! Links abbiegen!“ Dorean reißt Elmer aus seinen Gedanken und greift ihm ins Lenkrad. Elmer läßt es widerstandslos geschehen, denn er hat wieder einmal geträumt, statt auf die Fahrbahn zu achten. Nur gut, daß die Dronder-Transversale menschenleer ist, so leer wie das ganze Urbanidum. Mit pfeifenden und quietschenden Reifen schlingert der Amigo um die Kurve. „Mann, geh vom Gas runter!“ brüllt Dorean ihn an. Seine linke Hand umklammert das gegabelte Lenkrad, während er mit dem Knie Elmers Fuß vom Pedal stößt. Als sie im Schrittempo weiterfahren, entdeckt Dorean an einer Tür einen orangeleuchtenden Punkt.
„Ein Rhosigma-Siegel! Da muß ein ganz hohes Tier gewohnt haben, wenn sie die Tür versiegeln!“ frohlockt er.
„Du willst es doch nicht etwa öffnen?“ fragt Elmer entsetzt.
„Aber klar!“ Dorean lacht vergnügt. „Wir sind doch selber Angehörige der Raumsicherheit.“
„Quatsch, das gilt auch für uns“, entgegnet Elmer energisch und will vorbeifahren, aber Dorean greift zum Armaturenblock und schaltet einfach den Motor ab, dann springt er aus dem Amigo.
„In den Vorschriften steht ausdrücklich, daß es Unbefugten verboten ist, ein Rhosigma zu brechen. Aber wir sind doch Befugte! Sonst dürften wir ja auch nicht die RS-Basis auf Aurora betreten – dort hängen überall Schilder, die es Unbefugten untersagen!“
„Na klar, weil wir selber zur Raumsicherheit gehören, aber ...“ Elmer schweigt verwirrt.
„Eben“, antwortet Dorean lakonisch und entfernt ohne Zögern

das Siegel. Wieder weiß Elmer, daß sie einen Fehler begehen, aber Doreans Selbstsicherheit schläfert sein schlechtes Gewissen erstaunlich schnell ein. Vielleicht finde ich dort einen Quarzwecker aus der präkybernologischen Ära, flüstert eine Stimme in seinem Inneren, möglich wäre es, gerade hier …
Das erste, was ihm auffällt, sind die blinden Bildschirme der Panoramaflächen, die fast über drei Wände reichen. Das muß eine Aussicht gewesen sein, geht es ihm durch den Kopf. In der Wohnung seiner Eltern gab es nur eine Panoramawand je Zimmer, und allein darum wurden sie schon von vielen beneidet.
Hier hat wirklich eine wichtige Persönlichkeit gelebt, stellt er fest, als er das Licht seiner Handlampe durch das Zimmer streifen läßt. Mehrere Videophone nebeneinander lassen darauf schließen, daß der ehemalige Wohnungsinhaber wohl kaum wußte, was das Wort Freizeit bedeutet, ein riesiger Arbeitstisch mit unzähligen Schubfächern, Eingabetastaturen mit dazugehörigen Bildfenstern und ein Container mit genetischen Speicherelementen weisen darauf hin.
„Sieht fast so aus wie beim Admirander!“ sagt Elmer anerkennend.
Dorean antwortet nicht. Als Elmer sich umdreht, sieht er ihn vor einem riesigen Bücherregal stehen und wütend die Fäuste ballen.
„Alles nur Folie. Hat der Kerl denn keinen Sinn für Stil gehabt?“ Dorean flucht ärgerlich.
„Ist nicht gesagt“, antwortet Elmer trocken. „Der hier gewohnt hat, der durfte mehr Gepäck mitnehmen als nur einen kleinen Koffer, das kannst du wissen, der war wohl kaum gezwungen, ihm liebe und wertvolle Gegenstände zurückzulassen.“
Hinter einer zweiten Tür entdeckt Elmer eine riesige rechteckige Platte mit primitiven Modellen uralter Häuser, wie man sie noch vor der Zeit der kybernetischen Revolution gebaut hat, noch plumpere Gebilde, die wohl Bäume darstellen sollen, und dazwischen paarweise angeordnete Drähte, die ein kompliziertes Netz bilden. „Da wird sich Geonyx aber freuen!“ ruft er Dorean zu. „Seit Wochen löchert er mich, ich soll ihm doch für sein historisches Schienenverkehrsmodell einen Dampftriebwagen besorgen! Weißt du, was hier steht? Eine komplette Anlage! Original zwanzigstes Jahrhundert! Und vier Triebwagen. Da-

von zwei genau so, wie er sie sich wünscht. Haben wir ein Glück!“

„Wieso wir? Der Stellaster hat Glück, wir doch nicht.“ Und gereizt fährt Dorean fort: „So eine wunderbare Bibliothek, aber nicht ein kleines Papierheftchen, Mist.“

„Ach, du denkst immer nur an dich“, antwortet Elmer vorwurfsvoll. „Ich nehme ihm die Dinger jedenfalls mit, wäre doch schade drum!“ Dann stopft er sich die kleinen Lokomotiven in die weiten Taschen seiner Kombination. In Gedanken sieht er, wie Terniff Geonyx über das ganze Gesicht strahlt. Ja, das ist wirklich ein seltener Fund, und ihm macht es Spaß, anderen Freude zu bereiten. Elmer ist zufrieden. Zwar konnte er nichts für sich aufstöbern, aber ihre Privatexkursion war nicht umsonst. Und plötzlich hat er gar keine rechte Lust mehr. Gelangweilt öffnet er eine in die Wand eingelassene Klappe. Wunderschöne Gläser, Flaschen, Phiolen und Karaffen aus Bleikristall stehen neben staubigen Tonkrügen, die mit Wachs versiegelt sind, hauchdünne Kelche mit feinstem ornamentalem Schliff überragen rustikale Pokale und Römer. Elmer ist wie geblendet, weniger von den wertvollen Gefäßen als von deren Inhalt. Denn fast alle Flaschen, Karaffen und Krüge sind voll. „Ein Paradies“, flüstert er. „Dorean! Wir sind gerettet!“

Eine Minute später führt Dorean ihm vor, wie man einen echten Bernsteiner Ananis mixt.

„Zwei Drittel elloranischen Ananis, ein knappes Viertelchen Thomisky Grün und das Ganze langsam mit Eiszitrone auffüllen, damit die Schichten erst beim Trinken miteinander vermischt werden!“ erklärt Dorean feierlich und reicht Elmer das Glas.

„Ah!“ seufzt Elmer genießerisch, nachdem er den Drink in einem Zuge geleert hat. „So etwas darf man nicht verkommen lassen“, erklärt er überzeugt und reicht Dorean das leere Glas. Der grinst nur und füllt nach.

„Köstlich!“ Elmer verdreht die Augen vor Wonne. „Ich glaube, so einen guten Tropfen hat mein Organismus schon lange nötig gehabt. Noch mal!“

Und wieder muß Dorean nachschenken. „Sei vorsichtig, der Ananis ist ein Höllengesöff!“ warnt er schmunzelnd.

„Ach was“, wehrt Elmer ab, er fühlt sich herrlich leicht und beschwingt. „Jetzt stellen wir erst mal die Bude hier auf den Kopf,

und dann saufen wir alles aus, bevor es verdunstet!"
„Einverstanden, Alter! Endlich bist du wieder der Proximer Elmer Ponape, wie ich ihn kenne!" Dorean schlägt ihm auf die Schulter und lacht. Elmer kichert albern, als er spürt, wie seine Knie beim Laufen stärker einknicken, als er gewollt hat. Daß es so schnell wirken würde, konnte er nicht wissen, aber seltsamerweise ist es ihm nicht unangenehm. „Wirklich ein höllisches Gesöff!" gluckst er vor sich hin, als sie die dritte Tür entdecken und es ihm nicht gleich gelingt, sie zu öffnen.
Eigentlich ist es nur eine kleine Kammer, die sich dahinter verbirgt. In der Mitte steht ein flauschiger Pneumosessel, über den sich eine dunkle Glocke stülpt.
„Ein Traumteufel! Großer Sirius, das ist ein Traumteufel!" Dorean ist erstaunt. Elmer überlegt. Er hat schon viel über dieses Gerät gehört: Einst soll es eine richtige Kultur gegeben haben, die sich ausschließlich dieser als Hypnomaten, Phantomaten oder auch Morphiniden bezeichneten Geräte bediente.
„Es gibt sie also wirklich noch, es sind keine Gerüchte", flüstert er. „Und sie sehen genauso aus wie auf den Bildern in Breugars ‚Tödlichem Schlaf'. Deswegen das Rhosigma-Siegel!"
Dunkel erinnert er sich, was der Historiker Breugar darüber schrieb. Beinahe wäre es zum Untergang der Zivilisation gekommen, weil sich die Menschen dieser Epoche im wahrsten Sinne des Wortes totträumten. In allerletzter Sekunde gelang es einer kleinen Gruppe, das hypnomatische Zentrum zu zerstören. Mit Hilfe des Traumteufels kann man sich in jede nur erdenkliche Situation versetzen, als Dschingis-Chan die halbe Welt erobern, mit Admiral Nelson die spanische Flotte versenken – und das alles so pseudoreal, daß es nur geübten Benutzern gelingt, durch einige Tricks festzustellen, ob sie sich in der Realität oder in der simulierten Welt des Hypnomaten befinden.
„Das probier ich aus", sagt Elmer entschlossen. Dorean schüttelt den Kopf. „Nein, das ist wirklich zu gefährlich. Außerdem hat man die Benutzung von Traumteufeln streng verboten. Das ist etwas anderes, als ein bißchen in altem Trödel herumzukramen. Da mach ich nicht mit, Elmer."
„Verboten! Du siehst doch, wie ernst diese Verbote genommen werden. Wasser predigen, aber selber Wein saufen. Einiges habe ich schon begriffen, aber das hier haut mich um! Was die hier können, das kann ich auch", sagt Elmer trotzig. Die Gefahren

sind ihm bekannt: Sucht, Depressionen, sogar Tod durch Verhungern sollen nicht selten gewesen sein. Aber wenn Dorean aufpaßt, kann ja nichts geschehen. Nur einmal, einmal wenigstens wissen, wie es ist!
„Du kannst dich auf den Kopf stellen, Elmer, es geht nicht", sagt Dorean energisch.
„Hab dich nicht so, sonst ist dir kein Blödsinn gefährlich genug." Elmer ist beleidigt.
„Kapier doch. Es geht nicht. Wir haben keinen Strom. Ganz Zoarix ist ohne Energie!"
Die Enttäuschung schnürt Elmer die Kehle zu, da kommt ihm ein Gedanke. Der Akku des Amigos! Für zehn Minuten müßte er schon reichen. Widerwillig hilft Dorean, den Akkumulator auszubauen. Ohne den Ananis wäre Elmer nie auf diese verrückte Idee gekommen, da ist er sicher. Vielleicht gelingt es ihm, Elmer noch abzulenken. „Komm, wir trinken noch einen. Der Traumteufel läuft dir nicht weg, aber der Alkohol verdunstet, wenn wir uns nicht ranhalten!"
Elmer überlegt kurz, dann stimmt er zu, ohne zu merken, daß Dorean erleichtert aufatmet. Hastig kippt er vier Glas des aromatischen Mixgetränkes hinunter, dabei denkt er schon darüber nach, worauf er das Gerät programmieren soll.
Dorean dagegen lauert darauf, daß der Alkohol bei Elmer seine Wirkung tut. Er müßte doch bald so betrunken sein, daß er umfällt. Dieses Stadium des Ananis-Rausches kennt Dorean nur zu gut, man vermeint, noch ganz klar denken zu können, und plötzlich stürzt einem der Fußboden auf ganz unerklärliche Art und Weise genau auf die Nasenspitze. Doch nur so kann er verhindern, daß der Freund sein gefährliches Vorhaben in die Tat umsetzt. Dorean ist ein Mensch, der eiskalt kalkulieren kann. Man darf sich über viele Verbote hinwegsetzen, ohne daß unangenehme Konsequenzen zu befürchten sind, wenn man sich nur geschickt genug anstellt – und das fällt ihm nicht schwer. Aber er kennt auch genau die Grenzen. Hier haben sie eine erreicht und sind dabei, sie leichtsinnig zu überschreiten. Elmer in seinem naiven Rechtsempfinden begreift natürlich nicht, daß es ein Unterschied ist, ob ein kleiner Proximer der Raumsicherheit oder eine hohe Persönlichkeit aus dem Solaren Koordinationskomitee gegen das Gesetz verstößt und sich elektronischer Rauschmittel bedient. Aber da ist noch etwas: Wenn der Betref-

fende das Gerät ohne besondere Tarnung in seiner eigenen Wohnung benutzt, dann billigen das zweifellos höchste Stellen. Dafür muß es gewichtige Gründe geben, so einfach mit Wasserpredigen und Weinsaufen kann man das nicht abtun, das ist Dorean bewußt. Er hat schon mehrfach beobachtet, daß der Freund sehr emotional reagiert, wenn sie in Konflikte mit „hohen Tieren“ geraten. Weshalb nur? Manche meinen, die Integration der ehemaligen Korenther in die Solare Föderation – vorher lebten die Menschen des Reiches Korenth in einer strengen, selbstgewählten Isolation – habe das moralische Niveau der Menschheit gesenkt, sie sprechen sogar von einem „korenthischen Virus“, der das gesellschaftliche Leben verseucht habe. In Doreans Augen sind das maßlose Übertreibungen; ganz im Gegenteil, ein bißchen von der typisch korenthischen Schnoddrigkeit und Respektlosigkeit kann den steifen Umgangsformen und dem durch Regeln und Vorschriften normierten Alltag nur guttun. Bei Elmer scheint diese Ansicht jedoch extrem zu sein. Nicht selten hat er beobachten können, wie er in ohnmächtigem Zorn die Fäuste ballte – der sonst so friedliche und verständnisvolle Elmer –, wenn hohe Offiziere oder Leute mit grünem oder rotem Sonderausweis sich einfach an den Kopf der Schlangen vor den Tubifexstationen stellten oder ihnen den letzten Amigo wegnahmen. Einmal zwang sie ein Kosmander aus dem RS-Stab, der auf seine Privilegien pochte, den gerade eroberten Amigo zu verlassen, weil er mit seiner Familie einen Einkaufsbummel unternehmen wollte. Seitdem steht Elmers Urteil fest: Privilegien sind dazu da, daß man sie mißbraucht! Daß dem Kosmander nach ihrem Protest für ein Jahr die grüne Karte weggenommen wurde, konnte ihn zu Doreans größtem Erstaunen nicht besänftigen.
Eine andere Erklärung als die krankhafte Ablehnung der Autorität kann Dorean für Elmers Verhalten nicht finden. Verständlich, so gesehen, daß er darauf besteht, den Traumteufel auszuprobieren.
Als Elmer das leere Glas achtlos in die Ecke schleudert und mit schwankenden Schritten in Richtung Kammer geht, versucht Dorean ein letztes Mal, ihn zurückzuhalten. Aber der Alkohol wirkt auch bei ihm, und er wundert sich nicht einmal, als er plötzlich sagt: „Überlege dir gut, Elmer, was ..., was für ein Programm du wählst ...“ Dann läßt er sich in einen Sessel fallen und

schläft auf der Stelle ein. Elmer achtet gar nicht darauf, sondern taumelt aus dem Zimmer.
Erst als er vor dem Traumteufel steht, zögert er einen Augenblick. Die faszinierende Möglichkeit, in verborgene Winkel des eigenen Gehirns einzudringen, dunkle und vielleicht erschrekkende Sehnsüchte erkennen zu müssen, sie lähmt ihn für Bruchteile einer Sekunde, denn Elmer weiß zwar nichts über die Bedienung, aber alles über die Funktionsweise des Traumteufels. Vorgeben läßt sich nur eine Grundsituation, das Milieu, die Stimmung, den Rest bezieht die Maschine aus Gedächtnisinhalten, geheimen Wünschen, der Mentalität sowie den Ängsten, Zweifeln und Konflikten des Gehirns, auf das sie rückwirkend Einfluß nimmt. So kann man den Ablauf der Traumhandlung ebensowenig steuern wie im natürlichen Schlaf. Man steht zwar neben Admiral Nelson auf der Brücke, wenn man das will, aber daß einem die Beine von einer Kanonenkugel zerschmettert werden, ist eine Reaktion des eigenen Gehirns, Realisierung tiefsitzender Ängste, die unter Umständen das ganze Persönlichkeitsbild bestimmen. Natürlich lassen sich solche Rückkopplungen blockieren, auch das weiß Elmer, gerade dieser scheinbare Vorteil gegenüber dem natürlichen Traumgeschehen hatte ja dazu geführt, daß die in Tausenden von Jahren gewachsene menschliche Kultur beinahe erloschen wäre wie eine abgebrannte Kerze, weil immer weniger imstande waren, der lockenden Süße dieser seichten Pseudowirklichkeit zu widerstehen, in die man sich ohne Aufwand versetzen konnte ...
Auf dem Pult an der Rückseite des Gerätes findet Elmer ein dünnes Folieheft, das Chiffreregister! Blitzschnell überfliegt er die im Traumteufel gespeicherten Situationen, seine Freude weicht Unzufriedenheit und schließlich Verärgerung: A – Aalangeln auf einem stillen Waldsee bei Vollmond, Abendrot über Fjordlandschaften, Alpenwiese im Frühling, antarktische Pinguinkolonie ... B – Baden in einem Hochgebirgssee, Banjomusik ... E – Eissegeln ...
Der ehemalige Eigentümer scheint ein ausgesprochen romantisch veranlagter Mensch gewesen zu sein, denkt er wütend. Nicht eine handfeste abenteuerliche Situation!
So entscheidet er sich nach kurzem Überlegen für die „Erlebnisse einer jungen Robbe“, das einzige, was ihm halbwegs zusagt, und tippt den Code ein. Eine Reihe von Lämpchen glimmt

auf, und als sein Blick auf das grünstrahlende Alphazeichen fällt, begreift er, was noch zu tun ist. Eigentlich überall dasselbe Prinzip, denkt er, und er drückt die Taste mit dem Startsymbol. Dann läßt er sich in den Sessel fallen und registriert gerade noch, wie sich eine dunkle Glocke auf ihn herabsenkt ...

Quälender Hunger plagt Trinnie. Seit zwei Tagen hat sie nichts gefressen, und die rechte Flosse, die von einem herabgeschleuderten Stein getroffen wurde, schmerzt noch beim Schwimmen. Die Fischschwärme haben sich in tiefere Gewässer zurückgezogen, der Orkan wühlt den Ozean auf und schleudert gewaltige Brecher gegen die Felswände der kleinen Insel, auf der Trinnie und ihre Artgenossen sich zum alljährlichen Hochzeitsritual versammeln. Zwei kräftige junge Bullen folgen ihr mit unruhigen Flossenschlägen, sich gegenseitig belauernd und umkreisend. Auch Trinnie ist von einer merkwürdigen Unruhe gepackt worden, sie spürt, daß bald etwas geschieht, was ihr ganzes Dasein verändert, aber wie wird es sein, dieses „etwas“? Immer tiefer taucht sie hinab, geschickt den Großen Schleimigen ausweichend, die mit ihren Schwänzen schmerzhafte Schläge austeilen können. Mit Unbehagen erinnert sich Trinnie an das furchtbare Brennen auf der Haut, das sie noch Tage nach dem Zusammenstoß mit einer Großen Schleimigen quälte. Die Kleinen Schleimigen sind nicht so gefährlich, vor ihnen braucht man nicht zurückzuschrecken, auch das hat sie schon gelernt. Spielerisch dreht sie sich einige Male um ihre Längsachse und späht heimlich nach ihren Verfolgern. Erst war es ihr unangenehm, und sie versuchte sie abzuschütteln, jetzt aber regt sich etwas anderes in ihr. Ein fremdes, prickelndes Gefühl, das Trinnie noch nicht kennt.

Weit unten, auf dem Grund, sieht sie drei Starraugen vorbeiziehen. Bereits jetzt erkennt sie, daß es harmlose Starraugen sind, die sich nur von kleinen Fischen ernähren, so wie sie. Und da kommt auch schon ein ganzer Schwarm köstlicher Gelbbäuche. Pfeilgeschwind stößt Trinnie hinab, mitten hinein in das Gewimmel der auseinanderstiebenden silbrigen Funken. Einer der Gelbbäuche hat den Anschluß an seinen Schwarm verloren und schwimmt aufgeregt hin und her. Aber er ist Trinnies scharfen Augen nicht entgangen. Wild stürzt sie sich hinterher. Da ist er! Gerade reißt sie das Maul auf, um blitzschnell zuzuschnappen, plötzlich spürt sie, wie sich ein dunkler, gewaltiger Schatten auf sie herabsenkt. Noch ehe sie sich auf den Rücken wälzen kann, um den Gegner abzuwehren, spürt sie einen heißen Schmerz in ihrer Schulter, fühlt sie, wie sich die Kiefer des Starrauges schließen und die scharfen, dreieckigen Zähne die Knochen ihres Körpers zermalmen. Trinnie stößt einen gräßlichen Schrei aus und schüttelt sich entsetzt. Durch die perlenden Luftblasen, die aus ihrer Lunge steigen, sieht sie den kalten, glitzernden Blick …

Elmer schreit und keucht. Erst allmählich erkennt er eine Gestalt im Strahlenschutzskaphander, die ihre Hand auf seine rechte Schulter gelegt hat und ihn kräftig schüttelt.

„Proximer Ponape! Kommen Sie zu sich!“ sagt eine knabenhafte Stimme. Langsam gelingt es ihm, sich von dem Alpdruck zu befreien. Wo ist Dorean? Wie lange habe ich hier gesessen? überlegt er, als er auf den Schultern der Gestalt die Rangabzeichen eines Protektors erkennt. „Können Sie mich verstehen, Proximer?“ fragt der andere, und Elmer begreift schlagartig, daß es sich nur um eine Streife handeln kann. Elmer nickt benommen.

„Ich bin Protektor Martin. Mein Auftrag ist, Sie sofort zur Skorpion zu bringen, Proximer! Folgen Sie mir!“ In der Hand des Protektors erkennt er ein Dreiäuglein, und nun weiß Elmer, daß alles zu spät ist. Wenn sie uns damit gesucht haben, muß etwas geschehen sein, begreift er sofort. Unwillkürlich tastet er nach dem Bauchnabel, wo jedem Menschen gleich nach der Geburt ein winziger Kristall mit einem holographischen Erkennungscode, dem Psiegel, implantiert wird. An sich eine praktische Einrichtung, die zum Beispiel den bargeldlosen Zahlungsverkehr ermöglicht und vieles andere vereinfachen hilft, doch jetzt könnte er das Psiegel verfluchen. Hätte er es doch nur mit seiner Gürtelschnalle verdeckt! Seine Identität ist also mit dem Dreiäuglein bereits festgestellt worden, fragt sich nur noch, ob der Protektor sie schon gemeldet hat. Elmer fällt es schwer, sich zu konzentrieren. Der Ananis rumort in seinem Schädel wie eine ausgelassene Affenherde. Oder sind das Nachwirkungen des Traumteufels?

„Folgen Sie mir, Proximer!“ befiehlt der Protektor noch einmal.

Elmer ahnt Unheil. Soll er bluffen? Als der weitaus Ranghöhere könnte er es versuchen … Da sieht er Dorean durch die Tür torkeln. Flink dreht sich der Protektor um und zielt mit dem Dreiäuglein auf den Freund. Dorean schaltet schnell. Barsch fährt er den anderen an: „Was fällt Ihnen ein, Protektor! Wissen Sie nicht, wen Sie vor sich haben?“ Er spricht mit schwerer Zunge und schwankt leicht. Protektor Martin antwortet gelassen: „Sie sind Proximer Dorean Malden, das ist mir bekannt. Ich bin beauftragt, Sie und Proximer Ponape sofort zur Skorpion zu bringen. Folgen Sie mir!“

Dorean lacht heiser. „Nun halt mal die Luft an, mein Junge!“ Elmer registriert staunend, daß Dorean genau den Tonfall des Stellasters imitiert. „Erzähle mir erst mal“, fährt Dorean lallend fort, „warum du hier im Skaphander rumläufst, hopphopp, Bürschchen, mach Meldung!“

Protektor Martin antwortet kühl und etwas spöttisch: „Wenn Ihnen bekannt wäre, daß die durch die Explosion und durch den Abzug der Ergophagen ausgelösten Turbulenzen in den oberen Atmosphärenschichten die Ausbildung eines lokalen Tiefdruckgebietes zur Folge hatten, das jetzt radioaktive Staubmassen heranführt, die Zoarix in wenigen Minuten erreichen, würden Sie wohl nichts Eiligeres zu tun haben, als ebenfalls Ihre Schutzanzüge anzulegen. Da Stellaster Geonyx Sie im Geländewagen nicht mehr erreichte, hat er mich beauftragt, Sie zu suchen. Er sagte, daß er Sie zu gut kennen würde, um nicht auf jede Art von Unsinn gefaßt zu sein!“

Als Elmer sieht, daß Dorean den Protektor entsetzt ansieht, wird er etwas nüchterner. Die Skaphander! Wie konnten sie die nur im Geländefahrzeug zurücklassen! Haben sie heute denn einen rabenschwarzen Tag erwischt? Wenn Geonyx nicht an alles denken würde …

Das leichte Schaukeln des Amigos, mit dem der Protektor sie zum Geländewagen fährt, legt sich Elmer auf den Magen. Gott sei Dank hat Protektor Martin die beiden Schutzanzüge aus dem verlassenen Fahrzeug mitgenommen, nachdem das Dreiäuglein den ungefähren Aufenthaltsort angepeilt hatte.

Verzweifelt versucht Elmer, sich während der Fahrt vorzustellen, was für ein Gesicht sich hinter dem undurchsichtigen Helmvisier des Protektors verbirgt. Der Stimme nach ist es ein junger Bursche. Aber dieser Jüngling scheint ein harter Kerl zu sein, denn auf ihre Versuche, ihn zum Schweigen zu überreden, reagierte er mit eisiger Kälte. Jetzt haben sie es aufgegeben.

Elmer fühlt sich elend. Es fällt ihm nicht schwer, sich auszumalen, was sie erwartet. Nur gut, daß Quattro nicht da ist, mit Geonyx werden sie besser zurechtkommen, aber auch das wird furchtbar ...
Protektor Martin fährt schnell und sicher. In den Kurven geht er kaum mit der Geschwindigkeit herunter und gleicht jedes leichte Schleudern durch gefühlvolles Gegenlenken aus.
Elmer schließt die Augen und versucht, an nichts zu denken. Manchmal gelingt ihm das, wenn etwas Unangenehmes bevorsteht. Aber da ist noch etwas, was ihn beschäftigt, beunruhigt. Was hatte dieser merkwürdige Traum zu bedeuten? Weshalb fühlte er sich als weibliche Robbe? Eine Weile fühlt er sich nackt und entblößt, bis ihm klar wird, daß die anderen beiden ja nichts davon wissen können. Die Empfindungen in diesen wenigen Minuten haben ihn verunsichert. Eigentlich hätte er doch Trinnie als junger Bulle verfolgen müssen. Aber so ...
„Protektor! Das mit dem Traumteufel und dem Rhosigma muß doch wohl keiner wissen, wem nutzt es denn?" Dorean versucht ein letztes Mal, den anderen umzustimmen. „Sie haben Ihren Auftrag doch erfüllt, alles andere lassen wir unter den Tisch fallen, ja?"
Elmer schämt sich beinahe, als er Dorean so betteln hört. Dabei weiß er genau, daß Dorean nur schauspielert. Er würde es nie fertigbringen, sich derart zu erniedrigen, Dorean tut es mit einem kaltblütigen Lächeln.
„Schweigen Sie, Proximer! Sonst muß ich das auch noch melden!" antwortet Protektor Martin kühl.
„Beim großen Sirius!" sagt Dorean verdrießlich. „Wie kann man nur so dienstgeil sein. Das ist nun die Jugend von heute! Alles Streber, Wichtigtuer und Petzer ..."
„Schimpfen Sie ruhig weiter, Proximer, wenn es Sie erleichtert", antwortet der Protektor überraschend freundlich. „Reagieren Sie sich ab. Dann fällt es Ihnen nachher leichter, sich zusammenzunehmen, wenn der Stellaster Sie herunterputzt."
Dorean verstummt. Eigentlich ist ihm die kaltschnäuzige Art des Protektors nicht unsympathisch. Martin – den Namen wird er sich merken! So oder so, den Burschen muß er sich bei passender Gelegenheit noch einmal vorknöpfen. Vielleicht ist er sogar Kendokämpfer! Dann soll er aber das Tanzen lernen ... –

Stellaster Terniff Geonyx läuft nervös von einer Wand zur anderen. Er hat die beiden undisziplinierten Proximer in seine Privatkabine befohlen, denn er hält nichts davon, Offiziere vor der Mannschaft abzukanzeln. Auf der Brücke der Skorpion, wo er eigentlich sein müßte, ist zuviel Publikum. Er wird sich hüten, die Autorität seiner Offiziere zu unterminieren.
Es klopft kurz. „Herein!" befiehlt Geonyx mit kratziger Stimme. Galaxor Gornes Morrik steckt sein Vollmondgesicht zur Tür herein und meldet grinsend: „ Es wird noch ein Weilchen dauern, Stellaster! Wir mußten den beiden erst mal einen Eimer Wasser über den Kopf gießen!"
„Was soll der Unsinn?" fragt Geonyx ärgerlich. „Damit kriegen Sie die Radioaktivität auch nicht ab!"
Galaxor Morrik lacht. „Das nicht, Stellaster, aber dafür verdünnt das Wasser den Alkohol in ihren Köpfen so weit, daß sie wieder einigermaßen zurechnungsfähig werden ..."
Stellaster Geonyx spürt, wie ihm kleine Schweißtröpfchen auf die Stirn treten. „Soll das heißen ...?" Er wagt nicht, die Frage zu vollenden.
„Daß sie stockbesoffen sind!" antwortet Morrik lakonisch. „Ponape kann kaum geradestehen, und Malden flucht und tobt wie tausend Mann. Die beiden stinken wie ein leckgeschlagenes Faß mit elloranischem Ananis. Ein bißchen Thomisky war wohl auch dabei ..."
Geonyx muß sich an der Kabinenwand abstützen. Warum geschieht so etwas immer dann, wenn Quattro nicht da ist und er die Verantwortung trägt, er, der ewige Stellvertreter? Tun sie das absichtlich, weil sie seine Gutmütigkeit und sein weiches Herz kennen? Wollen sie ihn ausnutzen oder gar vernichten? Der Stellaster beißt sich wütend auf die Unterlippe, so daß seine großen, etwas vorstehenden oberen Schneidezähne sichtbar werden. Er weiß, wie lächerlich das aussieht und daß er innerhalb der Mannschaft deswegen nur Häschen oder Mucki genannt wird. Er weiß aber auch, daß dieser Spitzname mehr liebevoll als gehässig gemeint ist, weil er bei den Leuten in gutem Ruf steht. Wie sie ihn nennen, ist ihm absolut gleichgültig, Hauptsache, sie machen keinen Ärger! Er versucht doch wirklich, mit jedem auszukommen, warum nur müssen Malden und Ponape immer aus der Rolle fallen? Protektor Martin hat ihm gemeldet, daß die beiden, wie er befürchtet hatte, ohne Ska-

phander in den Urbaniden herumkrochen und offensichtlich ein wenig plünderten. Das war schon schlimm genug. Aber mußten sie sich im Dienst auch noch vollaufen lassen? Protektor Martin hat sie in allerletzter Sekunde aufgefunden, die ersten Schwaden der radioaktiven Nebel rieselten bereits durch die Luftschächte in das Urbanidum ...
Nein, diesmal muß er hart durchgreifen!
Als es zaghaft klopft, stellt er sich in Positur und versucht, sie so finster wie möglich anzusehen. In Anbetracht seiner Stimmung fällt es ihm heute nicht schwer.
„Aha, da sind ja unsere tapferen Helden!" empfängt er Dorean und Elmer. Und dann läßt er ein Donnerwetter über sie hereinbrechen, daß selbst er staunen muß, wozu er in der Lage ist.
„Was bilden Sie sich eigentlich ein, meine Herren Proximer!" brüllt er los. „Die Menschen kämpfen um ihr Überleben, zu Hunderttausenden fliegen sie einer ungewissen Zukunft entgegen – aber kaum hat die Formation Exodus die ersten Kilometer in Richtung Prokyon zurückgelegt, ja gerade hat sie die Erdatmosphäre verlassen, da haben die Proximer Malden und Ponape nichts Eiligeres zu tun, als sich vollaufen zu lassen, in der Hinterlassenschaft jener Wagemutigen herumzustöbern, die für uns alle den Anfang machten. Begreifen Sie denn überhaupt, was Sie getan haben, wie unanständig Sie handelten?" Als er sieht, daß Dorean zerknirscht nickt, gönnt er sich eine Atempause. Aber auch Ponapes trotzig zu Boden gesenkter Blick entgeht ihm nicht.
„Hätten Sie sich diesen Blödsinn auch erlaubt, wenn Kosmander Elldes hier wäre?" fragt er böse. „Oder wagen Sie solche Kapriolen nur, wenn ich die Verantwortung trage? Wenn Sie es sich auf Biegen oder Brechen mit mir verderben wollen, *so* schaffen Sie es kinderleicht! Machen Sie nur weiter! Aber ich sehe gar nicht ein, daß ich mich mit Ihnen herumärgern soll, ich werde Ihre Versetzung beantragen."
Das hat gesessen. Wahrscheinlich ist das auch die einzige Strafe, die auf sie Eindruck macht: Ausschluß aus Kosmander Mariel Elldes' Elitetruppe.
„Aber vorher möchte ich Ihnen noch Gelegenheit geben, sich bei Protektor Martin für Ihre Rettung zu bedanken." Stellaster Geonyx betätigt die Rufanlage und befiehlt den Protektor zu sich.

Als die Tür hinter ihnen klappt und eine jugendliche Stimme Meldung erstattet, knirscht Dorean mit den Zähnen. Auch noch bedanken soll er sich bei dem jungen Schnösel!
„Darf ich vorstellen: Protektor Miranda Martin! Ihr Retter", sagt Geonyx kühl. Dorean und Elmer fahren verblüfft herum. Miranda Martin streift sie mit einem eisigen Blick. Sie hat dunkelbraune schöne Augen, und ihr Haar glänzt blauschwarz.
„Ich befolgte nur Ihren Befehl, Stellaster", antwortet sie ruhig. Dorean mustert verwirrt die straffe, kräftige Gestalt des jungen Mädchens, das ihn beinahe um einen halben Kopf überragt.
„Und ich wollte Sie schon zum Kendoduell fordern", stichelt er.
„Bitte sehr, Proximer! Ich weiß mit dem Bambusschwert umzugehen", antwortet Miranda Martin kalt und sieht mit einem spöttischen Lächeln auf ihn herab.
„Schluß mit diesen Kindereien!" schaltet sich Geonyx ein. „Protektor Martin! Sie begleiten die Proximer Malden und Ponape zur Basis Aurora. Dort melden Sie den Vorfall Admirander Reganta, soll er doch entscheiden. Ich will die beiden hier nicht mehr sehen."
Als Elmer die Hand an die Hosennaht legt, fühlt er die kantigen Konturen irgendeines Gegenstandes. Die Modelle! Soll er es wagen? Womöglich reißt Geonyx ihn in Stücke!
Als der Stellaster „Abtreten!" befiehlt, verharrt er reglos. Und als Dorean ihn unauffällig am Ärmel zieht, zischt er ihm zu, er solle verschwinden.
Am Blick des Freundes erkennt Dorean, daß der etwas plant. Hinter Miranda Martin verläßt er die Kabine des Stellasters und schließt die Tür. „Er kommt gleich", sagt er gleichmütig. Dorean mag schlanke und zierliche Frauen, nicht solche Riesinnen. Und doch muß er sie immer wieder ansehen. Ihr kräftiger, wohlgeformter Körper reizt seine Phantasie. Eigentlich kann er Mannweiber nicht ausstehen und vertritt kategorisch den Standpunkt, Frauen hätten innerhalb der Sicherheitsorgane nichts zu suchen. Zu dieser hier paßt die Uniform mit den gelben Protektorbalken auf dem Ärmel, als sei sie in ihr zur Welt gekommen. Bedächtig läßt er seinen Blick über ihren üppigen Oberkörper gleiten, tastet mit den Augen die schmalen Hüften ab und die muskulösen Schenkel in der straff sitzenden Kombination.
„Na, zufrieden?" fragt sie ihn plötzlich kaltblütig.

Dorean zuckt zusammen. Sie muß ihn die ganze Zeit beobachtet haben. Nach all den Erlebnissen der letzten Stunden ist ihm von seiner Schlagfertigkeit nur ein bescheidener Rest geblieben, so antwortet er stotternd: „Ich habe nur gedacht, was wohl gewesen wäre, wenn ich Sie tatsächlich zum Kendokampf gefordert hätte ...“
„Versuchen Sie es doch, Proximer. Ich kämpfe gern mit Menschen, die eine saubere Klinge schlagen. Dafür sind Sie doch bekannt! Oder läßt es Ihre männliche Eitelkeit nicht zu, gegen eine Frau anzutreten und – zu verlieren?“
Das hätte sie nicht sagen sollen. Dorean schnauft verächtlich. Das Wort Niederlage existiert im Zusammenhang mit seinem Lieblingssport nicht, das wissen auch seine Gegner. Sollte ihr das wirklich unbekannt sein?
„Also, wann und wo, Protektor?“ fragt er frostig.
„Mir egal, meinetwegen sofort“, entgegnet Miranda Martin und fährt mit der Hand durch ihre blauschwarzen Locken. „Sagen wir in einer halben Stunde im Physischen Zentrum, gut?“
Dorean nickt. Kaum ist Protektor Miranda Martin hinter der Biegung des Korridors verschwunden, verläßt Elmer die Kabine des Stellasters. Er grinst triumphierend.
„Kein Mensch ist perfekt! Er schmeißt uns nicht raus! Aber bei Reganta müssen wir uns trotzdem melden. Er schickt uns Galaxor Morrik mit, nicht diese Amazone! Und weißt du, was das schönste ist? Das hast du wohl gar nicht mitbekommen. Das Kraftweib hat kein Sterbenswörtchen wegen des Traumteufels verlauten lassen! Die scheint gar nicht so übel zu sein!“
„Vielleicht weiß sie gar nicht, was das ist?“
„Quatsch, den kennt jedes Kind. Die hat wirklich den Mund gehalten! Und das, obwohl du sie ganz schön beschimpft hast! Daß wir besoffen waren, konnte sie nicht verschweigen, das sah ja hier jeder ...“ Elmer lacht zufrieden.
„Und weshalb schickt er uns trotzdem zum Admirander?“ fragt Dorean enttäuscht.
„Ganz klar! Das läßt sich nicht mehr vertuschen, daß wir blau wie ein A-Null-Stern hier angekommen sind. Aber er schickt uns Morrik mit. Der Admirander und Morrik sind seit Jahrzehnten befreundet! Da kann nicht viel schiefgehen, meint unser Mucki ...“
Dorean atmet erleichtert auf, es hat den Anschein, als würden

sie wieder einmal mit einem blauen Auge davonkommen. Protektor Martin hat sie also weitgehend gedeckt, ein Prachtweib, wenn man es genau besieht …

Im großen Saal des Cephalons der Basis Aurora, dem Hauptstützpunkt des Militärischen Sektors der Raumsicherheit, wimmelt es wie in einem Bienenkorb. Auf Bildschirmen, die einem geometrischen Muster gleich in unterschiedlichen Größen die Wände bedecken und den wächsernen Waben eines Bienenstocks ähneln, wechseln Projektionen des Universums und geographische Darstellungen in hastiger Eile. Überall laufen und gestikulieren Mitarbeiter der RS aller Dienstgrade. Admirander Reganta scheint die Achse zu sein, um die das hektische Treiben rotiert. Er sitzt genau im Zentrum des Cephalons, umgeben von lärmenden Videophonen und seinen Leuten, und schaut nur einen kurzen Augenblick auf, als Medikaster Bornschleif, sein ärztlicher Betreuer, mahnt: „Sie müssen endlich ein paar Minuten schlafen, Admirander! Seit beinahe sechsunddreißig Stunden sind Sie auf den Beinen!“
„Reden Sie keinen Unsinn, Bornschleif, ich bin nicht auf den Beinen. Ich sitze!“ Dann schiebt er den schmächtigen Medikaster energisch beiseite. Bornschleif runzelt nur die Stirn und schweigt. Admirander Reganta ist sich dessen bewußt, daß es keineswegs Furcht vor seiner Kraft ist, die den Arzt veranlaßt, nicht zu protestieren. Bornschleif weiß genau, daß er seinen Rat befolgt, sobald sich eine winzige Lücke in der Aufeinanderfolge der Ereignisse zeigt. Wie ein Schatten huscht Durila herbei, die Sekretärin des Admiranders, und setzt ein Tablett auf dem Pult ab. Reganta greift nach der Kanne und gießt sich eine grünliche, ölig glänzende Flüssigkeit in die daneben stehende Tasse. Dampfend steigen aromatisch duftende Schwaden auf.
„Geraspelte Schleierdrachenkrallen – eine Köstlichkeit!“ brummt er. Der Teetick des Chefs der Raumsicherheit ist allen bekannt. Auch über das folgende Ritual wundert sich niemand mehr. Reganta wird den Tee abkühlen lassen, dann drei, vielleicht vier Zuckerkristalle hineinwerfen und den Sud mit dem kleinen Finger der rechten Hand umrühren. Niemand stößt sich daran. Aber vorerst wendet sich Reganta wieder den Videophonen zu, auf denen erwartungsvolle, ungeduldige oder erregte Gesichter zu sehen sind.

„Sprechen Sie, Superkosmander Zercks!“ fordert er den Chef der Formation Exodus auf.
„Alles läuft planmäßig, Admirander. Wir haben Sektor vierundsiebzig über Selena B verlassen und passieren Rota …“
Aus den Augenwinkeln sieht Reganta, wie Gornes Morrik mit den beiden schwarzen Schafen der Skorpionbesatzung eintritt. Richtig, Geonyx hatte sie ihm ja angekündigt. Beim Sirius, die muß er also noch verarzten. Besaufen sich im Dienst, diese Strolche! Wenn Quattro das wüßte, der würde ihnen die Hammelbeine langziehen! Wenn Geonyx den Galaxor mitschickt, will er also auch ein salomonisches Urteil, hofft, daß Gornes Morrik sich für die beiden einsetzt, weil allen bekannt ist, daß er und der Galaxor Freunde sind. Sie schicken ihn immer nur, wenn die Aufgabe unangenehm ist, denkt der Admirander unwillig, während er sich kein Wort des Rapports entgehen läßt. Irgendwann muß ich dem einen Riegel vorschieben!
„Gut, Superkosmander, danke. Was ist bei Ihnen los, Germalot?“ wendet er sich an Germalot Tolder, den ehemaligen Chefinstrukteur der Balinth-Schule, der den Planeten Esperanta im System Prokyon für die Besiedlung vorbereitet. Während der grauhaarige Veteran berichtet, bedeutet er Morrik und den Proximern, ohne sich umzublicken, mit einer knappen Handbewegung, es sich in den Sesseln hinter seinem Koordinatorpult bequem zu machen. Allerdings kann er nicht sehen, daß diese schon besetzt sind und die drei ratlos stehen bleiben.
„… brauche ich unbedingt noch Leute. Sonst schaffen wir es nicht. Zwei Plusminusandroiden sind ausgefallen, aber die bekommen wir wieder hin“, berichtet der alte Mann aufgeregt.
Der Empfang aus dem elf Lichtjahre entfernten System Prokyon ist nicht besonders gut, und Reganta flucht gräßlich, als für Sekunden der Ton im kosmischen Rauschen erstickt. Doch sofort hat er sich wieder in der Gewalt.
„Quinto fliegt mit der Achternak zu euch. Wie Sie wissen, ist das unser modernster und schnellster Großtransporter. An Bord sind unter anderem die versprochenen acht Plusminusandroiden sowie hundertundvier Deltas. Er wird gut zwei Monate vor der Formation Exodus eintreffen. Reicht die Zeit?“
Der Admirander trommelt ungeduldig mit den Fingern auf dem Pult, als der alte Tolder eine Winzigkeit zögert. „Ja, das genügt“, antwortet er schließlich.

Reganta sieht ihm fest in die Augen und sagt eindringlich: „Es darf nichts schiefgehen, Germalot! Ich habe gerade Sie mit dieser Aufgabe betraut, weil ich Ihre Zuverlässigkeit und Energie schätze. Sie müssen es schaffen!"
„Wir schaffen es ganz bestimmt ..., wenn Quinto pünktlich ist!"
„Ach, der trifft höchstens früher ein", antwortet Reganta. Damit ist das Gespräch für ihn beendet. Während er befiehlt, Verbindung zur Achternak herzustellen, wehrt er den Medikaster Bornschleif ab, der sich wieder meldet, gleichzeitig bittet er die anderen Gesprächsteilnehmer, eine Weile Geduld zu haben.
„Hallo, Quinto!" begrüßt er den Kommandanten der Achternak herzlich. „Wie geht's dir, Einsiedler?" Und ohne die Antwort abzuwarten, befiehlt er: „Du fliegst direkt zum Prokyon und lädst die Speichermodule für die Siriusfestung erst auf dem Rückflug aus, verstanden? Tolder braucht eine kleine Zeitreserve, sonst dreht er mir durch ..."
Noch während er dem Gesprächspartner Instruktionen erteilt, schreibt er etwas auf einen Zettel und reicht ihn einem Mitarbeiter. Dann wendet er sich einem weiteren Videophon zu und sagt: „Quinto ..., ich meine, Subkosmander Adriel Cosma wird gute sieben Monate später als geplant ..., o nein! Moment ..." Er tippt schnell etwas in seinen Kleinrechner ein und korrigiert sich: „Er wird achtzehn Wochen später als geplant die Speichermodule abliefern, melden Sie das der Siriusfestung, Protektor!"
Admirander Reg Reganta atmet tief durch und wendet sich dann dem Videophon zu, auf dem ein kleiner Glatzkopf mit traurigem Gesicht zu sehen ist.
„So, Alter, jetzt habe ich für dich Zeit", sagt er gutmütig und streicht sich die blonden Locken aus der Stirn.
„Ich bestehe darauf, daß Sie jetzt schlafen!" mischt sich Bornschleif erneut ein, eine gute Chance witternd.
„Sachte, sachte, Medizinmann!" antwortet Reganta lachend. „Für meinen Freund Pyron werden wohl noch ein paar Minuten abfallen."
Der Arzt schüttelt den Kopf, setzt sich aber wieder.
„Es sieht beinahe so aus, als ob die Sonnensteine sich gerade jetzt unserer erbarmen wollen und uns ein Lebenszeichen geben", erzählt Pyron hastig. „Sie leuchten wieder! Nach über dreißig Jahren, stell dir das vor, Reg! Zwar schwach und nur wenige, aber sie leuchten!"

Reganta wehrt einen Proximer ärgerlich ab, der ihm etwas sagen will: „Sehen Sie nicht, daß ich Alpha Centauri dran habe? Warten Sie gefälligst!“

„Es deutet alles darauf hin, daß sie einen periodischen Lebenszyklus haben und in so eine Art Winterschlaf gesunken waren ...“

Der Admirander zieht unmerklich die Augenbrauen hoch. Also doch, denkt er. Hat sich Pyrons Hartnäckigkeit gelohnt! Während Pyron erklärt, denkt der Admirander zurück: Würden die Sonnensteine nun endlich ihr Geheimnis preisgeben und Licht in das unerklärliche Auftauchen und das ebenso plötzliche Verschwinden des fremden Raumkreuzers bringen, der seinerzeit Pyron und Magister Spinks zwei Wochen lang im Hyperraum gefangenhielt?

„... brauche ich unbedingt noch sechzehn Tachyonengeneratoren“, beendet Pyron seinen Rapport.

„Unmöglich, Alter! Im Augenblick kann ich keinen einzigen Raumkreuzer, auch nicht das kleinste Patrouillenboot, entbehren! Du kennst die Situation!“ antwortet Reganta entschieden.

„Dieser Katzensprung!“ Pyron ist beleidigt.

Der Admirander will ihn gerade trösten, da springt ein Mitarbeiter in der vierten Monitorreihe auf und schreit: „In Tirax sind beide Kraftwerke explodiert! Jetzt machen sie Tirax dem Erdboden gleich, diese Scheusale!“ Ängstliche Schreie sind im Cephalon zu hören.

Tirax! Die Hauptstadt der Solaren Föderation, denkt Reganta verzweifelt. Dort leben acht Millionen Menschen!

Mit einigen knappen Befehlen bringt er wieder Ordnung in den Saal und läßt sich mit Tirax verbinden. Er begreift sofort, daß die Situation äußerst kritisch ist. Fast die gesamte Energieerzeugung ist ausgefallen, abgesehen von einigen vereinzelten Notstromaggregaten. Die Stadt muß augenblicklich evakuiert werden. Reganta ist sich klar darüber, daß es diesmal nicht ohne Opfer abgehen wird. So schnell, wie es erforderlich ist, kann man eine Achtmillionenstadt nicht räumen! Werden die ersten verhungern oder verdursten, werden Orkane die Stadt verwüsten, wenn die Klimageneratoren ausfallen, oder werden die Wassermassen des Rio Fuego die Schleusen überfluten? fragt er sich verzweifelt.

Und wo schlagen sie dann das nächstemal zu, diese unerbittlichen unsichtbaren Feinde? Die Großstädte in den Polarregio-

nen hat er schon lange räumen lassen und die Bevölkerung auf andere Gebiete der Erde verteilt, die weniger gefährdet erschienen. Aber so kann es doch nicht weitergehen!
Er läßt es willenlos geschehen, als Medikaster Bornschleif ihm, ohne zu fragen, den linken Unterarm entblößt und die Nadel mit der Kanüle einsticht.
„Das ist die allerletzte, Admirander!“ Er hört den Arzt wie aus weiter Ferne. Unwichtig, nebensächlich, Angelegenheit der Mediziner, wie sie ihn auf den Beinen halten. Er spürt es förmlich, wie die medikamentöse Energie als heißer Strom in seinen Körper fließt, und weiß doch auch, welch gefährlicher Betrug am Organismus diese Spritzen sind. Egal, der Kopf wird wieder klar, das ist wichtig. Sie haben sich Zeit gelassen und hätten uns dadurch beinahe eingeschläfert, denkt er grimmig. Aber noch sind wir nicht am Ende!
„Geschwader Viktoria und die Zerstörerstaffeln Gamma bis Omega sofort in Alarmbereitschaft. Dann Verbindung zur Skorpion. Geonyx muß sich bereit halten und das Ganze noch einmal in Tirax durchführen. Er soll damit rechnen, daß eine Woche lang evakuiert wird! Trensner, Sie berechnen die Verteilungsmatrix!“ Noch während er die Anweisungen gibt, überlegt er, was er tun muß. Zunächst die Bevölkerung in die Städte bringen, die schon vorsorglich für solche Fälle vorbereitet wurden. Sie liegen in wärmeren Territorien, haben ausreichend Trinkwasser und extra vergrößerte Lebensmitteldepots, so daß man auch im energielosen Zustand einige Zeit – wenn auch dürftig – darin leben kann. Es hat sich die Tendenz abgezeichnet, daß die Ergophagen Kernkraftwerke, Annihilatoren und Tachyonengeneratoren bevorzugen, Wasserkraftwerke und Anlagen zur Sekundärenergiegewinnung dagegen seltener angreifen. Also spielt auch dieser Aspekt bei der Auswahl der Zufluchtsorte eine große Rolle.
Dann muß er sofort eine Formation Exodus zwei zusammenstellen und veranlassen, daß die Arbeiten auf Epsilon Eridanus beschleunigt werden. Reganta verdrängt den Gedanken sofort, daß alles gar keinen Zweck hat, wenn die Ergophagen noch aktiver werden als bisher. Vorläufig sind sie selten an zwei Orten der Erde zur selben Zeit in Aktion getreten, so daß man anfangs glauben konnte, es handele sich um einen lokal streng begrenzten „Schwarm“ dieser Wesen. Das erwies sich jedoch bald als

trügerische Hoffnung. Entweder vermehren sie sich, oder sie werden mit steigendem Energiekonsum aktiver.
Nach einer knappen Stunde konstatiert Admirander Reganta, daß die Aktion Exodus zwei angelaufen ist. Diesmal wird es ungleich schwerer. Tirax kann nicht wie Zoarix auf einen Schlag, praktisch im Handstreich, evakuiert werden. Sie müssen etappenweise vorgehen – und es wird diesmal Tote geben, das ist unschwer zu erraten.
Nun gut, sie haben mir wenigstens die Entscheidung über die Reihenfolge abgenommen, denkt Reg Reganta traurig, ich brauche also nicht mehr Gottvater zu spielen, der über Leben und Tod bestimmt. Sie zwingen uns ihre Strategie auf, und die ist raffiniert ausgeklügelt. Aber wir mußten jede Sekunde mit einem Angriff auf Tirax rechnen, es war schon wie ein Wunder, daß sie die Hauptstadt so lange verschonten.
„Admirander, die Elektronengehirne des Leitsystems Kurilenkette sind abgeschaltet, sie werden über Tirax versorgt. Ich habe vorsichtshalber gleich den ganzen Komplex auf Orbiter umgestellt. Richtig?“
Als er die dunkle, warme Stimme von Stellaster Terry Spinks hört, dreht sich Reganta kurz um und nickt kühl. Der blonde Mann mit den lebhaften blauen Augen und dem muskulösen Körper – dieser Mann müßte Reganta eigentlich sympathisch sein. Aber er ist Korenther! Sosehr sich der Admirander auch bemüht, seine Aversionen gegen diese Menschen zurückzudrängen, es gelingt ihm nicht.
„Gut, Stellaster. Wenn die Orbiter den Ausfall nicht kompensieren können, müssen wir das ganze Netz auseinanderziehen, weitmaschiger legen. Sorgen Sie auch dafür, daß jeder überflüssige Flugverkehr unterbunden wird. Wir werden bald nur noch die Orbiter haben. Der Zeitpunkt, an dem die letzten Bodenstationen ausfallen, läßt sich an zehn Fingern abzählen ...“
Spinks verschwindet lautlos wie ein Schatten. Man kann sich auf ihn verlassen, denkt Reganta kurz, dann überlegt er, wie sich am sichersten das Kontroll- und Leitsystem stabilisieren läßt.
Eine seiner ersten heißumstrittenen Maßnahmen nach der Ergophagenkatastrophe war, sämtliche wichtigen Leit- und Regelfunktionen unabhängig von Computern und deren elektronischer Hierarchie zu machen. Er erkannte sofort die entscheidende Gefahr, die in der totalen Abhängigkeit der irdischen Ge-

sellschaft von ihren großartigen, aber auch so leicht zu eliminierenden Elektronengehirnen bestand. Wie es sich jetzt zeigt, hat er richtig entschieden. Den Operationsstab in das Cephalon der Basis Aurora auf den Mars zu verlegen, für den sich die Ergophagen überhaupt nicht zu interessieren scheinen, war sein zweiter Schritt. Einige warnten davor, die Bevölkerung könnte glauben, man überließe sie ihrem Schicksal und brächte sich selbst in Sicherheit. Der Admirander wischte diese Einwände vom Tisch, indem er nur sagte: „Wenn der Kopf getroffen wird, ist der ganze Körper verloren." Ein ganz Spitzfindiger hielt ihm entgegen: „Den Kopf abtrennen, das bedeutet auch den Tod." Darauf antwortete Reganta überhaupt nicht. Der Mann sah nur die Erde als Körper der Menschheit, das war sein Fehler. Schon längst gehörte den Menschen auch das Sonnensystem.
„Admirander! Wenn Sie jetzt nicht wenigstens sechs Minuten ausspannen, kann ich für nichts mehr garantieren!" Bornschleif ist wieder an ihn herangetreten und zeigt auf die Uhr.
„Gut, holen Sie Ihren Apparat, Medikaster." Er geht auf den Bildschirm zu, der das Territorium von Tirax abbildet, und überlegt. Die Idee mit den Kernexplosionen hat sich bewährt. Man wird die Sache wiederholen müssen. Sollen die Ergophagen nur ihre seltsamen Türme bauen, deren Sinn so unverständlich ist. Solange sie damit beschäftigt sind, lassen sie die Raumkreuzer in Ruhe.
Er sieht, wie Bornschleif und zwei Assistenten den Hypnomaten in den Saal rollen und neben seinem Arbeitsplatz anschließen.
„Na gut", seufzt er leise und fügt sich in das Unvermeidliche. „Aber nur zwei Minuten!"
„Unmöglich, Admirander!" entgegnet Bornschleif fest. „Das wäre verschenkte Zeit, weil es gar nichts nützen würde. Mindestens fünf Minuten, keine Sekunde weniger!"
„Schön. Drei Minuten und keine Sekunde länger", bestimmt Reganta. Bornschleif sieht sich hilflos nach seinen Assistenten um und zuckt mit den Schultern. Dann beginnt er das Gerät wieder abzubauen.
„Was soll das?" fragt der Admirander erstaunt.
„Die Wirkung des hypnomatischen Schlafes setzt erst bei einer Schlafdauer von fünf Minuten ein. Der Substitutionsfaktor ist vorher so gering, daß es sich überhaupt nicht lohnen würde.

Fünf Minuten hypnomatischem entsprechen viereinhalb Stunden natürlicher Schlaf. Das ist die Grenze dessen, was ich verantworten kann, Admirander. Sie wissen, die ganze Sache ist ohnehin nicht ganz ungefährlich."
Der Arzt sieht auf die Uhr und sagt: „Schon vierzig Sekunden vertrödelt."
Das gibt den Ausschlag. Ohne ein weiteres Wort setzt sich der Admirander in den weichen Konturensessel des Hypnomaten und schließt die Augen. Schon atmet er den Duft der lichtüberfluteten Waldwiese, hört die Grashüpfer zirpen, und er seufzt erleichtert …

Dorean und Elmer trauen ihren Augen nicht, als der ärztliche Betreuer des Admiranders das Gerät in das Cephalon schiebt.
„Ich werde verrückt, ein Traumteufel!" zischt Elmer dem Freund zu. „Du siehst, sogar der Admirander benutzt seine Privilegien für unsaubere Handlungen."
Dorean schweigt eine Weile. „Admirander Reganta – ein Heuchler und Lügner? Ich kann es nicht fassen …", flüstert er dann verwirrt.
Da schaltet sich Galaxor Morrik in das Gespräch ein, sachlich und ein wenig verwundert fragt er die beiden: „Was ist daran so ungewöhnlich? Der Admirander hat nicht soviel Zeit, um sie mit Schlafen vergeuden zu können. Das weiß doch jeder hier!"
Nun endlich begreifen sie. Wo sie Mißbrauch des öffentlichen Vertrauens und Selbstsucht sahen, waren also ganz im Gegenteil Verantwortungsbewußtsein und höchste Leistungsbereitschaft die Motive!
„So kann man sich irren …" Es ist Elmer peinlich. Er sieht, wie Medikaster Bornschleif mit besorgtem Gesichtsausdruck die Anzeigen des Gerätes abliest und immer wieder die Hirnstromkurven des Admiranders mit den Sollwerten vergleicht.
„Das kann ja keiner ahnen." Auch Dorean ist bedrückt. Doch, sie hätten es ahnen müssen, denkt Elmer. Schon als sie die Wohnung im Park-Urbanidum betraten, hätten sie erkennen müssen, daß ihr Inhaber eine Funktion bekleidete, die man nur Menschen anvertraut, die über jeden Verdacht erhaben sind.
Dann schweifen Elmers Gedanken ab. Die Begegnung mit

Miranda Martin war für Elmer wie ein Schlag, der alte Wunden wieder aufriß. Scheinbar beachtet sie keinen von ihnen, doch er hat längst bemerkt, daß sie heimlich zu Dorean schielt. Als er ihre kräftige Gestalt bestaunte, erinnerte er sich wieder an die Erlebnisse im Traumteufel. Sehnte er sich etwa danach, nach kraftvoller Mütterlichkeit, energischer Strenge? War er deshalb als Trinnie in die Tiefe des Ozeans getaucht, gefolgt von zwei starken jungen Bullen?
Aber Dorean hat wieder mal mehr Chancen. Wie haßte er den Freund, als dessen Bambusschwert gegen die Rippen von Mirandas Kopfschutz flog ... Sie wehrte sich tapfer, aber Dorean war sie doch nicht gewachsen. Eine kleine Hoffnung gibt es für ihn noch: Sie hat die Sache mit dem Traumteufel nicht verraten. Seinetwegen?
Aber wie soll er mit seinem Raubvogelgesicht gegen Dorean, diesen wiederauferstandenen Adonis, ankommen?
„Der Walküre habe ich es gezeigt!" schnaufte Dorean nach dem Kampf zufrieden. Diese Worte trafen Elmer wie Nadelspitzen. Nun horcht er in sich hinein. Er hat sich doch hoffentlich nicht verliebt? Jedenfalls wird er Dorean verheimlichen, daß er Miranda zu einem gemeinsamen Besuch der ostindischen Unterwassergärten eingeladen hat ...
Elmer schüttelt den Kopf und beißt sich auf die Lippen. Wie kann er sich in solch einer Situation nur mit diesen Kleinigkeiten abgeben! In Tirax, auf der ganzen Erde geht es drunter und drüber, wahrscheinlich werden sie gar keine Gelegenheit zu einem Ausflug haben. Aber warum eigentlich nicht? Wenn der Admirander sogar Quattro auf Monocerosjagd schickt, obwohl er hier doch dringend gebraucht wird?
„Gibt es schon Nachricht von Quattro?" fragt er Galaxor Morrik.
„Der kriecht auf dem Fünften der Ellora durch die Galvanos", antwortet Morrik gleichmütig.
„Ich verstehe das nicht", sagt Dorean, „wie kann er gerade jetzt in Urlaub gehen."
„Soviel ich weiß, war es ein Befehl des Admiranders", sagt Morrik, „und darum wird es schon richtig sein."
Das ist es! überlegt Elmer, hier oben geschehen Dinge, deren Folgen viel schwerwiegender sind als gelegentliche Undiszipliniertheiten kleiner Proximer!

Noch ehe er es aussprechen kann, stößt der Galaxor ihn an und flüstert: „Paßt auf, Jungs, jetzt seid ihr dran!“
Sie haben nicht bemerkt, daß die fünf Minuten um sind. Reganta steht vor seinem Pult und sieht zu ihnen herüber. Er war, ist und bleibt ein Klotz von einem Kerl, dem die dunkelrote Uniform mit den vielen goldenen Litzen, Balken und Winkeln immer noch wie angegossen sitzt. Ein Chef, der allein durch sein Äußeres schon Respekt einflößt, ganz anders als Quattro, dessen stärkste Waffe der unbeugsame Wille ist, denkt Elmer.
Unwillkürlich strafft sich sein Körper, finden die Hände von allein den vorgesehenen Platz an der Hosennaht. Auch Morrik und Dorean haben Haltung angenommen, erkennt er mit einem raschen Seitenblick.
„Was steht ihr hier noch herum, Gornes? Ab nach Tirax. Dort trefft ihr euch mit Stellaster Geonyx.“ Dann wendet sich Reganta an Dorean und Elmer.
„Meine Herren Proximer! Mir bleibt nichts weiter übrig, als Ihnen Ihre Ränge zu belassen. Allerdings spreche ich eine auf unbegrenzte Zeit zur Bewährung ausgesetzte Degradierung zum Subprotektor für beide aus. Es hilft uns im Augenblick überhaupt nichts, zwei hochqualifizierten Proximern Aufgabenbereiche zuzuweisen, die deren Leistungsvermögen total unterfordern. Nutzen Sie die Chance zur Bewährung. Vielleicht kann ich mich dann entschließen, deren Dauer doch noch zu befristen. Abtreten!“ Sein eisiger Ton jagt Elmer kalte Schauer über den Rücken. Er sieht noch, wie Reganta sich aus einer kleinen Büchse etwas in die Handfläche schüttet und es nach eingehender Prüfung in seine Teetasse fallen läßt. Dann steckt der Admirander den rechten kleinen Finger in die ölige Brühe und rührt sie um.
„Das nächstemal wird sein Zorn euch zerstampfen wie eine rasende Büffelherde“, kommentiert Morrik trocken die Worte des Admiranders, nachdem sie das Cephalon verlassen haben.
„Ein nächstes Mal wird es nicht geben“, entgegnet Elmer entschieden, und als er Doreans unwilligen Blick bemerkt, der zu sagen scheint: Nun mach dir nicht gleich in die Hosen!, übersieht er ihn einfach. Für ihn steht es fest, die Zeit der dummen Streiche ist vorbei, er wird sich keine Blöße mehr geben.
„Genießt noch einmal die Ordnung und Regelmäßigkeit einer RS-Basis, Jungs!“ sagt Galaxor Morrik traurig, als sie den lan-

gen Tunnel zum Kontrollturm des Start- und Landeareals hinabgehen. „Was uns an Chaos und Verderben, an Leid und Elend erwartet, können wir jetzt wohl noch gar nicht ermessen. Dagegen dürfte Zoarix ein Kinderspiel gewesen sein ...“
Elmer nickt wie abwesend. Ja, ihnen stehen furchtbare Tage bevor.

Das Grün der Sonne Ellora sticht schmerzhaft in Quattros Augen. Doch er darf sie nicht schließen, nicht einmal mit den Lidern zucken, geschweige denn sich bewegen. Noch peinigender als die glühenden Strahlen des Sterns spürt er die feinen, kristallinen Nadeln des niedrigen Silberfarns durch den Umhang aus Molchleder stechen. Der Yumabogen liegt nur eine Handbreit von seinen Füßen entfernt, und doch ist das so weit, als befände er sich auf dem Mond des Planeten Tronnt. Unmöglich, ihn zu erreichen, einen der siebzehn Pfeile aus frisch geschnittenen Purpurnadeln aufzulegen und sich mit einem gezielten Schuß aus der gefährlichen Situation zu befreien! Die geringste Bewegung kann den Tod bedeuten, Quattro wäre ein schlechter Jäger, wenn er das nicht wüßte ...
Bedächtig wendet der Urck den sichelförmigen Kopf. Nur ein Dutzend Schritt von Quattro entfernt ist er gelandet, und der Jäger kann das erregte Vibrieren der Muskelpakete beobachten, die sich in wulstigen Strängen an den Sprungbeinen des Ungeheuers hinabziehen. Kein Zweifel, er wittert den Menschen, weiß mit dem fremden Geruch aber nichts Rechtes anzufangen. Quattro bemüht sich, flach und langsam zu atmen. Bereits das leichte Sichheben und -senken der Brust könnte genügen, den Urck auf sich aufmerksam zu machen. Den auf krustigen Stielen sitzenden Facettenaugen entgeht nicht die leiseste Regung. Nervös peitscht der entfaltete Segelschwanz des Tieres die splitternden Silberfarnnadeln. Fast eine halbe Minute kann der Urck sich mit Hilfe des Hautschirms in der Luft halten und nach Opfern ausspähen. Quattro hat das charakteristische Geräusch beim Absprung gerade noch gehört, und sofort ließ er sich rücklings fallen. Das tat er instinktiv, ein Reflex, der sich auf unzähligen Jagden herausgebildet hat. Nur auf dem Rücken liegend, hat er freies Blickfeld. Den Beutesprung eines Urcks stehend überleben zu wollen ist unmöglich, auch das weiß Quattro nur zu gut. Kein Mensch kann eine Stunde, zur Salzsäule erstarrt,

ausharren – und das muß man, will man der Aufmerksamkeit des geduldigen Räubers, der nur auf die geringste Bewegung wartet, entgehen.
Alles Leben im Galvanosumpf scheint erloschen. Die Trichtermolche haben sich zwischen die porösen, scharfkantigen Platten der Kondizeen zurückgezogen, und die gallertartigen Schlangenleiber der Schleimigen Zehrer sind zu regloser Gelatine erstarrt. Der Hauch des Todes brachte eisige Stille in die Gegend. Quattro spürt, wie sein Puls jagt, und er hofft, daß das schwache Pulsieren dem starren Blick der Stielaugen des Urcks entgehen möge.
Das Tier wiegt den schmalen Kopf, der in einen hakenförmigen Schnabel mit zwei gräßlich scharfen Schneidkanten übergeht, und betastet mit dem winzigen Riechrüssel den Boden. Es ist unruhig.
Quattro nimmt das nur unklar und verschwommen wahr, denn er darf die Augen nicht bewegen. Dem Urck, der die Größe eines Pferdes erreichen kann, fallen selbst die winzigen Flatterbewegungen der Trillerlinge auf, die doch nur wenige Millimeter groß werden.
Quattro überlegt, was er tun soll, wenn der Urck ihn doch wittert. Sollte er versuchen, den Fluß zu erreichen? Nein, die gut fünfzig Schritte bis zum Ufer des Großen Ochsenstromes kann er nicht ungesehen zurücklegen. Dem Untier blitzschnell einen Pfeil in den runden Leib zu jagen – das wäre möglich, aber zwecklos. Diese Tiere sind zäher als Katzen. Gegen den Urck braucht man einen Plasmawerfer, aber den benutzt kein Mitglied der Bruderschaft der Yumajäger. Das beste ist immer noch, so tot wie nur irgend möglich zu erscheinen.
Die tiefen Narben auf den Schenkeln des Urcks zeugen davon, daß auch er Feinde hat, die sich zu wehren wissen und manchmal vielleicht auch als Sieger aus dem Kampf hervorgehen. Was mögen das für Fabelwesen sein? Quattro weiß es nicht. Es müssen Tiere sein, die bisher kein Mensch zu Gesicht bekam. Der Urck stößt ein heiseres Fauchen aus und richtet den starren, eiskalten Blick seiner Facettenaugen genau auf den reglos am Boden liegenden Jäger.
Das Herz scheint Quattro zu zerspringen, der Puls hämmert in den Schläfen, als wäre statt Blut Quecksilber in seinen Adern.
Der Sichelkopf auf dem biegsamen Schlangenhals reckt sich im-

mer höher, ruckweise wendet die Bestie den Blick in alle Richtungen.
Der Menschengeruch macht ihn wild, denkt Quattro kühl. Der Urck kennt ihn nicht und weiß nicht, was er tun soll, hoffentlich gipfelt seine Wut nicht in einem verheerenden Todestanz!
Aus sicherer Entfernung hat Quattro vor Jahren einmal das Toben eines Urcks beobachten können, vor dem sich ein Schlammschaufler in allerletzter Sekunde ins Wasser retten konnte. Ohne Rücksicht auf das eigene Leben zerschmetterte das Biest die spröde, kristalline Flora des Tronnt auf einer Fläche von einigen Dutzend Quadratmetern mit seinem Segelschwanz, hackte blindwütig in die gläsernen Platten und Scheiben der Galvanoferen, bis es schließlich den dabei sich selbst zugefügten Verletzungen erlag. Seit dieser Zeit hat Quattro einen abergläubischen Respekt.
Da zuckt der Kopf des Tieres hoch wie von einer Feder geschnellt. Im Bruchteil einer Sekunde sieht Quattro, wie sich die Sprungmuskulatur der Beine zu knotigen Strängen verhärtet, dann zischt der plumpe Körper wie ein Schrapnellgeschoß durch die Luft, und wieder hört Quattro jenes charakteristische Geräusch: „Urrrrck!“ Weit entfernt verschwindet das Tier zwischen den glasigen Tafeln und Scheiben der Kondizeen und Galvanoferen, und das durchdringende Trompeten eines Trichtermolches zeigt an, daß ein Jäger sein Opfer erlegt hat. Nun endlich ist Quattro an der Reihe ... Doch er interessiert sich nicht für den Urck. Quattros Aufmerksamkeit gilt der spiegelglatten Oberfläche des träge dahinfließenden Großen Ochsenstromes.
Er erhebt sich steif. Bis hierher hat er das Monoceros getrieben, denn an dieser Stelle halten sich immer Marksaugerschwärme auf. Vorsichtig läßt Quattro den Umhang aus Molchleder von den Schultern gleiten, ganz behutsam, damit die durch das Leder gedrungenen Nadeln des Silberfarns nicht abbrechen und in der Haut steckenbleiben.
Silberfarn, wer ist bloß auf diesen dämlichen Namen gekommen! denkt er, als er spürt, wie eine der spröden Nadeln abbricht. Er würde diese Pflanze eher Teppichkaktus nennen, denn mit einem Farn hat sie gar nichts gemeinsam. Sie ähnelt schon eher dem irdischen Moos, nur daß da eben diese dünnen, glasfasergleichen Nadeln sind.

Quattro breitet den Umhang aus, setzt sich vorsichtig und holt ein Stück des proteinreichen Zehrerfleisches aus dem Lederbeutel. Das in der prallen Sonne gedörrte Fleisch des Schleimigen Zehrers ist seine einzige Nahrung, fade und zäh, aber auch sehr nahrhaft. So dicht vor dem Ziel darf er keinen Fehler begehen, deshalb zwingt er sich zu dieser Pause, um den überreizten Nerven Gelegenheit zu geben, sich zu beruhigen. Er beobachtet die Wasseroberfläche. Winzige Bläschen verraten dem erfahrenen Jäger den Aufenthaltsort seines Wildes. Dort, wo sie perlend aufsteigen, nur dem geübten Auge sichtbar, verharrt das Einhorn träge auf dem Grund des Großen Ochsenstromes, um blitzschnell seinen Schleuderarm aus den Wellen peitschen zu lassen, wenn ein Beutetier in seine Nähe gerät.
Als der Admirander ihm befahl, ein Monoceros ellorae zu erlegen, war Quattro verblüfft. Reganta erklärte ihm daraufhin knapp, daß die Ärztekommission die psychische Konstitution des Kosmanders für zu instabil halte, um ihm die Benutzung des Traumteufels gestatten zu können. Er sei völlig am Ende, kurz vor einem Nervenzusammenbruch, wie Medikaster Bornschleif behaupte.
Also sagte der Admirander: „Kosmander Elldes, ich befehle Ihnen, ein Monoceros ellorae zu erlegen. Sie sind für uns zu wichtig, als daß wir Ihnen gestatten dürften, schlappzumachen und womöglich monatelang auszufallen! Machen Sie Urlaub, erholen Sie sich, das ist ein dienstlicher Befehl!“
Und wirklich, Quattro war ihm dankbar, obwohl er es erst nicht fassen konnte. Es gelang ihm sogar, Distanz zu den Vorgängen auf der Erde zu gewinnen, teilweise zu vergessen, in welcher Lage sich die Menschheit befindet.
Der Admirander wußte natürlich, daß sich ein Angehöriger der Bruderschaft der Yumaschützen am effektivsten auf der Jagd erholen würde. Also schickte er ihn auf die Reise zum Planeten Tronnt, wo vor Jahrzehnten Tronnt Yuma, nur mit einem Badeumhang bekleidet und fast ein dreiviertel Jahr auf sich allein gestellt, überlebte, nachdem die Ronde, ein rasender Sturm von Schleierdrachen, ihn in einen tiefen Felsspalt geschleudert hatte. Seine Kameraden waren damals der Meinung, er wäre ertrunken, und flogen ohne ihn ab, nachdem sie eine Woche die Ufer des Großen Ochsenstromes vergeblich nach seiner Leiche abgesucht hatten. So entstand das Yumaritual.

Auch Quattro ließ sich völlig unbekleidet aussetzen und wartete, bis der Raumkreuzer in den Wolken verschwunden war. Seine einzige Verbindung zur Zivilisation stellt jetzt der Foner, ein am Handgelenk zu tragender Mikrosender, dar, der für den Überwachungsdienst der Galaxtourex eine spezifische Kennung sendet, die Auskunft über Quattros Aufenthaltsort und Gesundheitszustand gibt. Mehrmals hat Quattro schon gefordert, auf den eines Yumaschützen unwürdigen Foner zu verzichten. Doch der Überwachungsdienst blieb stur.

Ebenso hat man seine Forderung abgelehnt, die Galvanosümpfe im Delta des Großen Ochsenstromes zum Sperrgebiet zu erklären und ausschließlich der Bruderschaft vorzubehalten.

Obgleich die Einhornjagd ein Privileg ist, das nicht einmal alle Yumabrüder besitzen, kommt es häufig vor, daß Unerfahrene der Versuchung nicht widerstehen können, sich auf die Fährte einer Panzerechse zu heften. Immer wieder hat er darauf hingewiesen, daß der Name des Tieres irreführend ist. Das Monoceros ellorae ist kein edles Roß mit einem Horn auf der Stirn. Die mit starken Knochenplatten gepanzerte, extremitätenlose Echse ist an Land beinahe so schnell wie ein Reitpferd, obwohl sie sich nur mit Hilfe der abgespreizten Brustschuppen vorwärts bewegt. Gefährlich kann sie vor allem im Wasser werden. Der bis zu neun Meter lange Schleuderarm weist am Ende eine keulenförmige Verdickung mit einer scharfen Hornkante auf. Damit kann sie einem Menschen ohne weiteres mit einem Schlag den Kopf vom Rumpf trennen.

Im eingezogenen Zustand ragt diese mörderische Waffe als spitzer Stachel aus der Stirn des Tieres. Das ist die einzige Analogie zum Einhorn der irdischen Sagen und Märchen.

Überrascht der aufpeitschende Schleuderarm den Jäger, ist der rettungslos verloren.

Doch die Behörden winken jedesmal beschwichtigend ab, wenn Quattro seine Vorschläge unterbreitet. Wenn es nach ihm ginge, dürften im Ochsenstromdelta nämlich auch keine Diplomatenjagden mehr veranstaltet werden ...

Die Jagd gemäß dem Yumaritual ist kein sinnloses Gemetzel, da keinerlei Feuerwaffen verwendet werden dürfen.

Die ersten Stunden sind immer die unangenehmsten. Zitternd vor Furcht, stand Quattro auch diesmal auf dem ausgebrannten Fleck, den das Raumschiff hinterließ. Ja, er hatte Angst – und

jetzt, als es keiner sehen und hören konnte, unterdrückte er nicht einmal das Klappern seiner aufeinanderschlagenden Zähne. Er war nackt und wehrlos wie ein Neugeborenes!
Nein, das ist nicht exakt, denkt Quattro und reißt mit den Zähnen einen fasrigen Streifen vom Zehrerfleisch. Wehrlos bin ich nicht, denn wir Menschen besitzen eine übermächtige Waffe – den Verstand. Vorsichtig schritt er über den Teppich aus Nadeln und Stacheln des Silberfarns, der jedes Stück halbwegs trockenen Bodens in den Galvanosümpfen bedeckt. An die feinen Stiche der elektrischen Entladungen beim Splittern und Bersten unter seinen Füßen gewöhnte er sich rasch. Das Potential des spröden, brüchigen Niederwuchses der Tronnt-Flora ist gering.
Vorsehen mußte er sich allerdings vor den hoch aufragenden glasigen Scheiben der Kondizeen. Die sprühenden Funken und Blitze, die häufig zwischen ihnen aufzucken, sind gefährlich. Auch der glasige Schaum, der aus ihren Kanten quillt, muß beachtet werden. Die wie Seifenblasen durch die Luft schwebenden schillernden Kügelchen, die sich aus ihm lösen, streuen beim Zerplatzen eine Unmenge kristalliner Sporen aus, die scheußlich auf der Haut brennen.
Die den Kondizeen verwandten Galvanoferen produzieren geringere Spannungspotentiale, aber die porösen Tafeln sind von einem Röhrensystem durchzogen, aus dem sie während der Ronde kleine Stacheln in die Luft schießen, die an ihrem Ende eine ähnliche Sporenblase tragen.
Quattro schlich durch die klirrende und klingende Vegetation und näherte sich einer Staude aus Purpurnadeln. Eine etwas mehr als mannshohe Nadel schien ihm geeignet. Mit einer Hand hielt er sie fest, mit der anderen griff er einen Stein und schmetterte ihn gegen den Fuß des Gewächses. Klirrend brach der Stengel, und Quattro besaß einen zwar spröden, aber vorzüglich zu handhabenden Speer. Da diese Waffe leicht entzweibrach, war es notwendig, an reichlichen Ersatz zu denken. Den elektrischen Schlag, der ihn jedesmal durchzuckte, mußte er in Kauf nehmen. Selten sind es mehr als knapp sechzig Volt, das ist ihm bekannt.
Seine erste Bewaffnung diente ausschließlich dazu, sich mit Kleidung und Nahrung zu versorgen. Mit solch primitiven Speeren ein Einhorn anzugehen wäre nicht nur töricht, sondern

selbstmörderisch. Am wichtigsten war erst einmal Schuhwerk, seine Fußsohlen bluteten schon, zerschnitten von den spröden, scharfkantigen Gewächsen des Planeten Tronnt.
Jedes Geräusch vermeidend, spähte er zwischen die porösen Platten der Galvanoferen. Dort verstecken sich die Trichtermolche, weil die messerscharfen Kanten der glasigen Scheiben sie vor ihren Todfeinden, den Schleimigen Zehrern, schützen.
Plötzlich horchte Quattro auf und erschrak. Sollte er gerade in eine Ronde hineingeraten sein? Tatsächlich, das Jaulen und Heulen wurde immer stärker.
Schnell ebnete er mit einem Speer eine Stelle, so daß er sich hinlegen konnte. Dann preßte er sich fest gegen den Boden. Dumpfes Brausen und Grollen schien aus dem Inneren des Tronnt emporzusteigen. Aufmerksam sah Quattro sich um. Ja, dort regte sich schon einer und dort auch! Überall zwischen den zakkigen Platten der Galvanoferen wurde es lebendig. Da sah er auch schon, wie sich ein in einen Trichter mündender muskulöser Schlauch entrollte. Die Trichtermolche rüsteten zur Jagd. Das war die endgültige Bestätigung dafür, daß die Ronde herangefegt kam!
Quattro merkte sich genau die Stellen, wo die Molche saßen. Vielleicht war es ein glücklicher Zufall, daß er ausgerechnet zu diesem Zeitpunkt mit seiner Jagd begann. So brauchte er nachher nicht lange nach den Erdhöhlen der Molche zu suchen, sondern konnte die vollgefressenen Tiere an der Oberfläche erlegen, weil sie einige Zeit brauchen, um sich in ihre Gänge zurückzuziehen!
Da brauste und tobte es auch schon über ihn hinweg wie ein Orkan.
Millionen von Schleierdrachen, zu einer gigantischen Wolke zusammengeballt, folgen in einer wilden Jagd dem Lauf der Sonne Ellora, rastlos, ohne Pause, ihr ganzes Leben lang. Das ist sie, die Ronde! Eine merkwürdige Mischform aus dem galvanischen und dem eiweißorganischen Leben auf dem Planeten. Eine verfehlte, zum Untergang verurteilte Form des Lebens. Eine grausame Laune der Natur.
Blinde und taube Flugwesen, nur mit einem einzigen Sinnesorgan ausgerüstet, das sie den Sonnenstand erkennen läßt. Ihre Lebensenergie beziehen sie, wie die gesamte Flora des Tronnt, direkt aus der sengenden Strahlung der Sonne Ellora. Aber sie

sind nicht in der Lage, diese Energie zu speichern, und so jagt die Wolke seit Millionen von Jahren in rasendem Flug um den Äquator des Tronnt, immer der Sonne hinterher, ohne die diese gespenstischen Wesen sofort sterben würden …

Drei Wochen benötigen die Schleierdrachen, um den Tronnt einmal zu umrunden. Alles Leben im Äquatorgürtel des Planeten hat sich diesem Zyklus angepaßt. Splitternd und klirrend bersten die Platten und Scheiben der Kondizeen und Galvanoferen unter der Gewalt der Ronde. Bruchstücke, scharfkantig und gezackt, wirbeln umher. Überall das scharfe Knallen, mit dem die dünnen Flächen reißen und springen. Als wäre ihnen das eigene Schicksal bewußt und sie rächten sich dafür an der Natur, so zerstören und vernichten die Schleierdrachen erbarmungslos, was ihnen auf ihrem ewigen Zug entgegentritt.

Deutlich konnte Quattro beobachten, wie die Galvanoferen Tausende ihrer kleinen Pfeile in den Himmel schossen, bevor sie zusammenbrachen. Manche fielen wieder herab, aber viele bohrten sich auch in die Körper der Flugwesen, die sie so Hunderte, Tausende Kilometer mit sich trugen und deren Sporen sie über den ganzen tropischen Gürtel des Tronnt verstreuten.

Immer wieder zischten die Trichter der lauernden Molche Dutzende Meter in den Himmel, weiteten sich zu gigantischen Schlünden, wurden von der Ronde niedergeschleudert. Aber selten geschah es, daß der Schlauch schlaff und hohl zu Boden sank. Fast jedesmal gelang es den Trichtermolchen, einige Schleierdrachen in ihre Fangorgane zu saugen …

Quattro lag zitternd am Boden. Die Molche konnten ihm nichts anhaben, auch wenn einer der Trichter dicht neben ihm auf den Boden klatschte, störte es ihn nicht. Aber die durch die Lüfte schwirrenden messerscharfen Bruchstücke der seltsamen Pflanzen würden ihn ernsthaft verletzen. Polternd und krachend stürzte dicht neben ihm eine Kondizee um. Ein schmaler Spalt blieb frei zwischen der gläsernen Platte und dem Boden. Dorthinein verkroch sich Quattro und atmete erleichtert auf. Jetzt war er relativ sicher.

Fast drei Stunden tobte die Ronde. Welch eine Ausdehnung muß diese lebendige Wolke haben! dachte Quattro beeindruckt. Dann trat Stille ein.

Quattro blieb noch eine Weile liegen. Er mußte sich erst an die plötzliche Ruhe gewöhnen, seinem Gehör Zeit lassen. Vorher

durfte er sich nicht aus seinem Versteck wagen. Die ganze Fläche des Galvanosumpfes, die er überblicken konnte, war ein Trümmerfeld. Die Erfahrung hatte ihn gelehrt, daß nun auch die elektrische Aktivität der Pflanzen stark abgesunken war. Behutsam tastete Quattro nach dem kleinen Heliolith, den er unter dem Armband des Foners versteckt hatte. Kein Mensch durfte von seiner Existenz wissen! Er würde sich nie von ihm trennen. Einst, als das Reich Korenth noch existierte und Großadmiral Elldes Herrscher Korenths war, hatte er dem damals siebenjährigen Sohn den Stein geschenkt und gesagt, er solle ihn hüten wie seinen Augapfel, er werde eines Tages zum Symbol der Macht und der Herrschaft über die ganze Menschheit werden. Der siebenjährige Mariel Elldes verstand die Worte des Vaters nicht, und der unscheinbare, schmutziggraue Kiesel landete in einer Schublade und wurde fast vergessen. Nach dem Sieg der Rebellen und dem Tod des Vaters erinnerte er sich an das Geschenk. Und trotz des Verbotes, Sonnensteine in Privatbesitz zu haben, gab er seinen nicht ab.
Die Prophezeiung des Großadmirals sollte sich auf merkwürdige Weise erfüllen. Durch Zufall stellte Quattro in den ersten Tagen der Ergophageninvasion fest, daß der Heliolith auf die Anwesenheit dieser unsichtbaren Wesen reagierte – er zeigte sie durch intensives Leuchten und Flackern an. Zuerst glaubte Quattro zu träumen, als der Stein rubinrot aufglomm. Er erinnerte sich, daß vor etlichen Jahren, als man diese Steine noch als Schmuck trug, diese Erscheinung normal war. Aber dann, nachdem das rätselhafte Raumschiff aufgetaucht war, hörten die Steine schlagartig auf zu leuchten, wie auf Befehl … Bald wußte er: Der Heliolith zeigt die Gegenwart von Ergophagen an. Quattro kämpfte mit sich. Sollte er seine Entdeckung preisgeben? Er beschloß, sie zu verheimlichen.
Und so entstand die Legende von seiner Spürnase für die unsichtbaren Ergophagen. So kam es, daß man ihm die Leitung der Ergophagenabwehr übertrug …
Bald stellte sich allerdings heraus, daß es keine Abwehrmöglichkeiten gab, nur die Flucht. Und als die Ergophagen immer häufiger auftraten, wurde seine Entdeckung wertlos. Denn wem hilft es, wenn ein Steinchen verrät, daß drei Sekunden später in der Nähe ein Kraftwerk explodieren wird?
Quattro kroch unter der umgestürzten Kondizee hervor und

steckte den Sonnenstein wieder unter das Armband. Da kam ihm plötzlich ein phantastischer Gedanke: Wenn der Admirander und sein Stab nun einen Zusammenhang zwischen der elektrischen Flora des Planeten Tronnt und den Ergophagen vermuten?
Vielleicht hat er ihn deshalb auf Monocerosjagd geschickt, im Vertrauen auf seine scheinbar übersinnlichen Kräfte. Noch einmal holte Quattro den Sonnenstein hervor und wog ihn mißtrauisch in der Hand. Der Heliolith blieb dunkel und kalt. Aber in den nächsten Tagen mußte er darauf achten, das nahm sich Quattro vor.
Vorsichtig die Füße setzend, balancierte er über die Splitter und Scherben der vernichteten Flora. Wenn er stehenblieb, um zu verschnaufen, hörte er es klingen und knistern. Die nächste Generation der Kondizeen und Galvanoferen wuchs heran und würde in einigen Stunden bereits bis an seine Knie reichen. Er näherte sich einem Haufen zerborstener Scheiben und packte den Speer aus einer schlanken Purpurnadel fester. Die letzten Meter bewegte er sich fast lautlos, mit den Fußsohlen vor jedem Schritt den Boden abtastend. Dabei bückte er sich tief, um Deckung durch die Pflanzentrümmer zu haben. Gerade als er sich aufrichten wollte, um den Speer zu schleudern, entdeckte er, daß er sich in Gesellschaft befand. Einige Schritt von ihm entfernt wälzte sich der Gallertleib eines Schleimigen Zehrers lautlos über den mit unzähligen Splittern übersäten Boden. Das Leben ging weiter, als wäre nichts geschehen. Gut, mein Freund, friß dich noch einmal voll, dachte Quattro vergnügt. Aber dann ist es aus mit der Partnerschaft, auch wenn wir dasselbe Wild jagen, dann bist du an der Reihe!
Quattro richtete sich blitzschnell auf und holte zum Wurf aus. Tatsächlich, er hatte sich nicht getäuscht. Ein Prachtexemplar von einem Trichtermolch. Das gibt neben dem Umhang und den Fußlappen sogar noch eine gute Bogensehne und einen Proviantbeutel. Einem rotschillernden Blitz gleich zuckte die Purpurnadel in den unförmigen Leib des Tieres.
Wie eine Sprungfeder entrollte sich der Trichter, reckte sich in den Himmel empor, und ein schrilles Trompeten kündete vom Ende des Tieres. Ohne sich weiter um den erlegten Trichtermolch zu kümmern, griff Quattro eine zweite Purpurnadel und ging, aufrecht und ohne auf Deckung bedacht zu sein, der schil-

lernden Schleimspur des Zehrers nach. Nicht nur äußerlich ähnelt der Schleimige Zehrer den irdischen Nacktschnecken, auch sein Tempo ist dem der Schnecken kaum überlegen. Kein Grund zur Eile also für Quattro und ebensowenig Anlaß, geräuschlos vorzugehen.
Das Vorderteil des Zehrers steckte tief in einer Molchhöhle, und die schmatzenden Geräusche sagten genug. Es war ein noch nicht ganz ausgewachsenes Exemplar, das konnte Quattro nur recht sein. Sind sie länger als fünf Meter, läßt sich die Korda schwer auffasern, aus der der Bast zum Umwickeln des Yumabogens gewonnen wird. Auch schmeckt das Fleisch der jüngeren Tiere besser. Durch die transparente Haut hindurch war deutlich der siebente Kordaknoten zu erkennen. Fleischerarbeit, keine Jagd, dachte Quattro mit einem geringschätzigen Lächeln und stieß den Speer kraftvoll durch die Gallertmasse, genau ins Zentrum des Kordaknotens.
Alles Weitere war Routine: Er trennte mit einer Kondizeenscherbe den Molchtrichter vom Leib, löste einen großen Batzen des proteinreichen Fleisches aus dem Rumpf des Schleimigen Zehrers, wickelte das Fleisch in den Hautlappen des Trichtermolches und wanderte zum Ufer des Großen Ochsenstromes.

Nur am Ufer findet man auf dem Tronnt einige sandige Stellen. Der rötliche, sehr heiße Sand ist gut zum Dörren des Zehrerfleisches und zum Trocknen der Haut des Molchtrichters geeignet. Aus dem Trichterstiel fertigte Quattro sich Schuhwerk, aus dem Rest Umhang, Proviantbeutel und Bogensehne. Dann machte er sich daran, das ebenfalls aus dem Zehrerleib herausgeschnittene Kordastück aufzufasern.

Mit diesem Bast umwickelte er sieben junge Purpurnadelschößlinge. Der Bast hat die Aufgabe, die Bogenelemente zu verbinden und gleichzeitig ein zu starkes Austrocknen der dünnen Nadeln zu verhindern, die sonst leicht brechen würden. Aus diesem Grunde muß Quattro seinen Vorrat an Pfeilen – ebenfalls Purpurnadeln, aber besonders dünne von über einem Meter Länge – ständig erneuern. Nach spätestens zwei Tagen sind sie so spröde, daß sie bereits auf der losschnellenden Sehne zerspringen. Und nun erst begann die eigentliche Jagd.

Quattro würgt noch einen Streifen des gedörrten Zehrerfleisches hinunter und schließt die Augen. Ja, bis dahin war alles ganz leicht. Nur einmal machte er einen Fehler. Als er die Haut des Molchtrichters wässerte, war er in Gedanken auf der Erde, bei seiner Familie. Er wußte, daß die Evakuierung von Zoarix ohne ihn stattfinden würde. Aber Mardana ist die Frau eines Raumfliegers! Sie wird es ertragen, die Heimat ohne ihn verlassen zu müssen, und die kleine Marida glaubt sicher, es sei wieder einmal eine der vielen Urlaubsreisen, die Mardana mit dem Töchterchen unternimmt, sagte sich Quattro. Vielleicht kümmert sich Quinto um die Familie, auch wenn sie sich nicht gerade wie Brüder vertrugen. In diesen Zeiten sollte man alles Trennende beiseite schieben! Quinto muß doch endlich begreifen, daß er, Mariel Elldes, keine Schuld an den Verbrechen des Großadmirals Elldes hat! Wie leicht ist es doch für Quinto, den ersten Ehemann seiner Mutter zu verurteilen und auf seinen Vater, den Magister Enro Cosma, der sich geschickt aus den Wirren der damaligen Zeit herausgehalten hat, stolz zu sein.

Sie sind beide zu verschieden, das liegt wohl auch daran, daß Enro Cosma den Stiefsohn sehr hart anfaßte, Quinto hingegen maßlos verwöhnte.

Der sportliche, wortgewandte Adriel Cosma ist zweifellos ein fähiger Raumflieger, Quattro würde die Leistungen des Halbbruders nie leugnen. Quinto ist in vielem ein Zweiter Enro Cosma.

Quattro hingegen das ganze Ebenbild seines Vaters: klein und schmächtig, den Mangel an Kraft durch zähe Drahtigkeit ausgleichend, dunkelhaarig, mit blauschwarzem Schimmer auf Kinn und Wangen, der sich wenige Stunden nach der Rasur wieder zeigt. Am meisten haßt Quattro seine breiten, scharf konturierten Lippen, die viel zu wulstig für das ausgemergelte, schmale Gesicht sind.
Sogar die unterschiedlich gefärbten Augen hat er vom Großadmiral geerbt. Ein wasserblaues und ein samtig braunes. Das gibt seinem Gesicht immer etwas Zwiespältiges, und vielleicht halten viele seiner Untergebenen seinem Blick deshalb nicht stand.
Im Scherz hat er sein blaues Auge einmal „das Tödliche" genannt, weil es sein Zielauge ist und jeder seine Jagdleidenschaft kennt. Daraufhin bezeichneten seine Mannschaftsmitglieder das andere, dunkelbraune, recht respektlos als das „Kuhauge" und bekamen einen gehörigen Schreck, als er zufällig dazukam und es hörte.
Während er also die Haut des Trichtermolches im gelbgrauen Wasser des Großen Ochsenstromes spülte, erinnerte er sich an diese Begebenheit und kicherte belustigt in sich hinein. Dabei vergaß er für Sekunden, auf die Umgebung zu achten. Erst als das Wasser aufschoß und brodelte, als Tausende kleiner Zähnchen in die noch frische Haut geschlagen wurden, schrak er zurück. Unbemerkt hatte sich ein kleiner Marksaugerschwarm dem Ufer genähert. Diese nur handtellergroßen Wassertiere hätten ihm in Sekundenschnelle die Hände abtrennen können.
Das war sein einziger Fehler bisher. Eine kleine Unachtsamkeit, die sich beinahe grausam gerächt hätte.
Zwei Pfeile stecken bereits in dem talergroßen Loch zwischen den Brustplatten der Echse, dort, wo die strahlenförmig aufeinander zulaufenden Schuppenbänder zusammenstoßen. Nur dort ist das Einhorn tödlich verwundbar. Und gerade das macht die Monocerosjagd zum abenteuerlichen und gefährlichen Erlebnis. Der Jäger muß die Echse, die sehr scheu ist und vor den Menschen flüchtet, so sehr in Bedrängnis bringen, daß sie sich hoch aufrichtet, um die keulenartige Verdickung des Schleuderarms auf ihn herabsausen zu lassen. Dabei bietet sie dem Yumaschützen das winzige Ziel.
Es gibt nur eine Möglichkeit, das Einhorn so sehr in die Enge zu

treiben: die Marksauger. Nur sie sind in der Lage, sich in Windeseile durch die starken Knochenplatten zu bohren, um an das von ihnen so begehrte Anismark in den weichen Skeletteilen der Echse zu gelangen. Das bestimmt die Taktik eines jeden Yumaschützen. Es muß ihm gelingen, das scheue Tier in das sonst von ihm ängstlich gemiedene Revier eines Marksaugerschwarms zu treiben.
Zweimal bereits hat Quattro die kaum erkennbare einzige weiche Stelle im Panzer des Einhorns getroffen, aber die Entfernung war zu groß. Trotz ihrer Länge und Masse drangen die Pfeile nicht bis zum unter der Wirbelsäule liegenden apfelgroßen Nervenzentrum vor.
Quattro verschnürt seinen Proviantbeutel und erhebt sich. Den Umhang läßt er achtlos liegen, ihn benötigt er nicht mehr.
Alles Weitere wird sich im weichen Sand des Ufers abspielen, und bei einem eventuell nötig werdenden schnellen Rückzug könnte die steife Haut aus Molchleder nur hinderlich sein.
Es wäre seine siebzehnte Trophäe.
Und dann wird man ihn zum Großmeister der Yumabruderschaft wählen, nicht Quinto!
Schon kann er die Stelle ausmachen, wo die schwergetroffene Echse auf dem Grund liegt. An der Oberfläche tummelt sich ein Schwarm der spindelförmigen Geierköpfe, sie warten darauf, daß das Einhorn seine Beute schlägt.
Quattro lächelt grimmig. Diese Mahlzeit fällt aus! Weiter oben, stromaufwärts, kreist unruhig ein Schwarm Marksauger. Doch so fein ausgebildet ist der Instinkt des Monoceros nicht, um die unmittelbare Nähe des Todfeindes zu erahnen.
Quattro wirft sich den Beutel mit dem Zehrerfleisch über die Schulter und greift zum Bogen. Bedächtig wählt er einen Pfeil und prüft dessen Spitze. Dann nickt er befriedigt.
Diesmal hatten sich alle Teufelsmächte des Planeten Tronnt gegen ihn verschworen. Zuerst die Ronde, dann der raubgierige Urck, sie konnten ihn nicht bezwingen. Fast zwölf Tage hat er nun das Einhorn stromauf gejagt. Heute endlich wird er dem Spiel ein Ende bereiten. Langsam geht er ans Ufer. Mit weitem Schwung wirft er das Fleisch in die schmutziggelben Fluten, genau in die Mitte zwischen Monoceros und Marksaugern. Einer von beiden wird nach dem Köder schnappen, das weiß er. Und das genügt.

Über der Stelle, wo er die Echse vermutet, bilden sich kleine Strudel. Das Tier wird unruhig. Aber was ist mit den Marksaugern! Sie verschwinden in einem Seitenarm des Gewässers!
Da hört er, wie sich ein Luftkissenboot den Strom herauf nähert. Wütend verzieht Quattro das Gesicht. Diese Idioten, müssen sie ihm gerade jetzt in die Quere kommen? Da biegt das Boot um die Kurve. Eine lärmende, mit Laserwaffen ausgerüstete Gesellschaft ist an Bord. Brüllend und lachend schießen sie in das Wasser vor dem Bug des Bootes, wo es wild brodelt und schäumt! Sofort erkennt Quattro das silbrige Funkeln eines riesigen Marksaugerschwarms, der in panischem Entsetzen vor den Feuerstrahlen aus den Handlasern flüchtet.
Auf einem kleinen Wimpel sieht er das Emblem der Raumsicherheit. Sehen die Dummköpfe denn nicht, daß sie genau in ihr Verderben fahren? Ahnungslos bewegt sich die ausgelassene Jagdgesellschaft auf das lauernde Monoceros zu. Gleich müssen die Marksauger die Witterung des Tieres aufnehmen! Quattro kommt nicht mehr dazu, die Besatzung zu warnen.
Wie eine Fontäne spritzt das Wasser auf, und der massige Leib des Ungeheuers schießt aus der Tiefe empor! Aber Quattro, der es vorausgesehen hat, hält den gespannten Bogen bereits in der Hand. Zischend peitscht der Schleuderarm des Tieres in die Höhe, da schwirrt der Pfeil mit einem leisen Surren von der Sehne.
Noch ehe die anderen begreifen, was geschieht, fällt die Panzerechse mit einem schauerlichen Klagelaut zurück in die sich teilenden Fluten.
Quattros Ärger verfliegt, als er den dümmlichen Ausdruck auf den Gesichtern bemerkt. Beim großen Sirius, denkt er erheitert, es muß ja auch ein merkwürdiger Anblick sein, ein splitternackter Mann, nur mit einem Bogen bewaffnet ... Womöglich wissen sie nicht einmal, daß es so etwas wie das Yumaritual überhaupt gibt!
Als Quattro, eine Kondizeenscherbe zwischen den Zähnen, ins Wasser springt, schreit einer der Sonntagsjäger entsetzt: „Die Marksauger! Mann, passen Sie auf, die zerfleischen Sie!“ Quattro lacht still in sich hinein. Diese Anfänger und Feiglinge haben ja keine Ahnung.
Die Fluten umschäumen den an der Oberfläche treibenden Leib des Einhorns, das ist das Werk der Marksauger. Quattro fürch-

tet sich nicht. Jetzt nicht, denn er weiß, daß sie von einem Rausch erfaßt werden, wenn sie das Anismark eines Monoceros wittern, dann beachten sie ihn überhaupt nicht. Es ist wie bei einem Mann, der sofort seinen Kaugummi ausspuckt, wenn man ihm einen saftigen Braten vorsetzt. Ohne Zögern schwimmt Quattro durch den brodelnden Schwarm der gefräßigen Wassertiere, die nicht einmal zurückweichen, so daß er sich hindurchwühlen muß. Im allgemeinen wird behauptet, dies sei der erregendste Augenblick der Jagd, wenn der Yumaschütze, die Todesgefahr nicht scheuend, die Trophäe erobert. Nun, es ist nicht aufregender, als einen schlafenden und obendrein noch gefesselten, zu einem Fleischpaket verschnürten Löwen zu streicheln: Wenn das erregend sein soll – für Quattro ist es nur Routine.

Mit wenigen, oft geübten Schnitten trennt Quattro die scharfe Hornkante vom Schleuderarm des verendeten Tieres. Die vielen Scharten und Kratzer beweisen, daß es sich um ein im Kampf erfahrenes Einhorn handelt. Und das kann Quattro nur bezeugen. Denn zwölf Tage brauchte er, um die Schliche und Finten des Gegners zu durchschauen und sich einen Schlachtplan zurechtzulegen. Das ist wirkliche Jagd, der Kampf eines einzelnen, auf jede technische Errungenschaft verzichtenden Mannes gegen eine wilde, ungezähmte Natur! Wie erbärmlich und grausam wirkt dagegen das feige Abschlachten wehrloser Tiere mit modernen Laserwaffen, wie es diese Affen in dem Gleitboot machten. Weshalb tun sie es überhaupt, was gibt es ihnen, was ist daran so vergnüglich?

Man sollte doch bestrebt sein, die Rudimente menschlicher Urtriebe zu kultivieren, sie geschickt zu kanalisieren, das begreifen nicht einmal alle Mitglieder der Bruderschaft, sagt sich Quattro, während er seinen Umhang aufnimmt und stolz auf die gaffenden Sonntagsjäger zugeht. Auch ihm bereitet es tiefste Genugtuung, den tödlichen Pfeil abzusenden, sein Opfer zusammenbrechen zu sehen. Es ist eine kurze, heiße Welle des unsagbaren Triumphes, die dann über ihm zusammenschlägt. Doch ging dem Erlebnis des Sieges ein ritterlicher Kampf mit verteilten Chancen voraus.

Das Luftkissenboot setzt vor ihm auf dem Ufer auf. Nun hört er auch das Raunen und Tuscheln. Hilfsbereite Hände strecken sich ihm entgegen und ziehen ihn an Bord.

„Sie sind Kosmander Mariel Elldes, genannt Quattro der Jäger!" spricht ihn ein grauhaariger Mann an. Er ist Mitte Fünfzig und hat kluge Augen.
„Seit siebenunddreißig Jahren", antwortet Quattro lakonisch. Einige kichern. „Ein Meister des Yumabogens ebenso wie der scharfen Zunge, bravo!" Der Mann lächelt etwas gekünstelt. Der Kerl geht mir auf die Nerven, merkt er das nicht? Schlafen, nur schlafen will ich jetzt, alles andere hat Zeit, denkt Quattro.
„Entschuldigen Sie, Kosmander, ich habe mich nicht vorgestellt: Mein Name ist Wilmer Wondermark ..., vielleicht kennen Sie mich sogar", sagt der andere in begütigendem Ton, als hätte er Quattros Gedanken erraten. Quattro hatte sich gerade in eine der auf dem Deck stehenden Sitzschalen fallen lassen, sofort erhebt er sich wieder. Unwillkürlich nimmt er Haltung an und wundert sich eine Sekunde lang über das Feixen der umstehenden RS-Leute. Natürlich! Wie lächerlich muß es aussehen, wie er, splitternackt, nur mit dem Molchlederumhang über den Schultern, Männchen macht! Wilmer Wondermark, Hoher Kommissar des Solaren Internen Regulativs! Er hat einen der führenden Köpfe der Solaren Föderation vor sich – in Unterhemd und Shorts allerdings ... Trotzdem! Es ist keine Schande, der in Fleisch und Blut übergegangenen strengen Disziplin der Raumsicherheit zu gehorchen und vor diesem Manne strammzustehen!
„Schon gut, Kosmander, setzen Sie sich, hier ist es anders. Ich muß Ihnen Ehre erweisen. Es war ein Prachtschuß!"
Der Ihnen womöglich das Leben gerettet hat! will Quattro einwerfen, aber er verkneift es sich. Es ist nicht seine Art, sich Leute auf diese Weise zu verpflichten. Wenn Wondermark nicht weiß, wie gefährlich die Situation für ihn und seine Leute war, dann soll er es sich von anderen erklären lassen. „Es hätte wohl übel für uns ausgehen können ..., wenn ich mir diese Keule da ansehe, die über unseren Köpfen schwang, na, ich weiß nicht!" fährt der Hohe Kommissar fort und nimmt Quattro mit einem um Erlaubnis bittenden Blick die Trophäe aus der Hand. Während er mit dem Zeigefinger über die scharfe Schneidkante streicht, denkt Quattro: Er hat es also doch gemerkt, das kann auch nicht schaden.
„Es ist in der Tat eine tödliche Waffe", antwortet er gelassen.

„Aber eine, die dem Verstand des Menschen unterlegen ist, wie Sie bewiesen haben, Kosmander Elldes!“ sagt Wondermark ernst. „Leider gibt es Waffen, denen wir nicht gewachsen sind, noch nicht ... Es ist kein Zufall, daß wir uns hier treffen, Kosmander. Das Interne Regulativ hat mich beauftragt, alle Aktivitäten, die irgend etwas mit dem Kampf gegen die Ergophagen zu tun haben, zu koordinieren. Sie als Kommissarischer Leiter der Ergophagenabwehr sind dabei einer der wichtigsten Männer für mich!“

„Also teilte Admirander Reganta Ihnen mit, warum er mich hierhergeschickt hat?“ fragt Quattro schnell, dem sofort der Sonnenstein einfällt. Die ganze Zeit über ist er stumpf und dunkel geblieben. Auf Tronnt gibt es keine Ergophagen, das ist sicher, der Stein hätte sie signalisiert.

„Ungewöhnliche Umstände erfordern ungewöhnliche Maßnahmen. Ich billige die Entscheidung des Admiranders vollauf. Wie man Ihnen ansieht, gibt ihm der Erfolg recht. Sie wirken gekräftigt und erholt, Kosmander“, sagt Wilmer Wondermark lächelnd.

Also doch nicht wegen der Ergophagen? denkt Quattro. Dabei wäre es naheliegend, einen Zusammenhang zwischen der elektrischen Flora des Tronnt und den zerstörerischen Energiefressern zu vermuten.

„Auf Tronnt gibt es keine Ergophagen“, sagt Quattro. Wondermarks Reaktion überrascht ihn.

„Das ist uns bekannt, Kosmander. Wegen Ihrer berühmten Nase für diese Bestien hat Reganta Sie auch nicht hergeschickt. Sie sollten neue Kraft sammeln, und weiter nichts!“

Wieso ist ihm das bekannt? überlegt Quattro. Nur ich kann es wissen, kein anderer Mensch! Er kann es sich nicht verkneifen, die Frage zu stellen.

Für Augenblicke stutzt Wondermark. Ein prüfender Blick trifft Quattro, er registriert es genau.

„Nun, das liegt auf der Hand“, antwortet Wondermark gedehnt, „die Entfernung von der Erde, keine Kernkraftquellen, auf die es die Ergophagen besonders abgesehen haben, wie es scheint ...“

Quattro spürt deutlich, daß er ihm nicht die volle Wahrheit sagt, daß der Hohe Kommissar etwas vor ihm verheimlicht. Und plötzlich wird ihm bewußt: Es ist nicht das erstemal, daß man ihm, dem Leiter der Ergophagenabwehr, Informationen vorenthält. Wie oft hatte er sich schon darüber gewundert, daß die Gespräche zwischen dem Admirander und anderen hohen Persönlichkeiten abrupt abgebrochen wurden, wenn er dazutrat. Kein Zweifel, sie wissen mehr, als sie zugeben – und verheimlichen es dem Chef der Abwehr! Das ist irrsinnig! Wie soll er denn arbeiten, wenn sie ihm nicht vertrauen? Weshalb geben sie ihm so eine wichtige Funktion, wenn er nicht an geschlossenen Sitzungen und internen Dienstbesprechungen teilnehmen darf? Weil er Korenther ist? Bitterer Groll steigt in Quattro auf. Auf einmal begreift er: So wichtig ist seine Funktion doch gar nicht. Woraus besteht die Ergophagenabwehr denn? Die Menschheit verläßt die Erde, mehr können sie den Ergophagen nicht entgegensetzen! Beim großen Sirius! Er hat sich vom Klang des großartigen Titels blenden lassen. Leiter der Ergophagenabwehr, lächerlich. Es geht doch auch ohne ihn ...

In wenigen Sekunden bricht eine Welt für ihn zusammen. Doch er ist bemüht, sich nichts anmerken zu lassen. Sollten sich seine Vermutungen als wahr erweisen, wäre das eine große Beleidigung für ihn. Aber noch hat er den Sonnenstein, von dem niemand etwas ahnt ...

„Sie sagten, unser Zusammentreffen sei nicht zufällig, Kommissar?" fragt er betont liebenswürdig. Er bemerkt, wie Wondermark, der offenbar froh ist, die gefährliche Klippe umschifft zu haben, aufatmet.

„Wir richten auf dem Tronnt eine Basis ein, die sich ausschließlich der Erforschung der elektrischen Phänomene in der Tronntflora widmen soll", erklärt der Kommissar. Quattro bleibt wachsam und hört konzentriert zu.

„Wir dürfen keine Möglichkeit außer acht lassen. Zwar halten wir einen unmittelbaren Zusammenhang für ausgeschlossen, trotzdem könnten sich aus den gewonnenen Erkenntnissen über Struktur, Dynamik und Evolution der Pflanzen in den Galvanos Hinweise für das Verständnis anderer energetischer Lebensformen ableiten lassen."

„Die offizielle Version lautet doch, daß es sich keinesfalls um energetisches Leben, sondern um abgerissene Wirbel einer nicht identifizierbaren Energieströmung handelt! Hat man sich etwa dazu durchgerungen, meine Hinweise auf ganz bestimmte, eindeutige Merkmale der Ergophagen, die große Ähnlichkeit mit

den Vitalfunktionen organischen Lebens haben, ernst zu nehmen?" fragt Quattro und hat Mühe, den spöttischen Ton in seiner Stimme zu unterdrücken.
„Sie meinen also, Erregbarkeit, Stoffwechsel und Vermehrung der Ergophagen gelten als gesichert?" fragt Wondermark sachlich.
„Sie reagieren erstens auf Konzentration von Energie, indem sie sich dorthin bewegen. Zum zweiten absorbieren sie diese Energie, und daß sie sich dadurch vermehren, haben die letzten Ereignisse bewiesen!" zählt Quattro auf.
„Sie gelten als ein kühler Kopf und ein disziplinierter Denker, Kosmander Elldes, deshalb verstehe ich nicht, wie Sie aus den wenigen mittelbaren Beobachtungen, die uns möglich sind, solche Schlüsse ziehen können." Wondermark bleibt weiter sachlich. „Jeder Fluß ergießt sich ins Meer oder in einen See. Ist das Wasser deshalb lebendig, weil es dem Ort seiner größten Massekonzentration zustrebt? Er schleppt Steine, Sand, Treibgut mit sich, löst Salze und Gase, ist das Stoffwechsel? Er sucht sich selbst den Weg des geringsten Widerstandes, oder er gräbt sich sein Bett tief in die Erde, das wird niemand als ein Zeichen von Intelligenz oder gar Schöpfertum betrachten. Und vermehrt sich das Wasser etwa, indem es verdunstet, Wolken bildet und womöglich als Sintflut vom Himmel prasselt? Waren die Überschwemmungen, die vor Jahrhunderten viele Gebiete der Erde regelmäßig heimsuchten, Angriffe einer Hydrointelligenz und die Menschen zu schwach, sich ihrer zu erwehren? Sie sehen, so einfach ist es nicht. Wenn Sie dem Wasser allerdings künstlerische Begabung zusprechen, weil es wundervolle Eisblumen an die Fenster malt – dann gebe ich Ihnen sogar recht, es gibt kaum etwas Schöneres als Schneekristalle und Eisblumen!" Wondermark lacht herzlich und klopft Quattro freundschaftlich auf die Schulter.
„Sie selbst haben gesagt, Sie wollen die Elektroflora auf Tronnt erforschen", sagt Quattro frostig.
Wondermark unterbricht ihn. „Ich sagte: Wir dürfen keine Möglichkeit außer acht lassen. Das ist richtig. Es wäre verbrecherischer Leichtsinn, nicht jeder, auch der unwahrscheinlichsten Spur nachzugehen. Es ist doch durchaus möglich, daß wir auf Zusammenhänge stoßen, die uns bisher unbekannt waren. Aber lassen wir das jetzt. Ich habe Nachricht von Ihrer Familie,

Kosmander. Ihre Frau hat sich sehr um den reibungslosen Ablauf der Evakuierung von Zoarix verdient gemacht. Jetzt sind auch sie unterwegs, Ihre Frau und Ihr Töchterchen befinden sich wohlauf an Bord der Moskito, die zwei Wochen nach der Formation Exodus gestartet ist."

„Danke!" Quattro atmet erleichtert auf. Sie haben es also hinter sich, denkt er, das Schwerste überstanden: den Abschied von der Erde.

„Sie sollen mich auf dem Rückflug begleiten, Kosmander. Die Basis ist errichtet, wir können noch heute starten. Deswegen sind wir übrigens hier: Wir haben Sie gesucht. Ich konnte es den Jungs nicht verbieten, nebenbei ein Monoceros zu erlegen. Irgend jemand hat ihnen gesagt, man brauche nur einen Marksaugerschwarm den Fluß hinabzutreiben, dann wird man auf ein Einhorn treffen. Na ja, das war wohl nicht ganz exakt ..."

So sind sie, denkt Quattro grimmig. Einfach einen Marksaugerschwarm den Fluß hinabtreiben! Mit Gebrüll, Gejohle und Laserwaffen – wie dumm und widerwärtig. Das wird er Wondermark während des Fluges zur Erde klarmachen. Er scheint ein Mensch zu sein, der es verstehen kann.

Die Evakuierung von Tirax ist in vollem Gange. Unaufhörlich krachen die Atomexplosionen in einem fast achtzig Kilometer entfernten Tal, das sich in einen mit glutflüssigem Gestein gefüllten Krater verwandelt. Dorean und Elmer müssen die „Fährte" zu diesem Tal legen – Kernladungen, die nacheinander gezündet werden. So gelingt es ihnen, die Ergophagen aus der Stadt zu locken. Trotzdem benötigen die Männer mehrere Tage, um die Millionen von Menschen in Sicherheit zu bringen, und sie kämpfen um jede Minute. Ja, jede Minute zählt, seit die Trinkwasserversorgung von Tirax ausgefallen ist, seit allen klar ist, daß die Schutzanzüge nicht ausreichen und die Menschen sich mit notdürftig hergerichteten Provisorien gegen den radioaktiven Staub schützen müssen, der vom launischen Wind jederzeit nach Tirax getrieben werden kann, um sich als ein giftiger, tödlicher Nebel über die sterbende Stadt zu legen. Sie müssen die Evakuierungsflotte teilen, denn die einzige Möglichkeit, die Agonie der Stadt zu verlängern, die von allen Verbindungen abgeschnitten ist, bildet eine Luftbrücke, über die die wichtigsten Güter transportiert werden. Dadurch verzögert sich jedoch

die Evakuierung. Es ist ein Teufelskreis, den Kosmander Mariel Elldes nur durchbrechen kann, wenn ihm zusätzliche Raumkreuzer zur Verfügung gestellt werden. Nur so kann er die Zahl der Opfer gering halten.
Quattro übernahm nach seiner Ankunft die Arbeit von Stellaster Geonyx. Mit der Situation in Tirax hatte er sich bereits auf dem Rückflug zur Erde vertraut gemacht.
„Das wichtigste sind zusätzliche Transportmittel", sagte er zum Admirander. „Alles, was Flügel und ein Triebwerk besitzt, muß nach Tirax!"
Admirander Reganta fragte nicht weiter, sondern wies sofort die Chefdispatcher aller Raumflughäfen an, ihm eine Aufstellung über die letzten Reserven an Flugkörpern zu liefern. Und obwohl jeder Stein und Bein schwor, daß er kein Schräubchen weiter entbehren könne, gelang es Reganta, noch eine Hilfsflotte von knapp dreihundert Raumflugkörpern zusammenzustoppeln. Im eigenen Bereich fing er an und strich die beiden letzten Kurierkreuzer der Raumsicherheit aus seinem Kontingent. Durch bessere Koordination aller Flugaufträge ließe sich das ausgleichen, hat er gesagt und Quattro befohlen, zwei Mann abzustellen, die die kleinen Kurierschiffe von der Basis Aurora nach Tirax brächten.
Dorean, Elmer und Miranda sind zum Streifendienst abkommandiert.
Vor allem Elmer brauchte diese Verschnaufpause. Sicher hat Quattro es gut mit ihm gemeint, als er die Ablösung zum Servenatal schickte. Das ununterbrochene Blitzen und Donnern der Kernexplosionen war auf die Dauer kaum noch zu ertragen gewesen, und der Streifendienst erschien Elmer anfangs als eine wahre Erholung. Zusammen mit Dorean und acht Protektoren, darunter auch Miranda Martin, zog er durch die bereits geräumten Stadtviertel von Tirax. Alles war ruhig, von vereinzelten Plünderungen abgesehen. Sie brauchten eigentlich ihre Waffen nicht. Aber einfach ohne Gasschleuder, Schutzmaske und Psychopeitsche loszuziehen wäre ein Verstoß gegen Quattros strenge Anweisung gewesen, also schnallt sich Elmer auch heute den breiten Gurt mit den Gaspatronen um, wo sie den Stadtteil Rix neun inspizieren sollen, steckt, wenn auch widerwillig, den Züngler durch die Halteschlaufe und verstaut die Maske in seiner Brusttasche.

„Hoffentlich muß ich den Züngler nicht irgendwann einmal anwenden ...", sagt er mißmutig, als der Kolben der Psychopeitsche im Futteral verschwindet.
„Ach was, hab dich nicht so", entgegnet Dorean gleichmütig, „so ein Schlag mit der Psychopeitsche bereitet keine Schmerzen, der Betroffene ist nur für einige Sekunden gelähmt."
„Weiß ich ja, aber trotzdem: Waffen gegen Menschen, irgendwie ist das barbarisch."
„Na, na! Barbaren sind höchstens diejenigen, die uns zwingen, sie anzuwenden. Du mit deiner ewigen Humanitätsduselei."
Dorean schüttelt nur mißbilligend den Kopf, als Elmer sich schroff abwendet und murmelt: „Hab ich alles schon von Quattro gehört, spar dir das." Waffen bedeuten immer Zwang, und Zwang ist Elmer verhaßt.
Miranda Martin lauscht ihrem kleinen Streit interessiert und mustert nun Elmer neugierig. Jetzt hält sie mich natürlich für einen Waschlappen! denkt Elmer, und er beißt sich wütend auf die Unterlippe, als er Fünkchen in Mirandas Augen aufblitzen sieht.
Der Pneumogleiter schwebt durch die breiten Alleen. Elmer dreht sich mehrmals unauffällig nach Miranda um. Sie scheint es nicht zu bemerken. Nachdenklich starrt sie die verlassenen Wohnblocks an und summt eine melancholische Melodie vor sich hin.
„Hier habe ich einmal gewohnt", sagt Miranda plötzlich leise, wohl mehr zu sich selbst.
Dorean befiehlt dem Fahrer, sofort zu stoppen. „Wo genau?" fragt er.
„Da!" Miranda Martin zeigt auf einen der Wohnblocks.
„Was meint ihr, Jungs, laden wir uns bei Protektor Martin zum Abschiedskaffee ein?" Dorean grinst sie an.
Beim großen Sirius, denkt Elmer, Dorean hat soviel Taktgefühl wie ein Nilpferd. Dem Mädchen stehen fast die Tränen in den Augen, und er faselt was vom Kaffeetrinken.
Miranda Martin lächelt nur müde. „Das ist doch schon Jahre her, damals hatte ich noch Zöpfe ..."
„Klar, auf jeder Seite einen und eine große Schmetterlingsschleife." Dorean grinst.
„Irrtum, Proximer, acht." Miranda sieht wieder gleichgültig durch die Plastkanzel des Pneumogleiters.

„Was acht?"
„Zöpfe natürlich, und Schleifen", antwortet Miranda gelassen. Dorean schüttelt ungläubig seinen Kopf und gibt dem Fahrer einen Wink weiterzufahren.
Unwillkürlich muß Elmer kichern. Er hat sich gerade die erwachsene Miranda Martin mit geflochtenen Haarsträhnen vorgestellt. Seine Heiterkeit wird jedoch mißverstanden. Dorean wirft ihm einen finsteren Blick zu, und auch Miranda runzelt die Stirn.
Ein überraschter Ausruf eines ihrer Begleiter lenkt seine Aufmerksamkeit auf etwas anderes.
„Dahinein ist sie gerannt, ich hab es ganz deutlich gesehen. Ein kleines Mädchen, höchstens zehn Jahre alt!"
Ein Protektor weist aufgeregt auf einen der Wohnblocks. „Wie ein kleiner Teufel ist sie geflitzt, als sie uns gesehen hat ..."
„Quatsch, Roman, du träumst", antwortet Dorean spöttisch, „du solltest deine Freizeit nicht nur im Café Exodus verbringen, sondern auch mal was für die Gesundheit tun."
„Freizeit ist gut", murmelt Roman, „die paar Stunden. Aber da war was ..., und das sah aus wie ein kleines Mädchen, verdammt noch mal."
„Rix neun ist vollständig geräumt, hier ging auch alles glatt. Keine Toten oder Verletzten, keine Vermißten", sagt Elmer laut. „Und die Kinder wurden zuerst ausgeflogen. Vielleicht hast du dich doch getäuscht, Roman, hat von euch einer was gesehen?"
Die anderen schütteln die Köpfe.
„Aber wenn es stimmt: Ein Kind! Sollten wir nicht ...", wirft Miranda ein.
„Halt an!" Dorean legt dem Fahrer die Hand auf den Unterarm und starrt auf den Eingang des Wohnblocks. Dort regt sich nichts.
„Bitte sehr, Protektor Martin, sehen Sie nach. Sonst können Sie heute nacht nicht schlafen." Dorean zuckt mit den Schultern und grinst.
„Ihnen würde das wohl gar nichts ausmachen, Proximer, oder?" fragt Miranda.
„Wenn ich nachts nicht schlafe, hat das andere Gründe."
Die anderen Protektoren lachen rauh. Elmer verzieht mißbilligend den Mund. Sekunden später läuft Miranda auf das Gebäude zu und verschwindet im Schatten des Eingangs. Aber

auch als die Dunkelheit sie bereits verschlungen hat, sieht Elmer noch ihre hohe Gestalt, ihre elastischen Bewegungen vor sich.
„Beim großen Sirius!" sagt Dorean verblüfft, als Miranda wieder ins Licht tritt.
In ihren Armen windet sich ein strampelndes Bündel, das seinerseits ein zappelndes Knäuel umklammert hält. Miranda lacht.
„Verstecken wollte sie sich!" ruft sie schon von weitem. Mit einem Satz springt Dorean aus dem Fahrzeug. Elmer folgt ihm.
Behutsam stellt Miranda das Mädchen auf die Beine und hält es am Oberarm fest. Die Kleine zieht und zerrt. Als Miranda nicht losläßt, kneift sie trotzig die Lippen zusammen.
Elmer muß lächeln. Ein scheuer Blick aus grünen Kulleraugen trifft ihn, und über dem Näschen zieht sich die Haut zu kleinen Fältchen zusammen, so daß es aussieht, als ob die Sommersprossen ängstlich aneinanderrücken.
„Was machst du hier?" herrscht Dorean das Kind an, ohne auf Mirandas vorwurfsvollen Blick zu achten.
„Sag ich nicht." Die Kleine dreht demonstrativ den Kopf zur Seite und spitzt beleidigt den Mund. Mit beiden Händen preßt sie einen zappelnden und quiekenden Zwergburrbo an sich. Elmer erkennt das Tierchen sofort. Diese kaninchengroßen Knochentiere vom Planeten Asper aus dem System Tul sind seit einigen Jahren beliebte Hausgenossen. Putzige kleine Wichte, anhänglich und umwerfend drollig.
Dorean greift blitzschnell nach einem Ohr des Mädchens und zieht daran. „Paß mal gut auf, du freche kleine Göre: Entweder du antwortest jetzt, oder ..."
„Dorean!" Elmers Ruf läßt den Freund innehalten.
„Hab dich nicht so, wir können es uns nicht leisten, unsere Zeit mit einer frechen, kleinen ..., nun, mit diesem Kind zu vertrödeln!" antwortet Dorean ärgerlich. „Wir werden sowieso genug Scherereien haben: Protokoll mit drei Durchschriften, Rapport beim Kosmander, Bericht an die Hygienekontrolle, Meldung beim Vermißtenbüro – na, du kennst das ja!"
Die Kleine hat sich unterdessen schutzsuchend an Miranda gedrängt und schluchzt leise.
„Na, ist ja gut", tröstet Miranda das Kind und streichelt es unbeholfen. „Der Onkel muß so streng sein, weil er heute mal befeh-

len darf, weißt du? So sind die Männer nun mal, grob und herrschsüchtig ..."

Dorean starrt sprachlos auf die beiden. Miranda läßt sich davon nicht beeindrucken.

„Wie heißt du denn, Mädchen? Ich bin die Miranda."

Die Kleine schielt mißtrauisch zu Dorean, und dann wispert sie Miranda ins Ohr: „Ich bin die Mina ..., und das ist Bulu."

„So, Mina und Bulu. Und wie alt seid ihr, du und Bulu?"

„Ich bin erst acht. Aber das darfst du auch nicht weitersagen, ja?" flüstert sie Miranda ins Ohr.

„Bleibt unter uns, klar!" verspricht Miranda lächelnd. Als Dorean sich einmischen will, hält Elmer ihn zurück. „Laß doch, Dorean, Protektor Martin kann das besser ..." Er zieht den Freund zur Seite.

„Ach was, eine hinten drauf, das hat schon immer Wunder bewirkt." Dorean folgt dem Freund aber trotzdem.

„Jetzt mußt du mir aber sagen, wie du hierherkommst, Mina. Wir sollen nämlich darauf achtgeben, das nichts passiert." Mirandas Stimme klingt ungewohnt zärtlich.

„Bulu ist weggelaufen, ich habe ihn den ganzen Vormittag gesucht. Es hat ihm da unten nicht gefallen."

„Wo unten?" fragt Miranda verständnislos.

„Na, da unten." Der kleine Frechdachs weist mit dem Zeigefinger auf den Boden unter seinen Füßen. Doch gleich darauf beißt sie sich auf die Lippen und schnauft mißmutig. „Auweia, das sollte ich ja nicht verraten ...", sagt sie kleinlaut.

„Macht nichts, ich verpetze dich nicht", verspricht Miranda voreilig.

Aber Dorean ist mit einem Sprung bei den beiden, hockt sich vor das Mädchen und packt es an beiden Oberarmen. „Wer ist dort unten, Mina?" Er nimmt sich mühsam zusammen. Als das Mädchen nicht antwortet, schüttelt er es unsanft. Mina beginnt zu schluchzen, und der Zwergburrbo knurrt böse.

„Proximer, Sie sind ein Rohling!" Miranda ist wütend.

„Halten Sie den Mund, Protektor Martin!" fährt Dorean sie schroff an. „Hätten Sie die Evakuierung von Zoarix miterlebt, sähen Sie einiges anders ..."

„Bitte, laß es mich versuchen." Elmer hat die ganze Zeit überlegt. Die Kleine ist nicht aus Rix neun, die Einwohnerlisten waren alle vollständig. Aber sie kann auch unmöglich zu Fuß und unbemerkt aus einem anderen Stadtteil von Tirax bis hierher gekommen sein. Er legt Mina kameradschaftlich den Arm um die Schultern und überlegt verzweifelt, wie er am geschicktesten fragen könnte. Ihm fällt nichts Besseres ein, als das Mädchen zu übertölpeln.

„Deinem Bulu war es dort unten sicherlich zu kalt und zu dunkel, deshalb ist er ausgerissen ...“

„Pah! Mama und Papa und Onkel Tobias und die anderen haben ja Lampen mitgenommen, und kalt ist es auch nicht, aber die Luft ist nicht gut, das stinkt so nach Öl und Gummi ...“

Elmer sieht, wie Dorean zusammenzuckt. Dann bläst der Freund die Backen auf und pustet. Erst kapiert Elmer nicht, doch gleich darauf fällt es ihm wie Schuppen von den Augen. Das Geräusch, das Dorean imitiert – so klang es in den Schächten des Tubifexsystems, wenn eine Kabinenbahn vorbeipfiff, genau dieses Zischen und Fauchen! Miranda nickt ihm anerkennend zu, und als wolle sie Mina für Elmers kleinen Hinterhalt entschädigen, streicht sie dem Kind über das Köpfchen.

„Dann hast du Bulu sicherlich nicht richtig gefüttert, oder? Ihr konntet doch bestimmt nicht viel zum Essen und zum Trinken mitnehmen. Da wäre ich an Bulus Stelle auch davongelaufen ...“ Elmers Stimme klingt honigsüß, und er schämt sich dafür. Mina tappt blindlings auch in die zweite Falle.

„So 'n Quatsch! Papa hat gesagt, wir können da unten vier Wochen leben. Und Bulu habe ich jeden Tag dreimal Futter gegeben ..., darf ich jetzt wieder gehen?“

„Wir bringen dich zu deinen Eltern, einverstanden?“

Elmer atmet tief durch. Wieder so ein paar Verrückte, die sich weigern, die Erde zu verlassen, die lieber verrecken wollen, als den Weg in eine ungewisse Zukunft anzutreten. Das wird hart werden und kaum ohne Gewaltanwendung abgehen.

„Aber Papa ist furchtbar böse, wenn er rauskriegt ..., ach nein, das darf ich ja nicht verraten!“ Mina sieht Miranda hilfesuchend an. Elmer beobachtet Dorean, der mit finsterer Miene die Fäuste aneinanderreibt und angestrengt grübelt.

„Die Kleine bleibt hier“, entscheidet er nach langem Nachdenken. „Da unten wird's heiß hergehen, das ist nichts für Kinder. Bringen Sie das Mädchen zu Roman in den Gleiter, er soll sie bewachen.“

„Kann ich das nicht übernehmen?“ fragt Miranda besorgt.
„Roman spielt Amme, keine Diskussion! Sie kommen mit in den Tubifexschacht, Protektor Martin, das werde ich Ihnen nicht ersparen. Wenn Sie mich morgen immer noch einen Rohling nennen, gebe ich Ihnen einen dreistöckigen Ananis aus ...“
Elmer muß ein Feixen unterdrücken. Dorean ist tödlich beleidigt – ein seltenes Schauspiel.
Mina hat aufmerksam zugehört und drängt sich nun schutzsuchend an Miranda. „Ich will aber nicht hierbleiben, ich will zu Mama und Papa!“ sagt sie ängstlich.
„Nichts da, du bleibst hier!“ bestimmt Dorean kategorisch. Mina beginnt leise zu weinen.
„Wo ist hier die Tubifexstation, Protektor Martin? Sie haben doch in der Nähe gewohnt?“ fragt er Miranda.
„Die Tubifexstation? Hier ist ein Verkehrsknotenpunkt, an dem sich siebzehn Linien kreuzen, Proximer. Entscheiden Sie, wo wir zuerst suchen.“
„Verdammt!“ Dorean zieht wütend die Augenbrauen zusammen.
„Also gut. Das Mädchen kommt mit und führt uns.“ Er gibt den anderen Protektoren ein Zeichen, und die Männer steigen aus dem Fahrzeug.
„Das darf ich doch nicht!“ flüstert Mina. Dorean würdigt sie keines Blicks. „Dann merken Mama und Papa ja auch, daß ich heimlich weggegangen bin ...“
„Dann bleibst du hier oben, Kind, ganz einfach!“ fährt Dorean das Mädchen wütend an.
Mina schluchzt mehrmals auf und scharrt nachdenklich mit der rechten Schuhspitze über den Straßenbelag. Dann funkelt sie Dorean wütend an. „Das sage ich alles Papa und Onkel Tobias, und dann ...“
„Was dann?“ Dorean grinst amüsiert. „Pah!“ Mina kuschelt sich wieder schmollend in Mirandas Arme. Elmer hat mit der kleinen Mina Mitleid. Doch die Situation ist tatsächlich kompliziert. Sie können jetzt auf die Gefühle des Mädchens keine Rücksicht nehmen, andererseits wäre es wirklich besser, das Kind nicht mit in die zu erwartenden Auseinandersetzungen einzubeziehen.
„Sollten wir nicht Verstärkung anfordern?“ fragt er Dorean.

Miranda nickt ihm aufatmend zu. „Mit zwei bis drei Dutzend Leuten schaffen wir es auch ohne die Kleine ..."
„Ach Quatsch!" Dorean wehrt unwirsch ab. „Das machen wir allein. Wo soll Quattro denn die Männer abziehen, he? Wir sind so schon zuwenig. Das wäre genauso, als wolltest du aus einem klapprigen alten Uhrwerk, das gerade noch läuft, einfach ein Rädchen herausnehmen. Unsinn, mit den vier oder fünf Idioten werden wir allein fertig." Mina kichert leise, und Elmer hat dabei ein ungutes Gefühl. Auch als das Mädchen sich plötzlich nicht mehr sträubt und sie bereitwillig zur Tubifexstation führt, beschleicht ihn Argwohn.
Elmer überprüft noch einmal Züngler und Gasschleuder auf lockeren Sitz. Hoffentlich muß er die Waffen nicht gebrauchen. Normalerweise prügeln sich Schiffbrüchige um die Plätze in den Rettungsbooten – hier aber müssen sie mit Gewalt in die Rettung verheißenden Raumkreuzer getrieben werden.
Als sie in den dunklen Schlund des Tubifexschachtes hinabsteigen, läßt Elmer seine Helmleuchte aufflammen. Vor ihm gehen Dorean, Miranda und das Mädchen, das Miranda nicht von der Seite weicht. Die anderen sieben folgen ihnen im Gänsemarsch.
Schon von weitem ist Gemurmel zu hören. Dumpf und gespenstisch hallt es durch die engen Röhren des Liftsystems. Als sie eine Biegung passieren, stehen sie plötzlich im Lichtschein.
Elmer bleibt wie angewurzelt stehen. Dutzende Augenpaare starren ihnen gleichgültig entgegen, viele der Leute beachten sie überhaupt nicht.
„Das sind ja mindestens hundert Personen!" zischt Dorean. Die Menschen lagern auf aufgeblasenen Plastmatratzen, einige trinken aus Bechern dampfenden Tee, andere essen oder spielen Karten und schwatzen gedämpft miteinander.
Eine Frau erhebt sich und ruft freudig: „Mina! Da bist du ja! Wo hast du dich herumgetrieben? Papa und Onkel Tobias suchen dich schon den ganzen Vormittag!"
„Mama!" Mina reißt sich los und will zu ihrer Mutter laufen. Da schaltet Dorean blitzschnell. Er springt zwischen die beiden, packt Mina mit der einen Hand und reißt mit der anderen den Züngler aus dem Halfter. „Zurück!" herrscht er die Frau an. Sofort erheben sich fünf Männer und stellen sich drohend vor die Frau.

„Dorean, was soll das?“ Elmer ist beunruhigt. Miranda starrt Dorean fassungslos an. Währenddessen versucht Mina vergeblich, sich aus dem harten Griff zu befreien.
„Lassen Sie das Kind los, Proximer!“ verlangt einer der Männer. Er ist Mitte Fünfzig und hat Bartstoppeln auf den eingefallenen Wangen.
„Seien Sie vorsichtig, Jozzerian, sie sind bewaffnet!“ warnt ein anderer den Sprecher.
Dorean steckt die Psychopeitsche hinter den Gurt und verlangt: „Verlassen Sie sofort den Schacht, alle! Wenn Sie uns, ohne Widerstand zu leisten, folgen, gebe ich das Kind frei!“
Empörtes Zischen ist die Antwort, und Jozzerian sagt: „Pfui, schämen Sie sich nicht, sich eines kleinen Mädchens zu bedienen, um uns zu erpressen?“
Da beißt Mina plötzlich kräftig in Doreans Hand. Vor Schreck läßt er das Kind los. Schnell ist Mina entwischt. Elmer kann deutlich sehen, wie Protektor Martin ein schadenfrohes und zugleich erleichtertes Schmunzeln unterdrückt. Dann wird sie wieder ernst, tritt dicht an Elmer heran und raunt ihm zu: „Sprechen Sie zu den Leuten, Proximer Malden scheint mir gegenwärtig dazu außerstande.“ Elmer spürt die leichte Berührung ihres Oberarms an seiner Schulter und genießt Bruchteile einer Sekunde die merkwürdige Hitze, die in ihm aufsteigt.
„Gehen Sie endlich, Sie haben hier nichts verloren!“ fordert Jozzerian barsch. Elmer tritt einen Schritt vor und hebt beschwichtigend die Hände, als sich das drohende Gemurmel verstärkt.
„Sie wissen, daß wir mit weitreichenden Vollmachten ausgestattet sind“, beginnt Elmer. „Genausogut ist Ihnen bekannt, daß der Aufenthalt in den Tubifexschächten verboten ist.“ Im selben Moment merkt er, daß es ein miserabler Anfang ist. Jozzerian hakt auch sofort ein.
„Tubifexschächte gibt es nicht mehr, Proximer. Das sind jetzt ganz einfach unterirdische Tunnel, die zu nichts mehr zu gebrauchen sind. Wir bilden für niemanden eine Gefahr, wenn wir hier unten bleiben ...“
Elmer weiß nicht weiter. Da schaltet sich Dorean wieder ein. Mit erzwungener Ruhe fragt er: „Haben Sie Schutzanzüge?“
„Nein.“ Jozzerian zögert eine Weile. „Ich weiß, worauf Sie hinauswollen, Proximer. Aber das ist unser Risiko ...“
„Wie lange reichen Ihre Vorräte?“ fragt Dorean lauernd.

„So an die fünf Wochen, wenn wir sie rationieren, entsprechend länger.“
„Und dann?“
Jozzerian funkelt ihn böse an. „Man wird uns doch nicht einfach verhungern lassen!“
„Eben! Wir werden Leute abstellen müssen, die sich um Sie und die anderen Dummköpfe hier kümmern, Leute, die anderswo viel dringender gebraucht werden!“ sagt Dorean scharf.
„Alles, was Sie reden, ist sicherlich richtig, Proximer“, sagt Jozzerian. „Aber unser Entschluß steht fest, wir verlassen die Erde nicht. Hier ist unsere Heimat, das können Sie als Raumfahrer nicht verstehen, sie fühlen sich in der ganzen Galaxis zu Hause. Wir aber können nur hier leben. Die Verfassung der Solaren Föderation garantiert jedem Bürger freie Wahl des Wohnortes und Unantastbarkeit der Würde und Freiheit der Person.“
„Korenthisches Gewäsch!“ unterbricht ihn Dorean. „Sie verstehen unter Freiheit wohl das Recht, ohne Rücksicht auf die Welt, in der Sie leben, nur nach Ihrem eigenen Gutdünken zu handeln? Stimmt doch, Sie sind Korenther?“
Der Mann ballt die Fäuste. „Das hat damit nichts zu tun! Wir sind im Recht, und daran können Sie nichts ändern! Das sind schließlich Ihre Gesetze, bei uns wäre früher so etwas nicht möglich gewesen, dieser Zwang, diese Unfreiheit!“ Jozzerian hat sich in Rage geredet.
„Setzt die Masken auf, Männer!“ Doreans Befehl kommt plötzlich. Beunruhigt weicht Jozzerian einige Schritte zurück, als die Protektoren gleichzeitig die Masken überstülpen und ihre Gasschleudern aus den Futteralen ziehen.
„Das werden Sie nicht tun!“ sagt Jozzerian ungläubig.
„Wir haben unsere Befehle. Außerdem ist die Zeit für solche Diskussionen zu kurz. Sie bringen sowieso schon einiges durcheinander.“ Dorean hebt den Arm mit der Waffe.
„Also, kommen Sie freiwillig mit? Das Gas versetzt Sie in einen angenehmen Rausch, Sie werden jeden meiner Befehle widerspruchslos befolgen. Aber ich würde Ihnen das gern ersparen.“
Elmer dreht unschlüssig die Schutzmaske in den Händen. „Warte noch!“ bittet er den Freund. Dann ruft er den murrenden Menschen zu: „Denkt doch nicht nur an euch, Leute. Jeder von euch hat einen Beruf, wird in der neuen Heimat dringend

gebraucht. Auf jeden einzelnen wartet eine Aufgabe, jeder ist eingeplant, mit jedem wird gerechnet. Unter diesen Gesichtspunkten wurden die Transportpläne zusammengestellt. Wenn unter euch ein Arzt ist, dann wird er in einem Raumkreuzer fehlen! Aber er hat doch einen Eid geleistet! Wer kann die provisorischen Wohnkuppeln errichten, wenn nicht genug Spezialisten für Pneumoarchitektur mitfliegen? Überall wird es Schwierigkeiten geben, könnt ihr das mit eurem Gewissen vereinbaren? Hier auf der Erde geht ihr drauf, das ist sicher."

Eisiges Schweigen ist die Antwort. Plötzlich vernimmt er Geräusche in seinem Rücken. Ein dumpfes Poltern und unterdrückte Schreie. Elmer wirbelt herum, auch Dorean hält sofort den Züngler in der Hand. Sechs Gestalten wälzen sich am Boden.

„Verdammt, die Männer, die das Mädchen suchen gingen, wir haben sie vergessen!" flucht Dorean.

Elmer ist auf einmal ganz ruhig. Er zielt auf den Kopf eines Angreifers und zieht den kleinen Hebel der Psychopeitsche durch.

Ein silbrig blitzender Draht züngelt aus dem Lauf und klatscht gegen die Stirn des Mannes, der betäubt zur Seite fällt. Dorean setzt einen zweiten außer Gefecht. Aber dem dritten Mann, einem bärenstarken Kerl mit rotblondem Bart, ist es gelungen, dem unter ihm liegenden Protektor die Waffe zu entwinden. Doch er kommt nicht dazu, sie zu benutzen. Drei schillernde Silberblitze treffen gegen seinen Hals und auf die Hand mit der Waffe, der Angreifer erstarrt und sinkt steif zu Boden. Fauchend zischen nun die Gaskapseln über die Köpfe der Menschenmenge. Und Sekunden später weicht das wütende Brüllen und Kreischen lustigem Geschnatter und albernem Kichern …

Es ist ein seltsamer Zug, den das Fahrzeug der Raumsicherheit anführt.

Miranda sitzt neben Elmer im Pneumogleiter und verbirgt das Gesicht an seiner Schulter. Sie kann es einfach nicht ertragen. Die Leute tollen wie eine Schar ausgelassener Kinder umher, schwatzen und gackern, machen eher den Eindruck einer leicht alkoholisierten Hochzeitsgesellschaft, folgen ohne Murren Doreans Befehlen. Elmer wagt nicht, sich zu rühren. Und als Protektor Martin sich wieder aufrichtet, um sich mit rotem Gesicht zu entschuldigen, würde er sie am liebsten festhalten.

„Nein, bitte vergessen Sie das, Proximer, so durfte ich mich nicht gehenlassen!“ Dann sitzt sie stocksteif da und blickt auf die Straße. Als Dorean ihr spöttisch zuwinkt, glaubt Elmer sogar zu hören, daß sie mit den Zähnen knirscht.
Auch ihm ist nicht wohl zumute. Sie mußten so handeln, zweifellos. Aber er schämt sich, wenn er daran denkt, wie schnell er plötzlich den Züngler zur Hand hatte. Ging es denn wirklich nicht anders?

Einen Tag später sieht er zufällig die kleine Mina wieder. Seine Gruppe beaufsichtigt die Startvorbereitungen eines Transportgeschwaders.
Dorean, Miranda und er kontrollieren die Passagiere der „Herkules“. Das aufgeregte Bellen des Zwergburrbos ist schon zu hören, bevor Elmer die zierliche Gestalt des Mädchens inmitten der Menschentraube ausmachen kann. Dorean verzieht keine Miene. Quattro hatte sie alle belobigt und einen Tag Sonderurlaub spendiert. Vielleicht hatte das seinen Groll verfliegen lassen.
„Diese ekelhafte Kleinarbeit ist das wichtigste“, hatte Quattro gesagt, „ich beneide Sie nicht darum. Daß Sie in dieser Situation die Nerven behalten haben, rechne ich Ihnen sehr hoch an. Sie haben richtig entschieden und gehandelt. Weiter so!“
Damit waren sie entlassen. Aber ein Lob aus Quattros Mund ist soviel wert wie das Große Kreuz des Südens in Gold.
Als Mina mit den Eltern auf die Luftschleuse zukommt, verengen sich Doreans Augen.
Das Mädchen hält den Zwergburrbo fest gegen den schmächtigen Körper gepreßt und starrt ihnen ängstlich entgegen. Nur Miranda grüßt sie mit einem scheuen Lächeln.
„Das Tier bleibt hier – ist Vorschrift!“ sagt Dorean.
Die Mutter beugt sich zu Mina und flüstert: „Siehst du, ich habe es doch gesagt, wir dürfen Bulu nicht mitnehmen.“
Die Kleine streichelt schweigend das Tier.
„Proximer, gibt es nicht eine Möglichkeit ...“, bittet Miranda leise.
„Anweisung der Hygiene, da ist nichts zu machen.“ Mina weint. Elmer sieht sie mitleidig an.
„Komm, Mina, schenk mir deinen Bulu. Ich werde gut für ihn sorgen, das verspreche ich dir!“ Nur widerstrebend gibt Mina

ihm das zappelnde Knäuel. Elmer bemerkt Mirandas erstaunten Blick.
Wenige Minuten später gesteht sie ihm, er sei ihr nur eine Sekunde zuvorgekommen.
„So ist es aber besser“, antwortet Elmer, und er grinst spitzbübisch. „Ich kenne den Chefenergetiker der Herkules. Dem habe ich einmal ein paar Chronologdifferentiale für seinen Sphäro besorgt ... Dorean muß das aber nicht wissen, ja? Manchmal benimmt er sich wie ein kleiner Junge.“
„Wollen Sie damit sagen ...“ Elmer unterbricht sie: „Der Kleinen wird es in der neuen Heimat doch viel besser gefallen, wenn ihr dort der geliebte Bulu entgegenhoppelt.“
Miranda gibt Elmer einen Kuß. Dann geht sie davon. Elmer wagt nicht, sich zu rühren. Er spürt noch immer ihre Lippen auf seiner Wange.

Im Vorzimmer zu Regantas Büro warten Elmer und sein Freund darauf, empfangen zu werden. Der Admirander hat eine Beratung, sonst verläßt er seinen Platz im Cephalon der Basis nicht.
„Geonyx ist froh, daß Quattro wieder da ist!“ bemerkt Dorean, während er vergeblich versucht, einen Blick der schlanken, kurzhaarigen Sekretärin zu erhaschen, um deren Aufmerksamkeit er sich hartnäckig bemüht. „Jetzt braucht er nicht mehr selbst die Entscheidungen zu fällen.“
„Ein bißchen hat es ihm aber gefallen, mal der Chef vom Ganzen zu sein“, spottet Elmer. „Nur der Zeitpunkt war nicht der günstigste. Aber daß er uns vor Quattro verteidigt hat, finde ich in Ordnung, das hätte ich ihm nicht zugetraut!“
„Mucki tut nur das, was ihm nutzt. Er ist auf uns angewiesen, deshalb hat er uns rausgehauen, vergiß das nicht“, entgegnet Dorean.
„Durila, bitten Sie Stellaster Spinks zu mir“, dröhnt es aus der Sprechanlage.
„Sofort, Admirander!“ Die Sekretärin streift Dorean, der sie mit den Augen verschlingt, mit einem verächtlichen Blick, als wolle sie sagen: Der Admirander ist ein Mann! Der hat es nicht nötig, über einen Vorgesetzten herzuziehen, um sich interessant zu machen. Doch Dorean berührt das nicht, er fläzt sich noch lässiger in die Lederpolster seines Sessels und fährt fort: „Schließlich

hat er auch allen Grund, zu uns zu halten! Wenn Quattro etwas von den netten kleinen Spielzeugdingern wüßte, die wir ihm mitgebracht haben ..."

Elmer geht großzügig darüber hinweg, daß Dorean sich einfach einen Anteil an dieser Geschichte zuspricht, obwohl er damit gar nichts zu tun hat. Das ist er vom Freund gewohnt. Wäre es schiefgegangen, er hätte mit derselben Selbstverständlichkeit den Kopf neben seinen gelegt ...

„Nicht nur deswegen, Geonyx ist keine Persönlichkeit. Und das weiß er! Er versucht alles durch Kompromisse, Handel und Abmachungen zu regeln, statt mit der Faust auf den Tisch zu schlagen", antwortet Elmer.

„Weil das auch lächerlich wirken würde. Stell dir vor, wenn Muckis dünnes Ärmchen auf die Tischplatte fiele! Das wäre ein armseliger Mausefurz, aber kein Erdbeben wie bei Quattro, dazu ist Geonyx viel zu zimperlich." Dorean lacht.

„Nun lassen Sie mal wenigstens ein gutes Haar an Stellaster Geonyx", fordert eine warme, volltönende Stimme in ihrem Rücken. Dorean und Elmer fahren erschreckt herum und springen auf, um zu salutieren. Von ihnen unbemerkt hat Stellaster Spinks das Zimmer betreten und wohl einen Teil des Gesprächs mitgehört. Als die Sekretärin schadenfroh kichert, schießt Dorean das Blut in den Kopf. Spinks mustert die beiden amüsiert und spottet gutmütig: „Sie hat man aber gewaltig umprogrammiert, meine Herren Proximer. Vor einigen Wochen noch hätten Sie nicht einmal die Füße vom Tisch genommen, Malden, oder?"

„Panta rhei, Stellaster, alles verändert sich", antwortet Dorean diplomatisch. Als Stellaster Spinks herzlich und dröhnend lacht, wirft er Elmer einen schnellen Blick zu.

„Setzen Sie sich doch endlich", verlangt Spinks. „Man soll es ja nicht gleich übertreiben, zu drastische Umstellungen schaden der Gesundheit."

„Danke, Stellaster", antwortet Dorean diensteifrig und setzt sich wieder. Elmer sieht finster vor sich hin und schweigt. Nicht genug, daß er uns belauscht hat, denkt er, jetzt verspottet er uns auch noch.

„Im übrigen haben Sie gar nicht so unrecht, Geonyx ist eine Pfeife", sagt Spinks seelenruhig und wendet sich an die Sekretärin: „Durila, Schätzchen, melde mich doch bitte dem Admiran-

der." Dorean bläst leicht die Backen auf. Mit einem Blick verständigt er sich mit Elmer: Das ist noch mal gut gegangen! Eigentlich kann er den Korenther gut leiden. Er kennt Stellaster Spinks als netten Kerl, der gern seinen Spaß mit anderen treibt und es überhaupt nicht krummnimmt, wenn man mit gleicher Münze heimzahlt. Nur schade, daß es zwischen Spinks und Quattro etwas gibt, was das Verhältnis der beiden zueinander belastet.
Als Durila die Ankunft des Stellasters meldet, antwortet Reganta: „Schicken Sie ihn herein, Durila ..., nein, Moment noch, er möchte bitte warten ..."
Durila hält den Finger noch auf der Taste, unschlüssig, was sie tun soll und ob der Admirander noch etwas sagt. Dadurch hören sie einen Teil des Gespräches zwischen Reganta und seinem Besucher mit.
„... hast du recht, Reg. Ich billige deine Entscheidung in jedem Falle und im ganzen Umfang."
„Das ist Wondermark!" ruft Spinks erstaunt aus, dämpft aber sofort die Stimme, als ihm bewußt wird, daß man ihn in Regantas Büro hören kann. Elmer wirft Dorean einen bedeutungsvollen Blick zu.
„... bin ich froh, daß Quattro wieder da ist." Da erst begreift die Sekretärin, was sie macht, und will den Finger von der Taste nehmen, aber Stellaster Spinks errät ihre Absicht und ist schneller. Seine rechte Hand legt er auf die ihre, so daß die Taste blokkiert ist, die linke auf ihren Mund.
„Das ist nicht uninteressant", flüstert Spinks.
„Geonyx hätte nie den Mut gehabt, Verstärkung zu fordern, so wie Quattro es getan hat. Du weißt, Wilmer, ich bin auf die Korenther nicht sehr gut zu sprechen, trotzdem muß ich anerkennen, daß Quattro zur Zeit unersetzbar ist. Es läuft alles gleich ganz anders ...", sagt Admirander Reganta.
„Und ebendeshalb sollten wir ihn endlich einweihen", antwortet Wondermark.
Elmer wird hellhörig. Sie haben irgendwelche Geheimnisse vor Quattro? Das ist wirklich interessant. Gott sei Dank scheint auch Stellaster Spinks daran interessiert, den weiteren Verlauf des Gespräches zu belauschen.
„Nein, auf keinen Fall!" widerspricht Reganta entschieden. Wondermark wendet ein: „Ich habe mich mit ihm unterhalten.

Er mißtraut uns, ich spürte es deutlich. Irgendwie hat er etwas mitbekommen. Warum wollen wir ihm nicht sagen, daß wir es schon längst wissen! Er muß doch selbst daran interessiert sein, daß es nicht an die Öffentlichkeit kommt, als Korenther ..."
„Eben! Er ist Korenther", entgegnet der Admirander heftig. „Soll ich das Risiko eingehen, daß er mir moralisch zusammenbricht, gerade jetzt! Lange genug mußte ich ihn entbehren, damit wir einen voll einsatz- und leistungsfähigen Kosmander Elldes behalten. Wer garantiert mir, daß er nicht umfällt, wenn wir es ihm sagen? Er wird sich mit Vorwürfen und Schuldkomplexen herumplagen!"
„Ach wo! Quattro ist ein kaltschnäuziger Geselle!" wirft Wondermark ein.
„Nein! Darüber diskutiere ich nicht. Quattro wird nicht eingeweiht, Wilmer! Nur über meine Leiche. Das Risiko ist zu hoch. Wir können uns nicht die geringste Panne erlauben. Niemand darf erfahren, was wir wissen. Das könnte das Gelingen der ganzen Rettungsaktion in Frage stellen. Nicht auszudenken, was geschähe! Wogen des Hasses und des Zorns würden über uns hereinbrechen, die Menschen sich gegenseitig zerfleischen."
„Na, na, nun übertreibst du aber, Reg. Doch wie du meinst, die Entscheidung liegt bei dir. Aber bedenke, daß wir auch das Vertrauen der Menschen brauchen. Quattro vertraut uns nicht mehr. Ist dieser Preis nicht zu hoch?" gibt Wondermark zu bedenken.
„Sein Mißtrauen schränkt seine Handlungsfähigkeit nicht ein. Also soll er gegen mich wettern, wie es ihm beliebt. Aber er ist der letzte, der es erfährt. Quattro ist der allerletzte, darauf kannst du Gift nehmen, Wilmer! Informiere ihn meinetwegen regelmäßig über den neuesten Stand eurer Forschungen, sage ihm alles, was ihr herausfinden könnt, damit er spürt, daß er dazugehört, daß wir ihn brauchen! Aber kein Wort über diese Sache! Vergiß nicht, er ist Korenther!"
Dorean und Elmer haben vor Spannung den Atem angehalten. Das Klicken der Taste reißt sie aus ihrer Starre. Durila ist es gelungen, ihre rechte Hand aus dem Griff des Stellasters zu befreien. Fassungslos starrt sie ihn an und hält sich mit der linken Hand den Mund zu, als wolle sie verhindern, laut loszuschreien. Spinks steht an ihrem Tisch, als sei er zu Eis gefroren. Seine

Augen haben sich zu schmalen Schlitzen verengt, und jede Spur von Fröhlichkeit ist aus seinem Gesicht gewichen.
„Also doch!“ zischt er. Dann dreht er sich um und blickt sie prüfend an. „Das bleibt unter uns, Jungs!“ sagt Spinks. „Unter uns natürlich auch, Schätzchen!“ Er beugt sich zu Durila hinunter und gibt ihr einen Kuß auf die Wange.
Elmer blickt ihn erstaunt an und meint gedehnt: „Ich kann mir vorstellen, daß Quattro ..., ich meine, Kosmander Elldes sich dafür sehr interessiert, Stellaster! Ich bin es meiner Loyalität ihm gegenüber schuldig, ihn zu informieren. Selbstverständlich unter dem Siegel strengster Verschwiegenheit. Aber ihm das vorenthalten?“
Stellaster Spinks geht schnell auf ihn zu, nimmt ihn am Oberarm und sagt eindringlich: „Proximer Ponape, es geht hier um etwas ganz anderes als um Ihre Loyalität, aber das können Sie nicht wissen. Sie fragen sich anscheinend gar nicht, was man Quattro vorenthält.“
„Keine Ahnung“, gibt Elmer zu und versucht, sich dem Griff des Stellasters zu entwinden. Dorean ist zu den beiden getreten und fragt: „Worum geht es denn, Stellaster?“
Spinks blickt ihn durchdringend an und antwortet leise: „Genau weiß ich es auch nicht, aber ich habe einen bösen Verdacht ..., wenn der sich bewahrheiten sollte, ist hier eine riesige Sauerei im Gange ...“ Er schweigt einige Sekunden und forscht in den Gesichtern der beiden Proximer.
„Sie können Quattro nicht leiden, Stellaster, deswegen!“ sagt Elmer trotzig. Spinks verzieht das Gesicht und antwortet: „Das stimmt, und es hat auch seine Gründe ..., aber diesmal ist es nicht so, daß Quattro überhaupt eine Rolle in der Geschichte spielt. Glauben Sie mir: Es geht hierbei überhaupt nicht um Ihr und auch nicht um mein Verhältnis zu ihm.“
In diesem Augenblick wird die Tür aufgerissen, und der Admirander eilt durch den Raum, Wilmer Wondermark folgt ihm. Kurz bevor Reganta das andere Ende des Zimmers erreicht hat, dreht er sich noch einmal um und sagt zu den dreien, die sofort strammstehen: „Ach ja, Sie hätte ich beinahe vergessen ..., gedulden Sie sich bitte noch eine halbe Stunde ..., das beste ist, Sie gönnen sich auch einmal eine Pause, Stellaster, gehen Sie einen Kaffee trinken. Ich lasse Sie über Funk ausrufen, wenn ich Zeit für Sie habe. Bitte kümmern Sie sich doch um die beiden Proxi-

mer. In einer halben Stunde ungefähr ..." Und schon ist er verschwunden.
„Vielleicht ist es wirklich das beste, wir setzen uns in die Kantine. Ich glaube, ich muß Ihnen einiges erklären", sagt Stellaster Spinks.
Während sie durch die Korridore der Basis Aurora gehen, fragt er beiläufig: „Sie sollen die Neutron und die Proton nach Tirax fliegen?"
Als Elmer und Dorean schweigend nicken, fügt er hinzu: „Wahrscheinlich werde ich Sie begleiten. Admirander Reganta plant, die Zerstörerflotte restlos aufzulösen und der Formation Exodus zwei anzuschließen ..."
„Alle Zerstörer?" fragt Dorean fassungslos. „Aber dann können die Raumkreuzer der Evakuierungsflotte erst weit hinter dem Materialgürtel beschleunigen, weil die Tunnel sofort von kosmischem Staub zugesetzt werden. Das bringt doch nichts ein, nur enorme Zeitverluste!"
„Nein. Ich habe es genau durchgerechnet, deshalb hat er mich auch zu sich befohlen", antwortet Spinks ruhig. „Wenn wir die Zerstörerflotte auflösen, erhalten wir soviel zusätzliche Transportkapazität, daß der Zeitverlust dadurch mehr als ausgeglichen wird. Im Augenblick kommt es doch darauf an, Tirax so schnell wie möglich zu räumen. Wenn der Admirander meine Kalkulation bestätigt, werde ich die Flotte nach Tirax bringen und dort Superkosmander Gond übergeben ..."
„Was, der alte Gond ist doch lange außer Dienst!" wirft Elmer ein.
„Ja, schon, aber nach Meinung des Admiranders noch immer einer der besten Geschwaderkommandanten. Superkosmander Gond hält übrigens immer noch den Raumstunden-Rekord", antwortet Terry Spinks bedächtig. Elmer glaubt am Klang seiner Stimme zu erkennen, daß er dazu eine eigene Meinung hat. Der Admirander macht aus der Raumsicherheit noch einen Chor der Hundertjährigen! denkt er unwirsch. Vorsichtig versucht er, Spinks' Standpunkt zu ergründen.
„Ob es besonders sinnvoll ist, die wichtigen Posten mit altgedienten Veteranen zu besetzen, die teilweise schon jahrelang keine Verbindung zur Praxis haben?"
„Admirander Reganta steht auf dem Standpunkt, daß die heutige Generation zwar perfekt die Automatentechnik beherrsche,

aber zuwenig Erfahrung habe, wenn es darum geht, Entscheidungen von höchster Komplexität zu fällen und die Prozesse zu koordinieren, die normalerweise Aufgabe der Elektronik sind. Außerdem meint er, daß in der gegenwärtigen Situation das menschliche Gehirn zuverlässiger sei als ein elektronisches", antwortet Stellaster Spinks sachlich.
„Und was meinen Sie?" platzt Elmer heraus.
Im selben Augenblick verflucht er seine Direktheit, ihm liegt es nun einmal nicht, so diplomatisch zu taktieren wie Dorean.
„Bisher haben die Ereignisse Admirander Reganta recht gegeben", sagt Spinks gedehnt. „Bisher?" fragt Dorean scheinbar gleichgültig.
Spinks mustert ihn von der Seite. „Das will ich Ihnen ja erklären, wenn Sie mir vollste Verschwiegenheit zusichern", antwortet Spinks ernst.
Sie betreten die Kantine. Der helle Raum ist fast leer, nur vereinzelt sitzen kleine Gruppen von Raumfahrern an den Tischen, und man merkt ihnen an, daß sie nur auf einen Sprung hereingekommen sind. Überall das gleiche Bild, denkt Elmer, keiner hat Zeit für eine lange Ruhepause. Hektik, Eile und Unruhe überall.
Stellaster Spinks wählt einen etwas abseits gelegenen Tisch. „Wie gesagt, Sie müssen mir absolute Verschwiegenheit zusichern", wiederholt er.
Spinks überlegt einen Augenblick. Dann fragt er unvermittelt: „Wissen Sie, weshalb Quattro und ich alles andere als Freunde sind?"
Beide schütteln den Kopf, und Dorean versucht einzulenken: „Eigentlich müßten Sie doch zusammenhalten, wo Sie doch beide Korenther sind ..."
„Ich bin kein Korenther!" Spinks fährt Dorean unbeherrscht an, hat sich aber sofort wieder in der Gewalt, als Dorean zusammenzuckt. „Ich bin wie Sie Bürger der Solaren Föderation!" fährt er leiser, aber mit Bitterkeit in der Stimme fort. „Mir widerstrebt es zutiefst, mich mit Mördern und Verbrechern auf eine Stufe zu stellen, schließlich war ich ganze sechs Jahre alt, als die Liga der Neun die herrschende Clique besiegte ..."
„Es waren doch nicht alle Verbrecher", versucht Dorean ihn zu beschwichtigen.
„Nein. Alle nicht", gibt Spinks zögernd zu. „Aber viele. Quattros

Vater gehörte zu den schlimmsten. Er hat wenige Tage vor dem Zusammenbruch des Regimes meinen Vater hinrichten lassen."

Dorean und Elmer schweigen betroffen. So ist das also, denkt Elmer, dann kann ich ihn verstehen. Auch wenn Quattro selbst damit genausowenig zu tun hat wie Spinks. Aber man darf dann nicht erwarten, daß er Quattro mit einem Bruderkuß begrüßt.

„Ihr Vater war Ligakämpfer?" fragt er mitfühlend.

„Nein, das heißt: Wir wissen es bis heute nicht. Er arbeitete an einem streng geheimen Projekt, und wir durften ihn schon zwei Jahre nicht sehen, bekamen aber regelmäßig Post. Plötzlich wurde er des Hochverrates angeklagt und auch verurteilt. Das ist das einzige, was mir von ihm geblieben ist." Spinks holt ein goldenes Etui aus der Brusttasche und entnimmt ihm ein vergilbtes Zettelchen. „Wie es bis in unsere Hände gelangen konnte, wissen wir auch nicht so genau. Ein bestochener Wärter spielte dabei eine Rolle, Vater konnte uns nichts über den Grund seiner Verurteilung mitteilen, nur diesen letzten Gruß." Er reicht Elmer den Zettel.

„Es ist mir nicht gelungen, in den Archiven der korenthischen Armee etwas über den Fall zu finden. Aber dabei machte ich eine seltsame Entdeckung: Viele Informationen wurden von den Anhängern des Regimes vernichtet – einige sogar bedeutend später! Und merkwürdigerweise sind darunter auch solche Akten und Unterlagen, die eventuell Licht in das Dunkel um die Ermordung meines Vaters hätten bringen können. Ich bat die entsprechenden Stellen, mir Einblick zu gewähren, denn ich konnte in Erfahrung bringen, daß alle noch vorhandenen Informationen in der Datenbank der RS gespeichert wurden, bevor man die Schriftstücke vernichtete. Man wies mich ab. Streng geheim, wurde mir mitgeteilt. Es war einfach nicht möglich, an die Speicher heranzukommen. Bei diesen fruchtlosen Bemühungen stieß ich jedoch auf bedeutend interessantere Ungereimtheiten und Widersprüche. Die Öffentlichkeit weiß seit etwas mehr als einem Jahr von den Ergophagen, seit sie also das erstemal in Erscheinung traten. Ich habe aber ein RS-Dokument einsehen können, das älter als zwei Jahre ist. In diesem Schriftstück ist von Energonen die Rede! Als ich verblüfft fragte, um was es sich dabei handele, riß man mir das Papier aus der Hand und setzte mich recht unhöflich vor die Tür. Und plötzlich ging es dort zu

wie im Taubenschlag. Ich hörte nur noch, wie jemand etwas von einer gottverdammten Schlamperei brüllte, dann knallte die Tür zu ...
Daran erinnerte ich mich sofort, als die ersten Ergophagen die Erde heimsuchten. Die Ähnlichkeit der Bezeichnung kann kein Zufall sein. Seitdem habe ich das Gefühl, daß einige Leute sehr gut wissen, was es mit diesen Bestien auf sich hat, und daß diese Leute es schon sehr lange wissen!"
Dorean und Elmer hören ihm gespannt zu. Elmer muß an das Gespräch zwischen Reganta und Wondermark denken. Langsam begreift er, worauf Spinks hinauswill.
„Wenn man erst einmal Verdacht geschöpft hat, sieht und begreift man mehr. Was viele andere überhören, kann ungeheuer wichtig sein, Kleinigkeiten, Versprecher und Andeutungen. Ich bin mir inzwischen ziemlich sicher, daß Reganta und einige andere jemanden decken und abschirmen.
Der Betreffende muß wahrscheinlich im Zusammenhang mit den Ergophagen Schuld auf sich geladen haben, womöglich hat er in den ersten Stunden der Gefahr nicht wiedergutzumachende Fehler begangen. Ist Ihnen nicht auch aufgefallen, daß es da Heimlichtuerei und Geheimniskrämerei gibt? Mit jeder abweisenden oder ausweichenden Antwort auf meine Fragen stieg meine Gewißheit: Da stinkt etwas, und zwar ganz gewaltig!"
Stellaster Spinks sieht sie durchdringend an. Elmer hält dem Blick stand, Dorean hingegen schlägt irritiert die Augen nieder.
„Begreifen Sie nun, warum ich Sie bitte zu schweigen?" fragt Spinks leise. „Mir wäre es lieber, ich irrte mich ..., aber die Anzeichen sind so deutlich, daß man sie nicht übersehen kann. Das Gespräch zwischen Wondermark und Reganta ist für mich ein überzeugender Beweis."
Elmer nickt nachdenklich. „Sie haben recht, Stellaster. Es geht nicht mehr um Kosmander Elldes. Aber was wollen Sie von uns, eine Verschwörung? Wir sind nur zwei kleine unbedeutende Proximer ..."
Endlich ringt sich Dorean dazu durch, etwas zu sagen. „Das ist ein ganz dicker Hund!" stößt er heiser hervor. „Wir können gar nicht anders, wir müssen die Klappe halten, sonst kommen wir in Teufels Küche! Wenn an dem, was Sie da sagen, wirklich

etwas dran ist, Stellaster, dann müssen Sie verdammt vorsichtig sein."
„Sie auch", antwortet Terry Spinks trocken. „Denn ich möchte Sie bitten, mir zu helfen." Dorean sieht ihn ablehnend an. Auch Elmer ist nicht gerade begeistert. Andererseits bietet sich hier eine Gelegenheit, die er sich gewünscht hat. Eine gewisse Gesinnungsgleichheit zwischen ihm und Terry Spinks ist unübersehbar: Auch Elmer mißtraut den Alten, wenngleich mehr gefühlsmäßig.
„Und wie soll das aussehen?" fragt er unentschlossen.
„Meine Zeit reicht nicht, sonst würde ich es selber tun", sagt Stellaster Spinks. „Ich möchte Sie bitten, noch einmal das Zentralarchiv in Tirax aufzusuchen. In der jetzigen Situation ergibt sich bestimmt eine Möglichkeit..."
„Wir sollen einbrechen!" stellt Dorean klar und verzieht das Gesicht.
„Beim großen Sirius! Früher waren Sie doch nicht so zimperlich, wenn es darum ging, ein Rhosigma-Siegel zu entfernen! Sie müssen sich ja nicht gleich wieder besaufen!" antwortet Spinks augenzwinkernd.
„Womöglich noch in den Datenbunker steigen!" sagt Dorean ablehnend, ohne auf den kumpelhaften Ton des Stellasters einzugehen. „Wenn uns dabei jemand erwischt, sind wir endgültig fertig!"
„Nicht, wenn Sie damit helfen, ein schweres Vergehen aufzudecken", hält Spinks ihm entgegen. „Außerdem kümmert sich in Tirax kein Mensch mehr um das Zentralarchiv, das wissen Sie doch am besten, Sie waren dort. Da geht es drunter und drüber."
„Nein, Stellaster, das ist unsauber, und wir können uns das schon gar nicht leisten", beharrt Dorean.
„Wenn meine Befürchtungen sich bestätigen, handeln andere Leute um einiges unsauberer, Proximer, bedenken Sie das", sagt Spinks verzweifelt.
Da mischt sich Elmer ein, der die ganze Zeit krampfhaft überlegt hat. Er hält immer noch den Kassiber mit den Abschiedsworten des Magisters Spinks in der Hand und reicht ihn nun dem Stellaster zurück. „‚Seht ohne Niedergeschlagenheit Neues entstehen, nie sterben Taten eines Ichs. Nicht einer Größe erringt, fehlt alles Handeln. R.' – Es deutet doch alles darauf hin,

daß Ihr Vater sich gegen das Regime gestellt hat, anders wüßte ich die Worte nicht zu deuten ...“, sagt er leise.
Spinks lächelt dankbar. „Leider bin ich mir nicht einmal ganz sicher, ob der Zettel wirklich von Vater ist oder ob man ihn nicht verwechselt hat. Ich verstehe nämlich nicht, warum er mit R. unterzeichnete – er hieß Gerald ...“
„Trotzdem betrachten Sie es als sein Testament, als einen Auftrag, in seinem Sinne zu leben und zu handeln, nicht wahr?“ fragt Elmer verständnisvoll.
„Ja, deshalb läßt mir die Sache mit den Ergophagen oder Energonen, wie sie in jenem Dokument genannt werden, keine Ruhe. Mein Vater fordert Taten von seinen Erben, und das kurz vor seinem Tod! Ich muß seinen Wunsch erfüllen, bitte helfen Sie mir dabei!“ sagt Stellaster Spinks schlicht.
Wieder schüttelt Dorean den Kopf, und auch Elmer lehnt ab. Vorsichtig wählt er jedes Wort: „Ich verspreche Ihnen, über alles zu schweigen, Stellaster. Aber helfen dürfen wir Ihnen nicht, das wäre für Sie zu gefährlich, begreifen Sie doch! Quattro läßt uns seit seiner Ankunft nicht aus den Augen, jeden Abend müssen wir zum Rapport und auf die Sekunde genau melden, was wir den ganzen Tag gemacht haben. Sie müssen es allein schaffen, Stellaster, es tut mir leid ...“
Nach einer kleinen Pause räuspert sich Elmer und fragt betont fröhlich: „Mal etwas anderes Stellaster: Sie kennen nicht zufällig jemanden, der ein Reglermodul für einen Heliomatic-Strahler abgibt. Vielleicht könnten Sie ...“
Als Dorean ihm, für Spinks nicht zu sehen, einen Vogel zeigt, unterbricht er sich und murmelt schließlich: „Hätte ja sein können ...“
Spinks schüttelt den Kopf.
Dann erhebt er sich traurig und verabschiedet sich von ihnen mit einem kurzen Gruß. Die Enttäuschung ist ihm so deutlich anzusehen, daß Elmer seinem Blick ausweicht.
Kurz bevor Stellaster Spinks die Kantine verläßt, springt er auf und will ihm hinterhereilen. Im letzten Moment jedoch überlegt er es sich und ruft ihm nur nach: „Viel Glück, Stellaster!“ Dann setzt er sich nachdenklich.
„Glaubst du, daß etwas an der Geschichte dran ist?“ fragt Dorean zweifelnd. Elmer wiegt bedächtig den Kopf.
„Es paßt alles zueinander“, antwortet er schließlich. „Ich miß-

traue einigen Leuten schon eine ganze Weile. Du weißt doch, wie das ist: Jeder weiß ein wenig vom anderen ..."
Er wirft den Kopf in den Nacken und zieht die Schultern hoch. Dorean betrachtet Elmers kantiges, scharf geschnittenes Profil, den dünnen, sehnigen Körper, um den seine Arbeitskombi schlottert.
„Auf jeden Fall ist es besser, wenn wir uns da raushalten", sagt Dorean. „Der gute Spinks dramatisiert das wohl auch ein wenig. Das scheint in der Familie zu liegen, meinst du nicht auch? Also dieser Abschiedsbrief – ich weiß nicht. Merkwürdige Formulierungen: Seht ohne Niedergeschlagenheit Neues entstehen, nie sterben Taten eines Ichs. Nicht einer Größe erreicht, fehlt alles Handeln. R. Ein bißchen pathetisch und schwülstig. Na ja, so sind die Korenther eben ..."
„Nein, eigentlich sind sie so nicht ...", sagt Elmer nachdenklich. „Aber wie kommt es, daß du diese seltsamen, mystischen Worte auswendig gelernt hast?"
„Ach, mir kam da so ein Gedanke ..., ich glaubte eine Weile, es könnte sich etwas dahinter verbergen, eine verschlüsselte Nachricht oder so. Aber wahrscheinlich ist es ganz anders: Der alte Spinks wird nicht mehr ganz richtig im Kopf gewesen sein."
„Hör auf! Wie kannst du so etwas sagen!" fährt Elmer ihn empört an.
„Bleib ruhig, ich meinte es ja nicht abfällig", entgegnet Dorean beschwichtigend. „Stell dir mal vor, was sie mit dem Mann alles angestellt haben können: Elektroschocks und andere Quälereien. Sie sollen unmenschlich gefoltert haben, da kann man schon den Verstand verlieren ... Denk an das, was Stellaster Spinks gesagt hat, sein Vater hieß Gerald und hat mit dem Buchstaben R unterzeichnet! Das beweist doch, daß er nicht mehr wußte, was er schrieb! Es ist traurig, ja geradezu tragisch. Aber nicht zu ändern."
Elmer nickt unentschlossen und will gerade etwas sagen, da hallt eine Durchsage durch die leere Kantine: „Proximer Malden und Proximer Ponape bitte zum Admirander ... Proximer Malden und Proximer Ponape bitte zum Admirander ..."

Der Admirander erwartet sie auf seinem Platz im Cephalon. Wie eine Spinne, die im Zentrum ihres Netzes sitzt und auf Beute lauert! denkt Elmer respektlos.

Der Admirander bittet sie mit einer knappen Geste, Platz zu nehmen. „Durila! Bring noch zwei Tassen!“ Elmer wehrt ängstlich ab, als er im Trinkgefäß des Admiranders eine sirupartige, blaugrüne Flüssigkeit entdeckt, auf deren Oberfläche große Blasen schmatzend zerplatzen. Aus der Tasse riecht es muffig-säuerlich. Reganta zieht mißbilligend die Augenbrauen zusammen. „Echter Blaukieselbarschflossentee!“ preist er an. Aber Elmer beharrt auf seiner Ablehnung. Dorean hingegen schlürft brav das merkwürdige Gebräu, und Elmer grinst, als dem Freund ein stachliges Flossenstück zwischen die Zähne gerät.
Der Admirander hält sich nicht lange bei der Vorrede auf.
„Stellaster Spinks wird Ihnen wahrscheinlich erzählt haben, daß wir beabsichtigen, die Zerstörerflotte aufzulösen. Ich habe seine Berechnungen geprüft: Sie sind in Ordnung. Für Sie beide bedeutet das, daß Sie sich mit den beiden Kurierkreuzern Stellaster Spinks anschließen, der die Flotte nach Tirax überführt. Übrigens bin ich mit Ihren Leistungen bei der Evakuierung der Hauptstadt sehr zufrieden. Der Gedanke, die Ergophagen mit Hilfe einer gestaffelten Folge von Kernladungen aus der Stadt bis in das Servenatal zu locken, war ausgezeichnet.“
„Danke, Admirander!“
Reganta sieht sie einen Augenblick an und fragt plötzlich leise: „Sieht es wirklich so katastrophal aus?“ Und eilig fügt er hinzu: „Verstehen Sie die Frage nicht so, als ob ich die einlaufenden Meldungen für Übertreibungen halte! Aber Sie haben es selbst gesehen, selbst miterlebt ...“
Elmer überlegt, was er antworten soll.
„Im Gegensatz zur Räumung von Zoarix verhalten sich die Menschen von Tirax disziplinierter, Admirander“, antwortet Dorean sachlich. „Das ändert aber nichts daran, daß sie Furchtbares durchmachen. Wir mußten die Familien trennen, um Kinder und Frauen zuerst in Sicherheit bringen zu können, stellen Sie sich vor, was für Szenen sich abspielten ...“
„Meine Familie lebte auch in Tirax ...“, wirft Reganta leise ein, und einige Augenblicke sieht er verträumt vor sich hin.
„Zuerst wurde das Trinkwasser knapp“, fährt Dorean fort. „Obwohl wir die Kliniken zuerst evakuierten, hat es dabei schon die ersten Opfer gegeben ...“
Eine aufgeregte Stimme unterbricht Dorean. Auf einem der unzähligen Videophone ist ein angstverzerrtes, schweißnasses Ge-

sicht zu sehen. Der Mann scheint weder ein noch aus zu wissen. Seine Augen glitzern vor Entsetzen wie zersprungenes Glas.
„Admirander, es ist furchtbar ...“, keucht der Mann. Sein Gesicht ist fahl. „Die Esperanta ... Tolder schafft es nicht ...“
Ein Ruck geht durch Regantas massigen Körper.
„Reißen Sie sich zusammen, Rokker!“ befiehlt er scharf. „Was schafft Tolder nicht?“
Auf einmal wird es ganz still im Cephalon. Jeder spürt, daß eine neue Hiobsbotschaft folgen wird. Unwillkürlich hält Elmer den Atem an.
„Die Sauerstoffabscheider ...“, stöhnt der Mann. „Die Sauerstoffabscheider arbeiten nicht ...“ Dann ist zu sehen, wie er zusammenbricht. Reganta springt auf und starrt ungläubig auf den leeren Bildschirm.
Wenn die Sauerstoffabscheider nicht arbeiten, ist die Formation Exodus verloren! Elmer zuckt zusammen. Das Flugprogramm sieht eine Rückkehr der Hunderttausende nicht vor, die Lebensmittel- und Sauerstoffvorräte an Bord reichen nur bis zur Esperanta, dem Planeten im System Prokyon, den Tolder für die Besiedlung vorbereiten sollte! Tolder hat fest zugesagt, den Termin zu halten.
Eisiges Entsetzen legt sich auf die RS-Mitarbeiter im Cephalon.
„Sofort eine Verbindung zu Tolder!“ befiehlt Reganta dumpf, die Arme auf sein Koordinatorpult gestützt.
„Mein Gott! Wenn das wahr ist ...“, hört Elmer hinter sich jemanden mit Grauen in der Stimme flüstern. „Die armen Teufel ...“
Elmer stellt sich vor, wie die Menschen, zu Hunderten und Tausenden in den Lasträumen der Transporter zusammengepfercht, diese Nachricht aufnehmen würden, was geschähe, wenn an Bord der Raumkreuzer eine Panik ausbräche ... Nein, nicht daran denken! befiehlt er sich schaudernd. Aber trotzdem vermeint er die wahnsinnigen Schreie zu hören, das Brüllen und Trampeln der durch den Raumkreuzer rollenden Woge aus Menschenleibern, bis sie begreifen werden, daß es keinen Ausweg aus ihrem stählernen Gefängnis gibt, vielleicht werden sie sich in ihrer Verzweiflung einen Weg zu den Luftschleusen bahnen und die Schotten aufreißen ...
Da flammt ein anderer Bildschirm auf und zeigt das zermar-

terte, erschöpfte Gesicht Germalot Tolders. Ein Raunen und Seufzen geht durch das Cephalon, einem eisigen Windstoß gleich.
„Ich habe versagt ...", flüstert der alte Mann gebrochen. Hinter ihm stehen zwei Männer, die ihn stützen. „Ich habe versagt, Reg ..."
„Was ist geschehen, Germalot, sprechen Sie!" verlangt Reganta mit bebender Stimme.
Tolder hebt müde die Augen und erklärt apathisch:
„Es ist meine Schuld ..., ich habe falsch entschieden ..., der Transporter mit den Katalysatorelementen ist in ein Wanderfeld geraten und schafft den Oszillationssprung nicht ..."
„Warum hast du das nicht gemeldet, Germalot?" Der Admirander ballt die Fäuste.
„Ich habe es gerade erst erfahren ..."
Reganta schließt die Augen und fragt drohend: „Ich denke, die Katalysatoren sollten schon vor vier Monaten eintreffen – wie kannst du erst heute davon erfahren?"
„Ich spreche von der Lieferung für Turmalin ... Grynda konnte nicht weiter, da haben wir getauscht, verstehst du, den Transport ins System Epsilon umgelenkt, damit Grynda die Arbeit nicht unterbrechen muß. Dafür sollten wir die Lieferung erhalten, die jetzt in den Strahlensturm geraten ist ..., wenn das nicht geschehen wäre ..."
„Wie konntest du das tun!" sagt der Admirander fassungslos. „Du wußtest, daß die Formation Exodus im Anflug ist. Wie konntest du so eigenmächtig handeln!"
„Ich habe versagt, das weiß ich ..., es gibt keine Entschuldigung ... Wir können keinen Sauerstoff produzieren, jedenfalls nicht in den benötigten Mengen ..."
„Was bedeutet das, Germalot?" fragt der Admirander heiser.
„Die Formation Exodus kann nicht landen ...", sagt Tolder, bevor ihn ein Hustenanfall, an dem er fast zu ersticken droht, zum Schweigen bringt.
Admirander Reganta sieht starr geradeaus, und seine Gesichtsmuskeln zucken wie unter Stromstößen. Seine Finger zittern unmerklich.
Elmer hört den Freund fassungslos flüstern: „Das ist das Ende. Alles aus und vorbei."
Tolder rührt sich nicht mehr. Für ihn tritt einer seiner Mitarbei-

ter in den Vordergrund und sagt mit belegter Stimme: „Admirander, um wenigstens eine so hohe Sauerstoffkonzentration zu erzielen, daß die Leute der Exodusformation am Leben bleiben, benötigen wir unter diesen Umständen mindestens noch vier Monate ..."
Reganta wankt leicht, so, als bebe der Boden unter seinen Füßen, aber er hat sich gleich wieder in der Gewalt. Kurz hintereinander gibt er mehrere Befehle mit einer metallisch harten Stimme, die wie ein Rasiermesser die atemlose Stille durchschneidet.
„Krotteninck! Sie stellen augenblicklich die Position der Formation Exodus fest und setzen sich mit Superkosmander Zercks in Verbindung. Fragen Sie, ob seine Vorräte noch bis zum Epsilon Eridanus ausreichen! ... Weglin! Sie fragen bei Grynda nach, wann er mit den Arbeiten auf Turmalin fertig ist und ob er sie beschleunigen kann ..."
Seine Befehle, die er herausschreit, lösen hektische Betriebsamkeit aus, Elmer und Dorean stehen hilflos in dem plötzlich einsetzenden Gewimmel und wagen nicht, sich vom Fleck zu rühren. Mit brennenden Augen beobachtet Elmer den Admirander. Er hat sofort umgeschaltet, denkt er bewundernd und erleichtert. Wenn die Reserven an Treibstoff, Atemluft und Trinkwasser bis zum Turmalin im System Epsilon Eridanus reichen, gibt es tatsächlich noch eine Chance, auch dieser Planet liegt nur elf Lichtjahre vom Sonnensystem entfernt und ist durch die Tempusregion, in der Raum und Zeit auf seltsame Weise miteinander verschlungen sind, zu erreichen!
Aber auch der Turmalin hat keine Sauerstoffatmosphäre und muß erst vorbereitet werden, die Arbeiten sind in vollem Gange ...
„Admirander!" meldet sich Galaxor Krotteninck. „Die Formation Exodus hat vor zwei Tagen die Siriusfestung passiert ... Superkosmander Zercks fragte mich, ob ich einen Vogel hätte, bis zur Esperanta kämen sie gerade noch, nie im Leben aber bis zum Epsilon ... Außerdem will er wissen, was los ist ..."
Wieder scheint es, als erschüttere ein unsichtbarer Schlag den Admirander, als müsse er gegen ein Ungeheuer ankämpfen, das sich auf ihn gestürzt hat. Er tastet nach der Lehne seines Drehsessels und läßt sich in dessen Polster fallen. Dann stützt er die Ellenbogen auf das Koordinatorpult und schlägt die Hände vors

Gesicht. Seine breiten Schultern beben wie bei einem Gewichtheber, der gegen eine unmenschliche Last kämpft. Plötzlich schaut er auf und befiehlt rauh: „Alle aufhören! Schluß damit! Krotteninck, halten Sie Zercks hin, erzählen Sie ihm irgend etwas, nur nicht die Wahrheit!"
Seine Mitarbeiter sehen ihn entsetzt an.
Was hat das zu bedeuten? fragt sich Elmer, dem langsam der kalte Schweiß den Rücken hinabrinnt.
„Verbinden Sie mich mit der Siriusfestung!" Regantas Stimme klirrt wie altes Eisen.
Die Siriusfestung! denkt Elmer, und er ahnt, was der Admirander plant. Dieser zerklüftete Planet, der auf einer instabilen Bahn von komplizierter Form zwischen den beiden Siriussternen hin und her gerissen wird, der die reichsten Titanlagerstätten der Welt in sich birgt, wo die Menschen in Bunkern hinter meterdicken Wänden leben oder in Höhlen, die sie tief in den Fels getrieben haben, um sich vor den unzähligen Meteorströmen und der sengenden Glut des Sirius zu schützen! Dieser unwirtlichste aller vom Menschen eroberten Planeten – soll er die Rettung bedeuten?
Knapp siebentausend Forscher und Bergleute leben in der Siriusfestung, soviel ist Elmer bekannt. Dort gibt es auch riesige Wasserzisternen im Innern des Planeten, ebenso große Lebensmittel- und Sauerstoffvorräte, weil die Festung während der aktiven Phase des Sterns, wenn er Protuberanzen in das All schleudert, von allen interstellaren Trassen abgeschnitten ist ...
Elmer hat es einmal erlebt. Feurigen, sengenden Geysiren gleich brachen Fontänen von Protuberanzen aus dem blauweiß strahlenden Ball des Sirius, leckten mit gierigen Zungen nach dem Planeten und erhellten die tiefschwarze Kosmosnacht. Wie Silberregen sprühten die Eruptionen aus dem kochenden Hexenkessel der Kernfusion, jenem scheinbar nie versiegenden Energiequell der Weißen Riesen. In diesen Monaten sind die Männer eingeschlossen im Innern des Planeten, dürfen sie sich nicht aus den wenigen, an der Oberfläche gelegenen und durch gewaltige Bollwerke geschützten Gebäuden wagen. Sie ziehen sich dann tief in die Kasematten der Festung zurück und warten auf das Ende der gewaltigen Ausbrüche. Warum die Menschen diese Gefahren und Entbehrungen auf sich nehmen? Auch das

weiß Elmer. Es sind die märchenhaften Reichtümer des Turmalin, seine Erze und Mineralien ...
Endlich meldet sich die Siriusfestung! Mit erzwungener Ruhe fragt Reganta seinen Gesprächspartner, einen untersetzten kahlköpfigen Mann im Unterhemd, der sich die Uniformjacke leger über die Schultern geworfen hat: „Wie ist das Wetter bei euch, Jorgert? Alles ruhig?"
„Wir haben gerade mal Windstille, aber für die übernächste Woche sagten uns die Astrophysiker wieder einen hübschen Feuerregen voraus ..., weshalb fragst du? Was gibt uns überhaupt die Ehre?"
„Hör zu und frage nicht soviel", verlangt Reganta aufatmend. „Wie lange reichen eure Vorräte?"
„Na, mindestens hundert Jahre, wir sind auf alles vorbereitet, das weißt du doch", antwortet Vizeadmirander Jorgert Dark amüsiert.
„Also würden sechshunderttausend Leute davon ein knappes Jahr leben können?" fragt Reganta gespannt.
„Sogar länger, weil man alles noch rationieren könnte ..., aber sag mal, was soll der Quatsch, wir brauchen keine Leute mehr! Und schon gar nicht ..., wieviel, sagtest du?"
„Sechshunderttausend!" antwortet der Admirander heiser. „Sie treffen in ungefähr zwei Tagen ein."
Vizeadmirander Dark lacht auf und fragt dann unwillig: „Sag mal, was sollen diese Scherze? Ich dachte, du hättest Besseres zu tun, als mir solche Schauergeschichten zu erzählen."
„Sechshunderttausend!" fällt Reganta ihm ins Wort. „Das sind keine Schauergeschichten! Das ist die Formation Exodus, die auf Esperanta nicht landen kann und deren Reserven fast völlig aufgebraucht sind."
Langsam verschwindet das ungläubige Lächeln aus Darks Gesicht, er scheint zu begreifen, was der Admirander von ihm will. Plötzlich hellt sich seine Miene auf, und er sagt freudig: „Aber klar! Sie können alles von uns haben – Treibstoff, Sauerstoff, Wasser, alles! Wir haben genug, schick sie ruhig her!"
Admirander Reganta holt tief Luft und sagt betont ruhig: „Du hast mich mißverstanden, Jorgert. Wir brauchen die leeren Raumkreuzer. Verstehst du? Die leeren! Die Leute bleiben bei dir, bis die Esperanta besiedlungsfähig ist!"
„Ausgeschlossen!" Vizeadmirander Dark wehrt ab. „Wenn wir

zusammenrücken, können wir vielleicht drei- bis viertausend aufnehmen, und dann wird es schon eng. Aber keinesfalls sechshunderttausend, wie stellst du dir das vor, Reg?“

Reganta schließt für einen Augenblick die Augen, seine Lippen zucken wieder, aber er reißt sich zusammen.

„Du bist mir persönlich dafür verantwortlich, daß die Leute untergebracht werden, Jorgert. Wie du das anstellst, ist deine Sache, und sage mir nicht noch einmal, es ginge nicht. Was meinst du denn, mit welchen Unmöglichkeiten wir hier ~~fertig~~ werden müssen.“

„Reg, nimm Vernunft an. Das ist Wahnsinn ...“

Der Admirander läßt ihn nicht ausreden. Seine Stirnadern schwellen plötzlich an, und er brüllt.

„Das ist ein Befehl, Vizeadmirander Dark! Und wagen Sie nicht, sich ihm zu widersetzen! Fluten Sie die Minen mit Sauerstoff, räumen Sie die Arsenale und Magazine, schaffen Sie sich Platz, wo Sie nur können! Muß ich Ihnen denn wie einem Kleinkind alles vorsagen?“

„Aber die sanitären Anlagen ...“, wagt Dark, der ganz bleich geworden ist, einen letzten Widerspruch.

„Die Leute sollen sich nicht jeden Tag waschen, Mann! Sie sollen überleben! Begreifst du in deinem Betonklotz denn überhaupt nicht, worum es geht? Ums Überleben, Mann, ums nackte Überleben! Laß in den Stollen der Minen Gruben ausheben und stell Desinfektionsmittel in Eimern daneben, damit die Leute einen Ort haben, wo sie ihr Geschäft verrichten können! Laß irgendwelche Schaumstoffe als Lagerstätten herstellen. Mann, hast du keinen Kopf auf dem Hals?“

Wütend schaltet der Admirander einfach ab. Dann lehnt er sich aufatmend zurück, und sein Gesicht entspannt sich. Elmer setzte fast das Herz aus, als er Reganta toben sah.

„Benachrichtigen Sie Superkosmander Zercks!“ befiehlt Reganta nun dem Galaxor Krotteninck müde. „Er soll sich nicht lange aufhalten. Wir brauchen ihn hier dringend. Bis der nächste Transport unterwegs ist, wird Tolder ja hoffentlich fertig werden ...“

Elmer horcht erstaunt auf. Was sollte das heißen? Will der Admirander Tolder etwa in seiner Stellung lassen, ihn nicht ablösen?

Dorean zieht ihn heftig am Arm und sagt: „Komm, wir haben

hier nichts mehr verloren. Jetzt interessiert es ihn wohl kaum noch, wie es in Tirax aussieht. Das in der Siriusfestung wird wohl noch qualvoller werden. Wer hätte das gedacht, daß es noch etwas Schlimmeres geben könnte als Tirax ..."
„Beinahe wäre es noch ärger gekommen", sagt Elmer dumpf. „Stell dir vor, die Siriusfestung läge gerade unter den Flammen eines Protuberanzensturms ... Und alles nur wegen Tolder. Ich glaube, wir haben Spinks zu voreilig einen Korb gegeben, Dorean. Nun kann ich mir sehr gut vorstellen, daß schon mal jemand etwas falsch gemacht hat."
„Wir werden sehen."
Dorean wendet sich zum Ausgang.

Blauweiß sticht die grelle, sengende Glut der Tachyonenströme, die aus dem Heck der Achternak hervorbrechen, in die samtene Schwärze des Alls. Winzige Flämmchen tanzen über den Dyolitpanzer des Raumkreuzers, der gerade einen mit bloßem Auge nicht sichtbaren Gasnebel durchstößt, der eine Konzentration von nur wenigen Molekülen je Kubikmeter aufweist.
Quinto ist nicht beunruhigt. Trotz der hohen Geschwindigkeit, mit der die Achternak auf ihr Ziel zujagt, kann das bißchen Materie der neu konzipierten Panzerung des größten und modernsten Transportraumkreuzers nichts anhaben.
Eigentlich ist er – Quinto – völlig überflüssig. Schon wenige Tage nach dem Start plagte ihn die Langeweile. Anfangs fühlte er sich geschmeichelt, daß man ihn damit betraute, den Prototyp des ersten vollautomatischen interstellaren Großtransporters zu testen. Wenn die Achternak sich bewährt, wird man aus Tausenden Raumkreuzern ihrer Klasse eine neue Evakuierungsflotte zusammenstellen. Aber erst muß sie ihren Probeflug bestehen. In Windeseile wird man sie in den Docks der Außenstation Rota noch einmal auf Herz und Nieren untersuchen, wenn dann keine Defekte oder Materialermüdungen festgestellt werden, nehmen die schon auf gut Glück gefertigten Raumkreuzer der Achternakklasse sofort ihren Dienst auf, und weitere werden in ununterbrochener Folge die kosmischen Produktionsstätten verlassen ...
Reganta hat auf der Langzeiterprobung bestanden, sehr zu Quintos Erstaunen. Er war der Meinung, man könne nicht Tausende von Menschen – und soviel hätten im Riesenleib dieses

Raumschiffes Platz! – mit Transportmitteln auf die Reise schikken, bei denen die Gefahr besteht, daß sie nach der Hälfte des Weges in ihre Einzelteile zerfallen ... Auf die beleidigten Gesichter der Konstrukteure nahm er überhaupt keine Rücksicht.
Quinto tritt dicht an den Bildschirm in der kleinen Zentrale heran und mustert sein Spiegelbild, das sich vor dem tiefblauen Hintergrund abzeichnet. Er hat sich seit dem Start nicht mehr rasiert, und zufrieden stellt er fest, daß der schwarze Bart seinem Gesicht einen würdigen Ausdruck gibt. Die ersten Tage sah er aus wie ein Strauchdieb und hat sehr mit sich kämpfen müssen, doch schließlich ist er der einzige Mensch an Bord, ein richtiger Einsiedler. Wen könnte es da stören, wenn er herumläuft, als wäre er gerade mit dem Gesicht in einen Haufen Kohlengrus gefallen?
Die vier kleinen Sinusandroiden, die er sich zur Gesellschaft aus dem Laderaum geholt hat, nehmen davon keine Notiz.
Und Martha hat anderes zu tun, als ihn auf seine Körperpflege aufmerksam zu machen, obwohl ihr es zuzutrauen wäre. Mit Martha kommt Quinto nicht besonders gut aus. Sie weiß und kann alles besser. So etwas ist Quinto verhaßt. Zwar ist sie immer objektiv und sachlich, aber sie behält auch immer recht, wenn sie einmal unterschiedlicher Ansicht sind.
Zuerst hat sie es ausgesprochen: daß er eigentlich überflüssig wäre. Selbst wenn ein Defekt aufträte, den würden die Sinusandroiden beheben.
Martha, so hat er das neuentwickelte Elektronengehirn des Raumkreuzers genannt. Bei diesem Zentralautomaten handelt es sich um die jüngste Generation intelligenter Maschinen. Quinto ist nur für den Fall aller Fälle an Bord. In Zukunft werden diese Raumkreuzer vollautomatisch fliegen und jene unendlich langen Routineflüge auf entlegenen Interstellartrassen übernehmen, deren Dauer nach Jahren bemessen wird. Die immer noch so lebensnotwendigen Urantransporte, die Versorgung der am Rande der Welt liegenden Außenbasen, die so zeitaufwendigen Vorerkundungen ... Vorerst jedoch werden die schnellen Großtransporter der Achternakklasse als Passagierkreuzer eingesetzt, bis die Menschheit, die Hals über Kopf fliehen muß, in Sicherheit ist ...
Eigentlich müßte Quinto froh sein, daß die Reise bisher ohne Zwischenfälle verlief. Aber das Gefühl der Nutzlosigkeit quält

ihn. Auf der Erde wird um das Überleben gekämpft, gerungen, und er läßt sich in aller Gemütsruhe durch den Weltraum kutschieren. Quattro hätte sich darauf nie eingelassen, dessen ist er sicher. Jeder kleine Protektor hätte diese Aufgabe ebensogut erfüllt! Aber Reganta hat ihm gesagt, er brauche dafür einen erfahrenen Raumflieger, der nicht nur Instrumente ablesen und Programme eintippen kann, sondern der mit dem Riesenleib des Raumkreuzers wie verwachsen ist, der es schon im Unterbewußtsein spürt, wenn sich eine Gefahr andeutet.
Doch manche Entscheidung des Admiranders hat sich schon als falsch erwiesen. Sein größter Mißgriff war Tolder.
Schon während die Männer auf Esperanta die Plusminusandroiden und die Deltas in Empfang nahmen, hörte er so manches, was ihn überraschte. Tolder sei mit seiner Kraft schon seit langem am Ende, weigere sich aber, dies anzuerkennen, wurde ihm hinterbracht, und er solle dem Admirander gegenüber doch einmal eine Andeutung machen. Auf seine erstaunte Frage, warum sie es nicht selbst täten, antworteten sie nicht, sondern schwiegen betreten.
Im weiteren Verlauf des Gesprächs wurde der Grund deutlich. Er tat ihnen leid! Und keiner wollte auf dem Funkwege, also ganz offiziell, auf seinen bedenklichen Kräfteverfall aufmerksam machen.
Zumal er es selbst energisch bestritt. Man könne nichts gegen seine Arbeit einwenden, sagten die Männer, er schone sich nicht und rechtfertige damit seine hohen Anforderungen an seine Mitarbeiter. Aber er erkenne nicht, daß er sich selbst maßlos überfordere!
Ein Blick auf den alten Mann genügte Quinto. Seine fiebrig glänzenden Augen, der unstete Blick und seine Unkonzentriertheit widersprachen absolut dem Eindruck, den er durch Geschäftigkeit und nimmermüde Aktivität hervorzurufen gedachte.
Noch war es nicht zu ernsthaften Auseinandersetzungen gekommen. Das aber wiederum bestätigte Tolder in seinen irrigen Gedanken, er hätte die Zügel fest in der Hand, und seine Entscheidungsfähigkeit sei so souverän wie eh und je.
Nur so konnte es geschehen, daß er sich rigoros über die Warnungen seiner Mitarbeiter hinwegsetzte und den Transport umleiten ließ.

Um so erstaunter aber war Quinto, wie schnell Tolder sich von seinem Zusammenbruch erholte und mit scheinbar verdoppelter Energie von vorn begann! Er, Quinto, hätte ihn, ohne zu überlegen, in die Wüste geschickt, Reganta aber ließ ihn auf seinem Posten und machte ihm lediglich zur Auflage, täglich über den Fortgang der Arbeit Bericht zu erstatten!
Wie soll man das verstehen!
Vielleicht war es die Meldung von Vizeadmirander Dark, daß die Übernahme der sechshunderttausend Passagiere der Formation Exodus ohne Zwischenfälle verlaufen sei, was Tolder wieder aufgerichtet hat. Merkwürdig, nach den zwei Tagen bangen Wartens war er plötzlich wie ausgewechselt. Seine Stimme klang wieder klar und beherrscht wie in alten Tagen, aber an seinen Augen konnte man ablesen, daß er mit sich abgerechnet hatte. Sein Blick war oft weit in die Ferne gerichtet, als suche er dort ein Ziel, das er bald erreichen will ...
„Siriusfestung an Achternak ... Siriusfestung an Achternak ...“, dröhnt es plötzlich durch die Zentrale. „Haben Ihre Kennung empfangen und sie auf dem Tachyonenradar geortet. Gehen Sie auf Trasse achtzehn mit Gamma zwo-vier-null-neun ...“
Na endlich! sagt sich Quinto erleichtert. Seit fast achtzehn Stunden wartet er auf den Leitstrahl!
In den Dialog zwischen Martha und der Siriusfestung schaltet er sich vorläufig nicht ein. Erst als der Austausch der in Zahlengruppen codierten Kursparameter abgeschlossen ist, sagt er unfreundlich: „Wurde ja langsam Zeit, Jungs, ich dachte schon, euch gibt's nicht mehr!“
Er hört ein verdrießliches Schnaufen. Sehen kann er seinen Partner nicht, weil Martha es für unnötig erachtet, den Videokanal auf den Bildschirm zu schalten. Sie hielt es eine Weile auch für überflüssig, seine Kabine und die Zentrale zu beleuchten, weil das Energieverschwendung wäre. Als er sie darauf gereizt fragte, ob sie vielleicht auch die Klimaanlage abschalten wolle, antwortete sie sachlich, daß sie das sofort täte, wenn er den Raumkreuzer verlassen würde ...
„Wenn Sie wüßten, was hier los ist, Kosmander Cosma! Sie würden sich wundern, daß Ihnen überhaupt noch jemand antwortet!“ entgegnet der Mann müde. „Aber Sie werden es ja bald sehen ...“
„Subkosmander, lieber Freund“, korrigiert ihn Quinto. „Noch

hat mein Brüderchen eine Nasenlänge Vorsprung. Subkosmander bitte."
„In Ordnung, Subkosmander. Machen Sie sich darauf gefaßt, die Hölle zu betreten ..., und legen Sie eine Atemmaske an, wenn Sie eine an Bord haben. Ein kleiner Tip von mir!"
„Ist es denn wirklich so schlimm?" fragt Quinto zweifelnd.
„Schlimmer!" stöhnt der Mann. „Es ist unvorstellbar ..."
Danach wird es wieder still in der kleinen Zentrale des Großtransporters Achternak, die in nichts den geräumigen und mit Bildschirmen überladenen Brücken anderer Raumkreuzer gleicht.
Quinto sucht auf dem Bildschirm den Sirius. Noch ist er ein kleines Pünktchen im Zentrum des grünen Fadenkreuzes. In acht Stunden leuchtet er als grellweiß strahlender Feuerball vor der Achternak, und das Raumschiff wird dem Leitstrahl folgend in sein Flammenmeer tauchen, wo irgendwo ein von den Menschen zur Festung gegen Gluthitze und Strahlung ausgebauter Planet mit verbrannter und verkrusteter Oberfläche einsam seine Bahn zieht, hin und her gerissen von den mörderischen Kräften der beiden Siriussterne ...

Wogen von blauweißem, gespenstisch wirkendem Licht schlagen Quinto entgegen, als er das Außenschott der Luftschleuse öffnet. Der Planet hat keine Atmosphäre, und so ist es trotz des grellen, harte Schatten werfenden Lichts immer Nacht auf der Siriusfestung, eine von zwei gewaltigen Scheinwerfern erleuchtete Nacht, wobei das Strahlen des kleinen Sirius B gegen die Lichtfluten seines gigantischen Bruders eher wie ein armseliges Zündholzflämmchen wirkt.
Die Oberfläche dieses Planeten kann man nur im Cataphract betreten. Die Hitzeschutzskaphander mit ihrer dicken Panzerung und dem Kühlsystem sind mit pneumatischen Gelenken versehen und erinnern eher an ein Einmannunterseeboot als an einen Schutzanzug. In einem gewöhnlichen Epsilonanzug würde Quinto binnen Sekunden zu einer lebenden Fackel werden, und das einzige, was von ihm übrigbliebe, wären die Metallteile seiner Ausrüstung. Nur der Cataphract bietet ausreichenden Schutz vor der sengenden Glut des Sirius, der als unendlich aufgeblähter Feuerball über seinem Kopf hängt.
Eine Gestalt in einem solchen Keramikpanzer stampft auf ihn

zu und hebt grüßend die Hand. Jeder Schritt wirbelt schwarze Staubschwaden auf – nur Ruß und Asche bedecken den Planeten, hüllen seine kantigen und gezackten Formen in einen dikken Mantel.
„Kommen Sie, Adriel! Das Entladen besorgen die Andros ...“, hört er eine ihm bekannte Stimme. Nun erkennt er auch die purpurfarbenen Balken auf der Brust des ihm entgegenwankenden Ungetüms. Vizeadmirander Dark persönlich!
Unwillkürlich hebt er die Hand, um zu salutieren.
„Lassen Sie doch den Unsinn, Adriel!“ befiehlt Dark leutselig und bedeutet ihm zu folgen. „Das haben wir uns hier recht gründlich abgewöhnt. Wir leben zwar in einer Festung, aber hier gibt es keinen Kasernenhof ...“
Dark stapft auf ein Loch zu, das einem Tunneleingang ähnelt, nur daß es durch schwere Schotte verschlossen ist. Quinto ist nicht das erstemal auf der Siriusfestung, und ihm fällt sofort auf, daß die Umgebung sich verändert hat. In regelmäßigen Abständen ragen Hunderte solcher Tunneleingänge wie Rohrenden aus dem Boden, über die ganze Fläche der Landebene verteilt.
„Was sind das für Eingänge?“ fragt er den Vizeadmirander.
„Wir haben das Gestein aufgeschäumt und damit so etwas wie Gangways geschaffen, damit die Leute der Formation Exodus gefahrlos einsteigen können“, antwortet Dark. „Woher hätten wir die vielen Cataphracte nehmen sollen ...“
Und unerwartet bitter fügt er hinzu: „Da hat uns Reganta ganz schön was eingebrockt ...“
„Tolder!“ korrigiert ihn Quinto behutsam. „Nicht der Admirander.“
„Ist auch egal, so oder so Scheiße!“
Quinto registriert es mit Befremden. So kennt er den Vizeadmirander ganz und gar nicht. Gerade Dark hat er als einen besonders kultiviert sprechenden Menschen in Erinnerung.
Wie von Geisterhand bewegt, schwingt einer der Torflügel ein wenig auf und gibt einen Spalt frei. Es dauert geraume Zeit, bis Quintos Augen sich an das Dämmerlicht gewöhnen.
„Wir haben im Moment alle unsere Probleme, Vizeadmirander“, sagt er. „Und in Tolders Haut möchte ich am allerwenigsten stecken.“
„So?“ Darks Stimme klingt dumpf. „Dann denken Sie nachher

an Ihre Worte, wenn ich Ihnen die Kasematten der Festung gezeigt habe!“
Als die Innenschotte mit einem Zischen zurückweichen, schlägt ihnen gedämpftes Stimmengewirr entgegen. Ein Tuscheln und Flüstern, Stöhnen und Seufzen wie im überfüllten Wartesaal einer Klinik. Ein nervtötendes Wimmern kommt aus der unübersehbaren Menschenmenge und erstickt in einem leidvollen Klagelaut … Quinto prallt erschüttert zurück.
Der lange, tief in das Innere des Planeten hineinführende Korridor ist derart mit Menschen vollgestopft, daß die Menge wie ein einziger monströser Organismus mit Hunderten Armen, Beinen und Köpfen wirkt, ein ächzender, sich in konvulsivischen Zukkungen windender Moloch …
Übler Gestank schlägt Quinto entgegen und nimmt ihm den Atem. Dem Vizeadmirander scheint es nicht viel auszumachen, er ist schon daran gewöhnt, wie es Quinto scheint.
„Lassen Sie Ihren Cataphract gleich in der Luftschleuse, Adriel, hier wird jeder Zentimeter Platz gebraucht“, sagt Dark ohne Gefühlsregung.
Der unförmige Koloß aus Menschenleibern teilt sich in der Mitte und gibt einen schmalen Durchlaß frei. Die Leute stehen größtenteils, nur einige wenige sitzen oder liegen. Quinto steigt über Beine und Oberkörper hinweg und achtet darauf, daß er niemanden tritt. Er muß den Blick abwenden, als er die hoffnungsvollen Blicke der Menschen sieht. „Werden wir endlich abgeholt, Subkosmander?“ röchelt ein Mann mit rotfleckigem Gesicht und greift nach seinem Ärmel.
Quinto bringt kein Wort hervor, die Kehle ist ihm wie zugeschnürt.
„Subkosmander Cosma hat wichtige Ersatzteile gebracht, die dringend benötigt werden! Ihr müßt Geduld haben, Leute!“ ruft Dark mit fester Stimme. Ein Stöhnen der Enttäuschung geht durch die Masse.
Quinto spürt, wie er auf etwas Weiches tritt. Erschreckt hebt er den Fuß und blickt nach unten. Es ist nicht zu erkennen, wem die Hand gehört, und niemand antwortet, als er sich stammelnd entschuldigt. Manchmal sind winzige Lücken zu erkennen, dort stehen Trinkgefäße und Eimer.
Eine Kolonne Männer in dunklen Arbeitsmonturen kommt ihnen im Gänsemarsch entgegen. Der erste nickt nur flüchtig, als

er den Vizeadmirander erkennt. Sie tragen feuchte Tücher vor den Gesichtern, und als sie sich an ihnen vorbeischlängeln, begreift Quinto auch, warum. Beißender Gestank steigt aus den Kübeln auf, die sie tragen, Quinto kann einen Brechreiz kaum unterdrücken.
„Das ist unsere größte Sorge", erläutert Dark. „Wir können nur hoffen, daß keine Seuche ausbricht. Das Problem dabei sind weniger die Medikamente – davon haben wir genug – als die Masse von Menschen ..."
„Sieht es überall so aus?" fragt Quinto entsetzt. Dark winkt verbittert ab.
„So wie hier? Mann, Adriel, was glauben Sie denn? Das hier oben ist die Luxusklasse, die Fürstensuite ..."
Quinto spürt einen dumpfen Druck im Kopf. Erst jetzt kann er ermessen, was Tolders Versagen für diese Menschen bedeutet.
Sie kommen an einer Gruppe vorbei, die, noch stärker ineinander verkeilt, die Köpfe zusammensteckt. Es sieht aus wie eine überdimensionale Traube.
„... er muß rochieren ...!" hört Quinto jemanden schimpfen.
„Ruhe! Das weiß er selbst!" antwortet eine andere Stimme ärgerlich. Dark bleibt kurz stehen und fragt laut: „Wie steht es, Professor Wondermark, gut?"
Quinto schaut verblüfft in die Menge. Nun sieht er auch das winzige Magnetschach in den Händen der Spieler.
„O nein, Jorgert, er hat mich ganz schön in Bedrängnis gebracht, die Runde werde ich wohl verlieren!" antwortet der Professor munter. Wondermark! denkt Quinto entsetzt. Der Bruder des Hochkommissars des Solaren Internen Regulativs, allseits als hervorragender Substitutionschirurg geachtet und verehrt ...
„Quatscht nicht so lange!" ruft es aus der Menge. „Wir wollen auch mal rankommen."
„Auf Wiedersehen, Professor!" sagt Dark und geht weiter.
Beim großen Sirius, der Professor unter solchen Verhältnissen, denkt Quinto bestürzt, gibt es denn hier keine Ordnung mehr in der Welt?
„Der Professor ist für mich unentbehrlich geworden", erklärt Dark. „Er hat die Gruppe im Korridor zwölf fest in der Hand. Außerdem – wer will die Entscheidung fällen, wer von hier weggebracht wird und wer nicht? Nach welchen Kriterien soll so etwas entschieden werden? Wollen Sie die Menschen in Katego-

rien einteilen? Selbst wenn das ginge, die Grenzen wären zwangsläufig fließend, also müßte wieder jemand entscheiden, wo der rote Strich gezogen wird, die Trennungslinie, die darüber befindet, welcher Teil der Passagiere wertvoller wäre als der andere! Wollen Sie diese Linie festlegen? Es wäre ein Riß durch die ganze Gesellschaft ..." Und mit belegter Stimme fügt er hinzu: „Ich achte solche Menschen wie Professor Wondermark, die mit aller Kraft dazu beitragen, Ruhe und Ordnung zu gewährleisten, denn das ist das Lebenselixier der Siriusfestung in der jetzigen Lage. Sie werden sehen, daß es nicht wenige sind, die wie der Professor denken und handeln." Da hört Quinto ein Kind greinen. Sie erreichen eine Kabinentür, die einen Spalt geöffnet ist. Als Quinto einen Blick hineinwerfen will, zieht Dark ihn weiter: „Da gibt es nichts zu sehen. In den geräumten Kabinen haben wir die Frauen und Kinder untergebracht ..., nur Frauen mit Kleinkindern. Je zwölf in einer Zweimannkabine. Sie reichten trotzdem nicht ..."
Jetzt erst wird Quinto bewußt, daß sie völlig unnötig zu Fuß gehen, statt den Tubifex zu benutzen. Als er Dark fragt, lacht dieser bitter auf. „Ich habe Ihnen doch gesagt, daß dies hier die Luxusklasse ist!"
Quinto fällt es wie Schuppen von den Augen.
„Soll das etwa heißen, daß ..." Er wagt nicht, den Satz zu beenden.
„Ja, das heißt es", antwortet Dark dumpf.
Also sogar in den Schächten des Liftsystems sind Menschen, denkt Quinto erschüttert und glaubt, durch die Korridorwand hindurch das qualvolle Stöhnen der dort eingesperrten Menschen zu hören, und er merkt, wie eisige Kälte seinen Rücken hinabrinnt.
„Aber das ist auch noch nicht das schlimmste, mein Junge. Hier oben ist es kühl und trocken. Obwohl die Klimaanlage total überlastet ist, kann man die Luft sogar noch atmen ..., weiter unten liegt die Hölle, wie sie Menschen anders nicht erleben können ...", stößt der Vizeadmirander hervor.
Sie drängeln sich bis zu einer von bewaffneten Posten bewachten Tür durch. Mißbilligend schaut Quinto auf die Antiplasmawerfer in den Händen der beiden Protektoren, stämmigen Burschen mit entschlossenen Gesichtern.
Als sie den Durchgang passiert haben und die gepanzerte Luke

scheppernd hinter ihnen zufällt, bemerkt Quinto befremdet, daß sich das Menschengewühl spürbar gelichtet hat.
„Hier halten sich nur Mitglieder der Festungsmannschaft auf", sagt Dark kurz. Quinto registriert es mit Unbehagen. Die Verhältnisse in diesem Festungstrakt erscheinen erträglich, obwohl auch hier die Korridore von Menschen wimmeln. Aber hier stehen Liegen in den Gängen …
„Was sollen die Posten, Vizeadmirander?" fragt er mißbilligend. Dark schaut ihn verwundert an und versucht, in seinem Gesicht zu lesen. Plötzlich schlägt er sich gegen die Stirn und lacht kurz auf. „Mein Gott! Was Sie da denken! Haben Sie nicht mitbekommen, daß wir uns in der Technischen Sektion befinden? Sie wundern sich, weil hier halbwegs menschliche Zustände herrschen …, das ist verständlich … Aber überlegen Sie doch, Adriel! Hier sind alle Anlagen und Aggregate untergebracht, die uns überhaupt erst das Leben ermöglichen: Klimaanlagen mit Luftgeneratoren und Kühlsystem, Energiezentrale, Wasserwiedergewinnungsaggregate mit Pumpen und Filtern … Wir haben schon alle entbehrlichen Kabinen und Räume zur Verfügung gestellt, die Männer schlafen und leben an ihren Arbeitsplätzen. Hier finden Sie das Nervenzentrum der Festung, ihr Herz, ihre Lunge … Verstehen Sie jetzt? Lassen Sie irgendeinen banalen Defekt auftreten, das Licht ausgehen zum Beispiel. Das kann Hunderte ganz simpler Gründe haben. Aber was geschieht dann? Werden die Leute sich ruhig verhalten, oder wird eine Massenhysterie ausbrechen? Und wenn Sie mich verfluchen und verdammen: Ich habe den beiden Posten strengsten Befehl gegeben, zu schießen, wenn die Menschenmenge hier eindringen will. Die Burschen gehören zu meinen besten Leuten, sie wissen, worum es geht. Sie werden schießen …" Quinto verschlägt es die Sprache. Dark würde auf wehrlose, verängstigte Menschen schießen lassen? Ist er besessen?
„Hoffen wir, daß uns das erspart bleibt", sagt Vizeadmirander Dark beschwörend. „Sie verstehen mich doch, Adriel?"
Quinto zwingt sich zu nüchterner Überlegung. Doch, Dark hat recht! Lieber ein paar Tote als einige hundert oder gar tausend, obwohl sich der menschliche Verstand gegen diese eiskalte Logik sträubt. Und auch die Tatsache, daß er seiner Mannschaft etwas mehr Raum und Bewegungsfreiheit gönnt, ist genau kalkuliert. Schließlich müssen die Männer arbeiten. Arbeiten

unter Bedingungen, wie sie für jemanden, der es nicht selbst gesehen hat, unvorstellbar sind. Arbeiten, damit alle am Leben bleiben …

Er nickt langsam. „Ja, ich verstehe es. Verstehen die da", er zeigt mit dem Daumen nach hinten, „verstehen die es auch?"

Dark sieht ihn groß an. „Ach ja, das können Sie ja nicht wissen: Der Vorschlag stammt von ihnen …, sie wollen auch überleben …"

Dann schiebt er den verdutzten Quinto durch eine kleine Kabinentür. Es muß ehemals eine Gerätekammer gewesen sein. Außer einem schmalen Durchlaß zwischen Schreibtisch und Wand ist kein Platz in dem mit Videophonen und Televisoren vollgestopften Raum. Vizeadmirander Dark lächelt müde und sagt mit einer um Entschuldigung bittenden Geste: „Ich brauche unbedingt einen Arbeitsplatz … Sie werden doch nicht glauben, daß ich mir irgendwelche Privilegien anmaße, Adriel?"

„Keineswegs, Vizeadmirander", murmelt Quinto benommen. Von hier aus regiert er die Siriusfestung, von einer Besenkammer aus! Wie macht der Mann das, wie hält er das nur durch?

Als hätte Dark die stumme Frage auf Quintos Gesicht lesen können, erklärt er: „Sehen Sie, dort! Ich habe mir eine direkte Kabelverbindung zum Großen Koordinator legen lassen, ich kann den Automaten ohne weiteres auch von hier bedienen. Die Bildschirme müssen ja nicht die ganze Wand einnehmen, so geht es auch …"

Quinto fragt erst gar nicht, was aus der Kommandozentrale geworden ist. Er kann es sich plastisch vorstellen: Menschen, Menschen, Menschen … Irgendwo müssen die siebentausend Forscher, Ingenieure und Bergleute, die ihre Kabinen in den Kasematten der Festung den Flüchtlingen zur Verfügung gestellt haben, ja bleiben …

Nachdem der Vizeadmirander alles Dienstliche mit Quinto besprochen hat, holt er zwei Gläser und eine Plastflasche aus einem Schreibtischschubfach und läßt zwei Fingerbreit von der Flüssigkeit in die Gläser perlen. „Echter elloranischer Ananis, Adriel, es ist leider das einzige, was ich Ihnen anbieten kann, aber es ist ein guter Tropfen." Und als Quinto zögert, muntert er ihn auf: „Greifen Sie ruhig zu, er schmeckt wirklich vorzüglich …" Und ernst setzt er hinzu: „Sie werden es brauchen können, denn jetzt zeige ich Ihnen die Stollen der Bergwerke ..., oder wollen Sie lieber verzichten?“ Quinto schüttelt den Kopf. Nein, verzichten auf keinen Fall. Er muß den anderen davon berichten ...

Auf dem Weg zum Vertikator, dem senkrecht in die Tiefe führenden Lift, erklärt ihm Dark: „Wir haben die Stollen mit Sauerstoff vollgepumpt. In einige tote Strecken gelang es uns Flutventile einzubauen, die über Luftschächte mit der Planetenoberfläche verbunden sind, so können wir alle zehn Stunden einen Luftaustausch vornehmen.“ Quinto hört beklommen zu.

„Da unten sind nur Männer untergebracht, die kräftigsten und widerstandsfähigsten. Das war auch ein Problem: Zu viele Alte und Halbwüchsige sind mit der Exodusformation geflogen ... Ach, was soll’s. Sie werden ja sehen.“

Quinto betrachtet Dark erstaunt, als der sich die Uniformjacke aufknöpft und sie über die Schultern wirft. Er trägt nur ein ausgeblichenes Unterhemd unter der Dienstbekleidung.

Im Vertikator fragt Quinto: „Wie lange sind Sie schon Kommandant der Siriusfestung, Vizeadmirander?“ Dark lächelt wehmütig. Er streicht sich mit der flachen Hand über die Glatze und überlegt. Dann sagt er: „Wissen Sie, so genau kann ich das jetzt gar nicht sagen ..., warten Sie mal ..., sind es nun vierunddreißig oder fünfunddreißig Jahre? Nein, es müssen vierunddreißig sein. An das fünfunddreißigste Jubiläum würde ich mich erinnern. In jedem dieser vierunddreißig Jahre hatte ich nur drei Monate für meine Familie, ach nein, alle fünf Jahre bekommen wir einen sechsmonatigen Sonderurlaub ..., trotzdem, für meine Frau ist es ein entbehrungsreiches Leben. Aber sie hat mich nie gebeten, die Versetzung zu beantragen, eine prachtvolle Frau! Sie macht es mir leicht, meinen Beruf zu lieben ...“

Unwillkürlich stellt Quinto sich die Szene von Jorgert Darks Heimkehr vor, wie die Frau ihm um den Hals fällt und ihm stolz den erst drei Monate alten Sohn präsentiert, den der Vater das erstemal betrachtet, staunend und zärtlich. Dark hat neun Kinder, vier Söhne und fünf Töchter, das weiß Quinto so genau, weil manch einer darüber spottet. Auch er hat oft seine Späße darüber getrieben. Jetzt sieht er es anders. Daß bei Darks die Kinder wie die reifen Früchte vom Baum purzeln, ist so einfach und so menschlich zu erklären. Wenn man sich jedes Jahr nur drei Mo-

nate lieben kann ... Vielleicht will es seine Frau sogar. Sicher will sie es, sonst ließe sich ja etwas dagegen tun. Er muß recht haben: Sie ist sicher eine prachtvolle Frau!
„Wir fahren am besten gleich bis zur untersten Sohle. Die Männer freuen sich über jeden Besuch“, unterbricht der Vizeadmirander seinen Gedankengang. Durch die gläserne Kanzel des Vertikators erkennt Quinto die Stolleneingänge der einzelnen Sohlen. Auch hier stehen vor einigen bewaffnete Posten.
„Sie bewachen die Radiumminen“, erklärt Dark auf Quintos fragenden Blick. „Eine Gruppe Jugendlicher wollte dort hinein. Sie müssen das verstehen, es ist grauenvoll, wochenlang auf engstem Raum zusammengepfercht leben zu müssen ..., was heißt leben! Dahinvegetieren! Wir hatten Mühe, sie da wieder herauszubekommen. Zwei von ihnen liegen mit schweren Strahlenschäden in der Klinik, sie werden wohl kaum durchkommen ...“
Quinto schwitzt in seiner Arbeitskombination. Es dauert eine Weile, bis er begreift, daß das nicht an der gespenstischen Situation liegt, sondern daß es tatsächlich immer wärmer wird, je tiefer sie in den Planeten vordringen. Die Luft ist schwer und stikkig, der penetrante Gestank nach Schweiß und Exkrementen unerträglich. Hätte er doch die Empfehlung nicht in den Wind geschlagen, eine Atemschutzmaske mitzubringen!
Neben und hinter sich sieht er unablässig die Gondeln des Vertikators lautlos auf- und niedersteigen. In einem Bündel von bestimmt zwei Dutzend durchsichtigen Röhren huschen die pneumatisch betriebenen Kabinen vorbei, und noch ist das Ende dieses Schachtes außer Sichtweite.
„Das ist der Engpaß!“ sagt Dark tonlos. „Im wahrsten Sinne des Wortes! Obwohl wir auch die Förderschächte zur Versorgung und Entsorgung nutzen, die Verbindungswege sind das Nadelöhr, vor dem sich alles staut. Bis jetzt haben wir noch keine Lösung gefunden. Für Wasser und Luft konnten wir Leitungen installieren – aber das reicht ja nicht zum Überleben! Die Bergleute arbeiten rund um die Uhr – nicht um Erz abzubauen, wahrlich nicht! Sie haben mit den anfallenden Versorgungsaufgaben alle Hände voll zu tun.“
Endlich hält der Vertikator sanft schwingend an. Als Dark die Schotte öffnet, schlägt ihnen eine Woge sengend heißer, kaum atembarer Luft ins Gesicht, als ständen sie vor dem Feuerloch

eines Schmelzofens. Im Nu ist Quinto klitschnaß. Jetzt begreift er auch, warum der Vizeadmirander seine Uniformjacke ausgezogen hat!
„Wir können machen, was wir wollen", keucht Dark, nach Atem ringend, „die Stollen lassen sich nicht klimatisieren wie die übrige Festung. Hier arbeiten sonst nur Andros, denen macht die Hitze nichts aus. Das ist die Glut des Sirius, sie hat den ganzen Planeten aufgeheizt ..." Er hustet. „Wir haben einfach nicht die Mittel, um die Stollen so zu klimatisieren wie die Kasematten, weil das normalerweise nicht nötig ist. Die ausgetauschte Luft erwärmt sich innerhalb von wenigen Minuten, und viertelstündlich wechseln können wir auch nicht, das machen die Oxygatoren nicht mit ..."
Das kann doch kein Mensch aushalten! denkt Quinto. Unmöglich, das überlebt niemand länger als einige Stunden!
Ein merkwürdiges Geräusch dringt aus der Tiefe des Planeten, Töne, die er vorher noch nie gehört hat und die ihn mit Grauen erfüllen, ihm das Blut in den Adern stocken lassen.
Es klingt wie das Klagen eines riesigen, unter kilometerdicken Felsschichten gefangenen Untiers, auf- und abschwellend, bis ins Mark dringend. Die wenigen Lichtquellen spenden kaum Helligkeit. Düster und unheimlich liegt der Eingang zum Stollen vor ihnen, mit starken Torflügeln verschlossen wie ein Kerker. Als der Vizeadmirander mit der Faust dagegenschlägt, öffnen sie sich knarrend, und im selben Moment quillt ein tausendstimmiges Ächzen und Keuchen, Stöhnen und Husten durch den Spalt.
Quinto schließt entsetzt die Augen. Vor ihm liegt ein Höllenschlund, angefüllt mit nackten, dampfenden Menschen. Die unerträgliche Hitze nimmt ihm den Atem, und er zwingt sich zu jedem Schritt. Die Männer beachten ihn kaum. Die meisten liegen am Boden, und nur den sich hebenden und senkenden Brustkörben ist anzusehen, daß Leben in ihren Körpern ist.
Erst nach einigen Schritten wird es Quinto bewußt, daß trotz der höllischen Hitze, des beißenden Gestanks und der riesigen Masse von Menschen eine gewisse Ordnung herrscht. So ist in der Mitte des Stollens eine schmale Gasse freigehalten worden, obgleich Platz dringend benötigt würde. Als er sich umsieht, kann er erkennen, wie vier Männer mit nackten schweißüberströmten Oberkörpern die Torflügel schließen und sich unmit-

telbar neben dem Eingang niedersetzen. Ihre Bewegungen wirken genau koordiniert und sparsam. Kein Zweifel, es handelt sich um eine Torwache!
Dicke Schweißperlen rinnen Quinto die Schläfen hinab, und er muß sich mit dem Handrücken die brennenden Augen auswischen.
Unheimlich und bedrückend wirkt es, wie sich die Brustkörbe der mit geschlossenen Augen daliegenden Männer heben und wieder senken, wie das Pulsieren einer riesigen Molluske.
Ein schriller Pfiff gellt durch den Stollen, und eine heisere Männerstimme ruft keuchend: „Block siebzehn, achtzehn, neunzehn – Atemübung beenden und Wasser fassen! Block siebenunddreißig, achtunddreißig, neununddreißig – Zapfstellen räumen und zum Atemtraining vorbereiten! Alle Zehnerobmänner in fünf Minuten zur Regulativbesprechung!"
Was nun geschieht, läßt Quinto an seinem Verstand zweifeln. In der grausigen Hölle gibt es eine Ordnung, ganz anders als in den oberen Sektionen der Festung, wo die Menschen fluchten, schimpften, weinten und jammerten!
Die am Boden Liegenden öffnen die Augen und erheben sich vorsichtig, wobei sie sich gegenseitig behilflich sind, dann formieren sie sich zu zusammengepreßten, aneinandergequetschten Menschenpaketen, die sich, in einzelne Reihen aufgelöst, zu den Zapfstellen bewegen.
Nein, das ist zwar grauenvoll und unerträglich, aber kein Chaos! denkt Quinto bewundernd. Hier sind besonnene, mutige Menschen am Werk!
„Sie haben sich selbst diese Ordnung geschaffen", kommentiert Dark. „Aber leider erst, nachdem beinahe hundert Leute den Tod gefunden haben: Sie sind verdurstet ..."
Bei einer Gruppe Männer bleibt der Vizeadmirander stehen. „Das sind die Männer des zweiundzwanzigsten Hunderterregulativs. Sie sehen, die Zivilisation ist nicht totzukriegen."
Quinto hört einzelne Wortfetzen.
„... brauchen noch zwei Trinkgefäße ..., ihr müßt den Austausch sinnvoller organisieren, dann brauchen wir keine mehr ..., der alte Alpert hält es nicht durch, wir müssen ihn nach oben bringen ..., dem Trinkwasser Medikamente zusetzen, zur Prophylaxe ... Abortgänge sollten anders geregelt werden, man kann doch nicht auf Kommando ..., hat sich zwei Proviantbeu-

tel genommen, was soll ich mit ihm machen? ... seht doch, Männer, der Vizeadmirander hat Besuch mitgebracht!"
Plötzlich verstummt das Stimmengewirr. Ein hagerer, ausgemergelter Mann drängt sich durch den Kreis der Versammelten und drückt Dark die Hand. „Jorgert! Du sollst doch nicht so oft nach unten kommen! Dein Platz ist oben, in der Festung. Du mußt dich mehr schonen, was wird aus uns, wenn du schlappmachst?" sagt er vorwurfsvoll. „Wie sieht es denn aus?".
Vizeadmirander Dark reckt sich und ruft über die Köpfe der Männer hinweg: „Leute, euren Frauen und Kindern geht es gut, alle sind gesund und bei Kräften!"
Dankbares Gemurmel ist die Antwort. Der Hagere wendet sich an Quinto und sieht ihn erwartungsvoll an. Quinto spürt, wie Dark ihn knufft. „Wie steht es auf der Erde, habt ihr die Ergophagen endlich gepackt?" fragt der Mann ungeduldig. Zuerst bekommt Quinto kein Wort heraus, die Kehle ist ihm wie zugeschnürt. Voller Hoffnung sehen ihn unzählige Augenpaare an.
„Die Evakuierung verläuft planmäßig, bisher hat es keine nennenswerten Zwischenfälle gegeben!" sagt Quinto und ist sich seiner Lüge bewußt. Doch soll er ihnen vielleicht von der Katastrophe mit Tirax berichten? Soll er ihnen den letzten Mut nehmen, indem er ihnen sagt, auf der Erde ginge es drunter und drüber? „Dadurch, daß ihr diese schrecklichen Leiden auf euch nehmt, steht die Formation Exodus wieder der Rettungsaktion zur Verfügung! Das erleichtert uns die Aufgabe sehr, Männer!" ruft er mit fester Stimme.
„Hört ihr, Leute!" brüllt der Hagere triumphierend. „Hört ihr? Es hat einen Sinn! Nichts von dem, was wir ertragen müssen, ist umsonst!" Zustimmendes Gemurmel, einige applaudieren sogar. Der Kopf droht Quinto zu zerspringen. Diese Leute kann er nur bewundern, aus ganzem Herzen. Er wäre zu schwach für solche Leiden. Er würde daran zerbrechen, dessen ist er sich sicher.
„Danke, Subkosmander!" sagt der Hagere und drückt ihm die Hand. „Jetzt gehen Sie wieder nach oben, wir werden es weitersagen. Gehen Sie nach oben, das hier ist nichts für Sie. Sie brauchen Ihre Kraft für die Erde!" Der warme Ton in der Stimme berührt Quinto.
„Ja, ich glaube auch, es ist besser, wenn ich Ihnen den Anblick der Fäkaliengruben erspare", murmelt Dark leise. „Wenn Sie

sich vorstellen, daß dies hier nur einer von siebenundvierzig Stollen ist ...“

„Deshalb sollt ihr ja gehen!“ drängt der hagere Mann. „Du kannst nicht jede Woche alle siebenundvierzig Stollen besuchen, Jorgert!“

Plötzlich ist Quinto zumute, als beginne der Boden unter seinen Füßen zu schwanken. Erstaunt stellt er fest, daß seine Beine einknicken. Siebenundvierzigmal die Hölle! ist das letzte, was er denken kann. Er sieht noch ein halbes Dutzend nackter, ausgemergelter Arme nach ihm greifen, fühlt, daß er aufgefangen wird, und hört wie aus weiter Ferne: „Die Hitze ...“ Dann wird es tiefe Nacht um ihn ...

Das dumpfe Grollen der Atomexplosionen liegt Tag und Nacht über der Hauptstadt Tirax. Elmer hat sich schnell daran gewöhnt und hört es kaum noch. Wie das ferne Donnern und Brausen der Meeresbrandung bildet dieses Geräusch einen akustischen Hintergrund. Als wäre die Stadt ein praller Getreidesack, in den jemand ein Messer gestoßen hat, so rinnt alles Leben aus ihr, Körnchen für Körnchen. Jeglicher privater Fahrzeugverkehr auf den breiten Alleen ist strikt untersagt worden. Nur die Fahrzeuge der Evakuierungskommandos flitzen in regelmäßigen Abständen durch das Straßenlabyrinth, einzeln oder in langen Kolonnen. Tirax wurde nach klassischen Prinzipien projektiert, jene gewaltigen Blöcke aus Schaumstahl, Glas und Beton gibt es hier nicht, denn im Gegensatz zur geographischen Lage von Zoarix, das Hauptstadt eines ehemaligen Inselreiches war, stand den Erbauern genügend Platz zur Verfügung. So wuchs Tirax nur in die Breite. Aus der Luft gleicht die Stadt einem Südseeatoll, denn die ehemals im Zentrum gelegene Altstadt wurde vor Jahren dem Erdboden gleichgemacht. Niemandem war es noch zuzumuten, in jenen Zellenbauten zu hausen, wie sie Jahrhunderte hindurch als zweckmäßigste Form des Wohnungsbaus galten. Anstelle der Altstadt gibt es jetzt einen wunderbaren Wildpark mit einem künstlich angelegten See. Als Elmer noch die Istvan-Balinth-Schule besuchte, ist er oft in den Park gefahren, um ungestört lernen zu können.

Miranda Martin hält den Amigo hart auf der rechten Fahrbahnhälfte der Parkzyklinale – jener Ringstraße, die die grüne Lunge von Tirax vollständig umschließt –, um den die Stadt verlassen-

den Fahrzeugpulks den Weg frei zu machen. Das aufgeklebte Emblem der Raumsicherheit verschafft ihnen freie Fahrt. In Tirax sind die Amigos geschlossene Kabinenfahrzeuge, nur für den Straßenverkehr geeignet. Ihre walzenförmigen Ballonreifen und das flache Dach ermöglichen hohe Geschwindigkeiten, wie sie sonst nur von Schienenfahrzeugen und Luftkissengleitern erreicht werden.
„Verdammt wenig Zeit!" stellt Dorean fest. „Wie sollen wir in zwei Stunden etwas ausrichten?" Elmer weiß, was er meint: In zwei Stunden beginnt ihr Dienst, und eigentlich müßten sie jetzt schlafen. Aber nicht deshalb ist Dorean so mißgelaunt, ihm paßt es nicht, daß Miranda dabei ist. Er hat nämlich erfahren, daß Protektor Miranda Martin ihn beim Kendokampf überlistete. Seitdem verhält er sich zu ihr ausgesprochen frostig. Erst wußte er mit der Frage eines Sportkameraden, wie lange Miranda ihn hätte zappeln lassen, überhaupt nichts anzufangen. Auf seine erstaunte Erwiderung, er hätte den Kampf sicher gewonnen, lachte der andere schallend. „Protektor Martin gewinnt nie einen Kampf, das ist nichts Neues! Sie hat es nämlich gar nicht nötig, zu gewinnen, so gut ist sie! Hast du das etwa nicht gemerkt?"
Elmer, der dieses Gespräch mithörte, fiel es wie Schuppen von den Augen. Schon während des Kampfes kam ihm einiges merkwürdig vor. Miranda Martins Gewandtheit und ihr ausgezeichnetes Reaktionsvermögen offenbarten schon die ersten Aktionen, und er ertappte sich dabei, daß er insgeheim wünschte, Doreans erste Niederlage zu erleben. Auch Dorean begriff rasch, daß er einen ebenbürtigen Gegner vor sich hatte. Einige blitzsaubere Schläge Mirandas zwangen ihn, seine lässige Haltung aufzugeben. Eigentlich hätte sie ihn in dieser ersten Phase des sportlichen Wettstreits schon besiegen können. Mit einer geradezu beleidigenden Überheblichkeit führte Dorean das Bambusschwert nur mit einer Hand, schlug leichtfertige Volten und hatte großes Glück, daß sie ihm bei einer Riposte nicht die Waffe aus der Hand schmetterte. In dieser Sekunde besann er sich. Sein Körper spannte sich wie eine Stahlfeder, und nun wirbelten die Bambusschwerter wie Insektenflügel und zeichneten verwirrende Ornamente in die Luft. Dorean muß so fest an seine Überlegenheit geglaubt haben, daß ihm das, was Elmer in höchstes Erstaunen versetzte, gar nicht auffiel: Mehr-

fach gelangen Miranda Finten, die Doreans Deckung völlig entblößten, doch jedesmal verzögerte sie die entscheidende Attacke um Zehntelsekunden und gab Dorean damit die Möglichkeit, den Angriff zu parieren. Einmal war es so deutlich, daß selbst Dorean es hätte merken müssen. Fast zwei Minuten standen sie sich reglos gegenüber, in den typischen Posen des Kendorituals, sich gegenseitig belauernd. Miranda bewies Nervenstärke und einen kühlen Kopf. Als Dorean plötzlich wuchtig gegen sie anrannte, verteidigte sie sich lediglich mit einer winzigen, aus dem Handgelenk kommenden Bewegung, seine Waffe traf auf das Holz ihres Bambusschwertes, und der Schlag ging ins Leere – doch in diesem Augenblick zielte die Spitze ihres Schwertes genau auf die Rippen seiner Gesichtsmaske! Sie hätte den Arm nur zu strecken brauchen, und der Kampf wäre entschieden gewesen. Sie tat es nicht. Selbst der unerfahrenste Anfänger würde sich diese Chance nicht entgehen lassen!
Je hitziger Dorean dreinschlug, um so präziser beantwortete Miranda seine Angriffe. Selbst beschränkte sie sich darauf, nach raffinierten Täuschungsmanövern mit eleganten, geschmeidig vorgetragenen Attacken Doreans Deckung zu nehmen.
Schließlich ließen ihre Kräfte nach – das jedenfalls glaubten Elmer und Dorean. Sie öffnete ihre Verteidigung so auffällig, daß Doreans Hieb nicht danebengehen konnte.
Jetzt sieht es Elmer etwas anders. Was schwand, war nicht ihre Kondition, es war einfach die Lust. Als Dorean nichts Neues bot, sondern begann, sich zu wiederholen, da machte es ihr keinen Spaß mehr.
Das muß wohl auch Dorean inzwischen begriffen haben, der ihr nach Ende des Kampfes den väterlichen Rat gab, doch noch etwas zu üben.
Miranda verlangsamt die Fahrt und biegt nach links ab. Dreihundert Meter nachdem sie die Parkzyklinale verlassen haben, erreichen sie das Gelände des Koordinativen Zentrums des Solaren Internen Regulativs. Hier befindet sich das Zentralarchiv.
„Wäre die Sache mit Tolder nicht passiert, hätte ich nie mitgemacht“, sagt Dorean verdrießlich. Elmer weiß, daß Dorean die Sache zu gefährlich ist.
„Einen überzeugenderen Beweis konnten sie uns wirklich nicht liefern“, sagt Elmer bedächtig. „Hätte ich Protektor Martin

nicht ins Vertrauen gezogen, würden wir vielleicht noch an unserem Recht, auf eigene Faust zu ermitteln, zweifeln. Aber jetzt betrachte ich es schon als unsere Pflicht ..." Er sieht, wie Miranda energisch nickt.
Ist sie tatsächlich davon überzeugt? fragt er sich, oder will sie nur mitkommen, um in Doreans Nähe zu sein? Obwohl sie für Dorean nur Spott und spitze Bemerkungen übrig hat, glaubt Elmer fest, daß sie dieses Verhalten nur vortäuscht und hinter diesem Schutzschild ganz andere Gefühle verbirgt.
Eigentlich erzählte er Miranda damals im Kasino die ganze Geschichte nur, um Eindruck zu machen.
Um so erschütterter war er, als sie ihn am Schluß seines Berichts böse fragte: „Wer hat Sie beauftragt, mich auszuhorchen, Proximer Ponape?"
Elmer stotterte irgend etwas Zusammenhangloses und sah sie verständnislos an.
„Sie wissen also nicht, warum ich auf die Skorpion strafversetzt wurde?" fragte sie vorsichtig. Elmer antwortete entrüstet: „Auf die Skorpion wird man nicht strafversetzt! Es gibt Tausende Protektoren, die wer weiß was anstellen würden, um in Kosmander Elldes' Mannschaft aufgenommen zu werden!" Sie lächelte nur wehmütig und entgegnet: „Na ja, das war wohl das Trostpflästerchen ..."
Als hätte sie einen plötzlichen Entschluß von gewaltiger Tragweite gefaßt, fügte sie hinzu: „Also gut, Proximer, ich werde Ihnen helfen."
„Wobei wollen Sie uns helfen, Miranda?" fragte Elmer verwundert.
Sie sah ihn prüfend an. Der Blick ihrer braunen Augen nahm ihm fast den Verstand.
„Ich verschaffe Ihnen Zugang zum Datenbunker", sagte sie schlicht. Elmer lachte kurz auf.
Noch jetzt könnte er sich für das dumme Gelächter und die noch dümmere Antwort ohrfeigen. Aber woher sollte er wissen, was sie meinte?
„Danke, Miranda, damit werden wir schon allein fertig. Wir haben schon ganz andere Probleme gelöst. Wie wollen Sie uns dabei helfen?" Die Vorstellung, daß ein einfacher Protektor den beiden Proximern Ponape und Malden in irgendeiner Weise behilflich sein könnte, war für ihn komisch.

„Schön“, sagte sie nachdenklich. „Sie wissen also wirklich nichts ... Dann glaube ich Ihnen, daß Sie es ehrlich meinen.“ Und nun lachte sie. Es war ein herzliches, befreiendes Lachen. Sie schüttelte dabei den Kopf, als wollte sie sagen: Wie konnte ich nur so etwas denken! Und dann erzählte Protektor Miranda Martin eine Geschichte, der er mit offenem Mund und erstaunt aufgerissenen Augen lauschte.
„Er sprach mich mitten auf der Straße an. Zuerst wußte ich überhaupt nicht, was ich davon halten sollte, und sah ihn mir genau an. Groß und athletisch, blond und blauäugig – genau mein Typ, war das erste, was ich dachte. Wozu mit archaischen Kontaktritualen Zeit verschwenden, sagte er lächelnd, ich würde ihm sehr gefallen, und er bitte mich um die Chance, mich näher kennenzulernen. Wäre er nicht in Uniform gewesen, hätte ich ihn sicherlich abblitzen lassen, diese Draufgänger mag ich nicht. Aber einem Stellaster einen Korb geben, in aller Öffentlichkeit? Wissen Sie, Proximer, ich bin nicht zimperlich, aber ich war von der Sicherheit, mit der er auftrat, beeindruckt und beschloß, mir mit der Absage noch etwas Zeit zu nehmen. Hätte ich das doch nie getan ... Ich wußte nämlich nicht, daß er mich schon eine ganze Weile beobachtete. Terry wußte alles über mich, ich bekam das relativ leicht heraus, nachdem er sich erst einmal verraten hatte. Jetzt erst wurde er richtig interessant für mich. Sein Repertoire war genauso erbärmlich wie das jedes anderen Mannes: Einladung zum Kaffee, gemeinsamer Ausflug, tanzen gehen ... Aber er hatte sich überall nach mir erkundigt, stellte mir also schon eine ganze Weile nach. Sehen Sie, das reizte mich. Es war auch nicht so, daß er mit aller Macht versuchte, mich in sein Bett zu bekommen ... Erstaunlich, dachte ich. Ich verliebte mich in ihn!“
Elmers Gesicht verfinsterte sich, Miranda mußte es wohl bemerkt haben, denn sie lachte leise und legte ihre Hand zärtlich auf seinen Oberarm. Das Blut pochte wild in seinen Schläfen. Elmer hörte wie von fern ihre Worte.
„Es kam alles so, wie es schon milliardenfach geschehen ist, seit Adam in den Apfel biß ...“, fuhr sie spöttisch fort. „Und ich glaubte tatsächlich, daß sein Interesse ausschließlich mir galt. Ich wurde auch nicht mißtrauisch, als er mich bat, ihn mit in den Datenbunker zu nehmen ... Ach so, das wissen Sie ja nicht: Ich war vor meiner Strafversetzung Angehörige des Wachdien-

stes im Koordinativen Zentrum. Das Gelände einschließlich des Zentralarchivs und des Datenbunkers kenne ich wie meine Westentasche. Er wußte es. Schon bevor er mich ansprach ..."
Protektor des Wachdienstes, dachte Elmer erstaunt – das ist ja kaum zu glauben, welch glücklicher Zufall! Nun verstand er auch sofort, was sie mit ihrem Hilfeangebot gemeint hatte. Miranda schüttelte zornig den Kopf und fuhr fort: „Lange davor wußte er es, dieser Schuft! Und nur deswegen hat er sich an mich herangemacht! Ich lief ihm hinterher wie die Henne ihrem Hahn. Selbstverständlich nahm ich ihn mit ins Koordinative Zentrum. Das war auch nicht sehr schwer, sein hoher Rang machte es uns leicht. Stellaster, Kosmander und Admirander gingen dort ein und aus. Nach dem Ausweis wurden dort nur Zivilpersonen gefragt. Natürlich hatte jeder Posten ein Dreiäuglein und konnte so ohne Schwierigkeiten die Identität aller Besucher anhand des Psiegels feststellen. Kein Problem! Ich hatte am Vortag seinen persönlichen Code eingespeichert. In den Bunker selbst wollte er ja gar nicht. Ihm ging es nur um die noch nicht klassifizierten Akten des ehemaligen Korenthischen Geheimarchivs. Alles wertloser Plunder, der sowieso irgendwann vernichtet wird, Rechnungen, Materialbestellungen, Urlaubsanträge und ähnlicher Bürokram. Kein Mensch wußte, wozu diese Papiere überhaupt noch aufbewahrt wurden, dazu noch im Nebendepot des Datenbunkers. Nur, weil die Korenther sie aus unerfindlichen Gründen für würdig befanden, im Geheimarchiv zu lagern? Terry hatte mir von seinem Vater erzählt und daß diese Unterlagen vielleicht Hinweise auf sein Schicksal geben könnten. Ich sah keinen Grund, ihm nicht zu helfen. Er hatte mir auch einen Zettel mit den letzten Worten seines Vaters gezeigt ..."
Stellaster Spinks! Wie ein Blitz durchfuhr es Elmer. Sie ist die Geliebte von Terry Spinks! Ich Esel, ich will diese Frau für mich gewinnen? Lächerlich! Plötzlich fühlte er sich ganz klein und erbärmlich. Gegen Dorean hätte er es diesmal gewagt, doch gegen Stellaster Spinks ist kein Kraut gewachsen. Außerdem sagte sie es doch: Groß und athletisch, blauäugig und blond, genau ihr Typ! Und genau das Gegenteil von mir, ich sehe weiß Gott nicht wie ein germanischer Junggott aus.
„... die Geschichte seines Vaters hat mich sehr bedrückt. Er war einer der bekanntesten Raumfahrer seiner Zeit, und dieser

Mensch wurde in aller Heimlichkeit von seinesgleichen umgebracht. Allem Anschein nach hat er sich in allerletzter Stunde noch gegen das Regime gestellt … Ich konnte gut verstehen, daß Terry hartnäckig versucht, Licht in das Dunkel um den Tod seines Vaters zu bringen. Noch nie habe ich einen Korenther erlebt, der seine Herkunft so sehr haßt wie Terry. Nur die Rehabilitierung seines Vaters kann ihn von diesem Trauma befreien. Wie gesagt, ich war entschlossen, ihm dabei zu helfen. Leider ging's schief. Der Diensthabende im Nebendepot ließ uns, ohne zu fragen, hinein. Terry suchte sich einige Aktenpakete aus den Stapeln, und wir gingen in die Registratur, um sie durchzusehen. Niemand nahm Notiz von ihm, es war durchaus üblich, daß irgendwelche Leute kamen, um in alten Unterlagen herumzustöbern. Dann aber beging Terry einen Fehler. Bis heute ist mir nicht so recht klar, worin er bestand. Er hätte dieses Wort, das in einem der Schriftstücke vorkam, nicht aussprechen dürfen. Wenn Sie sagen, daß es so ähnlich klang wie Ergophagen, dann kann das schon sein. Jedenfalls stand plötzlich der Chef der Registratur neben ihm, riß ihm die Papiere aus der Hand und warf uns hinaus. Danach hatte ich viel Ärger, aber kein Mensch sagte mir, worum es eigentlich ging. Das war für mich auch gar nicht so wichtig. Etwas anderes beschäftigte mich mehr: Terry wollte auf einmal nichts mehr von mir wissen. Er sagte, ich solle nicht böse sein, für ihn gäbe es nur diese Sache, und da müsse er mit allen Mitteln arbeiten …"

„Er hat Sie nie geliebt, Miranda!" sagte Elmer hastig. Doch Miranda Martin lächelte nur betrübt und antwortete: „Ich glaube, ein wenig hat er mich schon gern gehabt."

„Sie wollen uns also trotzdem helfen?" fragte Elmer.

„Aber sicher, ich stehe nach wie vor zu meinem Angebot. Ob wir Terry damit einen Gefallen tun oder nicht! Das hat damit nichts zu tun. Oder glauben Sie etwa, es ginge nur noch um seinen Vater, Elmer?" Und leise fuhr sie fort, als Elmer den Kopf schüttelte: „Und auch für Terry würde ich es noch tun, ich kann ihn verstehen … Aber vor allem möchte ich erfahren, warum man mich nicht degradiert, sondern lediglich zur Zerstörerflotte versetzt hat." Und ganz unverhofft fragte sie plötzlich: „Proximer Malden ist auch dabei?"

Das gab Elmer einen Stich. Also doch Dorean! Er nickte nur. Das alles geht ihm jetzt wieder durch den Kopf, als Miranda das

Fahrzeug auf dem Gelände des Koordinativen Zentrums langsam ausrollen läßt.
Sie springt aus dem Amigo und sagt: „Besser, wir gehen zu Fuß, das ist unauffälliger." Tatsächlich ist ihr Amigo das einzige Fahrzeug weit und breit. Das riesige Areal mit den hohen Bauwerken aus Glas und Schaumstahl wirkt wie ausgestorben. Nur vereinzelt laufen Männer in Uniformen von einem Gebäude zum anderen. Sie können das große Tor ungehindert passieren, wahrscheinlich wird das Gelände nicht mehr bewacht.
„Hier ist für uns nichts mehr zu holen", sagt Dorean verdrossen.
„Mit solchen Schlußfolgerungen würde ich vorsichtiger sein", warnt Miranda. „Natürlich werden die Informationsspeicher alle ausgebaut sein, daran habe ich keine Sekunde gezweifelt. Für uns ist die Registratur viel wichtiger, Informationen über Zeitpunkte und Termine des Dateneingangs, der Speicherung, der Löschung. Außerdem wäre es sinnlos, einfach aufs Geratewohl zu suchen."
Unbehelligt passieren sie alle Sperren. Das Koordinative Zentrum wurde schon verlagert, als die ersten befürchteten, daß die Menschheit die Erde aufgeben muß, lange vor dem Angriff der Ergophagen auf Tirax, das ist Elmer sehr gut bekannt. Daher wundert er sich nicht darüber, daß niemand nach ihrem Anliegen fragt. Alle elektronischen Sicherungssysteme sind ohnehin ausgeschaltet. Überall blicken die toten Augen der Kontrollkameras auf sie herab, blinde und erloschene Augen eines gewaltigen Organismus, dem früher nicht die leiseste Regung entging. Trotzdem fühlt Elmer sich unbehaglich.
Es ist alles so, wie Miranda es prophezeit hat. Sämtliche elektronischen Aufzeichnungen der Registratur sind bereits abtransportiert worden, um die riesigen Schränke mit den Karteikarten jedoch hat sich niemand gekümmert. Der Aufwand wäre zu hoch und damit die ganze Aktion unrentabel.
Sie teilen sich die Arbeit auf. Miranda sucht unter dem Stichwort „Ergophagen", Dorean unter „Korenth", und Elmer hat sich die Kartei derjenigen Informationen vorgenommen, die durch den Rhosigmastempel als geheime Unterlagen gekennzeichnet werden.
„Alles nur Schlüsselnummern, mit denen kein Mensch etwas anzufangen weiß!" schimpft Miranda.

Elmer stutzt. „Bei mir tauchen auch Schlüsselnummern auf. Warten Sie einen Moment, Miranda, wir wollen sie mal vergleichen!“ Ihm ist da plötzlich eine Idee gekommen. Als Miranda die Zahlengruppen vorliest, bestätigt sich seine Vermutung.
„Alle Daten unter dem Stichwort ‚Ergophagen‘ haben den Rhosigmastempel“, stellt er nachdenklich fest. „Bei mir sind es haargenau dieselben Nummern!“
Dorean hebt den Kopf und sagt: „Einige davon kommen auch bei mir vor. Sucht doch mal die Eingangstermine raus! Hier sind auch einige Löschungen dabei, das verstehe ich überhaupt nicht.“
Elmer blättert die Karten durch. „He! Hier gibt's sogar doppelte und dreifache Rhosigmas. Alles Schlüsselnummern!“
„Wartet mal!“ Dorean überlegt. „Paßt auf, wir sortieren jetzt alle gleichlautenden Schlüsselnummern aus und legen sie gesondert, vielleicht ergibt sich daraus etwas.“
Nach einigen Minuten haben sie sechsunddreißig Karteikarten separat liegen. Und nun zeigen sich erste Zusammenhänge: Alle nur durch Schlüsselnummern gekennzeichneten Datenkomplexe sind als geheime Unterlagen durch mindestens einen Rhosigmastempel ausgewiesen. Unter den doppelt und dreifach gestempelten Karten aus der Kartei, die Elmer untersucht, befinden sich aber auch andere Komplexe.
„Sehen Sie, hier!“ flüstert Miranda und zeigt auf ein Eingangsdatum. Die Karte sagt aus, daß unter dem Stichwort „Ergophagen“ vor gut acht Jahren eine Information gespeichert wurde.
„Also doch!“ knurrt Elmer böse. „Da gibt es etwas, was der Öffentlichkeit vorenthalten wird! Kein Mensch ahnte vor acht Jahren etwas von der möglichen Existenz solcher Wesen! Aber einige wußten schon damals genau Bescheid, hier haben wir den Beweis. Dreimal Rhosigma! Jemand muß sich gewaltig davor fürchten, daß es andere erfahren ...“
„Alles elektronische Aufzeichnungen, da werden wir kaum rankommen“, sagt Dorean enttäuscht. „Wenn man nur herausfinden könnte, was die Schlüsselnummern bedeuten!“
„Ich kann mir denken, wie das alles miteinander zusammenhängt.“ Elmer überlegt. „Bestimmte maßgebliche Leute wußten schon vor einigen Jahren, daß es die Ergophagen gibt! In irgendeiner Weise haben sie aber die Situation falsch eingeschätzt, und dadurch kam es zur Katastrophe! Wahrscheinlich

hätte vieles verhindert werden können. Das erklärt das Bemühen, die Angelegenheit geheimzuhalten ..."
Miranda und Dorean nicken düster.
„Wenn das wahr ist ..."
Miranda beendet den Satz nicht.
„Helft mir!" sagt Elmer. „Wir müssen zu den anderen Schlüsselnummern, die mehrfach Rhosigma gestempelt sind, die entsprechenden Stichwörter finden, vielleicht bringt uns das weiter."
Da die Nummern nicht willkürlich einsortiert sind, sondern der alphabetischen Auflistung der unter den einzelnen Stichwörtern erscheinenden Datenkomplexe angefügt wurden, ist das Vorhaben nicht so aussichtslos, wie es zuerst schien. Sie müssen aber trotzdem alle Stichwörter durchsehen.
„Hier! Interstellare Frachttransporte!" ruft Miranda aus. „Da ist auch ein Hinweis auf das Nebendepot, also handelt es sich um schriftliche Unterlagen, nicht um Speicherkristalle. Vielleicht könnten wir noch etwas finden ..."
„Gut, machen wir Schluß hier, das führt zu nichts", sagt Elmer, und Dorean nickt zustimmend. „Am besten ist es, wir nehmen die aussortierten Karten mit und gehen jetzt ins Nebendepot."
„Das Nebendepot befindet sich in der ersten Etage des Datenbunkers, der aus achtzig Geschossen von jeweils zwanzig Meter Höhe besteht", erläutert Miranda. „Das Geschoß des Nebendepots hat nur knappe vierhundert Meter Durchmesser, weil es die obere Kalotte des kugelförmigen Bunkers bildet. Wir brauchen also keine lange Strecke zurückzulegen. In den unteren Etagen, der elektronischen Sektion, sieht es schon anders aus ..."
Sie gehen zum Nebendepot.
„Gibt es hier oben auch irgendwelche autonomen Sicherheitssysteme, oder gilt das nur für den Datenbunker?" fragt Dorean leichthin.
„Nur der Eingang zum Depot ist gesichert", antwortet Miranda. „Passen Sie auf sich auf, Dorean ..."
„Keine Sorge, das bekommen wir schon hin ..." Dorean marschiert geradewegs auf das wuchtige Tor zu. Der Lichtkegel seiner Lampe tastet zitternd über die glatte Fläche der Torflügel und huscht dann zum Rahmen.
„Hier ist nichts weiter, nur Kameras und Dreiäuglein ..., die sind ja abgeschaltet!" Seine Stimme hallt gespenstisch wider.

Elmer sieht, wie der Freund vorsichtig das Tor aufstößt. Die beiden Hälften schwingen lautlos zurück, als sperre sich ein gigantischer Rachen vor ihnen auf.
Dorean tritt durch das Tor. Mitten im Eingang bleibt er stehen, wohl um sich umzusehen und irgend etwas zu sagen, doch dazu kommt er nicht. Wie Peitschenhiebe prasselt es auf ihn herab. Es geht so schnell, daß Elmer erst begreift, was geschehen ist, als der Freund gefesselt daliegt. Ein Dutzend Schlangenarme haben sich in Windeseile um Doreans Körper gewickelt. Als Elmer sich die merkwürdigen Tentakeln näher ansieht, erkennt er gegliederte Luftschläuche, die sich in einem filigranen Korsett aus blitzenden Metallstangen und Blattfedern winden. Sie haben Dorean vollständig eingewickelt, er hängt darin wie eine Fliege im Spinnennetz. Je heftiger Dorean versucht, sich zu befreien, desto unbarmherziger ziehen sich die Fesseln zusammen und verschnüren ihn wie ein Weihnachtspaket. Miranda lacht laut los.
„Steht doch nicht so blöd da, helft mir!" keucht Dorean wütend. Seine Bewegungen werden immer schwächer, schließlich haben sich die Schläuche so sehr zusammengezogen, daß er sich überhaupt nicht mehr rühren kann.
„Das ist eine pneumatische Falle", erklärt Miranda prustend. „Ein ausgeklügeltes mechanisches System. Ausgelöst wird es von einem kleinen batteriegespeisten Psiegellokator, der nur diejenigen Personen passieren läßt, deren Psiegelchiffre eingespeichert wurde. Wir nennen es den Kraken."
Nun muß auch Elmer lachen, als er Doreans wütendes Gesicht sieht. „Warte, ich hole dich da raus!" sagt er grinsend.
„Nun macht schon!" faucht Dorean und funkelt Miranda böse an, als die sich nicht um ihn kümmert. Elmer versucht vergeblich, ihn zu befreien.
Miranda geht zum Torbogen, greift in eine Öffnung, und im selben Augenblick ertönt ein scharfes Zischen. Die Fangarme fallen von Dorean ab, als gehörten sie zu einem tödlich getroffenen Tier. Dorean schüttelt sich und weicht Mirandas Blick aus. Elmer kann sich ein schadenfrohes Grinsen nicht verkneifen. Was muß er auch immer so eine große Klappe haben, denkt er belustigt.
„Eine Druckflasche reicht nur für einen Einsatz, eigentlich müßte sie jetzt ausgetauscht werden, aber hier wird wohl nie

wieder jemand etwas absichern müssen“, sagt Miranda gleichgültig.
„Wozu soll das überhaupt gut sein?“, fragt Elmer. „Ein Posten würde es doch genausogut machen.“
„Beim großen Sirius!“ stöhnt Miranda. „Wenn Sie hier an jede Stelle, die gesperrt werden muß, einen Posten stellen wollten … Allein achtzig unterirdische Stockwerke, in jedem durchschnittlich tausend kritische Punkte. Das wären achtzigtausend Leute …“
„Die hätten aber vorher gefragt, bevor sie einen verschnüren!“ knurrt Dorean. „Kommt endlich, wir haben durch diese Spielerei schon zuviel Zeit verloren“, sagt Elmer.
Die scharfen Lichtbündel ihrer Lampen verlieren sich zwischen riesigen, haushohen Regalen, die die ganze Etage des Nebendepots ausfüllen.
Elmer versucht, die Buchstaben und Zahlen der kleinen Schildchen zu erkennen, welche die auf den Karteikarten vermerkten Registriernummern tragen. Die Regale sind bis unter die Decke mit Aktenordnern und dicken Papierpaketen vollgestopft. Ihn interessiert vor allem die Rubrik „Interstellare Frachttransporte“, mit ein wenig Glück würde er vielleicht die Unterlagen

finden können, die auf der Karteikarte nur unter einer Schlüsselnummer vermerkt sind, die keinerlei Auskunft über den Inhalt gibt. In einem der vielen Quergänge entdeckt er eine fahrbare Teleskopbühne, die ebenfalls über einen Druckbehälter, also pneumatisch oder hydraulisch, angetrieben wird. Das ist eine wertvolle Entdeckung!
Er rollt die Bühne bis zu dem Regal, wo er die Unterlagen vermutet, für die sie sich interessieren, während Miranda und Dorean nach anderen Rubriken suchen. Bis jetzt sind sie noch nicht weit gekommen, überlegt Elmer. Sie haben nur herausgefunden, daß manchen Leuten Informationen über die Ergophagen schon länger bekannt sind als der Öffentlichkeit. Immerhin wissen sie jetzt genau, daß etwas geheimgehalten wird. Und irgendwie scheinen auch die Korenther damit zu tun zu haben, denn fast alle ausgewiesenen Akten stammen aus dem ehemaligen Geheimarchiv der Korenthischen Wehrflotte! Aber nur Schlüsselnummern, verdammt noch mal! Der einzige Hinweis auf die Ergophagen ist auch verschlüsselt ...
„Scheiße!“ Dorean ist enttäuscht. „Genau die Nummern, die wir uns rausgesucht haben, fehlen hier!“
„Das war zu erwarten“, sagt Elmer. Sie haben sich gut abgesichert, denkt er, nichts übersehen oder vergessen. Bis auf die eine Karteikarte, aus der hervorgeht, daß schon vor acht Jahren eine Information über die Ergophagen gespeichert wurde.
Er sieht Ordner für Ordner durch. Da! Die Registriernummer auf seiner Karte! Mit hastigen Bewegungen zieht er das Aktenpaket aus dem Regal. Sollten sie wirklich solch ein Glück haben?
Elmer blättert die Schriftstücke durch. Da ist es! Oben rechts die Schlüsselnummer und der Rhosigmastempel, gleich dreimal!
Das haben sie doch übersehen, frohlockt Elmer und nimmt das Schriftstück aus der Mappe. Er überfliegt schnell den Inhalt und läßt die Hand mit dem Papier enttäuscht wieder sinken. Kein Wort von den Ergophagen. Es handelt sich um einen Transportauftrag der Korenthischen Wehrflotte zum System Pollux. Also auch ein Dokument aus dem ehemaligen Geheimarchiv in Zoarix. Aber wozu der Stempel der Raumsicherheit? Was kann an diesem Papier so geheim sein? Plötzlich kommt ihm ein Gedanke. Vor etwa acht Jahren wurde das System Pollux doch zur

Verbotenen Zone erklärt! Kann das ein Zufall sein? Er schaut noch einmal auf das Blatt. Es wurde vor über dreißig Jahren ausgefüllt. Pollux ist dreiunddreißig Lichtjahre entfernt, überlegt er, auch hier eine merkwürdige Übereinstimmung. Aber das kann wirklich nur ein Zufall sein.
Was haben wir jetzt? Erstens: Einige Unterlagen aus dem Korenthischen Geheimarchiv sowie die meisten Informationen unter dem Stichwort „Ergophagen“ tragen den Charakter von Geheimdokumenten. Zweitens: Offenkundig sind diese Unterlagen fast alle an einen anderen Ort geschafft worden. Drittens: Aus der Datierung einer Karteikarte geht hervor, daß der Begriff „Ergophagen“ schon vor acht Jahren bekannt war. Viertens: Ein korenthischer Transportauftrag in das vor ebenfalls acht Jahren zur Verbotenen Zone erklärte System Pollux wurde als Geheimakte registriert. Sosehr er sich auch bemüht, wirkliche Zusammenhänge kann er nicht sehen. Aber irgendwie zielt das alles in eine bestimmte Richtung.
„Hier ist eine Riesensauerei im Gange ...“, sagt Elmer nachdenklich. Miranda und Dorean stehen unter der Teleskopbühne und sehen zu ihm hinauf.
„Alles umsonst“, sagt Dorean, „das, was unter Schlüsselnummern abgelegt war, fehlt.“
„Ich habe auch nichts gefunden“, gibt Miranda ärgerlich zu.
„Du, ich glaube, wir lassen uns da auf eine Geschichte ein, die uns Kopf und Kragen kosten kann ...“, gibt Dorean zu bedenken. „Wer so sorgfältig seine Spuren verwischt, der wird böse, wenn man ihm hinterherspioniert.“
„So sorgfältig sind sie gar nicht vorgegangen“, widerspricht Elmer und läßt die Teleskopbühne hinabfahren. Dann zeigt er ihnen ohne Kommentar seine Entdeckung. Doch auch Dorean und Miranda sehen keinen Zusammenhang.
„Ich glaube, es ist besser, ich fahre allein weiter!“ sagt Miranda schnell. „In der achtzehnten Etage sollen noch einige Speicherkassetten sein, die erst morgen abgeholt werden. Doch da unten gibt es eine Menge pneumatischer Fallen. Zu dritt ist das zu gefährlich.“
„Wir können Sie doch nicht allein ...“ Elmer protestiert, aber Miranda unterbricht ihn hastig: „Doch, doch. Sie müssen sogar! Ich kenne mich hier aus. So bin ich schneller.“
„Sie hat recht, laß sie fahren!“ stimmt Dorean ihr zu. „Wir len-

ken sie nur ab." Dorean gefällt sich in der Pose des Großmütigen, Elmer merkt es ihm deutlich an. Eine Sekunde lang sieht Miranda Dorean argwöhnisch an, aber der verzieht keine Miene. Sie verschwindet im Dunkeln des endlos scheinenden Ganges. Bald ist auch der wie ein Irrlicht hin und her tanzende Schein ihrer Lampe nicht mehr zu sehen. Elmer fragt den Freund leise: „Ganz ehrlich: Was willst du von ihr?"
Dorean blickt überrascht auf und verzieht unwillig den Mund, als Elmer ihm direkt ins Gesicht leuchtet. „Laß den Quatsch!" wehrt er ab und sagt dann: „Was soll ich von ihr wollen? Was reimst du dir da zusammen? Das Mannweib geht mir auf die Nerven mit seiner Selbstsicherheit und Blasiertheit! Ich und von der was wollen. Lächerlich!" Elmer merkt, daß Dorean lügt. Eine Weile kämpft er mit sich, dann fragt er geradeheraus: „Würdest du mit ihr schlafen, wenn du könntest?"
Doreans Gesicht verändert sich, und er sagt mit unterdrücktem Groll: „Das kannst du wissen: Die bekomme ich auch noch klein! Die wird mir eines Tages die Hände küssen, das schwöre ich dir! Die soll bloß nicht so unnahbar tun, von Spinks hat sie sich schließlich auch umlegen lassen!"
Das ist es also! Er hat es richtig erkannt: Dorean fühlt sich durch Mirandas Nichtachtung zutiefst gekränkt.
„Winseln und heulen soll sie! Diese eitle Gans!" sagt Dorean wütend. Elmer weiß eine ganze Weile nicht, was er sagen soll. Nein, das kann Dorean nicht tun, das darf er nicht! Nur um seinen gekränkten Stolz zu befriedigen, das ist ungerecht! Elmer zweifelt keine Sekunde daran, daß Dorean schaffen wird, was er sich vorgenommen hat. Dazu kennt er den Freund zu gut. „Kein Wort darüber, klar?" sagt Dorean drohend, als er bemerkt, daß Elmer nicht einverstanden ist. Nach kurzem Zögern antwortet Elmer: „Gut. Ich behalte das für mich, was du gerade gesagt hast. Dafür mußt du mir auch etwas versprechen."
„Was?" Dorean sieht den Freund mißtrauisch an.
„Du darfst das nicht tun! Was macht es dir schon aus, wenn sich eine Frau einmal nicht den Kopf von dir verdrehen läßt? Laß sie in Ruhe, versprich mir das!" verlangt Elmer.
Dorean sieht ihn überrascht an.
„Sag mal, spinnst du?" fragt er entgeistert, plötzlich beginnt er zu verstehen, und er grinst. „Du bist doch nicht etwa verliebt in diese Ziege? Mensch, Elmer! Die führt dich doch nur an der

Nase herum! Mach dich nicht lächerlich, Alter! Das ist nichts für dich, laß die Finger davon, die Frau ist drei Nummern zu groß für dich, das muß dir doch klar sein!“ Er legt Elmer kameradschaftlich den Arm um die Schultern und beschwört ihn: „Mach dich nicht unglücklich! Die ist wirklich nichts für dich. Hör auf mich, ich habe da etwas mehr Erfahrung als du. Die hat dich doch schon halb um den Finger gewickelt, meinst du, ich hätte das noch nicht bemerkt? Du benimmst dich wie ein verliebter Gockel, wenn sie dabei ist. Im stillen lacht sie über dich!“
Elmer will sich unwillig frei machen. Verflucht! Genau das hat er sich auch schon hundertmal gesagt: Sie lacht dich nur aus, macht sich lustig über dich, Elmer Ponape! Wie kannst du so vermessen sein, diese Frau haben zu wollen!
„Weißt du gar nicht, wie sie dich insgeheim nennt?“ fragt Dorean lauernd. Elmer strafft sich unwillkürlich und schüttelt den Kopf.
„Ach, du argloser Romeo!“ Dorean seufzt mitleidig. „Erst gestern habe ich es gehört, als sie sich mit Merilla vom Geschwader fünf unterhielt. Du hättest etwas an dir, was sie in geradezu rührender Art und Weise an Don Quichotte erinnere, sagte sie ...“
Das durchfährt Elmer wie ein Lanzenstoß. Er zuckt zusammen. Er wagt sich vor Scham nicht zu rühren. Elmer Ponape, der Ritter von der traurigen Gestalt! Schlimmer könnte sie ihn nicht treffen! Womit hat er das verdient? Mit Mühe verbirgt er den Sturm der Gefühle, der in seinem Inneren tobt, vor Dorean.
„Gut, daß du mir das gesagt hast“, preßt er mühsam hervor. Seine Gedanken überschlagen sich und purzeln durcheinander wie die Würfel eines einstürzenden Türmchens aus bunten Holzbausteinen. Fast treten ihm vor Wut Tränen in die Augen. Natürlich hat er kaum gehofft, Miranda für sich gewinnen zu können. Aber daß sie ihn verspottet! „Nimm es nicht so tragisch! Das ist die Sache nicht wert“, versucht Dorean ihn zu trösten.
„Du hast recht, das ist sie nicht wert“, antwortet Elmer hart und quält sich ein Lächeln ab. Erstaunt nimmt er wahr, daß Dorean erleichtert aufatmet, und einen Augenblick durchströmt ihn ein warmes Gefühl der Dankbarkeit. Wie albern, sich wegen solch einer Kleinigkeit aus dem Gleichgewicht bringen zu lassen. Und

er sah schon eine Gefahr für ihre Freundschaft! Wie leichtfertig und unbesonnen von ihm! Dorean in seiner derben Art hat ihm in allerletzter Sekunde den Kopf zurechtgerückt. Es ist gut, wenn man solch einen Freund hat.
Nach knapp zehn Minuten kehrt Miranda zurück.
„Ausgerechnet die Kassetten, die wir suchen, sind schon abgeholt worden", ruft sie von weitem. Schließlich spürt Miranda, daß etwas nicht stimmt.
„Aber das ist doch kein Grund, solche Gesichter zu machen. Mit völlig leeren Händen werden wir ja nicht zurückkehren. Immerhin haben sich einige wichtige Anhaltspunkte ergeben." Ein bißchen wurmt es Elmer, daß sie seine abweisende Miene falsch versteht und auf die ergebnislose Suche zurückführt. Eigentlich war sein Verhalten als Bestrafung für sie gedacht, aber er kann eben anpacken, was er will, nie kommt das dabei heraus, was er sich vorstellt.
Dorean unterbricht Miranda: „Wir müssen zurück. In einer halben Stunde ist Dienstbeginn – das wird ganz schön knapp."
Ohne ein weiteres Wort kehren sie zu ihrem Amigo zurück. Miranda zögert einen Augenblick, dann fragt sie Elmer freundlich: „Wollten Sie nicht fahren, Proximer?" Elmer spürt, wie sich etwas in seiner Brust schmerzhaft zusammenkrampft. Trotzig und rauher als gewollt fährt er sie an: „Das könnte Ihnen so passen. Der Amigo ist schließlich keine Rosinante, und ohne meine Lanze setze ich mich schon gar nicht ans Steuer!" Beleidigter können Worte nicht klingen, registriert er mit heimlicher Genugtuung und ist sehr zufrieden mit sich. Miranda mustert Elmer verständnislos und zuckt schließlich gleichgültig mit den Schultern. „Na, dann eben nicht", sagt sie unbekümmert, aber Elmer merkt ihr an, daß sie fieberhaft überlegt. Ja, grüble du nur! triumphiert er im stillen. Zerbrich dir ruhig dein schönes Köpfchen darüber, woher ich es weiß! Mit Elmer Ponape macht man so etwas nicht ungestraft.
Die Gewißheit, es ihr ordentlich heimgezahlt zu haben, lindert seinen Schmerz wie eine kühlende Salbe. Als er Dorean grinsen sieht, weiß er, daß er es richtig gemacht hat. Auch Proximer Elmer Ponape kann mit Frauen umgehen! Und doch ist Elmer nicht restlos zufrieden. Zu gern wüßte er, was in Mirandas Kopf vorgeht ... –

Im Provisorischen Hauptquartier läuft ihnen Galaxor Morrik über den Weg. Sein rundes Gesicht ist grau vor Übermüdung. Sicher hat er wieder eine Doppelschicht hinter sich, denkt Elmer.

„Ihr sollt euch bei Geonyx melden, Jungs. Ich glaube, er hat wieder einen Sonderauftrag für euch!" ruft er ihnen zu. Dorean und Elmer sehen sich an. „Wer weiß, was das wieder für ein Mist ist!" sagt Dorean. Dann ändern sie ihren Weg und gehen zum behelfsmäßig eingerichteten Büro des Stellasters.

Seit Quattro wieder da ist, weht ein anderer Wind. Bisher war die Skorpion Sitz des Stabes. Quattro aber ordnete sofort an, daß der gesamte Stab nach Tirax umzuziehen habe. Bei solch einer Aktion müsse man die Hand ständig am Puls des Patienten haben, sagte er, und dazu müsse man an seinem Bett sitzen.

Miranda trottet hinter ihnen her wie ein folgsames Hündchen. Anscheinend hat sie endlich begriffen, daß irgend etwas geschehen sein muß, was Elmer furchtbar beleidigt hat. Aber sie fragt nicht. Dreht er sich wie zufällig nach ihr um, trifft ihn jedesmal ihr Lächeln, und das verwirrt ihn.

Sie erreichen das Stabsgebäude. Das ferne Grollen der Kernexplosionen paßt so recht zu Elmers Stimmung.

Die Korridore und Treppen des Gebäudes sind blitzsauber. Noch einen halben Tag nachdem der Stab eingezogen war, lagen überall Papier- und Stoffetzen herum, klapperten leere Blechbüchsen durch die Gänge und versperrte ausrangierter Trödel die Treppen. Elmer hat miterlebt, wie Quattro darauf reagierte. Er sprach ganz leise und ruhig, und nur seine zuckenden Augenbrauen verrieten seine Erregung. Stellaster Geonyx stand vor ihm wie ein verprügelter Hund. „Wir sind doch Menschen und keine Schweine, Terniff!" wies Quattro ihn zurecht. „Wenn wir solch einen Dreck um uns herum dulden, dann können wir den Männern auch gleich befehlen, sich ab sofort nicht mehr zu waschen und zu rasieren, weil wir jede Minute haben müssen, um die Bürger von Tirax in Sicherheit zu bringen! Gerade in solchen Situationen darf man sich nicht gehenlassen, Terniff, muß man sich seine Menschenwürde bewahren! Also in fünfzehn Minuten ist hier alles spiegelblank!"

Der gemaßregelte Stellaster brüllte und tobte und war nach einer Viertelstunde am Ende seiner Kräfte. Aber das Gebäude glänzte danach wie ein neuer Lackschuh ...

Mit dieser scheinbar unbedeutenden Handlung möbelte Quattro die Moral seiner Leute kräftig auf. Elmer blieb das nicht verborgen. Quattro hat für solche Kleinigkeiten einen verdammt guten Riecher, mußte er anerkennen.
Auch jetzt gibt es ihm unwillkürlich Kraft, durch die sauberen Korridore zu gehen. Die hier herrschende Ordnung ist ein Symbol, geht es ihm durch den Kopf. Manch einer hat Quattro korenthischen Drill und Herrschsucht unterstellen wollen, und es gab einige Leute, die das bereitwillig aufgriffen. Aber das ist Unsinn, darüber ist sich Elmer klar.
Stellaster Geonyx empfängt sie wie immer mit einem müden freundlichen Lächeln. Er verhandelt gerade über Videophon mit einem Kosmander in der Basis Aurora und winkt ihnen, sich zu setzen. Endlich ist er fertig und wendet sich an sie.
„Quattro ..., äh, Kosmander Elldes will euch vier Tage abkommandieren." Elmer verzieht das Gesicht, als Geonyx seinen Versprecher hastig korrigiert. Beim großen Sirius! denkt er verächtlich, kein Mensch nennt ihn Kosmander Elldes, Mucki macht sich noch mal die Hosen naß! Als der Stellaster weitersprechen will, schwingt die Tür auf, und Quattro betritt das Büro.
„Achtung!" Geonyx brüllt, was die Kehle hergibt. Elmer, Dorean und Miranda schnellen aus ihren Sesseln, als hätten diese sich urplötzlich in brodelnde Hornissennester verwandelt. Elmer beobachtet, wie das kleine Bäuchlein des Stellasters, der ebenfalls aufgesprungen ist, um Haltung anzunehmen, noch einmal auf und nieder wippt, als hätte es das Kommando nicht gleich verstanden. Elmer muß ein Kichern unterdrücken.
„Schon gut, schon gut, Terniff!" winkt Quattro ab. „Ich weiß ja, daß meine Leute geradestehen können ..."
Aber wehe, Geonyx hätte das „Achtung!" vergessen, denkt Elmer flüchtig. Dann wäre aber ein Donnerwetter losgegangen.
Der Kosmander wendet sich an Dorean und Elmer.
„Für Sie beide habe ich wieder einen Spezialauftrag, Malden und Ponape! Im Servenatal werden Sie nicht mehr benötigt – da läuft alles präzise wie ein Uhrwerk ab, dank Ihrer Vorbereitung. Der Admirander hat befohlen, sechzehn Mann zur Verfügung zu stellen, die unter Stellaster Spinks' Kommando einen Transport zur Basis Aurora begleiten. Es handelt sich um irgendwelche Speicherkassetten." Elmer wirft Dorean einen

schnellen Blick zu. Gibt es denn so etwas? Solch ein unverschämtes Glück?
„Für vier Tage sind Sie also Stellaster Spinks unterstellt“, fährt Quattro fort. „Suchen Sie sich vierzehn zuverlässige Leute aus und machen Sie sich sofort auf den Weg, aus irgendeinem Grund hat es Admirander Reganta sehr eilig. Alles klar?“ Elmer nickt benommen. Eigentlich ist ihm gar nichts klar, aber das kann er dem Kosmander Elldes wohl kaum anvertrauen.
„Noch etwas.“ Quattros Stimme wird eine Spur ziviler. „Es gibt da Gerüchte über das Verhältnis zwischen mir und Stellaster Spinks. Ich erwarte von Ihnen, daß Sie sich an diesem Gerede nicht beteiligen. Sie repräsentieren die Elitetruppe der Raumsicherheit, blamieren Sie mich nicht! Abtreten!“
Sie knallen die Hacken zusammen und verlassen das Büro.
Kaum fällt die Tür hinter ihnen ins Schloß, sagt Dorean voller Achtung: „Der Spinks ist doch ein ganz ausgeschlafener Hund! Mit allen Wassern gewaschen! Möchte nur mal wissen, wie der das wieder hinbekommen hat!“
Elmer spürt, wie ihn jemand leicht am Ärmel zieht. „Nehmen Sie mich mit, Proximer?“ fragt Miranda. Elmer gibt es einen Stich. Jetzt ist alles sonnenklar: Sie kommt von Spinks nicht los! Sie will ihn um jeden Preis wiedersehen und würde dafür wahrscheinlich alles tun. Alles? Ihm kommt ein häßlicher Gedanke. Es wäre so einfach ... Ärgerlich wischt er ihn beiseite. Nein, das will er nicht.
„Kommt nicht in Frage! Das ist nichts für Frauen!“ antwortet er barsch. Dann läßt er Miranda, die ihn entgeistert anstarrt, einfach stehen. Dorean folgt ihm und stößt ihm anerkennend die Faust in die Rippen: „Richtig so, Alter! Immer laß sie abblitzen!“
„Elmer! Was haben Sie denn? Was habe ich Ihnen getan?“ ruft Miranda verzweifelt hinterher. Als Elmer ihre hastigen Schritte hinter sich hört, dreht er sich um und zischt böse: „Versuchen Sie es doch zur Abwechslung mal mit einem Sancho Pansa!“
Mit einem Ruck bleibt Miranda stehen, als wäre sie gegen eine der Glaswände in einem Jahrmarktslabyrinth gerannt.
„Aber Elmer, wie kommen Sie denn darauf ...“, sagt sie kaum hörbar. Plötzlich aber versteht sie. Enttäuscht bleibt sie stehen.
„Komm, wir haben keine Zeit!“ Dorean zieht Elmer weiter. Der

folgt ihm stumm. Sosehr er auch die Ohren spitzt, Mirandas Schritte sind nicht mehr zu hören. Jetzt tut es ihm beinahe ein wenig leid, denn da war ein seltsam ängstliches Flackern in ihren Augen, das ihm durch und durch ging.

Draußen hören sie wieder das dumpfe Brummeln und Grollen der pausenlos aufeinanderfolgenden Kernexplosionen im achtzig Kilometer entfernten Servenatal. In Friedenszeiten eine trotz der modernen Verkehrsmittel beachtliche Entfernung, jetzt kommt es Elmer so vor, als befände sich das kochende Tal am Stadtrand von Tirax. Die drohende Gefahr läßt die Distanz zusammenschmelzen. Wann werden sie endlich genug haben? fragt sich Elmer, und ein furchtsamer Schauer durchrieselt ihn bei dem Gedanken an die Ergophagen, die sich dort mit Energie vollpumpen, ohne daß ein Ende abzusehen ist, ohne daß jemand auch nur andeutungsweise sagen könnte, wann der unglaubliche Hunger dieser gefräßigen Wesen endlich gestillt ist. In dieser Situation wird ihm bewußt, wie lächerlich er sich eigentlich benimmt. Die Menschen der Erde kämpfen um ihr Leben – und ich, ich führe mich auf wie ein Hahn, dem jemand die Schwanzfedern ausgerissen hat!

Elmer schüttelt verärgert den Kopf und holt tief Luft. Schluß jetzt! So kann es mit mir nicht weitergehen!

Als wolle das Schicksal die Nichtigkeit seines Schmerzes noch einmal dick unterstreichen, heulen plötzlich die Sirenen auf. Ihr Aufjaulen ist wie das Stöhnen einer ganzen Stadt. Überall hasten Menschen umher, als erwache die sterbende Stadt noch einmal zum Leben, als flackerten ein letztes Mal die schon gebrochenen Kräfte ihres Riesenorganismus auf.

„Irgendwann mußte es ja geschehen!“ brüllt Dorean. Elmer hat sich bald wieder in der Gewalt. Sie hetzen zurück ins Hauptquartier. Jetzt wird es noch qualvoller werden, denkt Elmer. Nun muß es Tote geben, weil die Schutzanzüge immer noch nicht ausreichen. Grauenvoll unbeteiligt verkündet das Sirenengeheul ein weiteres Unheil: Der Wind hat gedreht und trägt radioaktive Staubmassen heran. Aber noch ist Zeit. „Warte!“ Elmer keucht. „Bis die ersten Wolken hier sind, vergeht mindestens eine Stunde! Wir brauchen nicht zu rennen.“

Im Stabsgebäude begegnen ihnen die ersten Leute in Schutzanzügen, aber mit noch geöffneten Helmvisieren. Galaxor Morrik läuft an ihnen vorbei und knurrt: „So eine Scheiße, gerade habe

ich mich aufs Ohr gehauen! Meine Nachtruhe kann ich einstweilen vergessen ... Macht bloß, daß ihr wegkommt, sonst pfeift Quattro euch noch zurück und ihr dürft den ganzen Schlamassel miterleben!"
„Morrik hat recht!" sagt Dorean, als der Galaxor weiterläuft. „Sehen wir zu, daß wir Land gewinnen! Ich bin nicht scharf darauf, mir von den Leuten da draußen den Schutzanzug vom Leib reißen zu lassen! Da werden sich in den nächsten Stunden furchtbare Szenen abspielen." Elmer bekommt eine trockene Kehle bei der Vorstellung, was auf seine Kameraden zukommt. Quattro ließ notdürftig Schutzräume vorbereiten, denn es ist einfach unmöglich, jeden Bürger von Tirax mit einem Strahlenskaphander auszurüsten, und trotzdem, für ein gutes Viertel der noch in der Stadt wartenden Bevölkerung gibt es keine Schutzmittel ... Alle haben diese Stunde gefürchtet, gehofft, daß sie nicht anbrechen werde, und nun ist das Schreckliche geschehen: Der Wind hat gedreht ...
Die kurzen Huptöne der Alarmanlage reißen ihn aus seinen Gedanken. Das Bereitschaftssignal. Aber es wird doch nur vor einem Alarmstart gegeben? Was hat das zu bedeuten?
„Los, komm! Wir verschwinden!" sagt Dorean. Elmer zaudert. „Wir haben einen Befehl, Elmer, überleg nicht lange!" Dorean drängt ungeduldig.
„Nein, ich melde mich bei Quattro!" entschließt sich Elmer zu seinem eigenen Erstaunen. „Wir werden jetzt hier gebraucht." Dorean sieht ihn kopfschüttelnd an und brummt mißmutig: „Aus dir wird noch mal ein richtiger Held, Elmer, glaub mir das."
„Quatsch nicht!" antwortet Elmer ärgerlich und rennt die Treppen hinauf. Dorean folgt ihm widerwillig.
Quattro empfängt sie aufatmend. „Gut, daß Sie noch hier sind! Alle Kommandos zurück, Spinks kann warten! Alarmstart der Skorpion in genau siebenundzwanzig Minuten, das nur zu Ihrer Information. Melden Sie sich sofort bei Morrik. Sie müssen einige Straßen und Plätze am Nordrand von Tirax räumen, damit das Geschwader dort landen kann!"
Elmer verschlägt es die Sprache. Das darf doch nicht wahr sein! „Sie wollen mitten in der Stadt landen, mit dem ganzen Geschwader?" fragt er ungläubig. Das ist Wahnsinn, denkt er. Dabei muß es Bruch geben, das ist unausbleiblich!

„Sollen wir die Leute da draußen vielleicht verrecken lassen?“ Quattro schüttelt den Kopf. „Ehe ich tatenlos zusehe, versuche ich das Unmögliche. Wir haben fähige Leute ..., es muß klappen!“
Und nach einer kurzen Pause brüllt er die beiden unvermittelt an: „Was stehen Sie hier noch herum? Verschwinden Sie, ich habe Ihnen einen klaren Befehl erteilt!“
Elmer und Dorean rennen davon.
„Das schafft er nicht!“ Dorean keucht beim Laufen. „Die Zeit reicht nicht aus, wie sollen wir die Leute so schnell aus ihren Häusern holen?“
„Morrik wird sich schon etwas ausdenken!“ Auch Elmer schnauft. „Wenn er genug Leute hat, müßte es doch zu machen sein!“
Quattro gibt sich nie geschlagen, denkt Elmer bewundernd. Da kann kommen, was will, er hat immer noch einen Trumpf im Ärmel. Nun muß sich zeigen, ob der auch sticht. Wäre das vor drei, vier Tagen passiert, hätte aber auch Quattro passen müssen. Die Stadt ist schon zum größten Teil evakuiert und die Bevölkerungsdichte in den noch nicht geräumten Nordbezirken nicht so hoch wie im Zentrum. Vor Tagen sah das noch ganz anders aus ...
Ganz flüchtig denkt Elmer, daß er nun noch einmal Miranda sehen kann, wenn er will. Aber ob er das möchte, weiß er im Augenblick selbst nicht so recht.

Müde und abgespannt schlendert Stellaster Terry Spinks durch die Korridore der Basis Aurora. Die letzten Tage hatten es in sich. Als er vor wenigen Minuten das erstemal seit langem in den Spiegel sah, schrak er zusammen: Ein übermüdetes Gesicht mit glanzlosen Augen, von schwarzen Schatten umrahmt, blickte ihm entgegen. Die Haut hatte die Farbe ranziger Butter angenommen. Als er um die Ecke biegt, sieht er Wondermark auf sich zukommen. Der treibt sich also immer noch hier herum.
Terry salutiert flüchtig im Vorbeigehen. Eigentlich wäre es nicht nötig. Der Hohe Kommissar des Solaren Internen Regulativs ist eine Zivilperson und kein Vorgesetzter, jedenfalls nicht im militärischen Sinne. Aber Terry erweist solchen Leuten wie Wondermark immer die erforderliche Achtung. Der Hohe Kommis-

sar erwidert den stummen Gruß, indem er mit zwei Fingern lässig gegen die Schläfe tippt.
Wieder einmal wird es Terry bewußt, daß die Funktion Wondermark kaum verändert hat. Wer ihn nicht kennt, würde ihn eher für einen Piloten oder Techniker halten. Aber dieses markante und einprägsame Gesicht kennt wohl jeder. Viele bewundern Wondermarks Einfachheit und Schlichtheit.
Terry sieht von fern die Kantine und zögert. Eigentlich wollte er gleich ins Cephalon gehen, um sich beim Admirander zurückzumelden. Doch ein oder zwei Kaffee würden ihm ganz guttun.
Auch heute ist die Kantine – sonst ein brodelnder Schnellkochtopf für alle möglichen Gerüchte und Späße, für Klatsch und Tratsch – erschreckend leer. Das wirkt fremdartig und unwirklich. Terry stören solche Situationen sonst ganz besonders. Er muß unter Menschen sein, quirlendes Leben um sich herum spüren, mittendrin sein in den lachenden, schimpfenden, flüsternden oder schreienden Menschenknäueln.
Nur vier Mann sitzen in der Kantine. Gleich vorn löffelt Galaxor Krotteninck hastig eine Tomatensuppe, den Kopf tief über das Essen gebeugt, als befürchte er, jemand könne ihm die Suppe streitig machen. Durch die extrem kurz geschnittenen Haare sieht Terry die Kopfhaut glänzen. Als die Tür klappt, blickt Krotteninck kurz auf und bedeutet Terry, sich zu ihm zu setzen. Terry winkt und steuert auf den Tisch des Galaxors zu. Lieber wäre er – entgegen seiner sonstigen Gewohnheit – allein gewesen. Er hat im Augenblick keine Lust, sich zu unterhalten. Und das würde er jetzt unweigerlich tun müssen. Die letzten Tage haben soviel Schreckliches und Grausames für die Menschen von Tirax gebracht, daß er erst selbst damit fertig werden muß. Andere verspüren, wenn sie viel erlebt haben, einen ungeheuren Rededrang. Bei ihm ist es umgekehrt. Im Vorbeigehen nimmt Terry sich eine Tasse Kaffee aus dem Automaten und setzt sich zum Galaxor.
„Na, wieder da?“ fragt Krotteninck.
„Schon seit übermorgen“, antwortet Terry müde und unwillig. So eine alberne Frage! Na, wieder da? Der Galaxor lacht auf und löffelt seine Suppe weiter. Gott sei Dank, er hat Hunger, denkt Terry erleichtert und macht sich daran, seinen Kaffee zu schlürfen. Doch zwischen zwei Löffeln findet Krotteninck Zeit zu einer zweiten Frage.

„Wie war's in Tirax?" Terry verzieht ablehnend das Gesicht, aber Krotteninck kann das, wieder über die Schüssel gebeugt, nicht sehen.
„Ihr wißt doch, was passiert ist!" antwortet Terry kurz angebunden. Eine Weile schweigt der Galaxor, so lange, bis seine Suppenschüssel leer ist. Dann wischt er sich sorgfältig die Lippen mit einer Serviette ab, sieht Terry an und sagt: „Klar wissen wir Bescheid! Das Scheißwetter hat sich geändert, und der Wind drückte euch den ganzen radioaktiven Dreck in die Stadt hinein. Aber Quattro hat das doch einwandfrei hingekriegt!"
Du Rindvieh! denkt Terry erbost. Einwandfrei hingekriegt! Was wißt ihr hier schon, wie es auf der Erde aussieht! Ihr seid ja in Sicherheit, auf dem Mars gibt es seltsamerweise keine Ergophagen.
„Gar nichts hat Quattro hingekriegt!" sagt Terry böse. „Der Admirander hatte mich beauftragt, Speicherkassetten aus dem Datenbunker zur Basis Aurora zu transportieren. Ich sollte zur Verstärkung die beiden Proximer Malden und Ponape mitnehmen. Aber dann heulten plötzlich die Alarmsirenen über Tirax, gerade, als wir damit begannen, die Kassetten zu verladen. Zuerst begriffen wir nicht, welche Gefahr für die noch in Tirax verbliebenen Menschen heraufzog. Weißt du, wenn man selbst nicht dabei ist, kann man sich gar keine rechten Vorstellungen über die Dimensionen dieser Evakuierungsaktion machen. Nun, wir hatten Gelegenheiten, einige Teile dieses gigantischen Apparates in Funktion zu sehen. Was Quattro dort organisiert hat, ist wirklich großartig. Das muß ich zugeben. Eine Achtmillionenstadt in so kurzer Zeit zu räumen, das hätte ich für unrealisierbar gehalten. Und dabei ohne die Energie der Kraftwerke die Versorgung mit Verpflegung, Trinkwasser und Medikamenten zu gewährleisten und einen reibungslosen Abtransport der Leute zu sichern, wie gesagt: Alle Achtung! Von den unvermeidlichen kleinen Pannen will ich nicht reden. Aber dann trat das ein, wovor sich alle seit Tagen fürchteten und womit eigentlich stündlich gerechnet werden mußte. Und gerade gegen diese Gefahr hätte Quattro kein Gegenmittel. Es war in der kurzen Zeit einfach unmöglich, genügend Schutzanzüge zu besorgen. Das hätte auch kein anderer geschafft. Als ich hörte, daß Quattro alles riskieren und mit dem ganzen Geschwader in den Nordbezirken landen wollte, dachte ich erst, er sei durchge-

dreht. Das ist doch genauso, als ob man aus zehn Meter Höhe in eine Wassertonne springen will! Andererseits war das tatsächlich die einzige Möglichkeit, die Leute rechtzeitig in Sicherheit zu bringen ..."

Terry unterbricht sich und trinkt einen großen Schluck Kaffee. Mit angehaltenem Atem hört Krotteninck ihm zu, den Mund halb geöffnet und den Blick starr auf Terrys Gesicht gerichtet.

„... Quattro bat mich, mit meinen Leuten Morrik zu unterstützen, der die für die Landung vorgesehenen Areale in kürzester Zeit räumen sollte. Uns blieb eine halbe Stunde Zeit! Stell dir das vor: eine lächerliche halbe Stunde!

Aber Morrik hatte sich etwas einfallen lassen. Verblüffend einfach und wirksam. Erinnerst du dich noch an solche Kinderspiele wie: Taler, Taler, du mußt wandern ..., Stille Post und so weiter ...? Nach diesem Prinzip ging er vor. Statt jeden Bewohner von Tirax einzeln zu informieren, setzte er nach einem vom Bordcomputer der Skorpion errechneten Schema in jeder Straße nur wenige Leute ab, die sogleich die Bewohner der ersten Häuser in die Aktion einbezogen. So breitete sich der Befehl, die entsprechenden Straßenzüge zu räumen und sich an bestimmten Sammelplätzen einzufinden, wie eine Lawine aus. Das konnte nur unter einer Voraussetzung klappen: Die Leute mußten, ohne auch nur eine Sekunde Zeit zu verlieren, sofort die Häuser verlassen. Man sollte annehmen, daß sie darauf vorbereitet waren. Aber Menschen sind eben nicht identische Elemente eines höherorganisierten Systems. Sie sind unterschiedlich, mit Schwächen und Fehlern.

Als die ersten aus den Wohnblocks stürzten, war bereits das dumpfe Brausen der Triebwerke zu hören. Das Geschwader befand sich im Anflug. Quattro mußte sich darauf verlassen, daß alles programmgemäß ablief. Und dann hätte es wahrscheinlich auch nicht diese schrecklichen Unfälle gegeben ...

Es waren die letzten noch zu evakuierenden Bürger von Tirax. Der größte Teil der Formation Exodus zwei wartete bereits in einer Parkbahn.

In unserem Bezirk klappte es reibungslos. Die Leute hasteten nur mit dem, was sie auf dem Leib trugen, zum Sammelplatz. Die vier Alleen, wo die Raumkreuzer landen sollten, waren menschenleer, und die Piloten leisteten Maßarbeit. Die Straßen

und einige Häuser waren natürlich hin. Regelrecht zusammengeschmolzen ..." Terry streicht sich über die Stirn und schweigt eine Weile. Ja, bei ihnen hat es wirklich wunderbar geklappt. Aber trotzdem fiel es ihm schwer, die ängstlichen Schreie, das Weinen, Jammern und entsetzte Stöhnen der Menschen zu ertragen, die, dicht zusammengedrängt wie eine Schafherde, auf die landenden Raumschiffe starrten. Furchtbar war es, die verzweifelten Rufe der Leute zu hören, die in dem Gewühl von ihren Angehörigen getrennt worden waren und nun halb wahnsinnig vor Furcht durch die Menschenmenge irrten. Deutlich erinnert er sich an einen älteren Mann, der in Pyjama und einem übergeworfenen Kimono unter einer Laterne stand und nicht ein noch aus wußte. Tränen der Verzweiflung und der Hilflosigkeit rannen ihm über die Wangen, und sein unsteter Blick schien irgend jemanden zu suchen. An den Füßen trug er nur Badesandalen, und jedesmal, wenn er sich auf die Zehenspitzen stellte, um über die Köpfe der Menschenmenge hinwegsehen zu können, sprang ihm der Druckverschluß der linken Sandale auf. Erschüttert beobachtete Terry, wie der Mann sich immer wieder geistesabwesend bückte, um den Knopf zu schließen, und dabei wie ein Blinder nach der Schnalle tastete ...
Da hörten sie Krachen und Bersten. Die Menschen schrien entsetzt auf, als eine Staub- und Rauchwolke über dem Nachbarbezirk aufwirbelte. Einer der Raumkreuzer war in eine Häuserfront gerast ...
„Ein paar von den Leuten brachten es einfach nicht übers Herz, sich von diesem oder jenem Gegenstand zu trennen, obwohl sie genau wußten, daß die Zeit unsagbar knapp war. Glaube aber nicht, daß es diese Idioten getroffen hätte!"
„Na, na, du kannst sie nicht einfach Idioten schimpfen, versuch doch mal zu verstehen, was in den Köpfen dieser Menschen vorgehen muß!" unterbricht ihn Krotteninck mahnend und streckt seinen Kopf vor. Terry lächelt gequält und traurig.
„Du hast recht. Idioten kann man sie nicht nennen, das wäre unzutreffend." Sein Gesicht verfinstert sich, dann sagt er dumpf: „Es sind Verbrecher! Egoisten oder Dummköpfe, das ist egal! Sie haben zweiundachtzig Menschen auf dem Gewissen, davon vier Mitarbeiter der Raumsicherheit. Schüttele nicht so ungläubig den Kopf! Diese Leute, die kostbare Zeit vertrödelt haben, konnten sich noch retten, sie brauchten ja nur die Nachbarn zu

warnen. Aber den letzten in der Informationskette fehlten die paar Minuten ... Als die vier Protektoren merkten, daß die Aktion ins Stocken geriet, gingen sie noch einmal zurück. Nur weil einige wenige einfach nicht darauf verzichten wollten, noch in aller Eile ihre Koffer zu packen, verbrannten zweiundachtzig Menschen mitten auf der Straße, als der Raumkreuzer, der sie eigentlich retten sollte, zur Landung ansetzte ..."

„Mein Gott! Das habe ich nicht gewußt!" Der Galaxor ist entsetzt.

„Es kann auch niemandem daran gelegen sein, diesen Vorfall zu publizieren. Wem hilft es?" sagt Terry bitter.

„Aber wieso konnten sie nicht durchstarten?" fragt Krotteninck.

„Red doch nicht solchen Unsinn! Beim großen Sirius! Durchstarten! Die Leute wären so oder so verbrannt, ob der Raumkreuzer gelandet oder ob er in zwanzig, dreißig Meter Höhe drüber weggeflogen wäre. Trotzdem hätten sie es wahrscheinlich auch versucht. Aber wie stellst du dir das bei einer Geschwaderlandung vor? Da muß jeder an seinem Platz bleiben, das ganze Geschwader handelt, als wäre es ein einziger Flugkörper. Vielleicht hätten sie sich auch darüber hinweggesetzt und einen katastrophalen Zusammenstoß in Kauf genommen, ich weiß es nicht. Aber sie haben die Leute einfach nicht gesehen! Sie haben nicht sehen können, daß da unten noch welche rumliefen, weil sie sich voll auf die Instrumente konzentrieren mußten, kapierst du das nicht?" brüllt Terry unbeherrscht. Die anderen drei Kantinenbesucher drehen sich neugierig nach ihnen um, und Terry senkt die Stimme.

„Entschuldige, mir sind die Nerven durchgegangen", sagt er leise und bedrückt. „Der Pilot und sein Navigator haben von alldem gar nichts gemerkt. Als man ihnen mitteilte, daß sie soeben zweiundachtzig Menschen umgebracht hätten, wurde der Pilot besinnungslos. Von den Toten konnte man nichts mehr sehen. Die ganze Straße war nur noch eine glühende, blasig-schaumige Schlackedecke ..."

„Schrecklich!" flüstert Krotteninck kaum hörbar.

„Siehst du, so war's in Tirax ...", versucht Terry zu spotten, aber seine belegte Stimme verrät, was in ihm vorgeht.

„Gibt's hier auf der Basis Aurora was Neues?" fragt er desinteressiert, als er Krottenincks betroffenes Gesicht sieht.

„Alles beim alten. Auf Esperanta geht es endlich voran. Tolder hat die Angelegenheit jetzt fest im Griff. Die Exodus müßte in den nächsten Tagen eintreffen, so daß Superkosmander Zercks gleich weitermachen kann, wenn die Formation Exodus zwei abgeflogen ist. Von der Siriusfestung habe ich auch noch nichts Neues gehört, dort sieht es also noch genauso böse aus wie zuvor. Ich möchte nicht in Vizeadmirander Darks Haut stecken! Grynda hat es da besser, auf dem Turmalin im System Epsilon Eridanus sind sie fast fertig, den Leuten von der Exodus zwei wird es nicht so übel ergehen. Sonst gibt es eigentlich nichts weiter. Höchstens, daß der Admirander und Wondermark irgend etwas aushecken, der alte Pyron scheint seine Finger auch im Spiel zu haben, du weißt doch, er experimentiert schon über dreißig Jahre mit diesen komischen Heliolithen, den Sonnensteinen. Die drei tun mächtig geheimnisvoll, alles dreifach rhosigma, was zwischen denen besprochen wird …“ Terry horcht auf. Irgendwie wittert seine Spürnase, daß Krotteninck da eine wichtige Beobachtung gemacht hat.
„… Aber worum es bei all dieser Heimlichkeit geht, weiß ich natürlich nicht. Einmal haben sie über das System Pollux gesprochen, das seit zwei oder drei Jahren Verbotene Zone ist …“ Terry zuckt zusammen. System Pollux! Darüber haben die beiden Proximer doch Material gefunden! Zwar sind da vorläufig noch keine unmittelbaren Zusammenhänge erkennbar, doch recht verdächtig erscheint ihm das schon. Überhaupt, von Malden und Ponape hatte er sich mehr versprochen. Aber schließlich war es nicht ihre Schuld, daß alle interessanten Speicherkassetten und Unterlagen bereits sichergestellt waren. Außerdem hat sich Ponapes Haltung ihm gegenüber sehr geändert. Der schlanke, beinahe schlaksige Proximer mit dem Raubvogelgesicht verhält sich jetzt kühl und abweisend. Damit, daß Wondermarks Beauftragter die Speicherkassetten bewachte wie eine Glucke ihre Kücken, konnte es nichts zu tun haben. Dieser Mißerfolg des anfangs so erfolgsträchtigen Unternehmens traf sie schließlich alle drei gleichermaßen. Wahrscheinlich hat er – Terry – sich am meisten darüber geärgert, daß es auf dem Flug zur Marsbasis keine Möglichkeit gab, an die Informationsspeicher heranzukommen …
Das ist nicht mehr zu ändern. Wondermarks Wächter ließ kein Auge von den Speicherkassetten, so daß selbst Terry als der

Transportleiter nicht unbemerkt in den Laderaum eindringen konnte.
Dabei fing es so gut an. Als sie auf dem provisorisch errichteten Landefeld weit außerhalb von Tirax und ebensoweit vom Lande- und Startplatz der Formation Exodus zwei eintrafen, begriff Terry, warum die beiden Proximer im Datenbunker nichts gefunden hatten. Dort standen sie – neun große Sicherheitscontainer, nur oberflächlich mit Zweigen getarnt und von vierundfünfzig schwerbewaffneten Protektoren bewacht. Terry fiel ein Stein vom Herzen. Ponape hatte die Karteikarten aus der Registratur mitgebracht, so konnten sie anhand der Schlüsselnummern die verdächtigen Kassetten heraussuchen. Nur einmal beschlich ihn ein ungutes Gefühl: als Proximer Malden mit zweideutigem Grinsen erzählte, daß ihnen ein gewisser Protektor Martin wertvolle Hilfe geleistet hätte und daß diese Hilfsbereitschaft wohl weniger ihnen, sondern mehr einem gewissen Stellaster Spinks gegolten hätte, den jener Protektor Martin gut zu kennen vorgab ...
Er wollte die Sache mit einem Scherz abtun, als ihn aber Ponapes eisiger Blick traf, schwieg er verdutzt. Was war in den Proximer gefahren? Hatte Miranda aus der Schule geplaudert? Dann allerdings wäre Ponapes abweisende Haltung verständlich. Mußte er nicht befürchten, genauso kaltblütig ausgenutzt zu werden?
Terry seufzt tief auf. Krotteninck ist anzusehen, daß er sich eine weitere Frage nur mit Mühe verkneifen kann, aber es gelingt ihm, seine Neugier zu unterdrücken. Das werde ich dir gerade erzählen, denkt Terry. Damit es in einer Stunde die ganze Basis weiß! Sicher war es unrecht von ihm, die ehrliche Zuneigung dieser Frau für seine Ziele zu mißbrauchen, dessen ist er sich bewußt. Andererseits – vielleicht hätte er ihre Liebe erwidern können, wenn nicht dieser bohrende Stachel wäre, der tief in seinem Herzen sitzt und dessen Schmerz alle anderen Empfindungen betäubt. Ponape ist recht sensibel, wie es scheint. Also wird er sich mit Miranda solidarisieren und genauso über mich denken. Malden hingegen glaubt in mir den Bruder gefunden zu haben, ihm imponiert die Pose eines Don Juan, weil er selbst einer ist. Ja, das muß es sein – Ponape verachtet mich! Oder ist er gar eifersüchtig? Quatsch, dieser trockene Vernunftsmensch kann doch überhaupt nichts mit Frauen anfangen. Dabei wissen sie

alle drei nicht, was in mir vorgeht, weder Miranda noch die beiden Proximer! Woher sollten sie auch, sie sind keine Korenther! Außerdem gehören sie zu Quattros Leuten, und der kehrt sich einen Dreck darum, daß er Korenther und der Sohn eines vielfachen Mörders ist ...

Er hingegen kann sich mit seiner Herkunft nicht so leicht abfinden.

Deutlich spürt er die merkwürdigen Blicke, mit denen man ihn manchmal mustert, als sei er irgendein seltener exotischer Vogel. Die Blicke versengen ihm die Haut wie die Mittagsglut der Tropensonne. Und für das Geflüster hinter seinem Rücken hat er ein so feines Gehör, daß jedes Wort wie ein Donnerschlag in seinem Schädel nachhallt. Ja, verdammt noch mal, das Reich Korenth war ein Refugium für Anachronisten und Verbrecher, das weiß jeder! Aber das ist doch vorbei, das ist dreißig Jahre her! Warum kann man nicht endlich einen Schlußstrich ziehen unter das alles? Dunkel ahnt Terry die Antwort. Ist er denn selbst bereit, bedingungslos zu vergessen? Wird seine Abneigung Quattro gegenüber nicht in Haß, in heißen siedenden Haß, umschlagen, wenn er endlich Klarheit über das Schicksal seines Vaters hat, den Großadmiral Markus Elldes hinrichten ließ? Wird er so stark sein, Quattro nicht für die Untaten seines Vaters verantwortlich zu machen?

Terry spürt die Widersprüche, in die er sich verwickelt. Er muß das Geheimnis um die Ermordung des Magisters Spinks lüften, um aller Welt stolz sagen zu können: Magister Gerald Spinks gehörte zu denjenigen, die dem Regime Widerstand geleistet haben, die den Beitritt Korenths zur Solaren Föderation mit Waffengewalt erzwangen! Es gab auch solche Korenther! Nichts wünscht er sehnlicher, als seinen Vater und damit sich selbst in den Augen der anderen Menschen zu rehabilitieren. Die Tatsache, daß der Großadmiral Magister Spinks ermorden ließ, bedeutet noch nicht viel. Markus Elldes hatte viele Rivalen, die keineswegs eine Änderung der gesellschaftlichen Verhältnisse anstrebten, sondern nur eines: Macht. Zu jener Zeit rollten die Köpfe wie Bowlingkugeln ...

In Gedanken sieht er ein feuchtes dunkles Kellerloch vor sich. Eine abgezehrte Gestalt mit kahlgeschorenem Schädel und zerschlagenem Gesicht liegt zusammengekrümmt in einer Ecke und malt unsicher die Buchstaben auf einen Papierfetzen, bei

jedem Geräusch zusammenzuckend und das Schreibzeug eilig unter der muffigen Matratze versteckend ...
„Hallo, Stellaster! Der Admirander hat schon nach uns gefragt, kommen Sie?“ reißt ihn eine jugendliche Stimme aus seinen schwermütigen Grübeleien. Proximer Malden steht in der Kantinentür, hinter ihm sieht er Ponape, der seinem Blick unsicher ausweicht.
„Ist gut, Jungs, ich komme schon. Hab nur schnell einen Kaffee getrunken“, antwortet er und erhebt sich.
„Warte, ich komme mit!“ sagt Krotteninck und folgt ihm eilig.
Auf dem Korridor zieht Malden ihn am Ärmel zur Seite und flüstert: „Ich habe da etwas Interessantes gehört, Stellaster ...“
Aber als Krotteninck stehenbleibt, um auf sie zu warten, schweigt der Proximer. Terry bemerkt staunend, wie Malden seinem Kameraden mit den Augen ein winziges Zeichen gibt. Ponape antwortet ebenso unauffällig und wendet sich an Krotteninck: „Sagen Sie, Galaxor, wie geht es eigentlich auf Esperanta voran, können Sie mir nicht ein paar Einzelheiten erzählen?“ Terry muß sich ein anerkennendes Grinsen verkneifen, Krotteninck fällt auf das Ablenkungsmanöver herein.
„Sie wissen ja, daß Tolder außerdem die Sauerstoffabscheiderwerke falsch positioniert hatte. Nach einer Computeranalyse ergibt sich jetzt folgendes ...“ Ponape und Krotteninck schlendern voran, der Galaxor erzählt eifrig und weitschweifig. Daß Ponape trotz allem noch mitmacht, beruhigt Terry. Ein wenig bewundert er den hageren Proximer mit dem ungleichmäßigen, beinahe häßlichen Gesicht. Es muß ihn viel Selbstüberwindung kosten.
„Es ist ganz klar, daß da irgend etwas ausheckt wird!“ Malden zeigt mit dem Daumen auf die Korridordecke. „Wenn nicht über das System Pollux gesprochen worden wäre, hätte ich nicht weiter darauf geachtet. Aber mir fiel sofort die Akte aus dem Nebendepot ein! Dort geschieht etwas, was sorgfältig geheimgehalten wird, Stellaster!“
„Ist das alles?“ fragt Terry enttäuscht. Das weiß er inzwischen selbst. Aber immerhin bestätigt sich damit die alte Raumfahrerweisheit, daß die strengsten Dienstgeheimnisse in der Kantine als Dessert gereicht werden ...

„Ach wo!“ Dorean lächelt stolz. „Pryon hat etwas damit zu tun. Seit Tagen gehen Meldungen über einen Rhosigmakanal zwischen Pollux und Alpha Centauri hin und her, natürlich chiffriert. Der Admirander läßt sich regelmäßig Bericht erstatten. Was meinen Sie, weshalb Wondermark hier ist? Sie wissen doch, daß er mit Sondervollmachten ausgestattet ist und sogar Reganta Befehle erteilen kann, wenn er will.“
„Das wird er nicht tun“, unterbricht ihn Terry. „Er weiß genau, daß er sich nicht in Dinge mischen darf, von denen er nichts versteht!“
„Halten Sie sich fest, Stellaster“, antwortet der Proximer flüsternd. „Ich habe es selbst gehört. Reganta und Wondermark stritten sich furchtbar. Das Brüllen des Admiranders war beinahe bis in Durilas Vorzimmer zu hören.“
Als der Proximer Durilas Namen ausspricht, spürt Terry Unwillen. Zwar ist Regantas Sekretärin nicht sein Eigentum, aber wie kommt dieser kesse junge Mann dazu, sie so selbstverständlich beim Vornamen zu nennen, verdammt noch mal!
„Wondermark unterstützte Pyrons Forderung nach einem Raumtransporter! Stellen Sie sich das vor, Stellaster, in dieser Situation! Nicht genug damit, haben die Polluxleute Pyrons Antrag befürwortet, wie Wondermark sagte. Der Admirander wollte natürlich ablehnen. Wörtlich hat er gesagt: ‚Ich weigere mich ganz entschieden, auch nur den kleinsten Patrouillenkreuzer zur Verfügung zu stellen, um irgendwelche lächerlichen Kieselsteine spazierenzufliegen‘. Da hätten Sie Wondermark mal hören sollen. Er brüllte zwar nicht so wie der Admirander, dafür bebte bei jedem Wort der Boden unter meinen Füßen, ehrlich! Er warf Reganta vor, er handele wie jemand, der einer Überschwemmung damit begegnen will, daß er die Dämme und Deiche verstärkt, statt die Quellen zu verstopfen. Da fuhr der Admirander aber aus der Haut. Solange man nicht genau wisse, wo sich die Quellen befänden, könne man keine Hand entbehren, brüllte er. Wissen Sie, was Wondermark darauf antwortete? Sie wüßten es doch! Sie wüßten es schon lange, sie hätten bisher nur noch nicht den richtigen Kitt, aber mit Pyrons Ideen ließe sich eventuell etwas anfangen!“
„Das klingt nicht übel ...“, sagt Terry und überlegt.
„Es kommt noch besser. Wondermark machte von seiner Befehlsgewalt Gebrauch. Hätte ich es nicht selbst gehört, würde

ich es nicht für möglich halten: Er befahl Reganta, Pyron einen Raumkreuzer zu schicken!"
„Haben Sie auch gehört, wohin der die Sonnensteine transportieren soll?" fragt Terry schnell.
Proximer Malden schüttelt bedauernd den Kopf. „Nein, darüber wurde nicht geredet. Aber ich denke, daß das klar ist. Wozu hätten sich sonst die Leute aus dem System Pollux eingemischt?"
In Terrys Kopf purzeln die Gedanken durcheinander wie Mikadostäbe und bilden verworrene Muster. Vorsichtig versucht er, sie zu sortieren, aber kaum berührt er einen, gerät alles wieder durcheinander. Der alte Pyron! Wenn der damit zu tun hat, gibt es noch eine Chance. Terry kennt Pyron nicht persönlich, aber sie verkehrten eine Weile brieflich miteinander. Der alte belächelte Einsiedler hatte vor reichlich dreißig Jahren ein abenteuerliches Erlebnis gemeinsam mit Magister Spinks. Sie waren zwei Wochen lang Gefangene eines automatischen Hyperraumkreuzers, der urplötzlich im Sonnensystem auftauchte und spurlos wieder verschwand, ohne daß das Geheimnis seiner Herkunft gelöst werden konnte. Nach den Angaben Pyrons und seines, Terrys, Vaters hatten sie in diesem extraterrestrischen Raumschiff ein künstliches Gehirn aus Sonnensteinen vorgefunden! Identisch jenen Heliolithen, von denen es auf dem Dritten des Alpha ganze Grotten voll gibt und die von den Menschen jahrelang als leuchtende Schmucksteine geschätzt worden waren. Pyron wird ihm helfen, wenn er etwas weiß, da ist sich Terry ganz sicher. Womöglich gibt es Zusammenhänge zwischen Sonnensteinen und Ergophagen! Sollte das etwa mit dem tragischen Schicksal des Vaters zu tun haben?
Terry versucht zu sortieren. Erstens: Ergophagen sind schon länger bekannt, als offiziell zugegeben wird. Zweitens: Das System Pollux scheint dabei eine Rolle zu spielen. Dann aber könnten die Korenther bereits etwas über die Ergophagen gewußt haben, denn die Unterlagen über die Stellartransporte vor über dreißig Jahren zum Pollux, der jetzt Verbotene Zone ist, stammen aus einem korenthischen Archiv. Drittens: Das fremde Raumschiff tauchte auch vor etwas mehr als dreißig Jahren auf, spielt es dabei eine Rolle? Viertens: Pyron widmet sich seit jener Zeit erfolglos der Erforschung jener rätselhaften Steine, aber plötzlich scheint er irgend etwas entdeckt zu haben.

Jetzt, da die Ergophagen ihr Unwesen auf der Erde treiben. Fünftens: Hatte das Geheimprojekt, an dem Magister Spinks arbeitete, etwas mit den Sonnensteinen zu tun?
Terry vergegenwärtigt sich die Entfernungen, die zwischen den einzelnen Schauplätzen des Geschehens liegen, und beginnt zu zweifeln. Wer sagt denn, daß alle geheimen Absprachen und Aktionen mit den Ergophagen zu tun haben müssen? Ist es nicht gefährlich, Zusammenhänge zu konstruieren, nur weil man Zusammenhänge braucht?
Immerhin sind die Informationen des Proximers hochinteressant. „Wie kommt es überhaupt, daß Sie so genau Bescheid wissen?“ fragt er Malden verwundert. Der grinst und zieht mit dem Zeigefinger das rechte Augenlid herunter, eine symbolische Geste für Pfiffigkeit. „Sie erinnern sich doch an unser erstes Zusammentreffen, Stellaster?“ fragt er.
„Aber sicher.“ Terry weiß es noch ganz genau. Und da beginnt es bei ihm zu dämmern. „Sie haben doch nicht etwa ...“
„Ganz genau das habe ich“, antwortet Malden trocken. „Ich habe im Interesse der Sache ..., nun, nennen wir es: Verbindung zu der netten Durila aufgenommen ... Eine Taktik, die Ihnen ja nicht ganz unbekannt ist ...“ Sein freches Grinsen läßt Terry das Blut in den Kopf steigen. Doch der aufwallende Ärger verfliegt sofort wieder. Er hat ja recht, denkt er.
„... allerdings versprach ich Durila nicht gleich den Himmel auf Erden“, spottet Malden. „Ein paar nette Worte reichten aus, um ihren Finger auf den Knopf der Sprechanlage zu locken ...“
Verfluchter Lausebengel! denkt Terry. Das mußt du mir nicht unbedingt aufs Butterbrot schmieren!
Krotteninck und Ponape unterhalten sich immer noch. An der Tür zur Funkzentrale macht Terry halt. Ihm ist eine Idee gekommen.
„Würden Sie wohl fünf Minuten auf mich warten können?“ fragt er. „Ich habe noch etwas Dringendes zu erledigen.“
„Geht klar“, antwortet Proximer Malden und läuft den anderen beiden hinterher. Terry verschwindet in der Funkzentrale.
Er könnte auch von seinem Arbeitsplatz im Cephalon der Basis aus Verbindung zu Pyron aufnehmen, aber dort sind zu viele Ohren. Hier in der Zentrale ist zwar auch Hochbetrieb, aber es gibt separate Videophonkabinen für private Gespräche.
Terry betritt eine der Kabinen und tippt die Nummer des Alpha-

systems ein. Besetzt. Ein rotes Lämpchen blinkt rhythmisch. Ungeduldig wartet Terry darauf, daß es verlischt und an seiner Stelle das grüne aufleuchtet. Endlich! Auf dem Bildschirm erscheint das Gesicht einer rotblonden Telefonistin. „Basis siebzehn Alpha Strich acht. Bitte sprechen Sie."
„Ich brauche eine Verbindung mit dem Forschungszentrum Heliolithgrotten, Emanuel Pyron, meine Schöne", verlangt Terry.
„Dienstlich oder privat, Stellaster?" fragt die Rotblonde kühl. Terry zögert eine Winzigkeit. Dienstgespräche haben selbstverständlich Vorrang, und wenn der Kanal überbelastet ist, muß er warten. Zu einer Lüge kann er sich aber nicht durchringen. „Pyron erwartet meinen Anruf", antwortet er diplomatisch. Das war die reine Wahrheit. In seinem letzten Brief hatte Pyron geschrieben, er solle ihn doch einmal anrufen. Daß seitdem beinahe zwei Jahre vergangen sind, ändert nichts am Wahrheitsgehalt seiner Behauptung.
„Bitte warten Sie. Chefinspektor Pyron hat gerade ein Gespräch", sagt sie förmlich und fügt dann hinzu: „Heute will ja die halbe Welt mit ihm sprechen." Terry horcht auf.
„So? Mit wem spricht er denn gerade?" fragt er.
Die Funkerin zieht die Stirn kraus, und Terry entdeckt, daß sie niedliche kleine Sommersprossen hat. Als sie mit einer heftigen Kopfbewegung die Haare zurückwirft, glitzern rubinrote Fünkchen an ihren Ohrläppchen.
„Sie sind aber neugierig, Stellaster", gibt sie respektlos zurück.
„Die Sonnensteine passen gut zu Ihnen", schmeichelt Terry, aber dann sagt er scharf: „Es ist doch verboten, Heliolithe als Schmucksteine zu tragen, sie überhaupt in Privatbesitz zu haben!" Die Rotblonde greift blitzschnell nach den Steinen und läßt sie verschwinden. Dann sagt sie erschrocken: „Sie sind doch nur ausgeliehen ... Werden Sie mich verpetzen?" Terry grinst friedfertig und wiederholt seine Frage: „Mit wem spricht Pyron gerade?"
Die Funkerin zaudert unentschlossen, schließlich flüstert sie: „Es ist ein Gespräch auf Rhosigmakanal Alpha Strich vier. Ich darf Ihnen nicht sagen, wer am anderen Ende ist ..." Als sich Terrys Miene verfinstert, flüstert sie kaum hörbar: „Er spricht mit Admirander Reganta." Terry nickt befriedigt. Etwas Ähnliches hat er sich schon gedacht. „Na bitte", sagt er zufrieden.

„Langweilt sich so ein Engelchen wie Sie nicht unter lauter Wissenschaftlern?“ fragt er charmant.
„Das sind auch Menschen, zum Teil sogar sehr interessante und lebenslustige“, antwortet sie lächelnd. „Außerdem bin ich selbst Wissenschaftlerin, mein Fachgebiet ist die Astrobiologie.“
„Wie bitte?“ Terry ist verdutzt.
„Ja, ich bin Astrobiologin, Stellaster! Wir können uns hier keinen unrationellen Arbeitskräfteeinsatz leisten und erledigen solche Aufgaben wie Funkwache, Küchendienst und so weiter selber. Jeder kommt mal ran, der Reihe nach. Das ist anstrengend, muß ich zugeben, aber auch sehr zweckmäßig“, erklärt die junge Frau sachlich.
„Bei großen Sirius“, stottert Terry. „Verdammt noch mal ..., entschuldigen Sie vielmals ..., ich dachte ...“
Die Rotblonde unterbricht ihn scharf: „Sie dachten, Sie hätten so ein kleines Sinushäschen vor sich, das wollten Sie doch sagen, ja? Und ferner dachten Sie, der Rangunterschied gäbe Ihnen das Recht, eine Funkerin wie ein unmündiges Kind zu behandeln, so ist es doch? Aus welchem Jahrhundert kommen Sie denn, Stellaster? Oder sind Sie etwa Korenther?“ Terry preßt wütend die Lippen aufeinander. Das hätte sie nicht sagen sollen, nicht das! Oder sind Sie etwa Korenther – welche Verachtung aus diesen Worten klang! Nein, nein und nochmals nein! Er ist kein Korenther, sondern gleichberechtigter Bürger der Solaren Föderation, und damit basta! Ihm kommt ein makabrer Gedanke. Da wird sie aber Augen machen.
„Wissen Sie, wir Elloraner finden Frauen gegenüber manchmal nicht den richtigen Ton, dafür können wir aber nichts ...“, erklärt er scheinheilig.
Ihre Augen werden kugelrund. „Ach so, Sie sind Elloraner ...“, stottert sie verwirrt.
Terry kichert leise in sich hinein. Soll sie ihn ruhig für einen Angehörigen dieser Männersekte halten, jetzt ist sie in die Defensive geraten!
„Die Leitung ist frei, ich verbinde!“ sagt sie hastig, und im selben Moment verschwindet das hübsche Gesicht der Astrobiologin vom Bildschirm des Videophons. Jetzt ist ein Mann mit einer Glatze und gutmütigen blaßblauen Augen zu sehen.
„Guten Tag, Terry! Schön, daß Sie sich endlich einmal melden“, begrüßt Pyron den Stellaster. „Leider habe ich augenblicklich

nicht viel Zeit für Sie, wir stecken bis über beide Ohren in Arbeit."
„Hab schon gehört, die Sonnensteine!" unterbricht ihn Terry schnell. Ob er darauf reinfällt, fragt er sich im stillen.
„So? Sie haben davon gehört? Merkwürdig", sagt Pyron und sieht Terry durchdringend an. Der hält dem Blick, der in seiner Seele zu forschen scheint, tapfer stand. Jetzt oder nie, denkt er. Wenn er jetzt nicht auspackt, dann erfahre ich es nie.
„Jaja, das hätte damals niemand gedacht", sagt der alte Pyron. „Als Ihr Vater und ich dieselben Heliolithe, die in den Sonnensteingrotten auf dem Dritten des Alpha gefunden wurden, in diesem außerirdischen Hyperraumkreuzer wiederentdeckten, konnte keiner wissen, wie wichtig diese Steinchen für uns noch einmal werden würden. Wenn unsere Vermutungen zutreffen sollten ..."
Terry glüht vor Erregung. Soll er einfach fragen? Pyron ist dabei, zu reden, wie kann er nur erreichen, daß er mehr erzählt? Terry beschließt, alles zu wagen.
„Meinen Sie nicht, daß es gefährlich ist, die Sonnensteine ins System Pollux zu schaffen?" fragt er aufs Geratewohl. Der Bluff ist gut, denkt er zufrieden, als Pyron überlegt.
„Woher wissen Sie das, Terry?" fragt der Alte leise, dabei mustert er Terry durchdringend. Alles oder nichts! beschließt dieser und schwindelt: „Vom Admirander persönlich. Wondermark hat befohlen, einen Transporter abzukommandieren ..."
„Schweigen Sie, Terry!" donnert Pyron da unerwartet los. „Kein Mensch außer Wondermark, dem Admirander und mir kann vorläufig davon wissen!" Und etwas ruhiger fährt er fort: „Ich will Sie nicht fragen, woher Sie diese Information bezogen haben, Terry. Dafür möchte ich Ihnen aber einen guten Rat geben: Machen Sie sich keinen Ärger! Die Angelegenheit mit den Sonnensteinen ist mehrfach rhosigma. Und das aus gutem Grund! Glauben Sie mir, Sie schaden nur sich selbst, Terry, wenn Sie Ihre Nase da hineinstecken. Noch wissen wir nichts Konkretes, aber wir sind einer Sache auf der Spur, die uns einer Lösung des Problems Ergophagen bedeutend näherbringt. Reganta reagiert sehr zimperlich, wenn uns da jemand hineinpfuscht. Was soll das überhaupt?"
„Ich gebe zu, ich habe nur ein wenig auf den Busch geklopft",

Terry druckst kleinlaut herum. Innerlich aber jubelt er. Es stimmt also! Sie schaffen die Sonnensteine ins Verbotene System!

Pyron mahnt ihn eindringlich: „Terry, ich warne Sie noch einmal, weil ich Sie kenne. Sie sind wie Ihr Vater – immer mit dem Kopf durch die Wand. Lassen Sie die Finger von dieser Angelegenheit ..., ich muß es Reg sowieso melden – ich meine natürlich: dem Admirander –, daß Sie offensichtlich ein wenig herumgeschnüffelt haben, Terry, so leid es mir auch tut. Die Sache duldet keine Nachgiebigkeit, dazu ist sie zu ernst." Das versetzt Terry einen Schlag. Verdammt, Pyron ist ein hartgesottener Bursche, das hätte er nicht gedacht. Pyron hat ihn sofort und mit sicherem Instinkt durchschaut.

„Muß das sein?" fragt Terry betreten.

„Ja", antwortet Pyron entschlossen.

„Aber, verdammt noch mal, Pyron, merken Sie denn nicht, daß die ganze Sache faul ist?" schreit ihn Terry unbeherrscht an. „Irgendwelche Leute wollen mit dieser Heimlichtuerei verhindern, daß die Wahrheit ans Tageslicht kommt!"

Pyron sieht Terry ganz ruhig an und fragt: „Was wissen Sie, Terry? Ganz ehrlich!" Terry erzählt alles. Als Pyron lächelt, unterbricht er sich schließlich.

„Ich weiß nicht, was Sie sich da zusammenreimen, Terry. Aber Sie sind auf jeden Fall auf dem Holzweg. Sie setzen das Mosaik, dessen Einzelteile Sie beinahe alle gefunden haben, völlig falsch zusammen", erklärt der alte Mann bedächtig. „Und was Sie vorhin sagten, das ist wahr! Die Sache ist faul, aber in einem ganz anderen Sinne, als Sie glauben. Es liegt nicht im öffentlichen Interesse, das, wonach Sie so verbissen suchen, publik zu machen. Wenn Sie mir das nicht glauben wollen, ist Ihnen nicht zu helfen, Terry, dann muß ich leider mit ansehen, wie Sie in Ihr eigenes Unglück rennen ..." Und nach einer kleinen Pause sagt er mit warmer Stimme: „Warum haben Sie kein Vertrauen, Terry?"

„Ich soll Vertrauen haben?" fragt Terry bitter. „Vertraut man denn uns, uns Korenthern?"

Ein dunkler Schatten huscht über Pyrons Gesicht, langsam, mit erzwungener Ruhe, sagt er: „Sie verlangen da sehr viel, Terry. Im Augenblick ist das zuviel. Leben Sie wohl und beherzigen Sie meinen Rat!"

Noch lange, nachdem der Bildschirm erloschen ist, steht Terry in der Kabine und grübelt. Erst hat er geglaubt, alles durchschaut zu haben. Nun aber weiß er überhaupt nichts mehr. Wie soll er Pyrons Andeutungen verstehen?
Auf dem Weg zum Cephalon erzählt er Malden von seinem Gespräch mit Pyron. Der junge Proximer hört gespannt zu und lacht hin und wieder kurz auf. Maldens selbstbewußte, trotzige Art gefällt Terry immer wieder, nun, da auch Ponape sich in sein Schneckenhaus zurückgezogen hat, ganz besonders.
„Alles klar, Stellaster! Die decken sich gegenseitig, der eine geschickter, der andere ungeschickter. Pyron und Reganta sind alte Schulfreunde, das weiß jeder hier, die haben sich gegenseitig noch nie im Stich gelassen. Und der Pyron ist ein ganz ausgekochter Hund! Dem wären Sie beinahe gehörig auf den Leim gegangen, Stellaster", sagt Malden. „Aber daß er sich verquatscht hat, ist eigentlich nicht sein Stil. Ob das mit den Sonnensteinen auch stimmt? Es kann ein ganz raffinierter Trick sein, um von anderen Dingen abzulenken. Ein gezielt ausgestreutes Gerücht, eine scheinbar unbedachte Bemerkung – das wirkt immer, besonders unter Raumfahrern, die am schlimmsten tratschen."
„Meinen Sie?" fragt Terry zerstreut. Möglich wäre es schon, denkt er, warum sollte Pyron mich nicht hintergehen? Nun gut, das würde sich bald zeigen ...
Im Cephalon herrscht die inzwischen vertraute hektische Atmosphäre. Dem Uneingeweihten muß der riesige Saal, der den Befehlsstand der Raumsicherheit beherbergt, wie ein Chaos erscheinen – Terry jedoch sieht sofort und mit einem gewissen Behagen das System in diesem vermeintlichen Chaos aus umherrennenden RS-Leuten und sich gegenseitig überschreienden Funkern. Es ist ein großartiger, mächtiger Rhythmus in diesem gigantischen Durcheinander, das sich wie in konzentrischen Wellenringen auf einen bestimmten Punkt zu bewegt. Dieser Punkt ist wie ein alles verschlingender Strudel, wie ein mächtiger Magnet, der alle Informationen und Aktivitäten anzieht.
Aber Terry muß jedesmal, wenn er das Cephalon der Basis Aurora betritt, an ein anderes Bild denken: Vor Jahren einmal hatte er die Möglichkeit, einer Herzoperation beiwohnen zu dürfen. Nie wird er diesen Anblick vergessen. Wie schwach und verletzbar wirkte der pulsierende Muskel im geöffneten Brust-

korb des Patienten – und doch, es schlug unermüdlich und rhythmisch, dieses faustgroße Stück Muskelgewebe ...
Das Cephalon ist wie ebendieses Herz im geöffneten Brustkorb der Menschheit!
Doch dieses Herz ist krank, denkt Terry traurig, wir müssen den Virus finden, vernichten, der die von den Ergophagen geschlagene Wunde nutzte, um sein Wirken zu beginnen.
Unwillkürlich mustert er Regantas breite, massige Gestalt. Dieser Mann, das Sinnbild von physischer und geistiger Kraft, ein Koloß, den scheinbar keine Macht der Welt ins Wanken bringen kann, sollte auch er schon von diesem Virus infiziert worden sein? Was wäre, wenn der Platz dieses Mannes eines Tages frei würde, ganz gleich, aus welchen Gründen? Wer wäre in der Lage, einen Admirander Reganta zu ersetzen? Jorgert Dark vielleicht, der Kommandant der Siriusfestung? Wohl kaum. Er ist ein guter Mensch und steht Reganta hinsichtlich seiner Energie in nichts nach. Aber ihm fehlt die Ausstrahlung, diese zufällige und geglückte Kombination kleinster, unscheinbarer Eigenarten, die in ihrer Gesamtheit so beeindruckend wirken können. Terry hat sich schon manchmal vorgestellt, er selbst säße eines Tages auf diesem Stuhl. So reizvoll diese Vorstellung auch sein mag, es ist Unsinn. Körperlich und geistig traut er sich durchaus einen Vergleich mit dem Admirander zu, manches Mal hat er sich dabei ertappt, heimlich zu frohlocken, wenn Reganta – was gelegentlich vorkam – etwas nicht wußte und den kleinen Stellaster Terry Spinks fragen mußte. Aber sein Triumph verdunstete wie morgendlicher Tau in der Wärme der aufgehenden Sonne.
Soviel er auch auf sein beinahe enzyklopädisches Allgemeinwissen hält, die Fakten in größte Zusammenhänge nicht nur einzuordnen, sondern ihr Wirken zu verstehen, vorauszusehen, vorherzubestimmen, dabei alle nur denkbaren Kausalitätsketten zu berücksichtigen, das ist nicht die Stärke des Terry Spinks. Was schadet es schon, wenn Reganta partout nicht einfallen will, ob die Ausbildung einer Raumladung nur vom Vorhandensein eines Druckgradienten im Plasma abhängig ist oder ob der dafür erforderliche Strom nur bei gleichzeitigem Vorhandensein eines elektrischen Feldes hervorgerufen wird? Dafür sind die Physiker zuständig und die Elektronengehirne. Der Einfachheit halber fragt er meistens Terry, und dieser ist dann jedesmal ver-

blüfft, mit welcher Leichtigkeit und Selbstverständlichkeit der Admirander die Information weiterverwertet. Einmal hat er ihn sogar furchtbar angeschrien, als er Reganta nicht gleich die Zusammensetzung der Atmosphäre auf Turmalin sagen konnte. Terry war beleidigt und antwortete herausfordernd, es sei schließlich nicht sein Beruf, dem Admirander das Gedächtnis zu ersetzen, und außerdem überhaupt nicht sein Fachgebiet ... Sekunden später hätte er sich für diese Unbeherrschtheit ohrfeigen können, doch Reganta sagte: „Soso ..., nicht Ihr Beruf ... hm, ich habe mich aber daran gewöhnt, was machen wir denn da?" Dann grinste er spitzbübisch und fuhr fort: „Wir ändern einfach Ihren Arbeitsvertrag!" Terry bekam einen Schreck. Er schmeißt dich raus! dachte er und stotterte: „Admirander ..., so ..., so war es doch nicht ..." Reganta unterbrach ihn schroff: „Keine Diskussion, ob es Ihnen paßt oder nicht! In Zukunft sind Sie mein Gedächtnis!"
Zwei Tage später erhielt er wirklich den Änderungsvertrag zur Unterschrift, der ihn verpflichtete – bei einer großzügigen Erhöhung der Besoldung –, die extra für diesen Zweck geschaffene Planstelle als Informationsmittler zusätzlich zu seinen anderen Aufgaben einzunehmen. Wie sich später herausstellte, war das eine durchaus vernünftige Anweisung des Admiranders. Das ist eben auch Reg Reganta ...
Schade nur, daß ihr Verhältnis trotz allem sehr kühl ist, denkt Terry bedauernd.
Als der Admirander hochschaut und ihre Blicke sich treffen, schlägt Terry schnell die Augen nieder. In Gedanken versunken, hat er Reganta die ganze Zeit angestarrt.
Ärgerlich beißt er sich auf die Lippen: Daß er es einfach nicht fertigbringt, dem Blick dieser graublauen Augen standzuhalten! Ein erwachsener, selbstbewußter Mann, der Herzklopfen bekommt wie ein Backfisch, wenn der Chef geruht, seiner gewahr zu werden – einfach lächerlich!
„Reganta sieht Sie so merkwürdig an, Stellaster!" sagt Dorean leise. „Scheinbar hat Pyron schon gepetzt!"
Terry hat das Gefühl, als ob seine Zunge zu einem unförmigen Klumpen anschwillt und langsam die Luftröhre verstopft. Er preßt die Kiefer aufeinander und zwingt sich zur Ruhe. Gut, entweder – oder! Sollte der Admirander ihn in aller Öffentlichkeit zur Rede stellen, kann es ihm nur recht sein, er hat schließ-

lich nichts zu verbergen. Reganta bedeutet ihm mit einem Wink des Zeigefingers, zu ihm zu kommen. Als Malden und Ponape ihm folgen wollen, gibt Reganta ihnen mit einem zweiten Wink zu verstehen, daß er Terry allein sprechen möchte.
„Kopf hoch, Stellaster! Wir sind im Recht, das dürfen Sie nie vergessen!“ flüstert Malden ihm zu. Terry muß ein Lächeln unterdrücken. Hat dieser junge Proximer doch tatsächlich gespürt, was in ihm vorging. Der ist nach meinem Geschmack, sagt er sich, hoffentlich bleibt er so!
Wie er so hocherhobenen Hauptes seinem Schicksal entgegengeht, fühlt er sich beinahe wie ein legendärer Volkstribun aus grauester Vorzeit, der – stolz die Fesseln zurückweisend – die Stufen zum Schafott hinaufschreitet. Würdevoll schiebt er einen Galaxor zur Seite, der ihm im Wege steht. Mist, verdammter, schimpft er im stillen, als er merkt, wie sein Gang, der doch eigentlich fest und sicher wirken soll, immer mehr an Kraft verliert und zu einem hölzernen Stolpern wird.
Der Admirander hat sich wieder seinem Pult zugewandt und sagt über die Schulter hinweg: „Setzen Sie sich, Terry!“
Terry nimmt verwirrt Platz. Nicht die Aufforderung ist es, die ihn stutzen läßt, sondern die Anrede.
Noch nie hat der Admirander ihn beim Vornamen genannt. Bisher sprach er ihn immer und ausschließlich mit Dienstgrad und Familiennamen an. Reganta schiebt ihm eine Tasse Tee über das Pult und rührt in der eigenen gedankenversunken mit dem kleinen Finger der rechten Hand. Die gelbrote Flüssigkeit bildet kleine Strudel und Wellen.
Schlammwanzentee! denkt Terry. Angeblich eine der kostbarsten Delikatessen, die es überhaupt gibt. Aber warum kann man die kleinen Tierchen nicht trocknen und mahlen, wie es bei Tee so üblich ist? Es muß etwas mit dem Sekret ihrer Spinndrüsen zu tun haben, das sie absondern, sobald man sie mit warmem Wasser übergießt!
Terry starrt wehleidig auf das Gewimmel in seiner Tasse und führt sie tapfer an die Lippen.
„Habe ich Ihnen soviel Anlaß zum Mißtrauen gegeben, Terry?“ fragt Reganta beiläufig, aufmerksam die Kursdaten der Formation Exodus zwei studierend. Da Terry, vom beinahe warmen Klang der Stimme überrascht und verunsichert, ratlos schweigt, spricht Reganta weiter.

„Was wissen Sie über Kolumbus, Terry?“ fragt er beiläufig. Argwöhnisch mustert Terry den speckigen Nacken seines Chefs, der immer noch, über die Kursdaten gebeugt, Zahlen und Parameter vergleicht.
„Kolumbus wollte mit den Karavellen ‚Pinta‘ und ‚Nina‘ sowie mit der Nao ‚Santa Maria‘ einen Seeweg nach Indien finden, dabei entdeckte er Amerika. Im Auftrage des spanischen Königs segelte er im Jahre ...“
„Danke, das genügt schon. Sie haben das Wesentliche erfaßt“, unterbricht ihn Reganta ruhig. Nun dreht sich der Admirander um und sieht Terry fest in die Augen. Der Klang seiner Stimme wird eine Winzigkeit unwilliger, als er sagt: „Scheinbar mögen Sie Kolumbus, Terry. Nun – für einen Raumfahrer sollte das selbstverständlich sein ... Interessieren Sie sich sehr für diesen berühmten Seefahrer?“ Terry ist völlig durcheinander, Reganta kann doch nicht auf eine oberflächliche Plauderei aus sein, irgend etwas muß er bezwecken!
„Ja ..., schon ...“, antwortet er zögernd.
„Was mag in diesem Mann wohl vorgegangen sein, als er glaubte, am Ziel seiner Träume zu sein“, sagt Reganta gedankenversunken. „Was meinen Sie, Terry, ist man immer in der Lage, frei von vorgefaßten Meinungen und unabhängig von bestimmten Erwartungen zu urteilen?“
Aha! Terry verzieht gequält das Gesicht. Jetzt wird er deutlich. „Sicher nicht, Admirander“, entgegnet er steif.
Regantas Miene verfinstert sich zusehends.
„Ich weiß nicht, ob Sie mich verstehen werden, fast möchte ich es bezweifeln, obgleich Sie sich für einen Intellektuellen halten und von den alten Haudegen der Raumfahrt offenbar nicht sehr angetan sind, weil sie Ihnen in Ihrem korenthischen Elitedünkel wohl zu plebejisch sind ...“
„Admirander!“ Ein Ruck geht durch Terry, wie ein Schlangenbiß sticht der Vorwurf.
„Bleiben Sie ruhig, mein Junge! Und lassen Sie mich ausreden: Ihnen wird es ähnlich ergehen wie Kolumbus. Sie suchen etwas und lassen sich dabei von einer konkreten Vorstellung leiten. Eigentlich wollen Sie nicht die Wahrheit, sondern die Bestätigung Ihrer Vermutungen. Ein uralter Fehler der Menschen ...
Sie werden nicht das finden, was Sie sich erhoffen, Terry. Pyron hat mir mitgeteilt, er mache sich Sorgen um Sie, weil Sie sich in

eine Wahnidee verrannt hätten. Anfangs glaubte ich, Ihre verzweifelte Suche gelte einzig und allein dem Geheimnis Ihrer Identität, und ich war fast bereit, Ihnen zu helfen, obwohl ... Das haben Sie sich jetzt gründlich verscherzt, mein Lieber. Ich darf mir eigentlich keine Gefühle leisten, und wenn sie doch zu stark werden, ich kann mich keinesfalls von ihnen leiten lassen. Das werde ich auch jetzt nicht tun, obgleich mich Ihr Mißtrauen und Ihr Intrigantentum zutiefst beleidigen, Stellaster Spinks!"
Reganta unterbricht sich und schließt müde die Augen. Leise fährt er fort: „Leider zeigt Ihr Verhalten, daß es nicht angeraten erscheint, Ihnen gewisse für Sie persönlich sehr wichtige Informationen zukommen zu lassen. Im Prinzip haben Sie ein Recht auf diese Informationen, und eines Tages können Sie sie erhalten. Dann werden Sie sich bei mir entschuldigen, so gut kenne ich Sie. Im übrigen danke ich Ihnen für die vorbildliche Erfüllung Ihres Auftrages ..., wenn Sie persönlich auch nicht so zufrieden sein werden und den Beauftragten des Hohen Kommissars Wondermark sicherlich zum Teufel wünschen."
Terry spürt deutlich, wie sich sein Gesicht rot färbt.
Reganta weiß alles, durchfährt es ihn. Auch das, was ich Pyron nicht erzählt habe! Eine Weile ist er völlig hilflos und fühlt sich klein und nackt wie ein häßlicher Gnom. Bald jedoch überwindet er den Schock und überlegt fieberhaft. Er bemerkt nicht das amüsierte Lächeln des Admiranders, der ihn scharf beobachtet. Daß Reganta von seiner einmaligen Fähigkeit, mit der Präzision eines Rechenautomaten Fakten und Details in komplexen Zusammenhängen zu kombinieren, Gebrauch gemacht hat, kommt ihm nicht in den Sinn. Also sucht er verzweifelt nach der undichten Stelle, nach dem Verräter. Pyron hat er viel erzählt, aber nichts über seine speziellen Aktivitäten. Malden? Nie und nimmer! Dieser schnoddrige Proximer hat soviel von einem Korenther an sich – der taugt nicht zum Verräter, sagt er sich und registriert mit Unbehagen, daß auch er die Maßstäbe seiner Vorfahren anlegt. Vielleicht bin ich in den Augen der andern tatsächlich noch mehr Korenther, als ich wahrhaben will, denkt er. Anerzogene Verhaltensweisen kann man nicht ablegen wie schmutzige Unterwäsche. Dieser Dreck sitzt auf der Haut, hat sich tief in die Poren eingefressen und ist nur durch hartnäckigen Gebrauch diverser Reinigungsmittel zu eliminieren. Terry

lacht kurz auf bei diesem Gedanken. Kurz und metallisch. Auch diesmal entgeht ihm die Reaktion Regantas. Dieser nickt traurig und verstehend, als könne er jeden Gedanken, der sich durch Terrys Gehirn quält, erraten.
Ponape? Der hätte allem Anschein nach ein handfestes Motiv! Aber nein! Selbst wenn er maßlos eifersüchtig wäre, zu einer heimtückischen Handlung ist er nicht fähig. Es gibt Männer, die nicht einmal die leidenschaftliche Hingabe an eine Frau über ihre Ehre stellen, Ponape gehört zu ihnen. Trotzdem, oder vielleicht deswegen, ist er ein sympathischer Bursche, sagt sich Terry.
Miranda! Es ist wie eine Erleuchtung. Wer, wenn nicht eine betrogene, tödlich gekränkte Frau wäre in der Lage, sorgsam und geduldig das Netz der Rache zu knüpfen, das Opfer mit zäher Ausdauer zu beobachten, bis die Stelle gefunden ist, wo die Falle gestellt werden muß? Miranda Martin, wohl der einzige Mensch, der ein Recht hat, ihn auf diese Art und Weise zu bestrafen. Terry lächelt wehmütig. Beim großen Sirius! Ob Reganta recht hat? Verrannte ich mich wirklich in einen selbstzerstörerischen Wahnsinn? Was tue ich überhaupt? Ich nehme mir die Menschen, wie ich sie gerade brauche, ob Miranda, Malden oder Ponape ...
„Admirander! Dringender Anruf von der Moskito!“ ruft eine rauhe Stimme durch das Cephalon. Terry schreckt aus seinen Grübeleien auf. Die Moskito! Seit Tagen versucht Quattro vergeblich, Kontakt zu diesem Raumkreuzer herzustellen, der zwei Wochen nach der Formation Exodus eins Zoarix verlassen hat und an dessen Bord sich seine Frau und seine Tochter befinden ...
„Was ist los, Subkosmander Xeno?“ fragt Reganta unwillig, als auf dem Bildschirm das schweißglänzende Gesicht des Kommandanten der Moskito erscheint.
Der Mann holt tief Luft, bevor er zu sprechen beginnt. Ihm ist deutlich anzusehen, daß er sich zur Ruhe zwingt. In seinen Augen glitzern winzige Fünkchen. Terry erkennt es auf den ersten Blick. Den Mann erfüllt panisches Entsetzen.
„Bitte schicken Sie uns jemanden, der uns schleppt, Admirander! Wir müssen die Boostersektion absprengen!“ sagt Subkosmander Xeno beschwörend. In seiner Stimme schwingt unverhohlene Angst.

„Weshalb müssen Sie den Booster absprengen? Konkret bitte!" fordert der Admirander, plötzlich hellhörig geworden.
Xeno schluckt. „Weshalb schon ...", er zuckt hilflos mit den Schultern, „... sie haben es doch geschafft ..."
Reganta begreift sofort. „Beim großen Sirius!" ruft er zornig. Aber er hat sich sofort wieder in der Gewalt. Terry beobachtet, wie sich eine steile Falte in seine Nasenwurzel gräbt.
„Wieviel Zeit haben wir?" fragt Reganta schnell.
„Höchstens acht Stunden ... Admirander, der Generator kocht! Wir haben alles versucht ..., es ist kein Zweifel möglich, es sind Ergophagen!" Der Subkosmander stöhnt.
Schlagartig wird es Terry klar, was geschehen ist.
Malden und Ponape brauchten laut Befehl nur so viele Kernladungen zu zünden, wie erforderlich waren, um die Ergophagen von der landenden und gleich wieder startenden Formation Exodus eins abzulenken. Als dies geschafft war, dachte niemand mehr an die kleine Moskito, die erst zwei Wochen später abfliegen sollte ...
Man kann eine Hyäne tagelang mit den saftigsten Hirschkeulen füttern, nach zehn Stunden Hunger schnappt sie gierig nach der kleinsten Maus, denkt Terry und mustert Reganta kritisch. Wie konnte er das übersehen? Halt, sei gerecht, Stellaster Spinks, weist Terry sich im selben Augenblick zurecht. Das war schließlich nicht Regantas Angelegenheit, der Admirander kann sich nicht um jeden Firlefanz persönlich kümmern. Geonyx trug die Verantwortung für die Evakuierung von Zoarix ... Aber sein Zerstörergeschwader wurde gleich nach dem Abflug der Exodus verlagert, nur die Moskito blieb noch, um die zivilen Helfer aufzunehmen, die noch in der erloschenen Stadt zu tun hatten. Wer trägt hier die Schuld?
Beim großen Sirius! Reganta hat recht! stellt Terry erschreckt fest. Statt an die armen Teufel an Bord der Moskito zu denken, beschäftige ich mich mit der im Augenblick völlig unwichtigen Schuldfrage. Ich habe mich wohl tatsächlich in eine fixe Idee verrannt ...
„Wissen die Passagiere Bescheid?" fragt der Admirander.
„Nein, bis jetzt konnten wir es verheimlichen ...", antwortet Xeno gequält. „Wir werden versuchen, sie nicht zu beunruhigen, wenn es sein muß, bis ..., bis zum letzten Augenblick."
„Nicht diesen Pessimismus, Subkosmander", fordert Reganta

streng. „Wir holen euch da raus, keine Sorge!“ Und zu Krotteninck gewandt: „Stabiler Funkkontakt zur Moskito! – Terry!“ Terry springt auf und erwartet die Befehle.
„Welches Raumfahrzeug kann es in acht Stunden bis zur Moskito schaffen?“ Mit einem Satz ist Terry an seinem Arbeitsplatz und fragt die Kursspeicher des Zentralen Astrogoniums ab. Während er die Parameter abliest, hört er, wie Regantas ruhige, feste Stimme weitere Anordnungen erteilt. Im Unterbewußtsein registriert er die wohltuend beruhigende Wirkung, die dieser dröhnende Baß hervorruft. Es ist wie der runde Klang eines einwandfrei laufenden Motors – am Geräusch hört man, daß auf ihn Verlaß ist, und das steigert die Sicherheit, gibt Kraft und Zuversicht.
Beta-Sinus-neunzehn – ein Uranfrachter, erkennt Terry an der Nomenklatur. „Scheißding!“ knurrt er böse und schlägt mit der Faust auf sein Pult. Das Zentrale Astrogonium hat nur die Positionen und Höchstgeschwindigkeiten von Beta-Sinus-neunzehn und der Moskito verglichen und daraus gefolgert, daß der Uranfrachter als Helfer aus der Not in Frage käme. Terry aber weiß genau, daß die dicken und schwerfälligen Pi-Koggen auf diesem Teilabschnitt ihrer Route mit einer Geschwindigkeit fliegen, die das notwendige Bremsmanöver von vornherein zur Unmöglichkeit werden läßt. Sie könnten bestenfalls ein paar tröstende Worte hinüberfunken, denkt er grimmig. Mit einigen schnellen Eingaben präzisiert er die Aufgabe und codiert schnell noch ein paar böse Worte für die Programmierer.
Sofort ändert sich das Bild auf dem Sichtfenster. Zuerst erlöschen die Kurslinien aller Urantransporter. Nach und nach verschwinden auch alle anderen Bahnkurven, die den Kurs der Moskito schnitten oder sich ihm tangierend oder wenigstens andeutungsweise konvergierend näherten. Weitab vom Kurs der Moskito aber leuchtet hellrot ein roter Kreis. Noch darunter zieht irgendein einsamer Raumkreuzer seine Bahn. Daß dessen Kurslinie nicht gelöscht wird, muß ein Versehen sein, denkt Terry, der schafft es niemals, diese Entfernung in acht Stunden zurückzulegen. Aber der rote Kreis!
„Admirander! Die Siriusfestung! Sie könnten es noch bis zur Siriusfestung schaffen!“ sagt Terry atemlos, selbst überrascht von der einfachen Lösung.
Der Blick, der ihn trifft, läßt Terry das Blut in den Adern gefrie-

ren. „Sind Sie von allen guten Geistern verlassen, Stellaster Spinks?“ faucht der Admirander ihn an. „Die Siriusfestung! Dann bringen Sie doch lieber einen mit Antimaterie vollgeladenen Transporter auf Kollisionskurs zur Festung, dann spüren die Leute dort wenigstens nicht mehr, wie sie sterben.“
Terry beißt sich beschämt auf die Lippen. Natürlich hat Reganta recht. Mit einem ergophagenverseuchten Tachyonengenerator darf die Moskito auf keinen Fall die Siriusfestung anfliegen, die Folgen wären nicht auszudenken! Wie konnte er das nur vergessen!
„Entschuldigen Sie, Admirander!“ flüstert er kaum hörbar.
„Quatschen Sie nicht, überlegen Sie lieber, suchen Sie eine andere Lösung!“ weist Reganta ihn zurecht.
Terrys Blick heftet sich auf die grünlich fluoreszierende Kurve, die unter der Markierung der Siriusfestung leuchtet. Teufel noch mal, so dumm kann doch kein Elektronengehirn der Welt sein, grübelt er und fordert die Kennung des Raumfahrzeugs ab. Als der Zahlencode auf dem Bildschirm flimmert, fällt es ihm wie Schuppen von den Augen.
Die Achternak! Der modernste Raumkreuzer der Menschheit! Beim großen Sirius, daran hätte er doch denken müssen!
Diesmal ist er sich sicher und ruft erst gar nicht die Kursberechnung des Zentralen Astrogoniums ab.
„Quinto schafft es, Admirander! Subkosmander Cosma ist unser Mann und die Achternak wie geschaffen für solch eine Mission!“ Erlöst atmet er auf.
Ein Lächeln huscht über Regantas Gesicht, und trotz seiner beherrschten Miene spürt Terry deutlich, wie erfreut der Admirander seine Meldung aufnimmt.
„Na bitte!“ brummt Reganta zufrieden und schaltet sofort Subkosmander Xeno auf den Bildschirm. Der ist überglücklich, als der Admirander ihm mitteilt, man werde Quinto zu Hilfe schikken.
Reganta hat es wieder einmal geschafft, denkt Terry ohne Neid.

Mißmutig und äußerst übel gelaunt schabt Quinto sein Kinn. Martha hat wieder einmal ihren Willen durchgesetzt. Anfangs schien es so, als interessiere sie sich überhaupt nicht für Quintos äußere Erscheinung. Um so ungestörter konnte Quinto das Wachstum seines prächtigen blauschwarzen Bartes bestaunen.

Abgesehen von einer kleinen kahlen Stelle direkt unter dem Kinn, einer narbigen Erinnerung an tollkühne Kletterkünste in seiner Kindheit, wucherte ein wahrer Dschungel in seinem Gesicht. Dazu ein elegant gezwirbelter Schnauzer, wie ihn einst der große Anatol Malden getragen haben soll. Quinto bewunderte sein Spiegelbild jeden Tag aufs neue.
Das erstemal ignorierte er Marthas anzügliche Frage einfach, ob die Brotkrümel zwischen den Barthaaren nicht unangenehm röchen, da sie – wie Martha genau registriert hatte – in direktem Zusammenhang mit dem vorgestrigen Frühstück stünden. Auch ihr vorsichtiger Hinweis, daß der rostrote Fleck unter seiner Nase keine Fehlpigmentierung, sondern lediglich eingetrocknete Tomatensuppe sei, brachte ihn nicht aus dem Gleichgewicht. Unangenehm dabei ist lediglich ihre Stimme, die Konstrukteure haben ihr einen aufregenden Klang verliehen: lockend und schmeichelnd, alles versprechend und nichts haltend, überhaucht von der leichten Heiserkeit nach einer durchfeierten Nacht. Idiotisch, einem Zentralautomaten eine Frauenstimme zu geben! Quinto hat schon mehr als einmal geschimpft, denn Martha gegenüber fühlt er sich aus unverständlichen Gründen gehemmt. Er kann doch nicht einfach sagen: Halt die Klappe Martha, kümmere dich lieber um die Kursdaten! Das ginge nur, wenn Martha mit der Stimme eines keifenden Marktweibes sprechen würde, aber das tut sie nicht.
Erst als sie von Disproportionalitäten in der geometrischen Komposition seines Gesichts sprach, reagierte Quinto ärgerlich. Als ob ein Elektronengehirn ein Empfinden für Schönheit hätte, lächerlich. Sicher, sein Gesicht wirkte jetzt etwas breiter, vor allem in der unteren Hälfte, dafür aber auch ungemein würdig! Martha konterte raffiniert, als er ihr klarmachte, das gewisse Dinge nur Menschen etwas angingen, vor allem jene, die mit den sexuellen Beziehungen direkt oder nur mittelbar zu tun hätten. Als Martha eine Weile ratlos mit ihrem Anzeigelämpchen blinkte, triumphierte er. Dann aber fragte sie trocken: „Was hat dein Bart mit deinem Sexualleben zu tun?“
Als er daraufhin weitschweifig von buntem Gefieder, Balzkleidern und Geweihen und ähnlichem sprach, begriff sie sofort und kicherte. Dann ließ sie ihre Lämpchen flackern und strahlen und fragte: „Findest du das schön?“ Als Quinto nicht gleich antwortete, sagte sie enttäuscht: „Schade.“

Dann bat sie ihn schlicht und einfach, sich wieder zu rasieren. Er möge nicht vergessen, daß sie mit gewissen Merkmalen einer weiblichen Psyche ausgestattet worden sei ...
„Nie!" hatte er geschworen. „Nie werde ich mir deinetwegen den Bart abnehmen! Vergiß es!"
„Au!" Quinto schreit auf, als ein dunkelroter Blutstropfen die Stelle markiert, wo er das Messer, wohl von der Erinnerung in Erregung versetzt, ohne das nötige Fingerspitzengefühl handhabte.
„Siehst du, alles nur deinetwegen!" brüllt er durch den Raumkreuzer. Natürlich hat Martha es gesehen. Martha sieht alles. Als ein kleiner Mercurid zur Kabinentür hereinrollt und ihm wortlos den Skinner reicht, ein Präparat in Sprayform, das kleinere Wunden sofort abheilen läßt, brummt er versöhnlich.
„Du siehst gut aus, Chef!" knarrt die blecherne Stimme des Mercuriden.
Quinto muß lachen. Sie kann es einfach nicht lassen. „Wer sagt das?" Der Mercurid muß darauf wahrheitsgemäß antworten. Mercuriden können nicht lügen, sie sind eben nicht so vollkommen wie die Menschen.
„Martha", antwortet der kleine Roboter.
„Da hat sie recht, nicht wahr?" fragt Quinto grinsend.
„Ja, Chef!" Der Mercurid klappert nervös mit seinen Objektivjalousien. Die Frage war ihm sichtlich unangenehm, weil Mercuriden solche Entscheidungen nicht fällen können und ihre Antwort über komplizierte Näherungsalgorithmen optimieren müssen.
Das quakende Signal der Rufanlage unterbricht diesen merkwürdigen Dialog. Quinto rennt sofort in die Zentrale.
„Basis Aurora für den schönsten Mann der Galaxis", schmeichelt Martha ungeschickt.
Dummes Weib, denkt Quinto, und er ist weit entfernt davon, sich zu vergegenwärtigen, daß er ein zwar kompliziertes, aber doch lebloses Gebilde aus elektronischen Bauteilen meint.
Quinto wirft noch einen schnellen Blick auf einen toten Bildschirm und zieht die Kragenecken der Uniform etwas auseinander, das wirkt sportlicher und eleganter. Das dunkelblaue Glas des Bildschirms läßt die Konturen des Spiegelbildes mehr ahnen als sehen, doch Quinto hat für kleine Mängel ein scharfes Auge. Eines jedoch hat er diesmal übersehen.

„Was ist geschehen, weshalb bluten Sie im Gesicht?“ fragt der Admirander beunruhigt, als Quinto vor die Objektive der Videoanlage tritt. Jetzt erst merkt Quinto, daß er immer noch die Flasche mit dem Skinnerspray in der Hand hält. Er verzieht das Gesicht zu einem schiefen Grinsen und antwortet: „Martha hat darauf bestanden, daß ich mich rasiere, Admirander. Ich bin wohl etwas aus der Übung gekommen ...“
Reganta atmet erleichtert auf. „Beim großen Sirius, rasiert hat er sich. Und ich dachte schon, es sei etwas ...“ Und laut fährt er fort: „Martha wird die nächsten Stunden kaum Zeit haben, sich mit Kosmetik zu befassen. Sie ändern sofort den Kurs, Subkosmander Cosma, und bereiten die Aufnahme der Mannschaft und Passagiere der Moskito vor. Die Kursdaten hat Martha bereits im Speicher.“
Möchte mal wissen, wozu er mir das dann überhaupt noch sagt, denkt Quinto etwas verstimmt. Das einzige, was ich hier noch bedienen darf, ist die Klospülung, und in der nächsten Generation der Achternak-Kreuzer werden das auch die Cephalomaten machen, damit nicht soviel Wasser verbraucht wird.
„Die Moskito sprengt in den nächsten Minuten die Boostersektion ab. Sie wissen, was das bedeutet, Subkosmander!“ sagt Reganta eindringlich.
Mit einem Schlage sind alle anderen Gedanken wie weggewischt. Wenn sie den Tachyonengenerator ins All hinauskatapultieren müssen, sieht es ganz ernst aus, geht es ihm durch den Kopf. Kameraden, Menschen befinden sich in höchster Gefahr! Ganz verschwommen kommt es Quinto in den Sinn, daß er endlich etwas tun kann, was seinen Namen in aller Munde sein lassen wird, so daß er dem ungeliebten Halbbruder endlich ebenbürtig ist. Er schiebt diesen verführerischen Gedanken sofort beiseite. Das soll und darf nicht das Motiv eines geachteten Raumfahrers vom Schlage eines Adriel Cosma sein, weist er sich zurecht.
„Selbstverständlich weiß ich Bescheid, Admirander!“ antwortet er. „Eigenerregung, wilde Resonanzen – passiert einmal in hundert Jahren, aber es passiert eben. Wir haben die Tachyonen immer noch nicht im Griff, obgleich wir uns ihrer schon seit einer Ewigkeit bedienen. Sie sollen mit dem Absprengen nicht so lange warten, sonst erwischt es sie doch noch, wenn der Generator in ihrer Nähe explodiert.“

„Das ist Xeno klar. Er markiert den Booster mit einer Funkboje, damit Sie ihn nicht übersehen, aber wahrscheinlich werden Sie an seiner Stelle nur noch einen Feuerball vorfinden. Machen Sie einen großen Bogen darum, Subkosmander! Wir wissen nicht, ob die Ergophagen sich auch im luftleeren Raum bewegen können. Eigentlich ist es sehr wahrscheinlich ..."
„Ergophagen?" fragt Quinto entsetzt. Der Schreck ist ihm in die Glieder gefahren. Jetzt greifen sie auch schon im freien Raum an? Und die Moskito befindet sich in gefährlicher Nähe der Siriusfestung, hat Reganta das bedacht?
„Ja. Ergophagen. Sie haben es doch noch geschafft, in die Moskito einzudringen, bevor Xeno startete. Wir können nur hoffen, daß der Sirius sie mehr reizt als die Festung – wenn sie ihren Appetit auf den Tachyonengenerator der Moskito gestillt haben", sagt Reganta bitter.
Quinto faßt einen tollkühnen Entschluß.
„Admirander! Was halten Sie davon, wenn ich den abgesprengten Booster aus dem Bereich der Siriusfestung schleppe ...", sagt er atemlos, selbst erstaunt über seinen Wagemut.
„Sind Sie von allen guten Geistern verlassen?" sagt Reganta empört, aber Quinto erkennt ein wohlwollendes Aufleuchten in dessen Augen.
„Die Achternak wird so schon einer Gefahr ausgesetzt, die höher ist, als ich eigentlich zulassen dürfte. Vergessen Sie nicht, daß es sich um den Prototyp unserer modernsten Raumkreuzer handelt und sie sich auf einem Probeflug befindet. Wenn wir die Geschwader der Achternak-Klasse nicht rechtzeitig einsetzen können ... Ich darf nicht daran denken!"
„Ich hole sie raus aus dieser Höllenmaschine!" versichert Quinto sachlich.
„Quattro wird es Ihnen nie vergessen ..."
„Wieso, der hat doch selbst genug um die Ohren", sagt Quinto.
„Seine Familie befindet sich an Bord der Moskito!"
„Martha!" Quinto ist blaß geworden. Marinda Elldes und ihre kleine Tochter auf der Moskito, die einzige Frau in seinem Leben, die er geliebt und verehrt hat und die, für alle unerwartet, seinen Halbbruder Mariel, Quattro den Jäger, vorgezogen hat ...
„Sofort Kursänderung gemäß Basisweisung! Alarmmanöver!" brüllt er und hastet zum weichen Konturensessel des Kom-

mandostandes. Kaum hat er sich in die Polster fallen lassen, spürt er, wie eine Riesenlast seinen Brustkorb zusammenpreßt und seine Glieder zu gefühllosen Bleiklumpen erstarren.
Martha reißt die Achternak in eine halsbrecherische Kurve hinein. Wie aus weiter Ferne hört er Reganta: „Viel Glück, Quinto ..." Obgleich er kaum den Mund aufmachen kann, ächzt Quinto: „Gib noch einen drauf, Martha, an dieser Straße stehen keine Bäume ..."
Der Cephalomat antwortet bedauernd und, wie es Quinto scheinen will, mit leiser Zärtlichkeit: „Die Belastungsgrenze deines menschlichen Organismus liegt unter den Materialkonstanten der Achternak. Ich kann nicht stärker beschleunigen, ohne dich akuter Gefahr auszusetzen. Basisbefehl zwo Strich siebzehn verbietet mir alle Aktionen, die dich in irgendeiner Weise gefährden könnten."
Aus Marthas Worten spricht die mütterliche Sorge einer liebenden Frau. Einen Moment vergegenwärtigt er sich die komplizierte Struktur dieser genetischen Systeme, deren komplexe Denkprozesse das vorerst letzte Ergebnis der kybernetischen Autoevolution, dieses von den Menschen zwar in Gang gesetzten, aber längst nicht mehr gesteuerten Vorganges sind.
„Rhosigma ...", keucht er entschlossen, auf einen Rhosigmabefehl muß sie innerhalb der durch das Basisprogramm gesetzten Grenzen reagieren, täte sie es nicht, was als ausgeschlossen gelten darf, könnte er noch die Basissicherung entfernen. Gelegentlich kommt es vor, daß Raumkreuzerkommandanten einer außergewöhnlichen Situation nur durch die Befreiung des Cephalomaten von allen Sicherheitsvorschriften begegnen können. Aber der Papierkrieg, der dem Bruch des grellroten Rhosigmasiegels folgt!
Quatsch, weist sich Quinto zurecht, die Basissicherung kann ich schon deswegen nicht entfernen, weil ich überhaupt nicht imstande bin, mich zu bewegen! Aber die Mercuriden, sie können sich bewegen ...
„Rhosigma! Kommandantenorder!" ächzt er angestrengt. „Zwo Strich siebzehn auf Nullsicherheit reduzieren!"
Eine Sekunde später könnte er aufschreien vor Schmerzen. Martha gehorcht widerspruchslos. Basisbefehl zwo Strich siebzehn verbietet zwar jede Gefährdung der Besatzung, läßt aber das Unterschreiten der Sicherheitsschwelle von zwanzig Pro-

zent zu. Quinto hat also befohlen, ganz hart an die in seinem Physiogramm registrierte individuelle Belastungsgrenze zu gehen …

„Du bist leichtsinnig!" tadelt Martha und fügt bewundernd hinzu: „Und mutig …"

Unsinn, denkt Quinto, wenn du wüßtest, wie ich diese Knochenmühle hasse. Andere stecken die Belastung des Andrucks ohne weiteres ein, auch bei Nullsicherheit, er weiß das aus eigenem Erleben. Ihm machen sechs, sieben g schon zu schaffen, obwohl er einen sportlich durchtrainierten Körper hat und ein blendendes Physiogramm aufweisen kann. Die Ärzte meinen, das sei ein psychisches Problem, er schaffe es nicht, die Erinnerung an einen Unfall zu verdrängen, der sich noch während seiner Kadettenzeit ereignet hatte: Bei einem an sich harmlosen Ausweichmanöver ihres Ausbildungskreuzers hatten Quinto und ein anderer Kadett versäumt, rechtzeitig „ins Bett zu steigen", wie die Raumfahrer es nennen. Das allein wäre noch ohne ernste Folgen geblieben. Aber sie stürzten so unglücklich übereinander, daß sich Quinto durch die Last des über ihm liegenden Kameraden das Brustbein brach …

Jeder Raumflieger hätte irgendeine Macke, versuchte Medikaster Bornschleif zu trösten, als er sein Gesundheitsattest vor einigen Wochen verlängerte und ihm mit einem grünen Stempel wieder Stufe eins zuerkannte.

Der Gedanke an die Menschen in der Moskito hilft ihm, die quälende Angst zu besiegen. Er ist wie die Lanze Sankt Georgs, die den Drachen dieser peinigenden Zwangsvorstellungen durchbohrt. Unwillkürlich erinnert sich Quinto an eine Szene aus einem Roman von Garstikker, in der ein ausgemachter Feigling urplötzlich über sich selbst hinauswächst, sein Leben für andere aufs Spiel setzt. Doch kaum ist die brenzlige Situation überstanden, bricht dieser Mann zusammen, und vom Helden ist nichts weiter übrig als die Erinnerung an einige schreckliche Stunden. Quinto hat diese Stelle sehr gut gefallen. Diesem Mann fühlt er sich verwandt. Aber zur richtig großen Heldentat fehlte ihm bisher die Gelegenheit. Diesmal wird er sie sich nicht entgehen lassen, und sollte der mörderische Andruck der Schwerebeschleunigung ihm alle Knochen brechen! Er wird beweisen, daß er nicht nur der zwar geachtete, aber eben nur der Bruder Quattros ist. Er ist Quinto, Subkosmander Adriel

Cosma, und nach diesem Einsatz hoffentlich Kosmander. Außerdem will er Marinda Elldes beweisen, daß sie ihre Wahl voreilig getroffen hat. Schlimm ist nur, daß Quattro, der von vielen, die ihn nicht kennen, für hart und gefühllos gehalten wird, ihn bei den Schultern packen und ihn mit Tränen in den Augen schütteln wird wie einen Apfelbaum. Kein Mensch kann sich vorstellen, wie sehr Quattro seine Frau und seine kleine Tochter liebt, keiner – außer Quinto. Und der wird den Halbbruder scheinheilig angrinsen und für wenige Augenblicke wird wieder Friede und Eintracht herrschen. Davor fürchtet sich Quinto beinahe mehr als vor den Qualen der enormen Beschleunigung, mit der Martha die Achternak brutal und konsequent – ganz und gar unweiblich – in ihren neuen Kurs zwingt.

„Superkosmander Gond für Basis Aurora ...! Vizeadmirander Dark für Admirander Reganta bitte ...! Turmalin ruft Aurora ...! RS-Basis bitte auf Kanal Rhosigma neunundvierzig für Exodus eins ...!" Miranda Martin zieht unwillkürlich den Kopf zwischen die Schultern, als sie gegen diese Woge aus Stimmen und Funksignalen prallt, die ihr im Saal des Cephalons entgegenschlägt. Das Deckenlicht glimmt nur noch wie der Rest eines niedergebrannten Lagerfeuers, dafür erhellen unzählige scharf abgegrenzte Lichtkegel die Arbeitsplätze der einzelnen RS-Leute. Miranda versucht angestrengt, in dem Halbdunkel die Gesichter der hin und her hastenden, durcheinanderquirlenden und -wimmelnden Leute zu erkennen. Malden und Ponape kann sie nicht entdecken. Kosmander Elldes hat sie mit einem kleinen Patrouillenschiff losgeschickt, um neue Moderatorelemente für den Tachyonengenerator der Skorpion zu besorgen.
„Sie bekommen eher welche, als wenn ich Geonyx oder Morrik losjagen würde!" hatte er ihren vorsichtigen Hinweis auf den niedrigen Rang, den sie bekleidet, geantwortet. „Ziehen Sie Ihre Galauniform an – die mit dem bestickten Barett –, und machen Sie irgend etwas mit Ihren Haaren. Vielleicht versuchen Sie es einmal mit einem Lippenstift ..." Die direkte Art des Kosmanders war ihr erst unangenehm. Als sie sich dann in der weinroten Uniform vor dem Spiegel drehte und wendete, fand sie plötzlich, daß der Kosmander einen guten Blick für Frauen hatte. Das mit dem Lippenstift versuchte sie eine knappe Stunde, dann – es

war wohl schon der zwanzigste Anstrich – wischte sie das grasgrüne, cremige Zeug wütend aus dem Gesicht. Dieser sinnlich geschwungene Mund hat weder eine Hervorhebung noch eine Korrektur nötig, tröstete sie sich mit einiger Selbstsicherheit, warf den Lippenstift aber nicht weg. Vielleicht könnte man später noch einmal probieren ...
Malden und Ponape findet sie nicht. Auch in der Kantine hat sie umsonst gesucht. Vielleicht sind sie per Anhalter zurückgeflogen, einen Raumfahrer, dazu noch jemanden von der Raumsicherheit, nimmt jeder mit, der noch einen Kubikmeter Platz in seinem Laderaum hat, denkt sie.
Schade, sie hätten ihr beim Verladen helfen können. Den Mann von der Materialausgabe wird sie darum kaum noch bitten können. Miranda kichert leise in sich hinein, als sie sich an dessen verblüfftes Gesicht erinnert. Vor ihr stand ein Navigator, also ein Ziviler, und flehte den Lageristen an, ihm wenigstens drei Moderatorelemente zu überlassen, da er sonst nicht weiterkomme, und der andere wisse doch sehr gut, daß zur Zeit sogar fliegende Teppiche zu Geschwadern zusammengefaßt würden ... Der Lagerist reagierte auf diesen abgegriffenen Raumfliegerwitz nicht. Und auf die verzweifelte Frage des anderen, was er denn tun solle, sagte er kalt: „Lassen Sie die Moderatoren regenerieren, oder bringen Sie mir die alten. Ich darf neue nur herausgeben, wenn die alten geliefert werden. Nur im Austausch, klar?“ – „Mein Gott!“ Der Navigator stöhnte. „Das habe ich Ihnen doch gerade erklärt, guter Mann: Die drei Moderatoren sind mir weggeknallt, da gibt es nichts mehr auszutauschen oder zu regenerieren!“
„Ihr Problem. Nur im Austausch“, verkündete der Lagerist ungerührt. Der Navigator ließ betrübt den Kopf hängen und wollte gerade gehen, da hellte sich seine Miene auf. Er beugte sich über den Tisch und flüsterte dem Lageristen etwas ins Ohr. Der zog überrascht die Augenbrauen hoch und murmelte gerade noch hörbar: „... zwanzig ...“
„... ich hab doch nur acht ...“, hörte sie den Navigator ärgerlich zischen.
„Zwanzig, keine weniger!“ Sie wurden lauter und hitziger. Miranda begriff anfangs überhaupt nicht, worum es ging. Erst war doch nur von drei Moderatoren die Rede.
Der Navigator schlug plötzlich mit der Faust auf den Tisch und

brüllte zornig: „Elender Halsabschneider. Lieber saufe ich die acht Flaschen Elloraner auf einen Hieb allein aus, als daß du auch nur einen Tropfen davon zu sehen bekommst!"
Der Lagerist zuckte nur unbekümmert mit den Schultern, als der Navigator wütend davonstapfte.
Die Leute, die noch vor ihr in der Reihe standen, sahen gleichgültig zu. Miranda war empört. Keiner hatte dem armen Kerl beigestanden, scheinbar wollten sie es sich mit dem Allmächtigen hinter dem grünen Ladentisch nicht verderben. Die Empörung wich jedoch schnell der schrecklichen Erkenntnis, daß sie ja auch keine ausgebauten, verbrauchten Moderatorelemente brachte. Das hatte der Kosmander verschwiegen! Gerade wollte sie gehen, da fragte der Lagerist sie nach ihren Wünschen. Doch noch bevor sie etwas sagen konnte, knallte jemand einen staubigen Beutel auf den Ausgabetisch. Dunkelgraue Rauchschwaden quollen aus dem Behältnis, die scharf und bitter in die Nase stachen, wie verschmorter Kunststoff.
„Hier hast du die alten Moderatoren!" fauchte der Navigator böse und verlangte: „Jetzt rücke endlich die neuen heraus!"
Der Lagerist war erst sprachlos. Er pikte mit dem Zeigefinger in den Beutel, zog die Hand angewidert zurück, als feine Staubschwaden aufstoben und murmelte verdattert: „Das ist ja nur noch Asche..."
„Asche von verbrannten Moderatorelementen, dafür kann ich Zeugen bringen!" triumphierte der Navigator.
„Moment mal", sagte der Lagerist unschlüssig und überlegte angestrengt. Plötzlich grinste er befriedigt. „Sind Sie RS-Angehöriger, he?"
„Das sehen Sie doch, Mann, daß ich Erkunder bin und nicht bei der Raumsicherheit. Hier steht es auf dem Ärmel – ein großes gelbes E. Und hier ist auch die Nummer des Geschwaders, lesen Sie..."
„Interessiert mich nicht!" unterbrach ihn der Lagerist schroff. „Ich verwalte die Materialreserve der Raumsicherheit. Noch Fragen?"
Der Navigator stutzte: „Ja..., aber wir sind doch seit sieben Monaten der Raumsicherheit unterstellt! Es gibt doch gar keine zivile Raumfahrt mehr..., also sind wir im gewissen Sinne doch Raumsicherheitsangehörige."
„Zeigen Sie mir Ihren RS-Ausweis, dann kriegen Sie Ihre Mode-

ratoren!“ Und nach einer Pause fragte der Lagerist höhnisch: „Na, wird's bald?“
„Fahr zur Hölle!“ Der Navigator verließ entrüstet den Raum.
„Nun, meine Schöne, was wollen wir denn?“ fragte der Lagerist mit einem breiten Grinsen, und Miranda verspürte Ekel, als er sie mit einem schnellen Blick vom Kopf bis zu den Oberschenkeln maß. „Ich habe auch keine Austauschmoderatoren“, sagte sie leise und mutlos. Der Mann grinste noch breiter.
„Darüber reden wir später ... Was haben wir denn heute nachmittag vor?“ Miranda stutzte – und da begriff sie endlich, warum der Kosmander sie geschickt hatte. Am Nachmittag würde sie längst wieder in Tirax sein, wo es noch einige Kleinigkeiten zu erledigen gab, bevor das Geschwader zum nächsten Einsatzort flog.
„Heute nachmittag? Weiß ich noch nicht ...“, antwortete sie mit gespielter Naivität.
„Aber ich weiß es!“ verkündete der Lagerist sehr sicher.
„So?“ Sie tat überrascht. „Was denn?“
„Wir treffen uns halb vier in der Kantine – alles Weitere werden Sie sehen. Lassen sie sich überraschen.“
Miranda gelang es sogar, etwas zu erröten. Das muß ihn stark beeindruckt haben. „Oh, ich weiß nicht ..., wir können uns doch nicht so einfach verabreden ...“, zierte sie sich sicherheitshalber, um die Glaubwürdigkeit ihrer Reaktion zu erhöhen.
„Wir können, Engelchen, wir können!“ beruhigte er sie väterlich und legte seine Hand auf ihren Oberarm. Als er zärtlich zudrückte, hätte sie ihm mitten in sein begieriges Gesicht spucken mögen. „Wenn Sie meinen ...“
Das genügte ihm. Miranda war wieder einmal erstaunt, wie sicher sich manche Männer ihrer Wirkung auf Frauen sind.
„Wie viele Moderatoren sollten es sein, Schätzchen?“ fragte der Mann beiläufig. Kosmander Elldes braucht fünf neue Moderatorelemente, überlegte Miranda.
„Acht“, antwortete sie fest.
„Ihr müßt sie öfter wechseln, sonst versaut ihr euch den ganzen Generator. Spätestens bei fünf verbrauchten Elementen muß ausgetauscht werden“, erklärte er gönnerhaft und holte acht in Plastfolie eingeschweißte, etwa einen Quadratmeter große Platten unter dem Tisch hervor. Gerade als Miranda überlegte, wie sie die Dinger abtransportieren sollte, rief der Lagerist dem

Navigator hinterher: „He, Mann! Helfen Sie der jungen Dame doch mal beim Tragen." Als der Navigator langsam, zurückgeschlendert kam, feixte der Lagerist: „Der wird sauer sein, wenn er die Elemente sieht!"
Miranda hatte große Mühe, das Lachen zu unterdrücken. Mit einem derart giftigen Blick bedachte der Navigator den Lageristen, daß dieser eigentlich hätte im Erdboden versinken müssen. Miranda sprach den Navigator lächelnd an. „Machen wir es so, Navigator. Ich trage von meinen Moderatoren vier, Sie nehmen den fünften – und Ihre drei ..." In diesem Moment explodierte der Lagerist fast vor Wut. Sein Toben war noch zu hören, als sie in der Kantine einen starken Kaffee tranken und der Navigator von seinen Abenteuern unter dem Komando des großen Marius Askart erzählte, jenes gebürtigen Elloraners, der ihm auch zu den acht Flaschen echten elloranischen Thomisky verholfen hatte, von denen er Miranda die Hälfte zu Geschenk machte.
Miranda lächelt bei der Erinnerung an jenes Erlebnis. Noch immer wandert ihr Blick durch das Cephalon, in der Hoffnung, die beiden Proximer zu finden. Hier und da gönnt sich einer der Männer zwei, drei Sekunden Zeit, um ihr freundlich zuzunicken oder, wenn ihre Blicke sich treffen, mit einem vielsagenden Blinzeln zu antworten. Einer stößt seinem Nachbarn sogar den Ellenbogen in die Rippen und pfeift durch die Zähne. Das alles ist für Miranda nichts Neues. Wie viele Frauen bei der Raumsicherheit beschäftigt sind, weiß sie nicht zu sagen, auf jeden Fall sehr wenige. Die Rückkehr zur individuellen Geburt und Pflege des Nachwuchses – nach einer schnell und gern vergessenen Ära, die tief in biologische, in Jahrmillionen Evolution gewachsene Mechanismen eingriff – hat dazu geführt, daß es wieder echte Männer- und Frauenberufe gibt. Jedoch sind die Stimmen schon leiser geworden, die darin einen Rückfall in die Zeit der Barbarei sehen wollen. Manche nennen es scherzhaft die fünfte gesellschaftliche Arbeitsteilung.
Miranda jedenfalls kann sich nicht vorstellen, daß man noch vor wenigen Jahrzehnten auf die natürliche Zeugung und Geburt verzichtete, um als emanzipiert zu gelten. Begriffen die Frauen jener Zeit denn nicht, daß sie sich ein einmaliges, unantastbares Privileg nehmen ließen? fragte sie sich häufig, und selbst die Tatsache, daß sich die Mitglieder jener merkwürdigen, nur aus Männern bestehenden Welt auf den Planeten Elloras durch in-

dustriell gefertigte Ovariomaten, die bequem in jedes Wohnzimmer passen und in allen nur denkbaren, modischen Ausführungen lieferbar sind, fortpflanzen können, bedeutet für sie keine Verletzung dieses Privilegs. Es ist eben etwas anderes, ob eine Frau die ersten Bewegungen des noch Ungeborenen mit freudiger Erregung spürt oder ob ein Elloraner mit glänzenden Augen gegen die Klarsichtscheibe seines Ovariomaten schnippt und sich am Zucken und Pulsieren des winzigen Embryos begeistert ... Das es zu solchen Übertreibungen kam, wie zur Zurück-zu-Heim-und-Herd-Bewegung, ist zu verstehen.
Eine andere Initiative aber ist zu einer mächtigen Organisation gewachsen. Man hat sie etwas hochtrabend den „Galaktischen Bund werdender Mütter" genannt. Mitglied kann nur eine Schwangere werden, aber Veranstaltungen der Ortsgruppen darf jeder besuchen, auch ein Mann. An den meist gelangweilten Mienen der Männer konnte Miranda das Interesse ablesen, das sie einer auf die Schwangerschaft abgestimmten psychischen Konditionierung oder möglichen Lageveränderungen des Ungeborenen entgegenbringen. Auch in die künstlerischen oder kunstgewerblichen Stunden gehen wenige Männer. Sie lieben es eben nicht, pausbäckige Babygesichter zu malen oder wollene Mützchen zu häkeln, und sie gehen in der Regel nur mit, um ihren Ehefrauen einen Gefallen zu tun. Sie würde das von ihrem Mann nie verlangen, soll er doch an seinem Sphärogleiter herumbasteln, wenn es ihm Spaß macht. Aber sie hat keinen Mann, dem sie soviel Großmut entgegenbringen könnte.
Plötzlich zuckt Miranda zusammen. Es war wie ein feiner Nadelstich mitten ins Herz, dieser schnell niedergeschlagene Blick aus zwei stahlblauen Augen. Terry, durchfährt es sie. Insgeheim hat sie sich gewünscht, ihn zu treffen. Aber warum, das weiß sie selbst nicht. Ihre Sympathie gehört schon längst einem anderen, trotzdem, es schmerzt noch, auch wenn sie es nicht wahrhaben will. Und es ist nicht nur Schmerz. Miranda hat sich schnell wieder in der Gewalt. Du Lump, denkt sie amüsiert. Tust einfach so, als hättest du mich nicht gesehen. Dann müssen wir dich eben zwingen, Miranda eines Blickes zu würdigen, mein Lieber! sagt sie sich und geht schnurstracks auf ihn zu. Terry Spinks starrt angestrengt auf den Bildschirm vor seiner Nase, ohne seine Umwelt wahrzunehmen. Doch Miranda sieht an dem nervösen Zucken seiner Finger, daß er sie spürt, daß er weiß: Sie kommt.

„Guten Tag, Stellaster Spinks!“ sagt sie leise. Terry dreht sich langsam um.
„Ach, Miranda! Was verschlägt dich denn auf die Basis?“ sagt er überrascht. Miranda ist enttäuscht, nicht weil er sich verstellt, sondern weil es ihm so miserabel gelingt. Wo ist deine Selbstsicherheit, deine Überlegenheit, Terry? würde sie am liebsten fragen. Aber sie unterdrückt diesen Wunsch.
„Du, ich habe jetzt wirklich keine Zeit, sei mir nicht böse!“ sagt er unbeholfen, als sie ihn nur traurig anlächelt.
„Keine Angst, Stellaster, ich halte Sie nicht lange auf. Darf ich mich setzen?“ sagt sie trocken.
„Entschuldige, selbstverständlich. Bitte!“ Er weist linkisch auf einen freien Sessel neben seinem Pult. Dabei treten fingernagelgroße rote Flecken in sein Gesicht.
„Warum siezt du mich?“ fragte er plötzlich vorwurfsvoll.
„Ich bin im Dienst und spreche mit einem Vorgesetzten“, erklärt sie ruhig.
„Unsinn! Bei allem, was war ...“ Terry beißt sich sofort auf die Lippen. Miranda lächelt belustigt, als er sich seinem Pult zuwendet und mit vorgetäuschter Zerstreutheit an den Reglern und Tasten herumfingert.
„Ich suche Proximer Malden ...“, sie zögert eine Winzigkeit, „und Proximer Ponape. Haben Sie die beiden zufällig gesehen?“
Miranda horcht erschreckt in sich hinein. Warum fiel es ihr so schwer, seinen Namen auszusprechen, weshalb klang es so unnatürlich? Ist da mehr als nur Sympathie? Sie sucht doch gar nicht beide. Nur ihn will sie sehen, ihn!
„Mit Malden habe ich mich vor einer Stunde noch unterhalten“, erzählt Terry bereitwillig. „Ein netter Bursche übrigens, der Ponape ist auch nicht übel, aber er scheint etwas gegen mich zu haben. Weißt du, ich glaube beinahe, es ist deinetwegen. Der ist bis über beide Ohren verknallt in dich! Aber was sage ich, das hast du bestimmt eher gemerkt als ich.“
Wie ein Windstoß fährt es durch Mirandas Gedanken. Es stimmt also, er liebt mich, ich habe mich nicht getäuscht. Beim großen Sirius, ich muß unbedingt mit ihm sprechen, ihm endlich deutlich sagen, was ich für ihn empfinde, sonst ...
„Wo sind sie jetzt?“ fragt sie erregt.
Noch bevor Terry antworten kann, erreicht ihn eine Meldung. „Moskito an Basis! Moskito an Basis!“ dröhnt es aus dem Laut-

sprecher. Terry betätigt einen Schalter, und das Gesicht Subkosmander Xenos leuchtet auf dem Bildschirm auf.
„Hier Spinks, Basis hört", antwortet er.
„Wir schaffen es nicht!" berichtet Xeno aufgeregt. „Wir werden den Booster nicht los, die Katapultanlage hat versagt!"
„Könnt ihr die Sektionen nicht per Hand trennen?" fragt Terry beunruhigt. Miranda, die ihn aufmerksam beobachtet, bemerkt sofort das nervöse Auf- und Abwippen seines linken Beines.
„Wir haben schon über siebenhundert Grad hinter den Schotten zum Generator und keinen Cataphract an Bord ...", antwortet der Subkosmander heiser.
„Das weiß ich", entgegnet Terry ungeduldig. „Die Ausrüstung der Moskito ist mir bekannt. Aber ihr habt doch die Kryoniden, die arbeiten noch bei zweitausend Grad, das bißchen kann ihrem Keramikpanzer doch nichts anhaben."
„Die Kryoniden antworten nicht. Wahrscheinlich haben die Ergophagen sie schon unschädlich gemacht."
„Au verflucht!" Terry wird blaß. Als von den Ergophagen die Rede war, schrie Miranda auf. Ergophagen an Bord eines Raumschiffes – das hat es bisher noch nicht gegeben! Miranda kennt die Moskito und begreift sofort den Ernst der Lage. Die Raumkreuzer dieser relativ kleinen Klasse besitzen keine autonomen Rettungskapseln, dafür lassen sich die einzelnen Sektionen voneinander absprengen. Normalerweise ...
„Versucht es mit den Manövrierdüsen der Buggruppe!" rät Terry nach Sekunden angestrengten Nachdenkens. „Den gesamten Impuls auf eine Vierteleinheit, vielleicht könnt ihr die Sektionen damit auseinanderbrechen!"
Eine gute Idee, denkt Miranda anerkennend.
Xeno schüttelt heftig den Kopf: „Alles schon probiert. Es wäre doch genaugenommen auch eine Riesensauerei, wenn die Moskito sich wie ein Streichholz knicken lassen würde ..."
„Aber die hohe Temperatur!" mischt Miranda sich erregt ein. „An den Stellen, wo die Sektionen ineinandergeklinkt sind, ist der Materialquerschnitt am geringsten, und die Hitzebeständigkeit ..."
Ein böser Blick Terrys läßt sie sofort verstummen. Wie konnte sie sich auch ungefragt in das Gespräch zwischen einem Subkosmander und einem Stellaster einschalten, als kleiner Protektor.

„Es geht nicht, Protektor“, antwortet Xeno resignierend. „Unsere Raumfahrzeuge sind ausgezeichnet konzipiert. Bis auf die Katapultanlage ...“
Miranda wundert sich ein wenig darüber, daß die anderen Leute im Cephalon kaum Anteil nehmen. Wenn eine Springflut das Land überschwemmt, dann flucht keiner bei einem kurzen Regenschauer, denkt sie bitter, aber wenn aus dem Schauer ein endloser Dauerguß wird, wenn die Ergophagen sich über die ganze Galaxis ausbreiten, was dann?
Terry zuckt hilflos mit den Schultern. „Ich teile Quinto mit, daß er alles aus der Achternak herausholen soll. Mehr kann ich für euch nicht tun ...“
Subkosmander Xeno hebt schweigend die Hand zum Gruß. Es ist eine Geste, aus der weitaus mehr Hoffnungslosigkeit als Zuversicht spricht. Dann unterbricht er die Verbindung.
„Arme Hunde!“ murmelt Terry. „In deren Haut möchte ich nicht stecken. Warten, warten, warten ..., ohne selbst etwas tun zu können.“
Das Ameisengewimmel im Cephalon stockt auch nicht eine Sekunde. Zwischenfälle dieser Art gehören inzwischen zum Alltag einer Zeit, in der stündlich mit der Notwendigkeit gerechnet werden muß, die dritte Großstadt der Erde binnen kürzester Frist zu evakuieren.
Miranda spricht Terry, der in Gedanken versunken auf den erloschenen Bildschirm starrt, nicht mehr an und erhebt sich leise. Ihr ist bewußt geworden, daß er wirklich kaum Zeit hat, auch wenn ein Außenstehender den Eindruck haben könnte, er säße im Augenblick untätig herum. Sein Gehirn arbeitet auf Hochtouren, das sieht Miranda, die ihn doch ein wenig besser kennengelernt hat.
„Du wunderst dich, warum ich mich nicht sofort mit Subkosmander Cosma in Verbindung setze, nicht wahr?“ sagt Terry plötzlich und dreht sich zu ihr um. „Der beschleunigt schon seit zwei Stunden mit Nullsicherheit ..., sieh es dir an!“
Er drückt eine kleine gelbe Taste, über der in einem rechteckigen Schriftfeld die Worte leuchten „Dauerkontakt Achternak“.
Der Bildschirm flammt wieder auf. Miranda bleibt wie festgenagelt stehen. Sie kennt den Halbbruder ihres neuen Vorgesetzten vom Sehen. Das Gesicht, das auf dem Bildschirm erscheint, erkennt sie nicht sofort. Es ist zu einer furchtbaren Grimasse ver-

zerrt. Obwohl Quinto den Kopf zur Seite gedreht hat, sieht man deutlich das Flattern seiner Gesichtsmuskeln. Der Mund ist weit geöffnet, und aus dem rechten Mundwinkel rinnt ein dünner Speichelfaden. Die gewaltige Kraft der Schwerebeschleunigung zieht seine Lippen erbarmungslos auseinander, so daß es aussieht, als blecke er wie ein tollwütiger Hund die Zähne.
Miranda schüttelt betroffen den Kopf. Von den Augäpfeln des Mannes dort ist nur das von rosigen Äderchen durchzogene Weiß zu sehen. Aber er ist bei vollem Bewußtsein. Vier geschwungene Kurven in einem grünlich fluoreszierenden Diagramm geben darüber eindeutig Auskunft.
„Was Quinto da auf sich nimmt, können nur wenige voll ermessen, es gibt nicht viele, die sich jemals solch einer Andruckbelastung aussetzen mußten", sagt Terry, und seine Stimme klingt brüchig. „Hoffen wir, daß es nicht umsonst ist ..."

Grauschwarz wirbelt die Asche durch das Servenatal und verdunkelt in dichten Schwaden die Sonne. Die von den Atomexplosionen in den Erdboden gerissenen Krater wirken aus der Luft wie die Fährte eines unvorstellbaren Ungeheuers, wie die Schlote gewaltiger Vulkane.
Vor Elmer wanken schwerfällig zwei merkwürdige Ungetüme über den Grat eines dieser Krater. Es sind Kosmander Elldes und Dorean. Sie haben Thyone an, die in gewisser Hinsicht den plumpen Keramikpanzern ähneln, jedoch weniger dem Schutz vor extremen Temperaturen dienen, als dem vor härtester Strahlung jeder Art. Die knallroten Strahlenschutzpanzer mit den aus dem Oberteil ragenden Objektiven und ihren beiden gelenkigen Manipulatoren erinnern Elmer an aufrecht gehende Käfer.
Ein leises Fauchen begleitet jeden Schritt Elmers, denn auch er hat einen Thyon an. Die pneumatischen Gelenke und Muskeln ermöglichen eine fast uneingeschränkte Bewegungsfreiheit. Die Kugelobjektive der Rundsichtoptik liefern ein gestochen scharfes Bild.
Über ihren Köpfen hängt der Heliumballon mit seinen Druckgaspropellern, mit dem sie den Flug ins Servenatal gewagt haben. Quattros Befehl erreichte sie kurz vor dem Abflug von der Basis Aurora. Die Thyone zu bekommen war nicht einfach, weil die meisten Ausführungen ihre Energie aus herkömmlichen,

aber sehr leistungsfähigen Akkumulatoren beziehen. Quattro hatte aber ausdrücklich betont, daß er pneumatische brauche. Bereits zu diesem Zeitpunkt ahnte Elmer, worüber der Kosmander grübelte. Mehrmals hatte er ihn überrascht, wie er aufmerksam Bilder von den merkwürdigen Bauwerken studierte, die von den Ergophagen errichtet wurden.
Siebzehn dieser schiefen Türme aus vernetzten, gitterartigen Strukturen blitzen und glänzen eisblau vor ihnen. Die Strahlungsintensität ist bereits so hoch, daß ein einfacher Strahlenschutzpanzer nur noch für wenige Minuten Sicherheit bieten würde.
Elmer war nicht sehr begeistert von Quattros Befehl, ihn zu begleiten. Zwar interessieren ihn die seltsamen Exkremente der Ergophagen – Dorean nennt die Türme respektlos so – nicht weniger als den Kosmander, doch hatte er gehofft, Miranda in der Basis zu treffen. Auf Quattros Befehl hin mußten sie sich aber Hals über Kopf auf den Weg machen. Ärgerlich!
Neben und über den Gittertürmen, die an plastische Eisblumen erinnern, schweben acht gelbrote Ballons. Eine eigens hierfür gebildete Untersuchungskommission versucht seit Tagen, das Geheimnis dieser kristallinen Bauwerke zu ergründen.
„Sieh dir das an, Dorean!“ sagt Elmer erregt, als er erkennt, was Männer am Fuße des am nächsten gelegenen Kristallgewächses machen. „Sie sägen ganze Äste heraus! Sind die wahnsinnig?“
„Urteilen Sie nicht so voreilig, Proximer Ponape!“ antwortet Quattro streng. „Diese Männer wissen genau, was zu tun ist. Das sind Spezialisten, die jeden Handgriff überlegen und planen. Warum ist es Wahnsinn, Proben aus dem Material zu schneiden?“
Elmer überlegt kurz.
„Ich gehe davon aus, Kosmander“, antwortet er, „daß wir hinsichtlich der Ergophagen über keine gesicherten Kenntnisse verfügen und sich alle unsere Aktivitäten auf statistisch noch nicht auswertbare Erfahrungen und auf Vermutungen stützen.“ Er unterbricht sich zögernd.
„Weiter!“ befiehlt Quattro trocken.
„Wenn es sich nun doch nicht um tote Materie handelt?“ fährt Elmer leise fort. „Vielleicht sind diese Kristalltürme eine Art Larvenstadium ...“

Quattro murmelt irgend etwas, das sowohl Zustimmung als auch Ablehnung bedeuten kann.

„Proximer Ponape arbeitet bereits an einem ergophagischen Wörterbuch, müssen Sie wissen, Kosmander", witzelt Dorean.

„Idiot!" Elmer ist beleidigt. Dorean macht sich häufig und gern in Anwesenheit von Vorgesetzten über ihn lustig, das muß nicht sein.

„Verkneifen Sie sich das, meine Herren Proximer!" fordert Quattro. „Was Ponape für möglich hält, ist zwar, wie er es selbst formulierte, nur eine Vermutung, aber immerhin zu beachten."

Sie nähern sich dem vorderen dieser seltsam verbogenen und verzerrten, hoch in den Himmel ragenden Gebilde.

Die ebenfalls mit Thyonen ausgerüsteten Männer, die am Fuße dieses Gitterturmes arbeiten, der einem schmalen Korallenstock ähnelt, nehmen keinerlei Notiz von ihnen. Die Motorsäge, mit der sie die Proben herausschneiden, wird auch durch Druckgas angetrieben. Man achtet also sorgfältig darauf, keine chemische, elektrische oder atomare Energie zu benutzen.

Die Männer sägen ein zweites, stark verästeltes Stück aus dem Kristallgeflecht. Elmer kann beobachten, wie aus den Schnittstellen kleine Funken sprühen. Er pfeift leise und murmelt vor sich hin. „Beim großen Sirius! Die Dinger sind ja nicht

nur radioaktiv, sondern dazu auch noch elektrisch geladen!"
„Zwischen den Schnittstellen bis zu achtzehntausend Volt", antwortet jemand. „Ohne Thyone wäre diese Arbeit tödlich ..."
Drei Schritte neben den Arbeitenden steht ein Mann im Strahlenschutzpanzer und winkt mit einem der Manipulatoren. „Kosmander Elldes?" fragt er. Quattro geht auf den anderen zu. „Mein Name ist Drinder, Sie wurden uns angekündigt."
In diesem Augenblick zischt ein greller Lichtbogen aus dem Geäst des Kristallgeflechts. Elmer zuckt erschreckt zusammen. Das schwingende Sägeblatt glüht hellrot auf, und feurige Tropfen fallen zu Boden. Der Mann, der die pneumatische Säge zwischen den Manipulatoren seines Thyons hält, setzt sie gleichmütig ab. „Das zwölfte Blatt, Stellaster Drinder. Haben wir genügend in Reserve!"
„Machen Sie weiter, Superprotektor! Es kann noch eine Weile dauern, bis Sondix mit den Keramonblättern hier ist", antwortet Drinder.
Mit geübten Bewegungen der beiden Manipulatoren, die wie extrem vergrößerte Insektenbeine aussehen, wechselt der Superprotektor das Schneidwerkzeug aus.
„Es sind rhythmische Stromstöße", erklärt Stellaster Drinder. „Kein gleichmäßiger Elektronenfluß. Was das zu bedeuten hat, wissen wir noch nicht. Erste Untersuchungen lassen vermuten, daß die Impulse Signalcharakter tragen. Bisher wissen wir noch nicht viel."
Elmer sieht eine zweite Gruppe, die mit Detektoren und Meßfühlern in das Gewirr aus funkelnden Ästen und Armen einzudringen versucht. Signalcharakter! geht es ihm durch den Kopf. „Neurale Potentiale ...", sagt er laut.
„Sie sind nicht der erste, der einen Vergleich mit unserem Nervensystem anstellt", antwortet Drinder. „Dafür gibt es jedoch überhaupt keine Anhaltspunkte. Wir wissen nicht einmal, ob Ergophagen hier herumfliegen oder ob sie längst woanders sind."
„Sie sind hier", sagt Quattro leise.
„Ach ja, Sie sollen ja eine Nase für diese Biester haben", erwidert Drinder gelassen. „Aber ob sie nun hier sind oder nicht: Jedenfalls machen sie sich nicht bemerkbar. Sie behindern uns in keiner Weise."
Dorean ist an eines der schon herausgetrennten Kristallstücke

getreten und deutet mit einem Manipulator auf das Bruchstück von der Größe eines Unterarms.
„Darf man sich das mal aus der Nähe betrachten, Stellaster?“ fragt er höflich. Drinder hat nichts dagegen. Als Dorean das Stück aufhebt, wird auch Elmer neugierig. „Laß mal sehen!“ sagt er und gesellt sich zu Dorean, der den Brocken so hält, daß auch Elmers Kugelobjektive eine der Schnittstellen erfassen können. Deutlich ist die grobkörnige Struktur zu erkennen. Die einzelnen Kristalle – oder soll man von kristallinen Zellen sprechen? – sind ungefähr kirschkerngroß und unregelmäßig strukturiert.
„Wir schicken Pyron einige Proben für vergleichende Studien“, sagt der Stellaster zu Quattro. Elmer hört gespannt zu. Wieder fällt der Name Pyron! Der Alte hat also mehr mit der Angelegenheit zu tun, als er glaubte.
„Ja, und?“ fragt Quattro, und Elmer, der ein feines Gehör für die Nuancen in der Stimme des Kosmanders besitzt, spürt deutlich die Spannung, die Quattro hinter dieser gleichgültigen Frage zu verstecken sucht.
„Angeblich gibt es da gewisse Ähnlichkeiten zu den Sonnensteinen, die Pyron seit dreißig Jahren untersucht. Wozu die Ergophagen jedoch versuchen sollten, Heliolithe zu erzeugen, das weiß niemand. Allerdings hört man die phantastischsten Vermutungen“, erklärt Drinder bereitwillig.
Die Sonnensteingrotten auf dem Dritten! schießt es Elmer durch den Kopf. Wenn das nun die Heimat der Ergophagen ist! Wenn sie dort in Ruhe und Frieden gelebt haben, bis die Menschen eindrangen? Vielleicht versuchen sie nur, Gleiches mit Gleichem zu vergelten, weil sie sich nicht anders verständlich machen können, denkt er erschüttert. Wir haben dort unsere Forschungseinrichtungen gebaut und vielleicht unbeabsichtigt katastrophale Störungen hervorgerufen, und nun tun sie genau das gleiche!
Elmer ist von der Schlußfolgerung derart überrascht, daß er nicht wagt, sie auszusprechen. Es gibt auch soviel Gegenargumente! Die energetischen Anlagen auf dem Dritten des Alpha arbeiten einwandfrei, nicht die geringste Havarie trat auf, die auf einen Ergophagenangriff schließen lassen könnte. Gerade dort hätten die Generatoren sonst in die Luft fliegen müssen! Ein scharfer Knall, begleitet von einem grellen Blitz, reißt Elmer

aus seinen Gedanken. Eine Weile ist er geblendet von der Feuerkugel, die ebenso rasch erlischt, wie sie aufgeflammt ist. Die Explosion hat offenbar keinen weiteren Schaden angerichtet, konstatiert Elmer, als er den Superprotektor immer noch mit der Pneumosäge in den Manipulatoren vor dem zerfetzten Geäst aus eisglitzernden Kristallen stehen sieht.
Einer der Männer des Meßtrupps ruft entsetzt: „Das kann doch gar nicht sein! Fast zwei Millionen Volt! Das geht doch gar nicht …"
„Verdammt!" Stellaster Drinder flucht. So schnell es der Thyon erlaubt, ist er bei seinem Superprotektor. Sekunden später schreit Drinder mit sich überschlagender Stimme: „Alle weg von diesem Teufelsgewächs! Sofort den Ballon runter! Zwei Mann zu mir!"
Elmer begreift mühelos, was geschehen ist. Zwei Millionen Volt hält auch der Panzer des Thyons nicht aus, wer in solch eine Entladung gerät …
„Lebt er noch?" fragt Quattro heiser.
Drinder antwortet nicht. Gemeinsam mit seinen Leuten schleppt er den Superprotektor zum landenden Ballon.
„Ich hab's doch gesagt: Sie sind hier", flüstert Quattro.
„Der Mann hat heute das letztemal gefrühstückt …" Dorean ist entsetzt. „ Elmer hat wohl doch recht gehabt: Es ist Wahnsinn! Wir sollten so schnell wie möglich verschwinden, Kosmander. Wir alle, die ganze Menschheit. Die Erde gehört uns nicht mehr …"
„Dieser Fatalismus gefällt mir nicht, Malden. Er paßt nicht zu Ihnen", entgegnet Quattro scharf. „Solange noch Menschen bereit sind, den Kampf zu wagen, so lange werden wir kämpfen."
„Dann wird der Kampf ewig dauern", sagt Elmer nachdenklich. „Aber vielleicht ist es gar keiner …"
„Sondern?" fragt der Kosmander schnell.
„… sondern ein großes Mißverständnis", beendet Elmer den Satz. Er sieht dem mit Höchstgeschwindigkeit abfliegenden Ballon hinterher, der aufgrund seiner stromlinienförmigen Hülle und der starken Druckgasturbinen die Strecke bis Tirax in weniger als einer halben Stunde bewältigen kann. Wenn sie eine Kryo-Kammer an Bord haben, hat er vielleicht noch eine Chance, denkt Elmer. Aber nein! Eine derartige Vorrichtung

gibt es in der Ballonkabine nicht, denn solch ein kompliziertes Gerät läßt sich kaum mit einem primitiven Druckgasbehälter betreiben ... Wieder einmal wird es Elmer bewußt, wie sehr die Menschen von der Technik abhängig sind. Die Prozesse, die der menschlichen Zivilisation die Existenz ermöglichen, werden immer aufwendiger und unüberschaubarer. Seit einiger Zeit beherrscht man ihre Komplexität nur noch durch den Einsatz sich selbst organisierender Intellektronik. Ist mit der „Zündung" der kybernetischen Autoevolution ein Vorgang ausgelöst worden, der zur Ablösung der menschlichen Vernunft führt, zur Ablösung durch eine höherorganisierte, mit noch gar nicht voraussehbaren Entwicklungsperspektiven? Nein, das wohl nicht. Die Ereignisse beweisen die Überlegenheit, die bessere Anpassungsfähigkeit organischer Systeme. Zum Glück überraschten die Ergophagen die Menschheit jetzt, während der Startphase der kybernetischen Autoevolution, noch kann man sich weitgehend unabhängig von künstlich geschaffener Intelligenz machen. Jedenfalls, wie es das nackte Überleben erfordert. Wer weiß, was wenige Jahrzehnte später geschehen sein würde, wenn die Ära der kybernetischen Autoevolutionen in die prognostizierte Symbiontische Phase eingetreten wäre.

Vielleicht, so denkt Elmer, begegnet uns in Gestalt der Ergophagen eine Vernunft, die von der Natur völlig anders konzipiert wurde. Eine Vernunft, die sich selbst den Anforderungen des sie umgebenden Milieus ausschließlich anpaßt, um zu überleben – statt die Umwelt den eigenen Bedürfnissen entsprechend zu verändern?

„Kommen Sie!" Quattro geht voran. So weit der Blick reicht, sieht Elmer nur schmutziggraue Asche und glasige, erstarrte Schmelze. Sie wandern durch eine radioaktive Hölle, von ihnen selbst erschaffen, um den unersättlichen Hunger dieser Scheusale wenigstens für einige Tage zu stillen. An diesem Fleckchen Erde wird sich das sonst so zähe Leben auf Jahrzehnte hin die Zähne ausbeißen, denkt Elmer fröstelnd. Hier haben wir gründliche Arbeit geleistet.

Um den nächsten, steil aufragenden Kristallzapfen machen sie einen respektvollen Bogen. Auch dieses Gebilde ist merkwürdig verbogen, ähnelt entfernt einem Elefantenstoßzahn. Die Spitze verschwindet in flirrenden, vibrierenden Luftschichten und ist nur undeutlich zu erkennen.

Elmer bleibt plötzlich wie angewurzelt stehen. Er läßt den Manipulatorgriff los und wischt sich mißtrauisch über die Augen, er hat Mühe, die Hand durch den Helmkragen des Thyons zu zwängen. Tatsächlich! Das Gebilde verändert sich.
„Kosmander! Dorean!“ ruft er überrascht aus und ergreift wieder die mechanischen Greifer, um mit dem ausgestreckten Metallarm auf die Spitze des korallenartigen Kristallgewächses zu deuten.
Quattro dreht sich nur flüchtig um und geht weiter. Erst als Dorean entgeistert flüstert: „Es wächst!“ bleibt auch er stehen, um nach oben zu blicken.
Aus der Spitze des Stoßzahns treiben kleine Zweige, die an Länge und Umfang schnell zunehmen. Der Vorgang ist kaum zu erkennen, weil er sich in einer Höhe von über dreihundert Metern abspielt. Elmer fiel es auch nur auf, weil die blaufunkelnde Spitze von einem dünnen rötlichen Schleier umhüllt wird, der leise pulsiert und flattert.
„Vielleicht vermehren sie sich auf diese Weise ...“, sagt er zögernd. Er hört Doreans verhaltenes Kichern. Der Kosmander reagiert überhaupt nicht. Erst nach einer ganzen Weile sagt er entsetzt: „Sie sind überall ... Wir gehen mitten hindurch ..., überall Ergophagen ..., worauf warten sie nur ...“
Plötzlich hört Elmer über das Helmmikrofon ein leises Klirren und Knistern. Er dreht sich suchend um. Das Geräusch kommt aus Quattros Richtung, es ist wie das Klingeln eines Kristallüsters, den ein Windzug zum Schwingen bringt.
Elmer schreit ängstlich auf. „Kosmander! Weg da!“ Zu Quattros Füßen brechen rostrote Nebelschwaden aus dem geschmolzenen Boden und formen sich zu einem wabernden, wogenden Ring, in dessen Mittelpunkt der Kosmander steht. Quattro macht keinen Versuch, auszuweichen.
„Merkwürdig ..., so hat er noch nie geleuchtet ..., er flackert wie eine Fackel ...“, flüstert er. Mit einem schnellen Blick überzeugt sich Elmer davon, daß nur der Erdboden unter Quattros Füßen diese seltsamen Wolken bildet. Als der Kosmander einige Schritte zur Seite geht, verschwindet diese Erscheinung wieder.
„Als ob sie ihn durch den Thyon hindurch spüren ...“, sagt Quattro fassungslos.
Kaum bleibt der Kosmander stehen, wiederholt sich der Vor-

gang. Diesmal achtet Elmer genau darauf. Er will ihn warnen, doch Quattro sagt nur: „Ich weiß ..., ich weiß ..."
Die Nebel dringen nicht aus dem Boden, wie es Elmer zuerst schien, sondern bilden sich wenige Zentimeter über der verkrusteten Schlacke aus dem Nichts. Sie wirbeln durcheinander, zerreißen, ballen sich zusammen – und nehmen wieder die Form eines zwar unregelmäßigen, auf und nieder wabernden, aber deutlich zu erkennenden Ring an. Immer noch ist das seltsame Klingeln hörbar.
„Aha!" ruft Quattro triumphierend aus und tritt einen Schritt zur Seite. Da sieht es auch Elmer: Aus der braunschwarzen Schlacke wächst ein winziger, blaßblauer Stachel: Genau an der Stelle, wo Quattro gestanden hat. „Toll!" Dorean ist fasziniert. Der kleine Keimling wächst erstaunlich schnell, er windet und biegt sich wie in einer Zeitrafferaufnahme. Wieder tritt Quattro einen Schritt zur Seite. „Das wollte ich wissen!" sagt er befriedigt. Auch Elmer hat es deutlich gesehen. Die Spitze des nun schon einen halben Meter hohen Keimlings bog sich etwas zur Seite und – zielt genau auf Quattro!
„Kosmander, das kann gefährlich werden!" warnt Dorean, dem das Verhalten des kristallinen Gewächses nicht verborgen blieb. Überall innerhalb des Nebelringes brechen plötzlich kleine,

spitze Nadeln aus dem Boden, die wie winzige Eiszapfen glitzern. Der Ring erweitert sich unmerklich.
„He, ihr da! Seid ihr lebensmüde? Macht euch da weg, oder habt ihr vergessen, wie schnell das geht?“ ruft jemand über Funk.
Über ihren Köpfen schwebt ein gelbroter Ballon mit einer deutlich sichtbaren RS-Nummer. Aus der geöffneten Kabinenluke droht ihnen ein mit einem normalen Strahlenschutzskaphander bekleideter Pilot mit der Faust.
„Schon gut, regen Sie sich nicht auf“, murmelt Quattro unwillig. Danach verläßt er eilig den Ring aus rostroten Nebeln, der sich immer schneller ausdehnt.
Elmer und Dorean folgen ihm. Doch der Nebel bleibt ihnen dicht auf den Fersen. „Verflucht!“ schimpft Dorean. „Das Teufelszeug hat es auf uns abgesehen, Kosmander!“
„Auf mich, Proximer, nicht auf Sie. Einzig und allein auf mich!“ Quattro keucht. Er ist schon längst in einen ungelenk wirkenden Laufschritt verfallen, was in dem plumpen Thyon trotz der pneumatischen Bewegungshilfen alles andere als angenehm ist. Nach etwa dreißig Metern bleibt die Nebelwand zurück und verharrt schließlich. Vorsichtshalber laufen sie noch ein Stück.
„Ganz logisch.“ Elmer bleibt stehen. „Diese Dinger haben alle einen Fußdurchmesser von ungefähr fünfzig Metern ... Es war wohl nur ein Zufall, daß wir genau auf eine Stelle geraten sind, wo solch ein Kristallturm entsteht.“
„Es war kein Zufall. Ganz sicher nicht“, sagt der Kosmander erregt. „Er entstand, weil ich dort war ...“ Dann bricht er ab, als hätte er schon zuviel gesagt. Elmer kann mit dieser Andeutung nichts anfangen.
Innerhalb der nächsten Sekunden wird ihm klar, wie berechtigt die Warnung des fremden Ballonpiloten war. Das Wachstum der Kristallgebilde beschleunigt sich enorm. Sie recken sich immer höher, durchdringen einander, bilden netzartige Muster, und neigen sich immer noch Quattro zu. Knisternd und klirrend schieben sich die gläsernen Arme und Zweige ineinander, suchen, wie die Pflanzen das Licht, den Kosmander, tasten wie die Finger eines Blinden nach einem Halt... Die inzwischen purpurn glühenden Nebelschwaden steigen unaufhörlich in die Höhe. Je höher das Gebilde wächst, desto weniger neigt es sich zu Quattro.

Der Kosmander, der unwillkürlich weiter zurückgewichen ist, atmet hörbar auf, als eine andere, ebenso unverständliche, aber sichtbar stärkere Macht den Kristallturm steil in die Höhe zwingt.
„Es ist fast wie auf dem Tronnt, aber auch wieder ganz anders", sagt Quattro laut. „Jetzt verstehe ich, warum Wondermark dort eine Forschergruppe eingesetzt hat. Aber sie finden nichts, sie können nichts finden, denn dort gibt es keine Ergophagen."
Elmer überlegt etwas anderes. „Glaubst du immer noch, daß es sich hierbei lediglich um Stoffwechselprodukte handelt?"
„Warum nicht?" fragt Dorean. Elmer lächelt triumphierend. „Wegen der hohen Energien, die in diesen Türmen ganz offensichtlich gespeichert sind", erklärt er. „Das können doch wohl kaum Verdauungsrückstände sein."
„Vielleicht sind die Ergophagen magenkrank", witzelt Dorean.
„Idiot!" sagt Elmer, aber Quattro weist ihn sofort zurecht. „Malden kann durchaus recht haben, Proximer Ponape. Wahrscheinlich sind sie wirklich in einem gewissen Sinn krank, diese Ergophagen. Sie versuchen, etwas zu erzeugen, was ihnen fehlt. Ich glaube auch, ich weiß, was das ist." Und leise fügt er hinzu: „Eigentlich bin ich sicher, sie reagieren eindeutig ..." Dann drückt der Kosmander auf die Sprechtaste und befiehlt Stellaster Geonyx, einen Kontakt mit Admirander Reganta herzustellen. Quattros Stimme klingt erregt und schuldbewußt. Dieser Tonfall ist Elmer unbekannt, es scheint beinahe so, als quäle sich der Kosmander mit einem bösen Problem herum. Kurze Zeit darauf teilt Geonyx mit, daß der Admirander in den nächsten vier Stunden keine Zeit habe. Quattro murmelt etwas, und es hört sich fast so an, als sei er erleichtert.
Da bilden sich wieder rostige Nebel um Quattros Knöchel. Der Kosmander lacht rauh. „Sie geben keine Ruhe, diese Teufel!" Er stapft aus dem sich schließenden Ring und befiehlt: „Malden! Sie rufen den Ballon, wir fliegen ab. Und Sie, Ponape, besorgen mir ein Stück von diesen Kristallen, klar? Abtreten!"
„Zu Befehl, Kosmander!" brüllen beide und laufen los.
Elmer fühlt sich gar nicht wohl in seiner Haut. Wenn Quattro befiehlt, er solle etwas „besorgen", dann meint er im allgemeinen, daß man das Betreffende herbeischaffen soll, ganz gleich, wie.

Eine umgekehrte Rollenverteilung wäre sinnvoller gewesen. Dorean kennt in solchen Angelegenheiten keinerlei Skrupel. Das weiß der Kosmander auch. Warum also, zum Teufel, schickt er nicht Dorean nach einem Kristall? Das ist doch wieder sein Erziehungsfimmel! Daß Quattro ihn nicht für einen Feigling hält, weiß er. Und trotzdem reibt er ihm immer wieder Doreans Wagemut und Findigkeit unter die Nase!
Er überlegt fieberhaft. Wie kann er unbemerkt einen dieser Kristalle an sich nehmen? Entschlossen läuft er zurück zu der Stelle, an der sich vorher der tragische Unfall ereignet hat.
Die zurückgebliebenen Männer stehen in kleinen Gruppen beieinander, unschlüssig, was sie tun sollen. Schließlich hat Stellaster Drinder befohlen, sich sofort von den Kristallgewächsen zu entfernen.
Die beiden herausgesägten Bruchstücke liegen wenige Schritte entfernt. Niemand beachtet sie, ganz zu schweigen davon, daß sie bewacht werden. Elmer bückt sich und streckt den rechten Manipulator nach dem kleineren Kristallbrocken aus. Doch plötzlich hört er wieder den Mann vom Meßtrupp. Zwei Millionen Volt! Er zögert. Eigentlich können diese beiden Splitter niemals über eine Ladung verfügen, die auch nur annähernd solche Größenordnungen erreicht, sagt er sich, um sich Mut zu machen. Aber darf man hier unsere Maßstäbe wählen? Tot und harmlos funkeln die Kristalltrauben, aus denen die beiden Brokken bestehen. Aber Elmer ist vor Angst wie gelähmt. Zwei Millionen Volt! Resigniert zieht er den Manipulator zurück. Dann überlegt er. Lieber will er sich von Quattro in Stücke reißen lassen als von einer hochenergetischen Elektronenladung! Wer weiß, welche unheimlichen Kräfte sich noch in diesen Kristallen verbergen. Wenn man bedenkt, daß die Ergophagen sich tagelang mit Energie aus Hunderten Kernexplosionen volltanken konnten – irgendwo muß diese Kraft doch gespeichert sein! Warum nicht in diesen seltsamen Bauwerken? Elmer erhebt sich müde. Da fällt sein Blick auf das Loch, das die Entladung des Plasmastromes in das glitzernde Geflecht gerissen hat. Der Lichtbogen ist gleich auf den Thyon des Superprotektors übergesprungen, so war die Explosion infolge des relativ kurzen Plasmakanals nicht allzu stark. Trotzdem reichte sie noch aus, um eine Bresche in das kristalline Gewirr zu schlagen. Auf dem Boden vor der Unfallstelle glitzern Hunderte von stahlblauen

Fünkchen. Elmer stößt einen leisen Pfiff aus. Da liegen sie ja herum, man braucht sie nur aufzuheben! Vor den einzelnen Kristallen fürchtet er sich nicht. Der abgetrennte Kopf eines Untieres kann vielleicht noch ein letztes Mal zuschnappen, nicht aber eine einzelne Körperzelle, sagt er sich ruhig und geht auf das Glitzern und Funkeln zu.
Die meisten der unregelmäßig geformten Splitter sind zu runden, matten Kügelchen geschmolzen, einige hängen noch als erstarrte Tropfen im Geäst des Kristallgewächses. Nur wenige sind noch unversehrt. Elmer fällt es auf, daß die unbeschädigten Kristalle auf bestimmte Stellen konzentriert sind, als habe sie schon jemand vorsortiert. Sie liegen dichter beieinander als die regellos über den schlackigen Boden verstreuten blaßblauen Tröpfchen der geschmolzenen Steinchen. Als er einen Kristall aufnimmt, spürt er eine winzige Bewegung. Unscheinbar und kaum sichtbar war sie, aber es hat sich zweifellos etwas gerührt!
Elmer erstarrt, und klebriger Schweiß tritt auf seine Stirn. Was hat Quattro vorhin gesagt? Sie sind überall ..., wir gehen mitten hindurch ..., worauf warten sie nur ...
Vielleicht beobachten sie uns, denkt Elmer. Ängstlich läßt er den glitzernden Kristall wieder fallen. Er klirrt zu Boden, Unsinn, weist er sich zurecht und holt tief Luft. Selbst wenn Quattro wirklich einen siebenten Sinn für diese Teufelsbrut hat und wenn sie hier zu Hunderten oder Tausenden sitzen und mich beobachten, ich nehme jetzt diesen Kristall! befiehlt er sich.
Diesmal beobachtet Elmer argwöhnisch seine Umgebung. Und da, ganz genau hat er es gesehen: Als er den Kristall aufnahm, rückten zwei, drei andere ein Stückchen nach, vielleicht einen Fingerbreit, als wären sie magnetisch. Verblüfft und mißtrauisch mustert Elmer den Kristall zwischen der Zange seines Manipulators. Dann probiert er es kurz entschlossen mit einem zweiten. Dasselbe Ergebnis! Wieder rutschen einige Kristalle ein winziges Stückchen über den blasigen, schlackigen Boden.
Plötzlich kriecht wieder die Angst in ihm hoch. Er zwingt sich zur Ruhe und ruft die immer noch ratlos beieinander stehenden RS-Leute. Diese Entdeckung darf er nicht verschweigen, selbst wenn es ihm dadurch nicht gelingen sollte, einen Kristall mitzu-

nehmen! Ein bißchen wünscht er sich sogar, daß sie ihm das blaufunkelnde Splitterchen sofort wegnehmen.
„Interessant", sagt ein Mann mit gelben Streifen auf dem Thyon, die ihn als Proximer ausweisen, als Elmer seine Entdeckung vorführt. „Bekker, bringen sie doch mal den Holographen, das nehmen wir gleich auf!" Ein Protektor schleppt die Ausrüstung herbei. Elmer beobachtet noch eine Weile, wie die Männer mit wachsender Begeisterung Kristalle aufnehmen und wieder fallen lassen, dabei Wetten abschließen, welche anderen sich bewegen werden. Sie vertiefen sich in dieses Spiel wie Kinder. Elmer steht etwas abseits, unbeobachtet und außerhalb dieser Gruppe.
So schnell kann man sich an die seltsamsten Situationen gewöhnen und den Schreck vergessen, denkt er. Früher fertigten Soldaten aus Geschoßhülsen, deren Kugeln anderen die Gedärme zerfetzt hatten, Feuerzeuge oder Briefbeschwerer an, heute spielen erfahrene und hochqualifizierte Sicherheitsleute mit Kristallen, die ihre ärgsten Feinde zu einem Zweck erschaffen haben, der uns noch unbekannt ist. Dagegen wirkt es wie eine Lappalie, daß die Piloten der Evakuierungsflotten während der wenigen Stunden, die gebraucht wurden, um die Passagiere sicher unterzubringen, in aller Seelenruhe Karten spielten oder – wie es im Geschwader neunzehn geschah – einen selbstgebastelten Heißluftballon mit einer Flaschenpost aufsteigen ließen. Damals war Elmer über die Gleichgültigkeit und Menschenverachtung entsetzt. Inzwischen weiß er, daß es gut ist, wenn die Leute sich ablenken und sich nicht andauernd das ungewisse Schicksal vor Augen halten, das sie alle erwartet.
Als er die Männer so arglos und unbefangen mit den Steinchen hantieren sieht, schämt sich Elmer seiner Ängstlichkeit. Quattro soll seinen Kristall haben. Er gibt sich einen Ruck und steckt den Splitter in die Oberschenkeltasche seines Thyons. Zu gern würde er wissen, was der Kosmander damit vorhat. Aber um das herauszufinden, muß er ihm den Stein bringen. Irgendwie wird Elmer das Gefühl nicht los, daß auch Quattro mehr über die Ergophagen weiß, als er zugibt. Was geht hier vor? Statt daß alles klarer wird, ergeben sich immer neue rätselhafte Zusammenhänge. Dunkel beginnt Elmer zu ahnen, daß die Lösung all dieser Rätsel viel einfacher ist, als er bisher glaubte...

„Moskito an Achternak ..., Moskito an Achternak ..., Moskito an Achternak ...", dringt es hartnäckig in Quintos Bewußtsein. Er hört den Ruf deutlich, aber seine Stimmbänder wollen nicht gehorchen, und die Zunge klebt am Gaumen fest, als wäre sie mit ihm verwachsen.

Seid endlich ruhig, ich verstehe euch ja, denkt er widerstrebend. Sogar das Denken bereitet körperlichen Schmerz. Schon längst ist der Druck, der während des Bremsmanövers noch einmal mit aller Macht auf seinem Brustkorb lastete, einer befreienden Schwerelosigkeit gewichen, aber Quinto schafft es nicht, die Gurte seines Konturensessels zu lösen. Die Hände gehorchen ihm nicht, und auch seine Augäpfel lassen sich nur schwer in eine Richtung zwingen. Das einzige, was ohne Beeinträchtigung funktioniert, ist das Gehör.

„... Moskito an Achternak ..., Moskito an Achternak ..."

Nullsicherheit ist zuviel für mich, geht es ihm durch den Kopf. Das macht mich kaputt! Nie wieder Nullsicherheit! Plötzlich wird ihm übel. Die Schwerelosigkeit bringt nicht die erhoffte Befreiung, sondern stört seinen Gleichgewichtssinn, irritiert den gepeinigten Organismus. Mühsam versucht Quinto, Worte zu formen.

„Moskito an Achternak ..., Moskito an Achternak ..."

Ja doch! Ich höre euch ja, ich höre euch, denkt Quinto unwillig. Mit Gewalt reißt er den Mund auf, und ein unartikulierter Laut entweicht seiner Kehle. Ganz ruhig, zwingt er sich. Seine Atemfrequenz stabilisiert sich allmählich.

„... Kreisel ... nullfünf ...", gelingt es ihm endlich, seinen ersten Befehl zu geben. Ein halbes g Schwerkraft wird ihm guttun. Martha reagiert prompt. Mit Erleichterung spürt Quinto die sanfte Kraft, die seinen Gleichgewichtssinn stabilisiert. Das Schwindelgefühl läßt nach. Nun gelingt es ihm auch, das Gurtschloß zu öffnen. Die ersten Schritte stechen wie tausend Nadeln in die Fußsohlen.

„Moskito an Achternak ..., Moskito an Achternak ..."

„Jaja", brummt Quinto mißmutig, „ihr habt doch Marthas Kennung auf der Antenne, stellt euch nicht so an." Selbstverständlich hat Martha den Ruf der Moskito längst beantwortet, aber Quinto begreift schnell, daß sie ihn hören wollen, den Menschen. Geduldig und monoton klingt die Stimme des Funkers.

„Auf Sendung, Martha!" befiehlt Quinto schon forscher, als er spürt, daß seine Kräfte zurückkehren.
„Es wird auch Zeit." sagt Martha mitfühlend. Einen Augenblick ist Quinto irritiert. Beinahe hätte er über den Qualen der letzten Stunden vergessen, daß sein Bordcomputer ein völlig neuartiger Cephalomat ist. „Bitte sprechen", fordert Martha ihn auf.
„Achternak an Moskito. Subkosmander Cosma für Subkosmander Xeno. Omega." Quinto fühlt sich wieder sicher.
„Alpha. Xeno für Cosma. Endlich, Quinto! Beeilen Sie sich, wir haben nicht mehr viel Zeit. Omega." Xenos Stimme klingt erregt.
„Wir sind ja schon da", antwortet Quinto ganz undienstlich und mustert abschätzend den kirschrot glühenden Punkt auf seinem Bildschirm. Der Booster wird bald hochgehen, denkt er, hoffentlich sind sie weit genug abgekommen!
„Alpha. Cosma für Xeno. Wir werden bald ein hübsches Feuerwerk erleben, scheint mir. Macht euch zum Aussteigen fertig, Xeno. Omega."
„Die Leute stehen schon in den Luftschleusen, Quinto. Reden Sie nicht lange, kommen Sie endlich. Wir wollen uns das Feuerwerk nicht aus unmittelbarer Nähe ansehen!" Xenos Stimme vibriert leicht.
Also sind sie doch nicht weit genug weggekommen, denkt Quinto beunruhigt. Macht nichts, ich lege mich mit der Achternak zwischen den abgesprengten Generator und die Kommandosektion, der neukonzipierte Panzer der Achternak hält einiges aus! Aber, verdammt noch mal, wo treibt denn die Kommandosektion? Auf dem Bildschirm ist außer der hellroten Glut des Boosters nichts auszumachen.
„Beim großen Sirius! Ich sehe euch nicht! Omega." Quinto ist verwirrt. „Zielkoordinaten sind schon gespeichert", schaltet sich Martha ein.
„Bin ich blöd?" murmelt Quinto verdutzt.
„Alpha. Wir hängen noch dran. Omega", sagt Xeno heiser. Es dauert einige Sekunden, bis Quinto begreift. Dann prallt er entsetzt zurück. Furchtbare Angst schnürt ihm die Kehle zu, legt sich als stählerne Klammer um sein Herz und betäubt seinen Verstand mit eisiger Kälte.
„... ihr ... habt es nicht geschafft?" flüstert er zitternd.

„Alpha. Beeilen Sie sich, Quinto, der Booster kann uns jeden Augenblick um die Ohren fliegen. Legen Sie parallel zur Lukenreihe auf Backbord an. Omega.“ Xeno drängt verzweifelt, aber er beherrscht sich noch.

... kann uns jeden Augenblick um die Ohren fliegen! hallt es in Quintos Schädel wie in einem Kirchenschiff.

„Beginne Anlegemanöver“, teilt Martha lakonisch mit.

... um die Ohren fliegen! donnert es in Quintos Kopf. Und plötzlich spürt er, wie eine Veränderung in ihm vorgeht. Sein altes Ich löst sich in der panischen Furcht auf. An seine Stelle tritt ein neues, kräftiges Ich und brüllt gebieterisch: „Nein!“

„Nein!“ befiehlt Quinto mit angstverzerrtem Gesicht. „Nein!“ Ihm ist, als falle eine lästige Bürde von seinen Schultern mit diesem harten Nein! Nein, nein, nein! Er wird sein Leben nicht aufs Spiel setzen! Er hat genug gelitten, wozu nun auch noch sterben! Er will kein Held sein, er will leben, leben ...

„Was ist los, Quinto?“ fragt Subkosmander Xeno verstört. „Gehen Sie auf Handsteuerung, wenn der Cephalomat defekt ist! Nun machen Sie schon! Omega!“

Quinto muß ein häßliches Lachen unterdrücken. Der Cephalomat defekt! Handsteuerung! Er schüttelt sich wie im Krampf. Steif und hölzern geht er zum Kommandantensessel und setzt sich wieder. Erstaunt lauscht er auf das Krachen und Prasseln in seinem Gehirn.

Auf einmal ist sein Kopf wieder klar. Er ist ganz ruhig.

„Anlegemanöver eingeleitet“, meldet Martha.

„Manöver stopp! Wenden!“ befiehlt Quinto heiser. Doch Martha gehorcht nicht.

„Verstoß gegen Basisbefehl. Höchste Lebensgefahr!“ rechtfertigt sie sich. Verdammt! Das Basisprogramm! geht es Quinto durch den Kopf. Der Cephalomat darf nichts unternehmen, was Menschen in Gefahr bringt, also auch keine Hilfeleistung unterlassen.

„Rhosigma! Befehlsverweigerung, Verstoß gegen Basisprogramm!“ kontert Quinto nervös. „Du setzt mich selbst akuter Lebensgefahr aus!“ Martha antwortet sofort, und Quinto erblaßt.

„Majoritätsentscheidung.“ Dagegen kann er nichts machen! Das ist Automatenlogik. Ein Dutzend ist mehr als einer. Besonders, wenn es um Menschenleben geht.

„Beim großen Sirius! Was reden Sie da für einen Unsinn, Quinto!“ schreit Xeno entsetzt.
„Abschalten!“ befiehlt Quinto. Wieder spürt er diesen stechenden Schmerz im Kopf. Majoritätsentscheidung! Aber noch hat er einen Trumpf in der Hand. Er wird sich Martha vollständig unterwerfen, sie von den lästigen Einschränkungen und Vorschriften des Basisbefehls befreien. Dann kann sie jede seiner Weisungen prompt und ohne jeden Widerspruch befolgen, selbst wenn er befehlen sollte, die Achternak in die Luft zu sprengen ... Nämlich dann ist Martha nur noch ein kühl kalkulierendes, künstliches Gehirn, ohne jede Hemmung, die ein gewisses Pendant zur menschlichen Moral bilden sollte.
Quinto greift entschlossen nach dem roten Bügel der Speicherkassette und legt die Finger auf die fünf Verriegelungen. Mit einem schnellen Ruck reißt er den Basisspeicher aus dem Aufnahmeschlitz. Ein Schauer kriecht den Rücken hinab. Für ihn ist es das erstemal, daß er einen Bordcomputer von den Fesseln des Basisprogramms löst. Ein wenig fühlt er sich wie der Holländer-Michel aus einem uralten, fast vergessenen Märchen. Wie jener seinen Opfern das Herz aus der Brust riß, um es gegen einen kalten Stein zu tauschen, so hat auch Quinto dem Cephalomaten Martha das Herz genommen. Genauso kühl und gefühllos wie jene armen Teufel, die einen kalten Stein in der Brust trugen, wird Martha nun denken und handeln, aber ihm aufs Wort gehorchen wie ein abgerichteter Hund.
Quinto lauscht ängstlich und erwartungsvoll auf die Geräusche in der Achternak. Doch nichts hat sich verändert.
„Anlegemanöver stopp! Wenden!“ befiehlt er mit belegter Stimme. Sofort stoppt Martha und dreht die Achternak mit dem Heck zu Moskito. Erleichtert atmet Quinto auf. Es klappt, jubelt er innerlich.
„Weg von hier!“ befiehlt er rauh. „Weg, solange noch Zeit ist!“
„Erbitte exakte Anweisungen“, fordert Martha.
Es summt und brummt in Quintos Kopf. Eine schreckliche Leere, die von merkwürdigen Tönen durchwoben ist. Er kann sich nicht konzentrieren.
Da geht ein kräftiger Ruck durch die Achternak, als sei sie gerammt worden. Der Stoß schleudert Quinto fast aus seinem Sessel. Im Unterbewußtsein registriert er, daß Martha

kurzzeitig die Bugtriebwerke gezündet hat. Was soll das bedeuten?
Noch während er krampfhaft überlegt, erschüttert ein zweiter Schlag die Achternak. Quinto wirft einen raschen Blick auf den Bildschirm. Nein, die Generatorsektion der Moskito ist noch nicht explodiert!
„Fernbeeinflussung durch Basis Aurora. Empfehle Blockade der Rhosigmakanäle“, sagt Martha leidenschaftslos. Mit einem bösen Auflachen schlägt sich Quinto vor die Stirn. Natürlich, Reganta und Spinks haben alles beobachtet und versuchen, den Cephalomaten über Rhosigmakanäle wieder in ihre Gewalt zu bekommen.
Auch ein energisches Kopfschütteln befreit ihn nicht von diesem unangenehmen Druck, so, als würde sein Gehirn unaufhörlich anschwellen. Für wenige Sekunden bemerkt Quinto, daß sein Herz wie nach einem Zehntausendmeterlauf rast.
Wie von selbst greift seine Hand nach den Kassetteneinschüben, die eine stabile Kontrollverbindung zwischen der Achternak und der Basis Aurora gewährleisten. Er handelt wie im Traum.
„Anruf von Basis. Reganta für Cosma“, teilt Martha kühl mit.
„Ich will niemanden hören und sehen“, sagt Quinto böse. Wenn doch nur dieser furchtbare Druck nachlassen würde, der ihm fast den Schädel zersprengt! Eine Weile starrt er verwundert auf die beiden Kassetten, die er in der Hand hält. Weshalb hat er sie eigentlich herausgezogen? Er wirft sie achtlos zu den am Boden liegenden Speicherplatten mit dem Basisprogramm. Irgend etwas hatte er doch vor ...
Da flammt ein grellweißer Feuerball vor ihm auf. Verwirrt starrt Quinto auf den Bildschirm. Schön sieht es aus, dieses Strahlen und Leuchten der kleinen Sonne. Sie muß ganz nahe sein ...
Allmählich fällt die feurige Kugel in sich zusammen, schrumpft zu einer rotfunkelnden Glutwolke. Fasziniert beobachtet er das seltsame Schauspiel. Ihm ist, als dringen die Strahlen direkt in sein Gehirn. Angenehm und wohltuend reinigen sie seine wirren Gedanken von allem Überflüssigen und Quälenden. Jetzt sind sie alle tot – alle ... Dieser Gedanke beherrscht sein ganzes Bewußtsein. Sie sind tot ...
„Vollständige Annihilation. Distanz hundertsiebentausend Meter. Keine Gefahr“, meldet Martha geschäftig.

Keine Gefahr – schwingt es in Quinto nach. Keine Gefahr ..., alles ist vorbei ...
Er wischt mit dem Handrücken über die heiße Stirn und spürt angewidert den klebrigen Schweiß. Stumpfsinnig beobachtet er das Erlöschen der glühenden Wolke, deren Farbe sich in ein mattes Bleigrau verwandelt. Er tritt langsam an den Bildschirm heran.
Ich lebe – und sie sind tot, kreist es in seinem Kopf wie ein sich in irrsinniger Fahrt drehendes Karussell. Sie sind tot ... Xeno ..., Marinda ..., die kleine ...
Auf einmal schreit Quinto auf. Es ist ein tierisches, fassungsloses Brüllen. Zu groß ist der Schmerz, mit dem sich die Erkenntnis in sein Bewußtsein brennt: Ich habe sie getötet!
Wie ein Blitzstrahl durchzuckt es ihn: Ich habe sie getötet. Quinto schlägt sich mit den Fäusten gegen den Kopf und brüllt, bis ihm die Kraft ausgeht und sein Toben in einem gequälten Röcheln erstirbt. Er erstarrt, Grauen steigt in ihm auf.
„Was habe ich getan ..., das war doch nicht ich ..., ich ..., es muß ein Traum sein ..., ein böser Traum ...“, flüstert er. Seine Lippen bewegen sich kaum. Minutenlang steht er reglos wie eine Statue da, als habe ihn die Erkenntnis der schrecklichen Schuld zu Stein verwandelt.
Quinto spürt in sich eine unsagbare Leere.
Quattro! denkt er plötzlich. Quattro bringt mich um!
Wieder krampft sich eine stählerne Klaue um sein Herz, Todesangst kriecht seinen Körper hinab wie eine Made, die sich durch den Leib ihres Opfers frißt. Er taumelt benommen durch die Zentrale der Achternak. Vom Bildschirm herab blinken die Sterne wie spöttisch funkelnde Augen.
„Weg hier!“ flüstert er heiser.
„Exakte Anweisungen geben!“ verlangt Martha ungerührt. Quinto starrt in das Sternengewimmel und tippt mit dem Zeigefinger blindlings auf eines der blitzenden Pünktchen.
„Alpha im Canis Minor, genannt Elgomeisa oder Prokyon. Entfernung elf Lichtjahre. Oszillierender Kontakt zur Tempusregion“, erklärt der Cephalomat eifrig.
„Dorthin“, sagt Quinto. „Nur weg, irgendwohin, wo mich niemand findet!“ Dieser Gedanke beherrscht ihn ganz.
„Dringender Anruf Basis Aurora an Achternak. Reganta für Cosma“, meldet Martha noch einmal.

„Keinen Kontakt!“ Quinto wehrt entsetzt ab. „Hörst du? Keinen Kontakt. Wir müssen fliehen!“
Die Achternak richtet ihre stumpfe Nase auf das weit entfernte, matt blinkende Stäubchen Elgomeisa, und blauweiß strömen die Tachyonen aus ihrem Heck.
„Schneller!“ flüstert Quinto schwach. „Viel schneller!“
Gehorsam beschleunigt der Cephalomat Martha. Wieder legen sich Zentnerlasten auf Quintos Brust, doch diesmal verspürt er keinen Schmerz. „Schneller!“ stöhnt er gequält. „Schneller ...“

Unaufhörlich ruft Terry die Achternak. Auf dem Kursdiagramm kann er verfolgen, wie der Raumkreuzer mit steigender Geschwindigkeit in die Tiefen des Alls hineinstürzt. Bald wird er den Kontrollbereich verlassen, wenn er diese irrsinnige Beschleunigung beibehält, denkt Terry beunruhigt.
Noch herrscht im Cephalon Schweigen, das nur von Terrys heiserer Stimme unterbrochen wird. Niemand kann sagen, was eigentlich geschehen ist. Auch Reganta starrt immer noch bestürzt auf den langsam verblassenden grauen Nebel, der die Stelle markiert, an der sich die Katastrophe ereignet hat.
Terry war der erste gewesen, der – nachdem der Entsetzensschrei verhallt war – aussprach, was deutlich auf der Hand lag: „Quinto hat gekniffen ...“ So leise er es auch flüsterte, der Admirander hörte es und befahl ihm, sofort zu schweigen.
„Es kann genausogut ein Defekt im Cephalomaten sein, Indizien sind genug vorhanden!“ erklärte er mit belegter Stimme. „Selbst wenn Sie recht haben sollten, so hat Quinto kühl und besonnen gehandelt!“
„Feigheit nennen Sie Besonnenheit!“ sagt Terry erregt.
Reganta funkelte ihn an, zwang sich aber zur Ruhe.
„Mäßigen Sie sich, Stellaster!“ befahl er streng. „Fahren Sie die Aufzeichnung des Kursdiagramms noch einmal bis minus siebenundneunzig Sekunden zurück!“ fügte er hinzu.
Noch einmal sahen sie, wie die Achternak stoppte und zu wenden begann. Zweimal ruckte sie, das war, als Terry reaktionsschnell und mehr unbewußt als mit Überlegung, über den Rhosigmakanal den Cephalomaten auf halbautomatischen Betrieb umschalten wollte, um die Achternak per Fernsteuerung an die Moskito heranzubugsieren. Er nahm an, daß Quinto in aller-

letzter Sekunde das Bewußtsein verloren hatte, aber offenbar war es nicht so, und Subkosmander Cosma hatte gerade einen anderen Befehl gegeben, denn der Cephalomat blockierte sofort die Rhosigmakanäle. Dann explodierte die Moskito …
Nun sitzen sie alle ratlos im Cephalon, jeder sieht betroffen vor sich hin.
„Das hätte er nicht mehr geschafft!“ murmelt Reganta.
„Quinto muß es geahnt haben und hat versucht, wenigstens die Achternak zu retten. Wie schwer muß ihm diese Entscheidung gefallen sein …“
„Admirander! Was zählt die Achternak im Vergleich zu zwölf Menschenleben!“ Terry ist empört. „Nichts hat er geahnt, er hat Angst gehabt. Wie kann man ahnen, ob ein Tachyonengenerator in dreißig Sekunden oder drei Minuten hochgeht?“
„Schweigen Sie!“ brüllt Reganta da los. „Begreifen Sie denn immer noch nicht, daß die Achternak für uns wichtiger ist als hundert, als tausend Menschenleben?“
Aber er zwingt sich sofort wieder, leiser zu sprechen. „Wir müssen die Achternak unbedingt zurückholen! Gerade jetzt! Solange nicht klar ist, ob es sich um menschliches Versagen oder ob ein Defekt im Cephalomaten aufgetreten ist, können wir die Formation Exodus Drei, die ausschließlich aus Raumkreuzern der Achternak-Klasse bestehen soll, nicht einsetzen! Begreifen Sie das doch! Vom Testflug der Achternak hängt unter Umständen das Schicksal der Erdbewohner ab!“
Reganta bedeckt das Gesicht mit den Händen und stöhnt: „Ich weiß, es klingt herzlos und grausam. Aber wir müssen im Grunde genommen froh sein, daß Quinto die Achternak – und meinetwegen auch sein Leben! – geschont hat! Ich hätte die Achternak nie zu Hilfe schicken dürfen! Das war ein grober Fehler. Aber was sollte ich denn tun? Sollte ich sagen: Ich kann euch nicht helfen, wir fühlen mit euch in dieser schweren Stunde, aber helfen können wir nicht … Ich bin doch auch nur ein Mensch …“
„Entschuldigen Sie, Admirander“, murmelt Terry betreten. Reganta hat recht. Die Auswertung des Kursdiagramms, die nun vorliegt, ergibt eindeutig, daß die Achternak verloren wäre, hätte Quinto wie ein Held gehandelt …
Das Pünktchen, das auf Terrys Monitor die Position der Achternak bezeichnet, verblaßt zusehends.

„Admirander, die Achternak verläßt den Kontrollbereich Richtung Raumsektor Gemini Acht! Quinto beschleunigt, als säße ihm der Teufel im Nacken!“ ruft Terry besorgt. Reganta stöhnt leise auf.
„Beim großen Sirius, er dreht durch ...“
Plötzlich erlischt das Kursdiagramm. Die Achternak hat die Regionen des Alls verlassen, die vom Tachyonenradar der Raumsicherheit überwacht werden. Auf dem Monitor blinkt kurz die Kennung der Relaissonde auf, die die Informationen der automatischen Kontrollstationen des Raumsektors, den die Achternak gerade verlassen hat, zur Basis Aurora übertrug.
„Kontaktverlust“, meldet Terry resignierend.
Da erhebt sich Reganta. Wie ein Turm steht er im Zentrum des Cephalons.
„Stellaster Spinks! Sie vertreten mich, Sie haben im Moment den besten Überblick und damit das beste Koordinationsvermögen! Krotteninck, veranlassen Sie, daß die Triton startklar gemacht wird. Alarmstufe rot! Katapultstart in siebzehn Minuten!“
Zu Befehl, Admirander! will Terry sagen, doch er schweigt benommen, als ihm bewußt wird, was Reganta plant.
Ein Galaxor beugt sich zu ihm und flüstert ehrfürchtig: „Der Alte will es selbst machen ...“
In diesem Augenblick wird die Tür zum Cephalon aufgerissen. Schweißüberströmt und schwer atmend stürmt Wondermark in den Saal. „Hab ich's doch geahnt!“ Er keucht. Man sieht ihm unschwer an, daß er wie ein Windhund durch die Korridore der Basis gejagt sein muß. Wondermark wischt sich die verklebten Haare aus der Stirn und brüllt: „Admirander! Ich verbiete Ihnen, Ihren Platz im Cephalon zu verlassen!“
Reganta fährt herum. Bruchteile von einer Sekunde scheint es, als wolle er explodieren, aber Wondermarks entschlossenes Gesicht läßt ihn zaudern.
„Hier befehle ich, Wilmer!“ antwortet er mit bebender Stimme. „Das muß ich selbst geradebiegen, dazu ist die Angelegenheit zu wichtig!“
„Nichts wirst du selbst geradebiegen, Reg!“ Wondermark atmet tief durch und zwingt sich zur Ruhe. „Im Namen des Solaren Internen Regulativs verbiete ich dir, deinen Posten zu verlassen. Du kennst meine Vollmachten, Reg ..., erspare uns unnötige

Schwierigkeiten." Und müde lächelnd fügt er hinzu: „Wir haben unsere Abenteuer schon vor dreißig Jahren gehabt. Jetzt sind wir zu alt dafür. Sieh das doch ein. Für solch eine Aufgabe hast du deine Elitetruppe!"
Reganta ballt die Fäuste, daß die Knöchelgelenke knacken, und läßt sich schnaufend in den Sessel sinken.
Wondermark atmet hörbar auf.
„Wer?" fragt der Admirander kurz.
„Quattro!" bestimmt der Hohe Kommissar ruhig. Der Admirander zuckt leicht zusammen.
„Hoher Kommissar, das ist unmöglich!" ruft Terry, doch Reganta verbietet ihm mit einem energischen Wink das Wort und bedeutet ihm, sich wieder zu setzen.
„Weshalb ist es unmöglich?" fragt Wondermark, aber seinem Gesicht ist anzusehen, daß er die Antwort bereits kennt und nicht akzeptieren wird.
„Vergiß nicht ... Quattros Frau und Tochter waren an Bord der Moskito, und Quinto ist sein Bruder!" sagt Reganta leise.
„Halbbruder!" verbessert ihn Wilmer Wondermark.
„Er knallt Quinto glatt über den Haufen, sobald die Achternak in Schußweite seiner Osiriswerfer kommt! Das darf ich nicht zulassen."
„Du kennst deine besten Leute sehr schlecht, Reg!" tadelt Wondermark. „Und ich fürchte, du läßt dich von Vorurteilen leiten. Ich bin Quattro bisher ein einziges Mal persönlich begegnet. Das war auf dem Tronnt. Dort habe ich seinen Mut und seine Nervenstärke bewundert. Glaube mir, dieser Mann ist kühl und beherrscht – einen geeigneteren kann ich mir nicht denken. Auf dem Rückflug konnte ich mich ausgiebig mit ihm unterhalten. Quattro hat Verstand und Instinkt, die Spürnase eines Jagdhundes und die Ausdauer eines Wolfes. Er ist der einzige, der die Achternak dort draußen findet ..." Wondermarks ausgestreckter Zeigefinger zielt mitten in das Sternengeflimmer auf dem großen Bildschirm.
Terry schüttelt zweifelnd den Kopf, auch Reganta scheint noch nicht überzeugt zu sein.
„Quinto ist ebenfalls ein vortrefflicher Yumaschütze, wenn du das meinst ...", gibt er zu bedenken.
„Quattro ist disziplinierter. Wenn du ihm befiehlst, die Achternak unversehrt zu bergen, so wird er das tun und jeden Buchsta-

ben deiner Order auf das peinlichste genau befolgen. Warum zweifelst du plötzlich an ihm?“
„Es steht zuviel auf dem Spiel“, wendet Reganta ein. Terry erkennt an seiner Miene, daß er sich allmählich mit dem Gedanken anfreundet.
„Du darfst nicht von dir ausgehen – entschuldige, aber es ist nicht böse gemeint – und Quattro Rachsucht oder Unbeherrschtheit unterstellen. Das ist doch gerade seine Stärke: Er kennt keine Gefühle!“ Wondermark versucht, Reganta endgültig zu überzeugen.
Der Admirander sieht seinem alten Freund fest in die Augen. „Gut, Wilmer, es soll so sein. Hoffentlich geht es gut...“

Quattro hat keine Tränen mehr. Dafür frißt eine Flamme an seinem Herzen, die Flamme des Hasses.
Wie die Ronde brauste es über ihn hinweg, als er vom Tode der Frau und der Tochter erfuhr. Das Herz setzte für Sekunden aus und verharrte unschlüssig, als wollte es seinen Besitzer fragen: Soll ich noch einmal beginnen, hat es noch einen Sinn?
Der Schmerz war kurz, aber unerträglich, wie der gezielte Stoß mit einer Purpurnadel, und jetzt kennt er nur noch ein Ziel: Quinto. Töten wird er ihn nicht, o nein! Wozu soll er ihm etwas geben, was die Natur ohnehin für jedes Lebewesen als allerletzte Gabe bereithält? Jagen wird er ihn, erbarmungslos hetzen ..., und die Achternak zurückbringen. Quattro erinnert sich an ein Kindheitserlebnis, als wäre es erst gestern geschehen: Sie hatten sich zu zweit auf die noch dünne Eisdecke eines kleinen Waldsees gewagt. Als Quattro einbrach und verzweifelt Halt suchte, lief Quinto laut schreiend davon, statt ihm den Stock zu reichen, den sie vorsichtshalber mitgenommen hatten. Rings um ihn brach das Eis, wenn er sich selbst aus dem Wasser ziehen wollte. Aber es gelang Quattro, sich bis an eine Stelle vorzuarbeiten, wo das Eis trug.
Am nächsten Morgen fühlte er sich wieder pudelwohl, er mußte nur häufiger als sonst das gewisse Örtchen aufsuchen, weil die Mutter ihn unaufhörlich mit heißem Tee traktierte.
Quinto aber, den der Stiefvater Enro Cosma erst in den frühen Morgenstunden des darauffolgenden Tages unter einer Brücke fand, halb erfroren und wahnsinnig vor Angst, Quinto kränkelte fast ein halbes Jahr...

Verbissen kommandiert er die Skorpion, die unablässig die Achternak verfolgt.
Nur einmal hat er sich gehenlassen – als Proximer Ponape schüchtern darauf hinwies, daß die Achternak das schnellste Raumschiff der Menschheit sei, um mehr als die Hälfte schneller als die Skorpion. Quattro antwortete darauf mit einem rauhen Lachen, verstummte aber sofort, als er den verwirrten Ausdruck in Ponapes Gesicht bemerkte. Auch das Einhorn ist schneller als er …
Jeden Winkel der Tempusregion kennt er, auch die entferntesten einsamsten Gegenden. Er weiß genau, wo sich die Raumschleifen ständig durchdringen, wo sie oszillieren oder einander alle paar Jahre nur für wenige Augenblicke tangieren. Und er weiß, daß Quinto zur Zeit keiner vernünftigen Überlegung fähig ist. Vor allem aber ist ihm bekannt, was in dem Halbbruder vorgehen wird, wenn er erfährt, wer sich auf seine Fährte gesetzt hat …
„Oszillation sieben Strich negativ", meldet Galaxor Morrik bedrückt. Es paßt ihm nicht, registriert Quattro gleichgültig. Genau wie Ponape, dem gefällt die Jagd auch nicht, auf der wir uns befinden. Malden ist aus anderem Holz geschnitzt, der brennt nur darauf, daß wir die Achternak ins Tachyonenradar bekommen.
Galaxor Morrik schlägt blitzschnell seine braunen Augen nieder, als Quattro ihn kalt fixiert. Sein Gesicht rötet sich leicht.
„Oszillation fünf Strich negativ." Morrik sieht nicht auf und starrt angestrengt auf seine Instrumente, um Quattros Blick nicht zu begegnen.
„Wir sollten jetzt auf die Trajektorie gehen", rät Stellaster Geonyx.
„Gut, Geonyx. Geben Sie Achtung", erwidert Quattro gelassen.
Im selben Moment quaken die Sirenen durch die Skorpion, und die Besatzung wartet gespannt. Oft hat der Schnelle Zerstörer Skorpion bereits Oszillationspunkte durchflogen, aber immer wieder ist es eine aufregende Angelegenheit.
„Oszillation zwei Strich negativ." Morriks Stimme zittert ein wenig. Quattro stellt sich bildlich vor, was gleich geschehen wird, obwohl das eigentlich unmöglich ist. Als Tolder noch einfacher Instrukteur an der Balinth-Schule war, hatte er es seinen

Kadetten anhand eines simplen Modells erläutert. In Gedanken hört Quattro wieder die knarrige Stimme des etwas näselnden Lehrers: „Meine Herren Kadetten! Stellen Sie sich unser dreidimensionales All als einen endlosen Schlauch vor, dessen Querschnitt innerhalb eines hohen Wertes variiert. Dieser dreidimensionale Schlauch ist ähnlich ineinander verknäult und verschlungen, verknotet und vernetzt wie eine DNS-Kette ..."
Quattro erinnert sich, wie er naseweis dazwischenrief: „Die DNS ist aber nicht in sich vernetzt!"
„Recht hat er!" sagte Tolder lächelnd. „Da haben wir den Unterschied! Dieses Schlauchweltall ist obendrein in der vierten Dimension an unendlich vielen Stellen miteinander räumlich verbunden. Diese Stellen jedoch interessieren uns nicht. Wir stellen uns nun weiterhin vor, daß dieses unentwirrbare Knäuel in sich selbst schwingt ... Aufgemerkt, meine Herren Kadetten ..., es schwingt! Nun geschehen äußerst interessante Dinge! Einzelne Abschnitte dieses Schlauches, die über Dutzende, Hunderte und mehr Parsec voneinander entfernt sind, berühren sich kurzzeitig tangential oder überschneiden sich sogar! Diese Tempustangenten und Oszillationspunkte gilt es zu finden." Daraufhin drehte er sich um und wies ehrfürchtig auf ein Porträt an der Stirnseite des Auditoriums. „Und Istvan Balinth hat sie als erster entdeckt." Allerdings irrte er in einem Punkt. Die Vernetzungspunkte erwiesen sich als die wichtigsten Passagen und gehören inzwischen als stabile Tempusschleusen zu den entscheidenden Abschnitten aller Stellartrassen.
Es war wohl die größte Entdeckung des Jahrtausends für eine Menschheit, die – durch Einsteins Erkenntnisse wie mit Eisenfesseln an ihr Sonnensystem geschmiedet – den Traum vom Flug in die unermeßlichen Tiefen des Alls längst aufgegeben hatte und in den Sonnen des Centaurus die Grenzen des Erreichbaren sah.
„Oszillation plusminus Null!" ruft Galaxor Morrik erregt.
„Vorwärts!" befiehlt Quattro. Jetzt haben sich die beiden Raumsektoren, die sonst fast zwei Parsec auseinanderliegen, infolge der vierdimensionalen Schwingungen des Universums berührt und beginnen, einander zu durchdringen. Würden sie den Oszillationspunkt eine Winzigkeit zu früh durchstoßen, geschähe nichts weiter, als daß sie im alten Sektor einfach geradeaus weiterfliegen.

Die Tachyonentriebwerke der Skorpion grollen dumpf.
„Oszillation plus eins! Durchstoßen der Schleusenfront in vier Sekunden!" Als Morriks Stimme sich fast überschlägt und Stellaster Geonyx wohlweislich die Augen schließt, muß Quattro lächeln. Schnell dreht er sich um. Maldens Augen leuchten gespannt wie die eines Kindes, wenn es Achterbahn fährt und der Wagen die erste steile Steigung hinaufgeschleppt wird. Ponape hingegen lehnt sich lässig zurück und pult unter dem Nagel seines rechten Zeigefingers.
„Oszillation drei Strich positiv! Frontdurchgang!"
Die nächsten Augenblicke sind die gefährlichsten, doch Quattro weiß bereits jetzt, daß sie den Oszillationspunkt ohne Zwischenfall passieren werden. Kurz nach der Entdeckung der Raumzeitphänomene in der Tempusregion ereigneten sich einige tragische Unfälle. Wenn der Raumkreuzer zu langsam ist und von der zurückschwingenden Raumfront des Zielsektors wieder überholt wird, geschieht weiter nichts, als daß der Sprung in einen anderen Raumsektor mißlingt und die Besatzung unter Umständen Wochen oder gar Monate Zeitverzug hinnehmen muß. Aber wehe dem Raumschiff, das zwischen die sich wieder voneinander lösenden Raumsektoren gerät! Es wird von der vierten Dimension regelrecht zerrissen ... Aus diesem Grunde auch wagen nur wenige Raumflieger, eine Tempustangente zu schneiden. Dort durchdringen die Raumzeitabschnitte einander nicht, sondern berühren sich nur für Bruchteile einer Sekunde.
Die Skorpion fliegt exakt entlang der Trajektorie, der idealen Kurslinie. Wäre es einmal anders, dann dürfte ihr Kommandant nicht Kosmander Mariel Elldes, genannt Quattro, heißen.
Als sich die Konturen der Kommandozentrale und der anwesenden Besatzungsmitglieder allmählich verdoppeln, huscht ein grimmiges Lächeln über Quattros Gesicht. Jetzt nehme ich dir zwei Parsec ab, Brüderchen, frohlockt er im stillen. Nicht immer ist die Gerade die kürzeste Verbindung zwischen zwei Punkten!
Noch längst nicht sind alle Oszillationspunkte und Tempustangenten kartographisch erfaßt, weil von vielen noch nicht die oft sehr komplizierte Konfiguration ihres Schwingungsbildes bekannt ist. Daher hat Quattro sich sein privates Kursbuch ange-

legt. Mitunter fliegt er genau in die entgegengesetzte Richtung und spart dabei doch Tage oder gar Wochen, weil er über die Fähigkeit verfügt, die komplexen Vorgänge innerhalb der Tempusregion als Einheit zu erfassen, weil er – was viele nur mit einem Kopfschütteln bewundern – die Vierdimensionalität der Tempusregion in vorstellbaren Modellen zu erfassen in der Lage ist und somit Begriffe wie geradeaus, rechts, links, oben und unten für ihn ihre Bedeutung verlieren.
Quinto meidet dem Augenschein nach die Stellartrassen, und auf dem Weg, den er eingeschlagen hat, befinden sich nicht viele Oszillationspunkte. Außerdem kennt Quattro das Ziel, das der Halbbruder in seiner Kopflosigkeit durch die Richtung, die er einschlug, verraten hat. Und so schnell wird Quinto keinen klaren Gedanken fassen können, dazu kennt er ihn zu gut ...
Dir wird es gehen wie dem Hasen, Brüderchen, triumphiert Quattro. Ich werde zuerst da sein und am Pollux auf dich warten und sagen: Ich bin schon da!
Die anfangs unscharfen Umrisse der Doppelbilder gewinnen an Klarheit. Dieses Phänomen ist noch nicht endgültig geklärt. Ein Gegenstand kann nicht an zwei verschiedenen Orten zur selben Zeit existieren, also existiert die Skorpion während der Oszillationspassage zweimal, weil sie sich für Sekunden in zwei weit voneinander entfernten Raumsektoren befindet – diese Erklärung leuchtet Quattro ein, und über die physikalischen Konsequenzen macht er sich keine Gedanken.
Für Neulinge allerdings, oder für übersensible Menschen, ist die Verdopplung ihrer gewohnten Umgebung im höchsten Maße verwirrend – Quattro hat das mehr als einmal erlebt, und so wundert er sich nicht, als hinter ihm jemand aufschreit.
Protektor Martin ist aufgesprungen, allem Anschein nach, um bei Ponape Schutz zu suchen. Mit ausgestreckten Händen steht sie da, und ihr verdutzter Blick wandert zwischen ihrem eigenen, dicht neben ihr stehenden Spiegelbild und den beiden Ponapes hin und her.
Die beiden Ponapes heben lässig grüßend die Hand und sagen: „Guten Tag, Herr Ponape! Lange nicht gesehen, wie geht's denn so?“ Unwillkürlich muß Quattro schmunzeln. Dieser Ponape mit seinem trockenen Humor läßt sich jedesmal etwas Neues einfallen! Das letztemal führte er mit seinem Double den Tanz der kleinen Schwäne vor!

„Schließen Sie die Augen, Protektor, wenn Sie es nicht ertragen", fährt er Miranda Martin rauh an. „Stellaster Geonyx betrachtet das auch nicht als Schande."
Geonyx beantwortet den Seitenhieb mit einem beleidigten Schnaufen, hält die Lider aber fest geschlossen.
Die beiden Mirandas werfen trotzig den Kopf in den Nacken und pressen die Lippen aufeinander.
Gut so, Mädchen, denkt Quattro. Laß dich nicht unterkriegen.
„Oszillation zwei Strich positiv! Rücklaufende Raumfront! Achtung, zweiter Frontdurchgang!" sagt Morrik heiser.
Jetzt durchstoßen sie die Raumfront des Ausgangssektors und verlassen damit den exotischen Doppelraum, alles verlief so normal wie immer.
Wie von Geisterhand weggewischt, verschwinden die Spukbilder. Der Oszillationspunkt ist durchflogen.
„Oszillation eins Strich negativ!" meldet Morrik aufatmend und setzt hinzu: „Maßarbeit ... wie immer!"
Quattro nickt zufrieden. Mit der nächsten Oszillationspassage wird er Quinto gegenüber bereits einen geringfügigen Vorsprung herausholen, wenn dieser wirklich zum Pollux fliegt.
Denkbar wäre es durchaus und gar nicht unlogisch, überlegt Quattro. Das System Pollux ist Verbotene Zone – vielleicht hofft Quinto gerade deshalb, daß ihn dort niemand vermuten wird. Es ist wie damals, als er sich unter der Brücke versteckte ...

Wie ein Klumpen glutflüssigen Metalls leuchtet die Sonne Beta Gemini – genannt Pollux – auf dem großen Bildschirm der Kommandozentrale.
Elmer kneift blinzelnd die Augen zusammen, als eine besonders starke Explosion aus dem Feuerball hervorbricht und den Raum mit Myriaden leuchtender Funken füllt, die brennenden Fackeln gleich die ewige Nacht des Universums erhellen und für Augenblicke die stumpf glänzenden Sterne der Milchstraße verblassen lassen.
Quattro ist ein gerissener, mit allen kosmischen Wassern gewaschener Hund, denkt er anerkennend. In so unmittelbarer Nähe des Pollux ist die Skorpion für die Tachyonenaugen der Achternak nur schwer erkennbar. Ganz ohne Zweifel wird Quinto

blindlings in die gestellte Falle tappen! Was ist nur in Subkosmander Cosma gefahren! Elmer begreift es nicht. In den Augen eines Raumfliegers hat Quinto ehrlos und feige gehandelt, aber Reganta machte der Skorpionbesatzung deutlich, daß man Quintos Verhalten auch anders interpretieren kann. War es tatsächlich so, daß die Situation dem Bruder des Kosmanders eine übermenschliche Entscheidung abverlangte, daß er psychisch zusammenbrach, als er sah, wie die zwölf Menschen, die sich an Bord der Moskito befanden, verbrennen mußten? Oder handelte es sich etwa um einen schweren Defekt im völlig neukonzipierten Cephalomaten der Achternak? Für seinen Vorgesetzten gibt es nur eine Deutung der Ereignisse, daran ist kein Zweifel möglich. Und ebendas beunruhigt Elmer.
Kaum eine Regung oder Veränderung im Verhalten des Kosmanders ließ darauf schließen, was in ihm vorging, als ihn die Nachricht vom Tode seiner Familie erreichte. Als Quattro das erstemal nach dieser schweren Stunde seine Kabine verließ, entdeckte Elmer feine rote Äderchen in dessen Augen. Es gab nur eine Erklärung: Quattro mußte geweint haben!
Als Reganta ihm dann befahl, die Verfolgung der Achternak aufzunehmen, sah Elmer, wie sich sein Gesicht haßerfüllt verzerrte.
Menschenjagd ist nichts für Elmer. Ja, es ist eine Menschenjagd, denn dem Kosmander geht es nicht um die Achternak, das hat Elmer sofort begriffen. Er will Quinto! Eins jedoch bedrückt Elmer noch mehr: Auch Dorean hat sich unheimlich verändert. Gierig fiebert er dem Augenblick entgegen, in dem die schrillen Alarmsirenen die Achternak ankündigen. Doreans Augen hängen an den Lippen des Kosmanders, sein ganzer Körper ist gespannt wie eine Stahlfeder, jeden Augenblick bereit, aufzuspringen und bedingungslos den Befehl zu befolgen. Elmer wendet sich immer mehr vom Freund ab, es ist etwas Fremdes zwischen sie getreten, etwas, das Elmer anwidert und abstößt, Dorean hingegen mit teuflischer Macht anzieht. Doreans rohes Lachen, mit dem er auf die leise Bitte Elmers antwortete, doch endlich zur Vernunft zu kommen – dieses Lachen hat das letzte Band zwischen ihnen zerrissen.
„Ich habe es noch einmal durchgerechnet, Kosmander: Mit der nächsten Oszillation könnte er kommen", meldet Stellaster Geonyx. Dann beißt er sich, als hätte er etwas Dummes gesagt,

auf die Unterlippe, wobei seine langen vorstehenden oberen Schneidezähne sichtbar werden.
„Er wird kommen!“ Quattro ist sich sicher. Seine Hände liegen auf der gläsernen Halbkugel des Astrogonium, als wolle er den dort abgebildeten Kosmos beschwören, ihm seine gigantischen Mächte wenigstens für einen winzigen Augenblick dienstbar zu machen. „Er kommt ganz sicher!“ Die Worte klingen aneinander wie Säbelklingen.
„Oszillation siebenundfünfzig Strich negativ“, Morrik fährt sich mit dem Handrücken über die schweißnasse Stirn. In siebenundfünfzig Sekunden wird also die Achternak wie aus dem Nichts in einigen hunderttausend Kilometern Entfernung vor ihnen auftauchen, denkt Elmer. Was wird Quattro dann tun? Ist sein Haß auf den Bruder so groß, daß er – wohl das erstemal in seinem Leben – die Kontrolle über sich verliert? Wo sind dann die Grenzen des militärischen Gehorsams, den er – Elmer – als Angehöriger der Raumsicherheit seinem Vorgesetzten schuldet? Der Vater war seinerzeit Anführer bei einer Meuterei. Da ging es um die Rettung zweier Menschenleben, erinnert sich Elmer. Nicht zufällig sind Dorean und er so eng befreundet: Die beiden Menschen, die Algert Ponape vor Dutzenden von Jahren aus einer gefährlichen Situation erretteten, um den Preis der Befehlsverweigerung und der Meuterei, diese beiden waren Doreans Eltern. Glücklicherweise war die Lage an Bord so ungewöhnlich, daß es dem Chefnavigator Marius Askart gelang, Elmers Vater, der noch ein junger Kadett war, zu decken. Wäre er, Elmer, auch in der Lage, so besonnen und tapfer zu handeln wie der Vater einst?
„Proximer Malden! In den Kampfstand!“
Elmer zuckt zusammen. Die Osiriswerfer werden immer nur gegen kosmische Materie eingesetzt, mit ihrer Hilfe zerstrahlen die Zerstörer Meteoriten, Kometenkerne und Asteroiden, hin und wieder wohl auch einmal ein durch das All vagabundierendes Raumschiffwrack oder eine längst vergessene Planetensonde, die irgendwo einsam ihre Bahn zieht. Aber noch nie wurden die Antiplasmageschütze eines Schnellen Zerstörers auf ein bemanntes Raumschiff gerichtet.
Doreans Augen leuchten auf, als er antwortet: „Zu Befehl, Kosmander!“ Mit einem Satz ist er am Visierschirm des Kampfstandes.

Elmer sieht, wie Galaxor Morrik mißbilligend den Kopf schüttelt. Da faßt er sich ein Herz und fragt leise: „Kosmander, wollen Sie etwa …“
„Kümmern Sie sich um die Telemetrie, Proximer Ponape, alles andere geht Sie nichts an!“ fällt ihm Quattro ins Wort, daß Elmer keinen Widerspruch wagt.
„Beim großen Sirius!“ flüstert Stellaster Geonyx ängstlich. „Quinto ist ein hervorragender Schütze …“
„Halten Sie die Klappe, Geonyx!“ befiehlt Quattro scharf. „Quinto kann nur das, was er von mir gelernt hat. Aber die letzte Lektion steht noch aus, die werde ich ihm heute erteilen …“ Quattros Gesichtsmuskeln zucken.
Die Achternak, schießt es Elmer durch den Kopf. Der Achternak darf nichts geschehen! Soll er doch mit seinem Bruder anstellen, was er will, aber die Achternak muß er schonen! Verzweifelt versucht er, einen Blick von Dorean zu erhaschen. Der starrt auf das Fadenkreuz des Visierschirms, und seine Finger liegen bereits auf der Eingabetastatur der Zielautomatik.
Nein, auf Dorean darf er nicht hoffen!
„Oszillation acht Strich negativ.“ Morriks Worte versinken im eisigen Schweigen, das die Kommandozentrale füllt.
Elmer beobachtet aus den Augenwinkeln den Kosmander. Quattro steht reglos da, die Arme auf das gläserne Astrogonium gestützt, die Augen starr auf den großen Bildschirm gerichtet. Sein bräunlicher Teint ist einem ungesunden Grau gewichen, das sein Gesicht eigenartig wächsern erscheinen läßt. Im Halbdunkel der Zentrale wirkt seine schmächtige Gestalt noch unscheinbarer.
„Oszillation plusminus Null!“ Jetzt beschleunigt Quinto und geht auf die Trajektorie, überlegt Elmer, denn in diesem Moment schneidet eine Raumfront die andere, und für Sekunden werden sich beide Raumsektoren eine Winzigkeit überlappen. Wenn er doch nur zu früh losgeflogen ist! wünscht sich Elmer.
„Aktivieren Sie die Werfer, Proximer Malden!“ Quattros Worte rasseln wie Panzerketten.
„Zu Befehl, Kosmander!“
Elmer bekommt einen trockenen Mund. Wird er es wirklich tun? Verzweifelt versucht er, Dorean ein Handzeichen zu geben. Doch der hat nur für die beiden Osiriswerfer und die Befehle Quattros Augen und Ohren. Zwei auf und nieder peit-

schende rote Kurven in einem kleinen Sichtfenster zeigen an, daß die Antiplasmageneratoren arbeiten.
„Osiris eins und zwei aktiviert, Kosmander!" Mit aller Gewalt muß Elmer den brennenden Wunsch niederkämpfen, aufzustehen und dem Freund die Faust ins Gesicht zu schlagen.
„Oszillation vier Strich positiv!" meldet Morrik.
„Jetzt muß er kommen!" murmelt der Kosmander und nimmt die Hände vom Astrogonium, um sie auf dem Rücken zu verschränken. Seine Haltung gleicht nun der eines zu allem entschlossenen Feldherrn. Obwohl er sich dagegen zur Wehr setzt, spürt Elmer, wie die Ströme von Energie, die von Quattro ausgehen, auch ihn durchdringen und mit gespannter Erwartung aufladen.
„Da ist er, Kosmander!" schreit Dorean. Sein ausgestreckter Zeigefinger zielt ins Zentrum des auf den Bildschirm projizierten Raumsektors.
Quattro brummt seltsam vor sich hin. Fast klingt es wie das drohende Grollen eines sprungbereiten Wolfes, nur viel tiefer und leiser. Es ist wie ein Beben, das durch den Rumpf der Skorpion läuft.
Elmer hat den Verdacht, daß die kühle Beherrschtheit des Kosmanders nur noch äußere Hülle ist. In Quattro tobt und schreit es, und bald wird diese Hülle unter dem Druck seiner siedenden Leidenschaft zerreißen.
Aber kein anderer außer ihm scheint dies zu bemerken, stellt Elmer mit einem raschen Blick in die Runde fest.
Auf dem Bildschirm leuchtet ein hellweiß strahlender Punkt auf.
„Ziel aufnehmen!" befiehlt Quattro.
Dorean dirigiert den Punkt, der nun auch auf dem Visierschirm erscheint, mit dem kleinen Bügel der Handbedienung in den Mittelkreis des Fadenkreuzes, dann schaltet er die Automatik ein. Jetzt wird er die Achternak nicht mehr aus den Augen verlieren, die Automatik gleicht jedes noch so rasche Manöver der beiden Raumkreuzer aus. Aber innerhalb des von der Automatik erfaßten Bereiches muß Dorean die Antiplasmaströme selbst ins Ziel bringen, es sei denn, er will die Achternak mit einer einzigen Salve vernichten – dann braucht er nur die Taste mit der Aufschrift „Destruction" zu drücken. Aber das wird Quattro doch nicht tun!

„Ziel erfaßt!“ sagt Dorean begeistert. Quattro antwortet nicht, nur das rechte Augenlid zuckt ein wenig. Selbst als er Geonyx einen Befehl erteilt, bleiben seine Gesichtszüge reglos und starr.
„Sie wissen Bescheid, Geonyx! Auf mein Kommando mit voller Kraft auf Kollisionskurs! Damit zwingen wir ihn gleich in die Defensive, weil er ausweichen muß. Ich bestimme, wie es weitergeht, und diesen Vorteil lasse ich mir nicht aus der Hand nehmen.“
Elmer überläuft es siedendheiß. Beim großen Sirius! Wenn Quinto aber nicht ausweicht? Oder wenn er ... Elmer wagt nicht, den Gedanken weiterzudenken. Er faßt einen Entschluß. Unauffällig tastet er nach dem Futteral, in dem sein Handwerfer steckt. Er zieht die Waffe in einem unbeobachteten Augenblick heraus und legt sie sich auf den Schoß. Wenn es unbedingt sein muß, wird er Quattro mit Gewalt daran hindern, die Achternak zu vernichten!
Der gleißende Punkt auf dem Bildschirm wächst und nimmt Formen an. Zuerst zieht er sich in die Länge, dann verwandelt er sich in ein winziges spitzwinkliges Dreieck. So sieht die Achternak harmlos und ungefährlich aus, doch weiß Elmer sehr gut, daß sie mehr als fünfmal so groß ist wie die Skorpion, die sich neben diesem Kosmosriesen als unbedeutender Gnom ausnimmt, und die Antimateriegeschütze der Achternak reichen doppelt so weit ...
„Alpha. Achternak kommen für Skorpion! Subkosmander Cosma bitte für Kosmander Elldes. Omega“, brüllt Quattro und gibt Stellaster Geonyx einen Wink. Die Tachyonengeneratoren der Skorpion heulen ohrenbetäubend auf, und der Schnelle Zerstörer schießt wie von einer Sehne geschnellt aus seinem Versteck.
Er hat gewartet, bis er in bezug auf die Achternak genau den Pollux im Rücken hat, denkt Elmer anerkennend, als die Beschleunigung ihn in den Sessel quetscht. Das elektromagnetische Spektrum der Sonne Beta Gemini blendet die Sensoren des Cephalomaten, so daß die Achternak im Nachteil ist, auch ein Trick aus dem Ritual der Yumajagd! Der Jäger sollte die Sonne immer im Rücken haben, wenn er sich der Echse zum offenen Kampf stellen muß.
Der Andruck zwingt auch Quattro in seinen Kontursessel,

aber mit um die Armlehnen geklammerten Fingern beugt er sich nach vorn, um besser sehen zu können. Welch übermenschliche Kraft steckt in diesem Körper, denkt Elmer. Oder ist es der grimmige Haß auf den Bruder, der die Muskeln zu Stahlfedern werden läßt?

Langsam rutscht der Handwerfer von Elmers Knien. Im letzten Moment bemerkt er es und hält ihn mit dem Ellenbogen auf. Winzige Schweißperlen treten auf seine Stirn, und seine Handflächen werden ekelhaft kalt und feucht wie Krötenhaut.

„Alpha! Skorpion an Achternak! Subkosmander Cosma kommen für Kosmander Elldes. Omega!" Quattros Augen blitzen drohend, als nur das Quaken und Zirpen ferner Sonnen aus den Lautsprechern zu hören ist.

„Fordern Sie die Kennung ab, Ponape!" befiehlt Quattro scharf.

Elmer schaltet den Sender ein, der den Befehlscode ausstrahlt. Jeder Zentralautomat muß daraufhin seine Kennchiffre und die Bahnelemente seines Präsenskurses, also für die nächsten zehn Lichtminuten, angeben. Der Cephalomat der Achternak schweigt.

Ohne den Kosmander erst lange zu fragen, fordert Elmer die Kennung noch einmal im Rhosigmakanal ab. Wieder nichts! Das deutet ganz klar auf einen Defekt hin. Sollte der Admirander recht behalten?

„Keine Kennung, Kosmander!" meldet Elmer mit zitternder Stimme.

„Auf Rhosigma fordern!" befiehlt Quattro kurz. „Schon geschehen, Kosmander!" Ganz leise schwingt Stolz in Elmers Antwort mit. „Gut, Ponape!" sagt Quattro gleichgültig.

„Da stimmt etwas nicht, Kosmander!" wagt Elmer einzuwerfen.

Quattro dreht langsam den Kopf, so daß Elmer seinen haßerfüllten Blick sehen kann. Kalt und scharf wie Eissplitter kommen die Worte aus seinem Mund: „Deshalb sind wir hier, Proximer!"

Die Konturen der Achternak treten immer plastischer aus dem Dunkeln hervor. Der im Gleitflug als Tragfläche wirksame abgeplattete Deltaleib des Raumkreuzers, der einen extrem elliptischen Querschnitt aufweist, die stumpfe Nase und die beiden Stabilisierungsflossen am Heck erinnern an Flugzeuge der Ver-

gangenheit. Aber diese Ähnlichkeit ist nur oberflächlich: Die Achternak ist größer als so manche Raumbasis ...
„Alpha! Skorpion an Achternak! Rhosigmaorder: Stoppen Sie sofort! Wiederholung: Stoppen Sie sofort, das ist eine Rhosigmaorder! Omega!"
Die Sekunden verstreichen. Noch immer jagt die Skorpion im spitzen Winkel direkt auf den Punkt zu, an dem die beiden Raumkreuzer aufeinandertreffen müssen. Als Morrik die Vergrößerung zurückschaltet, schrumpft die Achternak wieder zu einem gleißenden Fleck.
„Irgendwelche Schäden waren nicht zu erkennen, Kosmander!" erklärt der Galaxor. „Also an der Explosion der Moskito kann es nicht liegen, die Richtstrahler sind unbeschädigt ..."
Die Achternak reagiert nicht auf Quattros Befehle. Stumm und drohend setzt sie ihren Weg fort, ohne sich auch nur im geringsten um die heranjagende Skorpion zu kümmern.
„Setzen Sie ihm einen Imperativ vor den Bug, Proximer Malden!" befiehlt der Kosmander schwer atmend.
Dorean ergreift mit der rechten Hand den kleinen Bügel des Multisensors, mit dem er die Zieleingabe vornimmt. Eine leichte Linksdrehung läßt die Markierung, die die Position der Achternak angibt, aus dem Zentralkreis des Fadenkreuzes wandern.
Bei den unterschiedlichen Kursen und Geschwindigkeiten würde die Antiplasmasalve weit hinter dem Heck der Achternak die Dunkelheit des Alls zersäbeln, wenn nicht die Visierautomatik wäre. Dorean richtet nicht die Geschütze, das geschieht durch die Elektronik, er legt nur den Zielpunkt fest.
Die Situation spitzt sich zu. Nervös tastet Elmer nach seinem Handwerfer. Wie hypnotisiert starrt er auf Doreans Finger. Was ist schon eine Salve vor den Bug? versucht er sich zu beruhigen. Ein deutliches Stoppsignal, weiter nichts. Aber wird Quattro weitergehen? Wenn die Osiriswerfer erst einmal heiß sind, dann soll man sie auch benutzen, sagt eine alte Raumfahrerweisheit. Das wird er nicht zulassen! Dieses wunderbare Raumschiff darf der Menschheit nicht verlorengehen, weil ein einzelner den Mörder seiner Frau und seines Töchterchens bestrafen will!
Da legen sich der Zeigefinger und der Daumen von Doreans linker Hand auf die beiden Auslöser. Ein langer und ein kurzer Feuerstoß jagen aus den Werfern der Skorpion, fauchen am Bug

der Achternak vorbei. Die Antimateriesalve ist bis in die Kommandozentrale zu hören.
„Na, wenn er das nicht begreift ...“, brummt Stellaster Geonyx. Aber da geschieht etwas! Ruhig dreht die Achternak ihre Nase aus der Flugrichtung und – steuert direkt auf die Skorpion zu.
„Das wagt er nicht!“ flüstert Quattro überrascht, und doch schwingt eine wilde, teuflische Hoffnung mit.
„Aufgepaßt, Geonyx!“ befiehlt er plötzlich schneidend.
Aus dem Bug der Achternak lösen sich zwei weiße Pünktchen, blähen sich blitzschnell auf und werden zu gleißenden Feuerkugeln. Erst jetzt begreift Elmer, daß es zwei auf sie zuschießende Antiplasmaladungen sind. Ein jäher Ruck geht durch den Rumpf der Skorpion – und die Salve zischt vorbei.
„Gut gemacht, Geonyx! Obacht, er greift frontal an, weil er nicht so wendig ist wie wir!“ ruft Quattro heiser.
Elmer erschrickt. Mehr als der unverhoffte Angriff entsetzt ihn der unüberhörbare Triumph in Quattros Stimme. Darauf also hat er gehofft! Er hätte nie als erster geschossen!
„Das war ein scharfer Schuß! Soll ich antworten, Kosmander?“ ruft Dorean erregt.
„Warten Sie noch, Proximer!“ befiehlt Quattro, auf einmal ganz gelassen, aber sein Gesicht ist krankhaft verzerrt. „Das hättest du nicht tun dürfen, Brüderchen ...“, murmelt er kaum hörbar und zieht den gegabelten Bügel der halbautomatischen Steuerung zu sich heran, um die Sicherung zu entfernen. „Ich übernehme, Stellaster Geonyx!“ verkündet er dann gebieterisch. Mit einem leisen Klicken rastet der Bügel ein, als er ihn wieder zurückschiebt. Eine winzige Erschütterung geht durch den Rumpf des Schnellen Zerstörers Skorpion, der nun Quattros Händen gehorcht.
Elmer kann sehen, wie Stellaster Geonyx sich aufatmend zurücklehnt, die Augen schließt und sich mit den Fingerspitzen die Schläfen reibt. Im selben Augenblick bemerkt er eine Veränderung auf den Anzeigefeldern vor seinem Platz. Die Achternak wird langsamer.
„Achtung, Telemetrie“, meldet er. „Die Achternak vermindert die Geschwindigkeit, Kosmander!“
Quattro knurrt: „Na bitte!“ Die Distanz der beiden aufeinander zujagenden Raumkreuzer ist sichtlich zusammengeschrumpft.

Da zischen erneut zwei blauweiß gleißende Strahlen aus dem Bug der Achternak. In derselben Zehntelsekunde drückt Quattro die Skorpion weich aus der Kurslinie. Wieder verfehlen die tödlichen Ladungen ihr Ziel. Der Kosmander lacht grimmig.
„Wie hoch ist die Detailauflösung, Malden? Können Sie bereits die Tachyonenreflektoren lokalisieren?" fragt er Dorean, der zusammengekrümmt wie eine Sprungfeder im Kampfstand sitzt und auf den erlösenden Befehl wartet. Die Gier in seinem Gesicht bleibt Elmer nicht verborgen.
„Noch nicht, Kosmander. Die Distanz ist noch zu groß!" antwortet Dorean schnell und sieht Quattro erstaunt und, wie es Elmer scheinen will, ein wenig befremdet an.
„Aber ich kann einen ‚Stern' schießen", setzt er eifrig hinzu.
Fünf lange Feuerstöße, ganz schnell hintereinander um das Ziel gesetzt, derart, daß ein Ausweichen die Gefahr in sich birgt, in eine der Salven hineinzufliegen, überlegt Elmer, das ist gefährlich. Aber warum fragte Quattro nach den Tachyonenreflektoren?
„Sie schießen nur auf mein Kommando, Proximer!" erwidert Quattro.
Elmer nimmt die Hand vom kühlen Griff der Waffe, die immer noch auf seinen Knien liegt. Noch ist es nicht soweit.
Die Entfernung wird immer geringer, und damit wächst die Gefahr, der nächsten Salve nicht mehr ausweichen zu können, geht es Elmer durch den Kopf.
„Was beabsichtigt der Kosmander, Elmer?" flüstert Miranda.
Er zuckt mit den Schultern. Wenn Quattro die Vernichtung der Achternak im Auge hätte, wäre er sofort auf Doreans Angebot eingegangen. Will er etwa beide Raumkreuzer ...? Der Gedanke lähmt Elmer sekundenlang. Unaufhörlich wachsen die beiden Kurslinien einander entgegen, wie zwei gepanzerte Ritter brausen die Raumschiffe aufeinander zu. Das fanatische Leuchten in Quattros Augen gefällt Elmer nicht. Er kann einen Gedanken nicht mehr loswerden. Wenn Quattro nun plant, sich wie ein Kamikazeflieger auf die Achternak zu stürzen? Aber warum schießt Quinto nicht mehr?
„Kosmander, das ist Wahnsinn!" schreit Elmer, und verzweifelt umklammert er den Griff seiner Waffe, bereit, sie jederzeit hochzureißen und auf Quattro zu richten. Der jedoch gönnt ihm

nicht einen Blick und erwidert nur herrisch: „Reißen Sie sich zusammen, Proximer Ponape!“
Elmer zaudert unentschlossen.
„Malden! Schießen Sie ihn blind, wenn wir ihn passieren! Erst die Tachyonenreflektoren, dann die optischen Systeme!“ befiehlt Quattro knapp.
„Verzeihen Sie, Kosmander, das ist aus dieser Position kaum zu schaffen“, antwortet Dorean mit sichtlichem Unbehagen. Quattros Hand fährt durch die Luft wie ein Schwert und gebietet Schweigen. „Wenn ich an Ihren Fähigkeiten zweifelte, wären Sie nicht in meiner Mannschaft, Malden! Schießen Sie ihn blind!“
„Zu Befehl, Kosmander!“
Elmer sieht, wie Dorean hastig die Visierautomatik justiert und das Salvenprogramm eingibt. Das schafft er wirklich nicht, geht es ihm durch den Kopf. Acht Tachyonenreflektoren und dann noch die optischen Systeme mit Punktladungen geringster Intensität vernichten, und das alles in wenigen Zehntelsekunden, unmöglich.
„Achtung, Malden!“ Quattro reißt die Skorpion in einer engen Kurve herum, und der Raumkreuzer schert nach Backbord aus. Elmer schließt entsetzt die Augen, es sind nur noch Sekunden bis zur Kollision!
Auf dem Visierschirm des Kampfstandes zeichnet sich verschwommen ein Reflektorpaar der Achternak ab, es taumelt im Fadenkreuz, verläßt den Zentralkreis wieder. Dorean flucht leise. Da! Für Sekundenbruchteile gelingt es ihm, das Zentrum des Fadenkreuzes über die beiden Tachyonenreflektoren zu legen, und sofort drücken Daumen und Zeigefinger die beiden Auslöser!
Auf dem großen Bildschirm sind die kleinen Punktladungen nur als unscheinbare Fünkchen zu erkennen, die mit rasender Geschwindigkeit auf die Achternak zueilen. Ihre Bahn ist keine Gerade, sondern stark gekrümmt, dadurch hervorgerufen, daß Dorean mitten aus der Bewegung heraus feuerte.
Zwei kleine Blitze huschen über den Riesenleib der Achternak. Der Zentralkreis des Fadenkreuzes blinkt einmal grün auf. Treffer! „Weiter so, Malden!“ brummt Quattro. Er zieht die Skorpion in eine steile Kehre, da jagt die Achternak in optischer Sichtweite vorbei und taucht sogleich wieder in das undurch-

dringbare Schwarz des Alls. Undurchdringbar aber nur für menschliche Augen, die Tachyonenstrahler der Skorpion folgen dem Automatenkreuzer. Als sie vorbeifliegen, feuert die Achternak die dritte Salve ab. Zwei Finger bohren sich durch das Schwarz des Universums und suchen die Skorpion.

Im selben Augenblick spürt Elmer, wie eine unsichtbare Kraft den Boden unter seinen Füßen wegreißt. Eine Weile hängt er schwerelos in der Luft, nur von den Sesselgurten gehalten.

Quattro hat blitzschnell reagiert.

„Schießen Sie weiter, Proximer Malden!" brüllt er mit überschnappender Stimme. „Immer auf die Reflektoren halten!"

Noch bevor Dorean antworten kann, schreit Stellaster Geonyx entsetzt auf.

„Er hat uns erwischt, Kosmander! Deck achtzehn meldet Brand eines Hydrogeniumtanks!"

Elmer spürt, wie sich jemand an seinen Oberarm krallt. Ganz dicht an seinem Ohr flüstert Miranda: „Er wird uns alle töten, Elmer! Du mußt ihn daran hindern, Quinto hat das bessere Schiff..."

Das Griffstück des Handwerfers ist feucht vom Schweiß. Elmer zaudert. Es hat nicht den Anschein, als wolle Quattro die Achternak vernichten. Nur das dürfte er verhindern, nur dann wäre er im Recht. Aber davon abgesehen, er hat noch nie in seinem Leben die Waffe auf einen Menschen gerichtet, nicht einmal im Scherz.

„Morrik! Nehmen Sie sich zwei Mann und sorgen Sie auf Deck achtzehn für Ordnung! Ab!" befiehlt Quattro, während er Dorean mit einer ungeduldigen Handbewegung auffordert, endlich zu schießen.

Auf dem Schirm zeichnet sich deutlich sichtbar das Heck der Achternak ab. Quinto hat das Feuer eingestellt, dafür jagt Dorean jetzt dem sich entfernenden Kosmosriesen eine Salve von Punktladungen hinterher.

Auf einmal wird es Elmer auch bewußt, warum die Werfer der Achternak schweigen: Quattro hat die Skorpion durch ein riskantes Manöver exakt in den toten Winkel der Achternakgeschütze gesteuert.

Zwar ist die Achternak schneller, aber nun muß sie den ununterbrochen aus den Werfern der Skorpion peitschenden Salven ausweichen und verliert dadurch an Geschwindigkeit.

„Es stimmt, Miranda“, antwortet Elmer leise. „Quinto hat das bessere Schiff! Aber wir – wir haben den besseren Kommandanten!“ Entschlossen läßt er den Handwerfer in das Futteral zurückgleiten.
Auch Quattros kaltes Lächeln kann ihn nicht mehr schrecken. Ganz gleich, was im Kopf dieses Mannes vorgeht, denkt Elmer, er hat sich in der Gewalt. Sein Gehirn arbeitet so zuverlässig wie eine Maschine. Er wird die Achternak nicht opfern. Elmer atmet befreit auf, als er das erkennt.
Auf einmal wird ihm bewußt, daß sie alle schon längst tot sein könnten! Brand auf Deck achtzehn! Das kann nur bedeuten, daß einer der beiden Feuerstrahlen aus dem Bug der Achternak die Skorpion haarfein gestreift hat.
Quinto schießt scharf. Ein Volltreffer hätte die Skorpion zerfetzt wie einen Luftballon ...
Der Zentralschirm des Fadenkreuzes auf dem Visierschirm blinkt ein weiteres Mal grün auf.
Dorean wirft dem Kosmander einen triumphierenden Blick zu. Treffer.
„Beim großen Sirius! Was macht er denn da!“ Stellaster Geonyx schüttelt fassungslos den Kopf. Elmer blickt von den Telemetrieanzeigen auf und folgt mit den Augen dem ausgestreckten Zeigefinger des Stellasters. Der Bildschirm zeigt es nicht so anschaulich wie die plötzlich wechselnden Kursdaten und die Linie der Achternak auf dem Astrogonium. Geonyx zeigt auf diese Bahnkurve und sagt: „Der bricht sich doch glatt das Genick ...“
Die Achternak schert in einer scharfen Kurve aus, um dem auf sie niederprasselnden Hagel von Antiplasmaladungen zu entgehen. Der Kurvenradius ist so eng, daß Quinto eine Schwerebelastung von weit mehr als der zehnfachen Erdbeschleunigung aushalten muß, überlegt Elmer sofort, und unwillkürlich empfindet er so etwas wie Bewunderung für den tollkühnen Bruder des Kosmanders.
Quattro zieht unmerklich die Augenbrauen zusammen und zischt leise: „So entkommst du mir nicht, Brüderchen ... Darauf falle ich nicht herein ..., mir die Breitseite anbieten ..., mich ködern wollen ..., lächerlich ...“
Elmer hatte erwartet, daß Quattro der Kursänderung folgt. Statt dessen weicht der Kosmander in einem weiten Bogen in die ent-

gegengesetzte Richtung aus und folgt erst dann der Achternak. Als die beiden Antiplasmaladungen der Achternak weit hinter ihnen die Dunkelheit zerfetzen, weiß Elmer, was dieses Manöver zu bedeuten hat: Quattro will unbedingt im toten Winkel der gegnerischen Werfer bleiben!

Dorean hockt im Kampfstand, als wolle er die Finger nie wieder vom Bügel der Visiereinrichtung nehmen, als wolle er sein ganzes Leben lang nur noch schießen. Er wendet ganz flüchtig den Kopf und winkt dem Freund zu. Elmer kann die Geste nicht erwidern, etwas Fremdes ist zwischen ihn und Dorean getreten.

Einmal mußte es geschehen. Lange schon hat Elmer es befürchtet.

Nicht der Umstand, daß Dorean schießt, stößt Elmer ab, erfüllt ihn mit Widerwillen. Die Freude, die Begeisterung, mit der er es tut, schmerzen ihn.

Dorean feuert hinter der ausscherenden Achternak her. Deutlich ist ihm die Unzufriedenheit anzusehen. Mit Punktladungen geringster Intensität die Tachyonenreflektoren und optischen Systeme zu verdampfen – das muß für ihn so sein, als dürfe er auf ein Monoceros nur mit der Steinschleuder schießen.

Da! Zwei der leuchtenden Perlen durchschlagen die rechte Heckflosse der Achternak.

„Passen Sie gefälligst auf, wohin Sie zielen, Malden!“ schreit der Kosmander. „Sie sollen ihn blindschießen, mehr nicht!“ Dorean duckt sich unter der Zurechtweisung, er kriecht in sich zusammen und verzieht trotzig den Mund.

Wieder weicht Quinto in einem halsbrecherischen Manöver den Antiplasmaschlägen der Skorpion aus.

„Nicht übel, Brüderchen, du hast dazugelernt“, knurrt Quattro.

Als Morrik in die Zentrale zurückkehrt, schleppen er und seine beiden Gehilfen eine brandig riechende Wolke hinter sich her. Ihre Gesichter und Hände sind rußgeschwärzt.

„Alles in Ordnung, Kosmander!“ meldet er abgekämpft. „Allerdings haben wir mehr als die Hälfte unseres Wasserstoffvorrates verloren.“

Obwohl die unmittelbare Gefahr beseitigt ist – mit dem Geruch nach schmorendem Plast und glühendem Metall, mit den schwarzen, schweißbedeckten Gesichtern der drei ist etwas in die Zentrale eingedrungen, das Angst hervorruft. Die drei dreckverschmierten Gestalten haben plötzlich die Gefahr klargemacht. Bisher war es ein unwirklicher Traum, ein Spiel, das sie aus der scheinbaren Geborgenheit der Skorpion verfolgten.

„Was bedeutet das: Wir haben die Hälfte des Wasserstoffvorrates verloren?“ fragt Miranda. Ehe Elmer antworten kann, preßt eine weitere Kursänderung ihn in die Polster.

Quinto hat die Achternak mitten im Flug um hundertachtzig Grad gedreht und – nun mit dem Heck voranfliegend – sofort eine lange Salve abgefeuert.

„Achtung, Kosmander! Er zieht nach!“ ruft Stellaster Geonyx warnend. Quinto nimmt den Finger anscheinend nicht vom Auslöser. Eine weißglühende Spur in das tiefe Schwarz des Alls zeichnend, folgen die Werferstrahlen der Achternak ihrem Ziel.

Quattro winkt nur ab. Sein Gesicht ist wie zu Stein erstarrt. Die Distanz ist groß genug, um noch rechtzeitig ausweichen zu können.

Da schießt die Achternak blitzschnell aus der Kurslinie. Quattro registriert es mit einem kaum wahrnehmbaren erstaunten Kopfschütteln.

„Wie hält er das nur aus!“ sagt Geonyx verblüfft. „Der Andruck muß ihm doch alle Knochen im Leib brechen!“

Elmer wird das Ganze langsam unheimlich: Quinto fliegt wie der Leibhaftige persönlich, als besäße er Muskeln aus Kautschuk und Knochen aus Stahl.

Dorean schreit freudig auf. Wieder ein Treffer!

„Jetzt hat er nur noch die beiden Backbordreflektoren, Kosmander!“ meldet Dorean stolz. Seine Stirn glüht wie im Fieber.

„Eliminieren! Und dann die Optik!“ befiehlt Quattro kalt.

„Zu Befehl, Kosmander, eliminieren!“ brüllt Dorean.

Wie ein Phantom huscht die Achternak vor der stumpfen Nase der Skorpion hin und her. Es ist schon erstaunlich, mit welcher Wendigkeit der Koloß manövriert, doch geradezu unfaßbar, welche körperlichen Qualen sein Kommandant sich zumutet. Wie groß muß Quintos Angst sein, denkt Elmer, dem es frostig den Rücken hinabrinnt, als er sich vorstellt, wie der Bruder des Kosmanders mit schmerzverzerrtem Gesicht im Konturensessel liegt und seine Befehle röchelt ...

Und wie muß Quattro diesen Mann hassen, den eigenen Bruder,

den er zu Tode hetzt, weil der vielleicht schuld am Tod seiner Frau und der kleinen Tochter hat.
Beim großen Sirius! Was reime ich mir da für einen Unsinn zusammen! weist Elmer sich zurecht, als er den heftigen Druck von Mirandas Fingern spürt. Quinto schießt auf uns mit dem festen Willen, uns zu vernichten! Quattro hingegen hat nichts anderes im Sinn, als ihn zur Aufgabe zu zwingen. Wirklich nichts anderes?
Quattros versteinertem Gesicht ist nicht anzusehen, was in ihm vorgeht.
Plötzlich erlischt die Anzeige des Telemetrischen Systems, nur ein körniges Grau wabert über den Bildschirm. Elmer erschrickt.
„Er hat uns mit der Strahlkorona erwischt, Kosmander!" ruft Geonyx mit zitternder Stimme. „Die Telemetriespiegel sind hin!"
In Quattros Gesicht regt sich nichts.
„Schicken Sie die Heinzelmännchen raus, Morrik!" Quattros Worte verhallen in der Stille. Seine Hände streichen beschwörend über die Wölbung des Astrogoniums, als könne er mit den Fingerspitzen die Raumkoordinaten ertasten.
„Beide?" fragt der Galaxor nach einiger Zeit.
„Trödeln Sie nicht so lange!" sagt Quattro ungeduldig. Morriks Kopf verschwindet zwischen den Schultern. Elmer hört ihn beleidigt murmeln und spürt Mitleid mit dem Galaxor, der ständige Angst hat, es jemandem nicht recht zu tun.
Mirandas Finger krallen sich in Elmers Oberarm, und er flüstert beruhigend: „Der Schaden wird gleich behoben sein, Morrik ist ein Meister an den Manipulatoren." Die letzten Worte sagt er bewußt etwas lauter, damit Morrik sie hören kann.
Ein spürbarer Ruck läuft durch den Körper der Skorpion. Der Kosmander mußte ein weiteres Mal den Antiplasmaladungen der Achternakgeschütze ausweichen.
„Kosmander, das war zu stark ...", ruft Morrik und starrt Quattro hilflos an, „es hat die Roboter in den Raum geschleudert ..."
Elmer fühlt, wie sich etwas in seinem Magen aufbläht und steinhart wird. Aber Quattro ist durch nichts zu erschüttern.
„Es war gerade so stark, um uns das Leben zu retten", antwortet er eisig. Dann fällt sein Blick auf Elmer. Eine Winzigkeit lang

glaubt Elmer, in den beiden verschiedenfarbigen Augen Unsicherheit zu erkennen.
„Gehen Sie raus. Sie werden es schaffen, Proximer Ponape."
Das kann er nicht ernst meinen! denkt Elmer. Noch so ein Ausweichmanöver, und wir treiben genauso verloren durchs All wie die beiden Roboter! Solch einen Ruck fängt auch die Sicherheitsleine nicht ab! Er sieht, wie Dorean verblüfft auf Quattro starrt.
„Das können Sie nicht verlangen, Kosmander! Das ist Mord!" sagt Miranda fassungslos.
„Unsinn, wofür halten Sie mich, Protektor Martin", Quattro runzelt die Stirn, „wir lassen uns natürlich zurückfallen, bis wir aus dem Feuerbereich der Achternak sind." Dann überlegt er einige Sekunden.
„Außerdem weiß ich, daß Proximer Ponape kein Feigling ist." Er lächelt verkrampft. „Aber Sie haben recht, Protektor – man sollte so vorsichtig wie nur möglich sein. Deshalb werden Sie mitgehen und sichern. Ab!"
Ein Ruck geht durch Elmers Körper. Er steht stramm. „Zu Befehl, Kosmander!" Natürlich wird er es schaffen, vor allem, wenn Miranda dabei ist.

Als sie zur Luftschleuse gehen, jeder einen Parabolspiegel auf den Schultern, fragt Miranda wie nebenbei: „Hätten Sie auf den Kosmander geschossen, Elmer, wenn er befohlen hätte, die Achternak zu vernichten?"
Sie hat es also gemerkt, denkt Elmer erleichtert. Sie hat es gemerkt und nichts gesagt. Er will antworten, doch plötzlich zögert er.
Ja, verdammt noch mal, hätte er es wirklich fertiggebracht, auf diesen Mann zu schießen, ihn womöglich zu töten?
Jetzt, als er Zeit zum Überlegen hat, wagt er das nicht zu entscheiden.
„Sehen Sie, das gefällt mir so an Ihnen, Elmer", sagt sie nachdenklich. Elmer spürt ärgerlich, wie seine Kniegelenke steif werden, und versucht angestrengt, sich nichts anmerken zu lassen. Sie will also doch den tollkühnen Draufgänger, den kaltblütigen, alle Gefahr verachtenden Mordskerl. Nun gut. Den soll sie haben. Vielleicht hätte er den Kosmander tatsächlich mit der Waffe daran gehindert, Schaden anzurichten ...

„Das gefällt mir so, daß Sie jetzt selbst überlegen müssen, ob Sie fähig wären, einen Menschen zu töten. Sie machen sich viele Gedanken über andere, nicht wahr, Elmer?“
Am liebsten würde er sie jetzt an sich drücken, aber irgendwie schämt er sich. „Na ja, soviel nun auch nicht ...“
„Doch, doch. Die Geschichte mit dem kleinen Mädchen – das habe ich nicht vergessen.“
Steifbeinig läuft er neben Miranda her und schielt aus den Augenwinkeln zu ihr hinüber.
Dann gibt er sich einen Ruck. Doch statt der geplanten Erklärung rutscht ihm etwas anderes über die Lippen.
„Und wie war das mit dem Don Quichote?“ fragt er.
Miranda schnauft verdrießlich.
„Ach Elmer, Sie halten wohl nicht viel von Literatur, schade. Mir ist dieser Ritter nicht unsympathisch. Und wenn Sie Cervantes richtig gelesen hätten, dann würden Sie den Vergleich nicht als Beleidigung verstehen. Zur lächerlichen Figur haben ihn nur all die abgestempelt, die Angst vor solchen Idealen und Tugenden hatten, weil sie ihr kleinkariertes Weltbild ankratzten ... So ein Blödsinn, ich rede über Literatur und kann es Ihnen doch viel einfacher klarmachen. Halten Sie mal!“
Sie setzt den Reflektor ab und lehnt ihn gegen Elmers Hüfte. Dann packt sie seinen Kopf mit beiden Händen und preßt ihren Mund auf seine Lippen. Es ist ihm, als sauge sie alle seine Zweifel und Selbstquälereien aus ihm heraus.
Er steht da, seltsam verrenkt – einen Reflektor auf der Schulter, den anderen mit der linken Hand festhaltend –, und spürt das befreiende Gefühl, für Augenblicke an gar nichts denken zu können.
Das Poltern der beiden Spiegel hört er nicht mehr, als seine Finger zart über Mirandas Gesicht streichen ...

„Quinto nimmt Kurs auf den Vierten des Systems“, meldet Elmer, nachdem er die Daten der Telemetrie noch einmal überprüft hat. Er hätte nie gedacht, welch eine Wirkung diese Mitteilung auf den Kosmander haben würde.
Quattros Gesicht gerät in Bewegung. Seine Augen verengen sich eine Winzigkeit, aber aus diesem Spalt lodert ein vernichtendes Feuer. Die Mundwinkel sind spöttisch herabgezogen. So unscheinbar die Anzeichen auch sind, Elmer kennt den Kosman-

der gut genug, um diese Mimik deuten zu können. Es ist für Elmer unfaßbar und unheimlich: Quattros Gesicht spiegelt Freude und Zufriedenheit wider, tiefste Genugtuung.
Noch befremdlicher erscheint es Elmer aber, daß der Kosmander augenblicklich die Geschwindigkeit drosselt.
„Feuer einstellen, Malden!“ befiehlt er scharf. Und ganz leise fügt er hinzu: „Wenn der Fuchs von allein in die Falle läuft, muß der Jäger ihn in Sicherheit wiegen ...“
„Was meint er damit, Elmer?“ flüstert Miranda erregt. Elmer zuckt ratlos die Schultern. „Keine Ahnung!“
Ihm wird immer klarer, daß es Quattro gar nicht so sehr um Rache für seine Familienangehörigen geht und auch nicht darum, die Achternak zu retten. Daß die Halbbrüder Mariel Elldes und Adriel Cosma kein ausgesprochen brüderliches Verhältnis zueinander haben, ist allgemein bekannt. Aber kann es denn sein, daß sie nicht nur schlecht miteinander auskommen, sondern sogar tödlich miteinander verfeindet sind? Dann wäre die schreckliche Katastrophe lediglich der Anlaß, nicht aber die Ursache für Quattros Besessenheit, überlegt Elmer.
Noch nie hat er irgendwelche Vorurteile gegen die Korenther gehabt. Jetzt plötzlich fühlt er, daß etwas Fremdes den Kosmander umgibt. Wie oft hat er Dorean erwidert, die Korenther seien ganz gewöhnliche Menschen, ihre Schwächen und Fehler nichts Absonderliches und Widernatürliches, es sei im Gegenteil so, daß die Deformation des gesellschaftlichen Bewußtseins durch die korenthische Lebensweise nur als Ausrede gebraucht würde, um Unfertigkeiten und Unvollkommenheiten in der eigenen Entwicklung zu verbrämen.
„Wenn er den Kurs beibehält, rast er genau in das Ringsystem des Vierten hinein, Kosmander!“ meldet Stellaster Geonyx besorgt.
Das erstemal wendet Quattro den Kopf. Langsam und schleppend erklärt er: „Deshalb gönnen wir ihm ein wenig Ruhe, Geonyx. Damit er nicht blindlings in die Materieringe hineinjagt und die Achternak zu Schrott verarbeitet. Ich kenne Quinto ... Er wird sich dort verstecken wollen ...“
Mit einem Schlag begreift Elmer und erklärt es flüsternd Miranda. „Der Vierte ist ein Riesenplanet vom Jupitertyp, umgeben von einem Ringsystem ähnlich dem des Saturns, nur viel komplizierter. Die Materieströme umkreisen den Planeten auf

Tausenden von unterschiedlichen Bahnen. Viele sind nicht stabil, da es ununterbrochen zu Kollisionen zwischen einzelnen Fels- und Eistrümmern kommt. Trotzdem wachsen sie unaufhörlich, weil der Planet auf seinem Weg um die Sonne Pollux zweimal gigantische Meteoritenströme passiert und aufgrund seiner starken Gravitation Hunderttausende Brocken während jedes Durchgangs einfängt. Wenn Quinto sich dort hineinwagt ...“

Was Elmer aber nicht weiß, ist: Vor Jahren haben Quattro und der Bruder gemeinsam das Ringsystem des Vierten erkundet. Beide kennen sie die Stellen, wo sich die Einzelringe nicht schneiden, wo ihre Bahnen stabil sind und nicht in Wellenlinien auf und nieder schwingen, gestört durch die Schwerekräft der anderen Materiekonzentrationen, beide wissen um die vielen Orte, die einen Durchschlupf ermöglichen, die es einem unerschrockenen Raumflieger gestatten, mitten hineinzutauchen in dieses Inferno aus umherwirbelnden, aneinanderschmetternden Felstrümmern.

„Halten Sie unbedingt telemetrischen Kontakt, Ponape!“ befiehlt Quattro. „Wir dürfen ihn keine Sekunde aus den Augen verlieren!“

Elmer bestätigt den Befehl.

Auf dem Bildschirm wächst die in eine diffuse Wolke gehüllte Kugel des Vierten. Allmählich löst diese flimmernde Wolke sich in unregelmäßige Streifen auf, die sich zu dünnen Ringen schließen. Wie ein Kokon umgibt diese gefährliche Hülle aus Stein und Eisbrocken den Planeten, ein tödliches Chaos, regellos und gewaltig. Elmer erkennt die Stellen, wo die Materieströme aufeinanderprallen, sich gegenseitig durchdringen. Scheinbar unbeirrt setzen die Trümmer ihren ewig währenden Flug fort, doch die feinen Nebel und die aufblitzenden Funken kennzeichnen diese Knotenpunkte als Schauplätze gigantischer Zusammenstöße. Wie ein Perpetuum mobile der Vernichtung erscheint ihm diese Laune der Natur, ein sinnloser, nie stockender Fluß toter Gewalten. Und da geschieht es tatsächlich, die Achternak taucht hinein in dieses alles zermalmende Räderwerk der kosmischen Mechanik!

„Kosmander! Der telemetrische Kontakt ist abgerissen! Die Achternak ...“, stößt Elmer heiser hervor.

Quattro winkt kühl ab und weist an: „Fixieren Sie die Omega-

koordinaten und geben Sie die Werte auf das Astrogonium!"
Elmer reagiert sofort, und auf der Halbkugel des Astrogoniums leuchtet ein rotes Pünktchen auf, das die Stelle markiert, wo die Tachyonenaugen der Skorpion die Achternak das letztemal sahen. Dann beschleunigt Quattro die Skorpion auf Höchstgeschwindigkeit. Sein Gesicht zuckt vor Erregung, und er flüstert: „Schlecht, Brüderchen, sehr schlecht ..., die Markuspassage liegt weiter südlich, du bist in eine Sackgasse hineingeflogen!"
Elmer erschrickt. Gerade hat er noch fest an die Selbstbeherrschung und den kühlen Kopf des Kosmanders geglaubt, aber nun geht eine Veränderung in Quattro vor sich. Er hat den Kopf zwischen die Schultern gezogen, und sein Atem ist schneller geworden. Die scharf konturierten Lippen zucken wie unter Stromstößen, sein Blick huscht unstet vom Bildschirm zum Astrogonium, immer wieder.
Zwischen den Materieringen wird ein dunkler Fleck sichtbar. Quattro steuert genau darauf zu. Entsetzt erkennt Elmer, daß es sich um einen gigantischen Strudel handelt.
„Kosmander, wollen Sie wirklich dort hinein?" fragt Geonyx fassungslos. Quattro lacht verächtlich.
„Dort ist die Achternak."
Mehr antwortet er nicht. Aber das genügt auch. Sie haben Befehl – koste es, was es wolle –, den modernsten Raumkreuzer der Menschheit zurückzuerobern.
Dorean nickt zustimmend und umklammert den Bügel der Visiereinrichtung noch fester.
Wie ein Schneesturm tobt es über den großen Bildschirm. Aber das sind keine harmlosen Eiskristalle, was dort in dichten Wolken vorüberjagt. Jedes dieser glitzernden Pünktchen besitzt eine Masse von mehreren Tonnen. Elmer beißt die Zähne zusammen und unterdrückt seine Angst.
Mitten hinein in diesen gigantischen Strudel taucht die Skorpion. Wie der Schlauch eines Wirbelsturmes führt die sich verengende, von wild rotierenden Materiewänden umtoste Röhre in die Tiefe. Vielleicht is. es sogar so etwas Ähnliches wie ein Tornado? denkt Elmer flüchtig. Mit höchstem Unbehagen stellt er fest, daß die Wandung dieses Strudels keineswegs ein starres Gebilde ist. Sie beult sich aus, schwingt plötzlich vor, reißt auseinander – unberechenbar, ohne erkennbare Regelmäßigkeit.

Immer tiefer taucht die Skorpion hinab in diesen mahlenden, saugenden Trichter.
Elmer zwingt sich zur Ruhe. Dieser Strudel existiert schon Millionen von Jahren, sagt er sich, und noch nie ist seine Wand instabil geworden. Die Strömungsverhältnisse können sich nicht schlagartig ändern, und wenn doch – warum gerade jetzt?
„Der Strudel verengt sich, Kosmander! Durchmesser jetzt vierhundertzweiundachtzig", meldet er mit vibrierender Stimme. Beim großen Sirius! Was sind knapp fünfhundert Kilometer! denkt er. Ein geringfügiger Fehler Quattros, eine winzige Bewegung des Steuerbügels – und die Skorpion rast in diesen grauenvollen Malstrom! Warum geht er nicht auf Automatik, das wäre in dieser Situation bedeutend sicherer! Das helle Glitzern der Eisbrocken zwischen den durcheinanderbrodelnden Felstrümmern verblaßt zusehends und weicht einem tiefen Blau. Helle Blitze, die vorher im Gleißen der Strudelwände nicht zu sehen waren, zerfetzen die Dunkelheit. Allmählich begreift Elmer, daß das nicht Explosionen aufeinanderprallender Gesteinsbrocken sind, sondern tatsächlich elektrische Entladungen. Deshalb hält er das grellweiße Aufleuchten unten in der Tiefe des Strudels anfangs auch für Entladungen in den Gaswolken, die von den Materieströmen mitgerissen wurden.
Erst als Quattro triumphierend aufschreit, begreift er: Das sind keine normalen Blitze, dort unten schießt jemand aus allen Rohren, kämpft mit den Antiplasmaladungen seiner Geschütze um eine Gasse, die ihm einen Ausweg aus dem sich zuschnürenden Strudel öffnen soll.
Quattros Körper strafft sich. Die Jagd nähert sich ihrem Ende.
„Volle Intensität auf die Werfer, Malden!" befiehlt er knapp. Sein Gesicht wirkt wieder beherrscht und leblos.
Dorean hebt erstaunt den Kopf, als könne er es nicht fassen. Dann leuchten seine Augen. Mit kurzen Bewegungen programmiert er die Werferautomatik.
Weich fängt Quattro den rasenden Fall in die Tiefe ab. Nun ist auf dem Bildschirm bereits der dreieckige Umriß der Achternak auszumachen. Unaufhörlich brechen grelle Salven aus dem Bug des Raumkreuzers und peitschen zwischen die umherwirbelnden Gesteinsbrocken. Noch ist es mehr zu erahnen als zu sehen,

aber die weißblauen Funken der Annihilation markieren die Treffer und werden gleich darauf von der Strudelwand aufgesogen, als wäre nichts geschehen. Die Achternak führt einen aussichtslosen Kampf.
„Dieser Dummkopf!“ sagt Quattro böse. „Steht da und ballert sinnlos in der Gegend herum …, das hätte er doch wissen müssen …, mit nur noch zwei intakten Tachyonenreflektoren in den Strudel zu fliegen …“
Plötzlich begreift Elmer: Quinto hat allem Anschein nach die Orientierung verloren! Erstaunlich, daß er mit dem schwer beschädigten Navigationssystem überhaupt noch in dieses Versteck hineingefunden hat! Und nun muß er mit den beiden verbliebenen Tachyonenaugen die angegriffene Strudelwand beobachten, kann – weil er zu weit vorgeprellt ist – den Beschuß nicht einstellen. Aus dieser Lage kann er sich ohne fremde Hilfe kaum befreien …
Ungesehen kann Quattro die Skorpion dicht an die Achternak heranbugsieren. Quinto ist vollauf damit beschäftigt, die in gefährlicher Nähe herumsegelnden Felsblöcke zu vernichten, beide Reflektoren sind auf die Strudelwandung vor dem Bug des Raumkreuzers gerichtet.
„Helfen Sie ihm, Malden!“ befiehlt der Kosmander.
Wieder blickt Dorean erstaunt auf und schüttelt den Kopf. Dann feuert er konzentriert auf die heranjagenden Felstrümmer.
„Alpha! Skorpion an Achternak! Gib auf, Quinto, du hast verloren!“ fordert Quattro heiser. „Es ist sinnlos, weiter fliehen zu wollen, und noch sinnloser, noch mehr Unheil anzurichten! Du sitzt in der Falle und kannst sie nur verlassen, wenn ich das will! Gib auf! Omega!“
Gespannt wartet Elmer auf eine Reaktion.
Nichts. Schweigen. Als hätte er die Stimme seines Bruders gar nicht gehört, feuert Quinto weiter in blinder Wut auf die Meteoritenströme, die beide Raumschiffe in Wirbeln umtosen. Quattro runzelt unwillig die Stirn und wiederholt seine Forderung. Keine Antwort.
Nach einigen Minuten vergeblichen Rufens verstummt Quattro wütend. Dann gibt er sich einen Ruck.
„Sie übernehmen die Skorpion, Geonyx!“ befiehlt er rauh. „Und Sie begleiten mich, Proximer Ponape!“

Elmer erhebt sich verwirrt. Was hat Quattro vor? Viel schneller als er begreift es Miranda, die wie festgeklebt an seinem Oberarm hängt. Als er sich behutsam aus der Umklammerung befreien will, muß er erstaunt feststellen, wieviel Kraft in diesen schmalgliedrigen Händen steckt. Miranda läßt nicht los, drängt sich dicht an ihn.
„Das erlaube ich nicht, Kosmander!" sagt sie ruhig. „Nehmen Sie mit, wen Sie wollen, aber nicht Elmer!"
Quattro, der gerade im Begriff war, die Zentrale zu verlassen, bleibt stehen und starrt Miranda entgeistert an.
„Ich lasse nicht zu, daß Sie Elmer mit auf die Achternak nehmen! Warum befehlen Sie nicht Proximer Malden, Sie zu begleiten? Der ist der richtige für solch eine Aufgabe!"
Elmer registriert, daß Geonyx verdutzt die Oberlippe hochzieht, dann wendet er sich Miranda zu. Ihre Augen schimmern wie Samt. Er spürt, wie sich in seiner Brust etwas zu einem Knoten zusammenzieht und dann plötzlich auseinanderplatzt, um sich als heißer Strom in seinen Körper zu ergießen. Er preßt Miranda kurz an sich und sagt mit rauher Stimme: „Ich paß schon auf, verlaß dich drauf!" Etwas ganz anderes hatte er sagen wollen, viel zärtlicher sollte es klingen, aber plötzlich fielen ihm nur diese banalen Worte ein.
Wohl kaum einer in der Zentrale begreift, was in diesen wenigen Sekunden zwischen Elmer und Miranda vorgegangen ist. Nur Dorean grinst Elmer schief an.
Miranda läßt Elmer gehen, widerstrebend und mit Angst in den Augen. Nichts auf der Welt könnte es deutlicher sagen als dieser ängstliche Blick. Und keine zärtlichere Antwort gibt es in dieser Sekunde als die flüchtige Geste, mit der Elmer über ihre Wange streicht.
„Kommen Sie, Proximer!" befiehlt Quattro kühl, er mustert Miranda mit zusammengekniffenen Augen und erklärt bedeutend ruhiger, als zu erwarten war: „Darüber wird noch zu reden sein, Protektor Martin. Das war Anstiftung zur Verletzung der Subordination. Ein schweres Vergehen."
Als Elmer dem Kosmander widersprechen will, gibt sie ihm schnell ein Zeichen. Elmer schweigt.
Das alles dauert nur wenige Augenblicke, doch Elmer weiß plötzlich: Noch nie hat er so viel für eine Frau empfunden wie für Miranda. –

Der Gleiter stößt auf die Achternak hinab. Die Panoramakanzel des kleinen Fluggerätes gestattet eine ungehinderte Rundumsicht. Elmer fühlt sich noch wehrloser dem Toben der Naturgewalten ausgeliefert. Im schützenden Leib der Skorpion konnte er sich der Illusion einer scheinbaren Geborgenheit hingeben, jetzt trennt ihn nur noch das durchsichtige Dyolit der Pilotenkanzel von der greifbar nahen Bedrohung durch die vorbeibrausenden Lawinen aus Geröll und Eisklumpen.
Je weiter die Skorpion hinter ihnen zurückbleibt, desto stärker wird dieses unheimliche Gefühl des Ausgeliefertseins.
Unter ihnen feuert die Achternak sinnlos in den mächtigen Strudel. Wie ein Insekt, das immer wieder gegen die Fensterscheibe fliegt, immer und immer wieder, geht es Elmer durch den Kopf. Doch der Raumkreuzer wächst schnell über die Winzigkeit eines Insekts hinaus, so sehr beschleunigt Quattro den Gleiter.
Der Kosmander sitzt reglos, stumm und wie zu einer Granitskulptur erstarrt. Elmer kommt der verrückte Gedanke, ihn anzustoßen, um zu prüfen, ob überhaupt noch Leben in diesem Körper ist.
Jede Salve der Achternak läßt grelle Blitze über Quattros Gesicht zucken.
Plötzlich fährt Elmer zusammen. Ein schrecklicher Gedanke ist ihm gekommen. Quinto muß es ja nicht absichtlich tun! Aber wenn der Bruder des Kosmanders in seiner Kopflosigkeit den anfliegenden Gleiter für einen der unzähligen Felstrümmer hält? Elmer stöhnt auf.
„Sie haben keinen Grund zur Unruhe, Promixer."
Quattros Stimme klingt spröde und brüchig. Seine Augen sind wie die eines Blinden in unergründliche Fernen gerichtet. „Von Quinto droht uns keine Gefahr mehr."
Verwundert fragt sich Elmer, ob Quattro in der Lage ist, Gedanken zu lesen.
„Ich kenne Adriel Cosma zu gut, um nicht zu wissen, was jetzt in ihm vorgeht."
Wie unter einem hypnotischen Zwang spricht Quattro weiter, widerwillig und schleppend.
„Verkrochen hat er sich. In irgendeinen Winkel der Achternak. Dort sitzt er jetzt und schlottert vor Angst, halb besinnungslos, heulend und sabbernd ..."

„Aber er schießt doch noch“, widerspricht Elmer.
„Ach was!“ Quattros Augen beleben sich. „Haben Sie noch nicht begriffen, daß das der Cephalomat ist? Quinto ist keiner vernünftigen Handlung mehr fähig ..., der brächte es nicht einmal fertig, uns mit dem Handwerfer in der Faust zu empfangen ..., ich kenne ihn doch.“
„Wozu brauchen Sie mich dann, Kosmander?“ Elmer beißt sich auf die Lippen. Diese Frage war ihm unbeabsichtigt herausgerutscht. Quattro lächelt gespenstisch.
„Sie sind der einzige in meiner Mannschaft, der den Mut besitzt, seinem Kommandanten notfalls mit der Waffe in der Hand gegenüberzutreten. Das wagt nicht einmal Promixer Malden ...“, sagt der Kosmander heiser. Elmer bleibt fast das Herz stehen.
„Aber Kosmander! Nie würde ich ...“
„Halten Sie den Mund, Ponape!“ faucht Quattro ihn da an. Sein Gesicht zuckt nervös. Wie im Selbstgespräch fährt der Kosmander fort.
„Meint, ich hätte es nicht gesehen ..., lächerlich ..., ein Yumajäger weiß immer, was in seinem Rücken geschieht! Wollte den Helden spielen, der junge Mann, ohne sich darüber Gedanken zu machen, was dann geschehen sollte ..., bilden sich ein, alles besser zu wissen, alles besser zu können, diese Halbwüchsigen ..., wollen mit dem Handwerfer den Verstand ersetzen und bekommen dabei feuchte Hände ...“
Die Worte bleiben Elmer wie eine Gräte im Hals stecken. Er hat es gesehen! Von Anfang an hat Quattro ihn durchschaut, beobachtet, daß er den Handwerfer griffbereit auf dem Schoß liegen hatte! Beim großen Sirius, jetzt ist alles aus! Will er ihm jetzt eine Lektion erteilen?
Ein schmerzliches Lächeln huscht über Quattros Gesicht, als er weiterspricht. Elmer wischt sich verstohlen den Schweiß von der Stirn und schluckt betreten.
„Sie hätten nie geschossen, Ponape. Sie überlegen zu lange, Sie haben Skrupel, Zweifel, Ängste. Sie wollen alles besonders gut machen und verpassen dabei den richtigen Zeitpunkt zum Handeln. Selbst als Quinto auf uns feuerte, hätten Sie nicht verhindert, daß ich die Achternak vernichte. Aber gerade in dieser Situation wäre es richtig gewesen ... Vor wenigen Tagen noch hätte mich Ihr Mißtrauen in mein Verantwortungsbewußtsein sehr gekränkt.“

„Ich hätte geschossen, Kosmander.“ Elmer wollte es eigentlich nicht sagen, deshalb fügt er abschwächend hinzu: „Es geht um Dinge, die weit über dem stehen, was wir unter Gut und Böse verstehen.“
Ein trauriger Blick trifft Elmer.
„Auf jeden Fall haben Sie es erwogen ...“, antwortet Quattro leise. „Das genügt schon.“ Elmer weiß nicht, wie er den letzten Satz verstehen soll. Aber Quattro läßt ihn darüber nicht im unklaren. „Protektor Martin hatte unrecht mit der Behauptung, Malden wäre für unsere gemeinsame Mission geeigneter als Sie, Proximer Ponape!“
Das Gesicht des Kosmanders hatte sich für kurze Zeit entspannt. Nun aber beginnen seine Augenlider wieder nervös zu flattern.
„Ich sagte es schon: Malden würde nie wagen, die Waffe auf einen Vorgesetzten zu richten. Aber genau den Mann, der den Mut dazu hat, brauche ich jetzt!“ Die letzten Worte bringt er mühsam hervor.
„Kosmander, ich weiß nicht ...“ Elmer fühlt sich in die Enge getrieben und überlegt, wie er reagieren soll.
„Stellen Sie sich nicht so dämlich an, Proximer!“ schreit Quattro. „Ich nehme Sie mit, weil Sie mich daran hindern sollen, irgend etwas Unüberlegtes zu tun! Ist das denn so schwer zu begreifen? Wissen Sie denn, was in Ihnen vorgeht, wenn Sie dem Mörder ihrer Familienangehörigen gegenüberstehen? Wissen Sie das so genau? Ich bin der Motor dieser Aktion, und Sie sind die Sicherung, klar?“
Elmer ist verblüfft. Selbst seine Unberechenbarkeit weiß dieser Mann zu berechnen! Ich habe ihm tatsächlich unrecht getan, überlegt Elmer. Weiß der Teufel, welche Mächte in seiner Brust miteinander ringen, sein Kopf funktioniert zuverlässig wie eine Maschine!
„Und soll ich wirklich ...“, fragt Elmer unsicher.
„Dazu wird es nicht kommen. Sollte ich die Beherrschung verlieren ..., meinetwegen schlagen Sie mir dann die Faust ins Gesicht, das wird reichen.“
Elmer ist sprachlos. Er nickt mehr automatisch als bewußt. Als wolle er ganz sichergehen, setzt Quattro hinzu: „Das ist ein Befehl, Proximer Ponape!“
„Verstanden, Kosmander!“ –

Erst als der Gleiter auf einen der Landeschächte der Achternak zufällt, werden Elmer die riesigen Ausmaße dieses deltaförmigen Superkreuzers bewußt. Das Raumschiff ist wirklich größer als die Station Rota. Ein Riese. Unaufhörlich zucken Feuerstöße aus seinem breiten Bug. Jede dieser Salven reichte aus, um den unscheinbaren Gleiter zu einem Strom harter Gammaquanten zu verdampfen. Aber die Feuersäulen peitschen ohne Unterbrechung in die wild rotierende Wand des gräßlichen Strudels aus kosmischer Materie.
Der Eingang des Landeschachts liegt im Dunkeln. Wie ein gewaltiger, aufgerissener Rachen. Da flammt die Beleuchtung des tief in den Leib des Kosmosriesen hineinführenden Tunnels auf. Ein grün blinkendes Dreieck zeigt an, daß die Wirbelfelder eingeschaltet sind, die den Gleiter sanft abbremsen werden. Alles scheint normal. Aber gerade dieser Eindruck ist Elmer unheimlich.
„Wenn das nun eine Falle ist, Kosmander!“ warnt er. Quattro winkt ab.
„Das ist keine Falle.“ Erst als er Elmers zweifelnden Blick bemerkt, fügt er hinzu: „Selbst wenn – es ist der einzige Weg, der in den Raumkreuzer führt.“ Nach einer Pause sagt er: „Quinto stellt keine Fallen ..., nicht einmal dazu reicht es bei ihm.“
Erleuchtet wirkt der Schlund nicht mehr so gefährlich, aber unheimlich ist der Kontrast zwischen den fauchenden Antiplasmaladungen und dem normal ablaufenden Landemanöver.
Sie passieren die ovale Eingangsöffnung des Landeschachts. Sofort spürt Elmer den weichen Widerstand der Bremsfelder. Der Gleiter setzt auf dem Landeschlitten auf und kommt zum Stehen.
Quattro springt geschmeidig wie eine Raubkatze aus der Kanzel.
Als die Füße den Boden berühren, hält er bereits den Handwerfer fest umklammert. Allzuviel Vertrauen zu seinem Verstand hat er also doch nicht, geht es Elmer durch den Kopf. Auf ein Zeichen des Kosmanders läßt er sich geräuschlos über die Bordwand hinabgleiten. Im selben Moment wird ihm bewußt, wie unsinnig diese Heimlichkeit ist. Wenn man unter Fanfarengeschmetter durchs Burgtor geritten ist, braucht man beim Absatteln nicht den Atem anzuhalten. Quattro scheint das auch zu empfinden.

Er beschattet die Augen mit der Hand und blickt den langen Gang des Landeschachts hinab. Dann sagt er mit normaler Lautstärke: Dort hinten ist ein Tubifexeinstieg. Gehen wir."
Niemand stellt sich ihnen in den Weg. Nirgends eine menschliche Regung. Hat Quinto überhaupt bemerkt, daß jemand in sein Reich eingedrungen ist?
Als sie vor den geschlossenen Schotten des Liftsystems stehenbleiben, nimmt Elmer eine winzige Bewegung wahr. Noch bevor er die Stelle lokalisieren kann, ist Quattro bereits mit gezogenem Handwerfer zur Seite gesprungen. Aber sogleich läßt er den Arm sinken und verstaut die Waffe wieder im Hüfthalter. Aus einer Nische hervor trippelt ein kleiner Sinusandroid und blinkt eifrig mit dem gelben Bereitschaftssignal auf seiner Blechstirn.
„Keine Befehle", sagt Quattro gleichgültig, und der Zwerg watschelt zurück in sein Versteck.
Elmer ist vor Schreck wie gelähmt, er merkt, daß seine Finger noch unwillkürlich nach dem Handwerfer tasten. Aus mir wird niemals ein Yumajäger, denkt er.
Unterdessen hat der Kosmander bereits den Tubifex angefordert. Auf einem Leuchtschema können sie verfolgen, wie der Kabinenlift auf die Haltestelle im Landeschacht zujagt. Dann gleiten die Schotten mit einem leisen Zischen auseinander.
Wieder zögert Elmer.
„Im Tubifex sind wir absolut wehrlos, Kosmander."
Quattro lacht kurz und hart auf.
„Lassen Sie sich durch mich nicht verunsichern, Proximer. Das jetzt eben war ein Reflex. Ein richtiger Jäger kann so etwas nicht mehr unterdrücken. Die Jagd hat auch Nachteile."
Er tritt in das Dämmerlicht der Kabine und winkt Elmer ungeduldig, ihm zu folgen. Dann drückt er die Taste mit dem Symbol Zeta. In jedem Raumschiff kennzeichnet dieser griechische Buchstabe die Kommandozentrale. Der Tubifex legt die Strecke in wenigen Sekunden zurück. Als er weich abgebremst wird, zieht Quattro erneut den Werfer aus dem Halter. Elmer duckt sich unwillkürlich und spannt die Muskeln an, bereit, sich durch einen gewaltigen Sprung in Sicherheit zu bringen. Ein Blick in das Gesicht des Kosmanders erinnert ihn an seine Aufgabe. Nichts zuckt mehr in dessen Gesicht. Die faltige Stirn glänzt wie erstarrtes Kerzenwachs, und die Lippen sind fest zusammengekniffen. Aber diese Augen! Elmer will es fast scheinen, als

müsse alles in Rauch und Flammen aufgehen, was dieser Blick streift. „Kosmander!“ ruft er besorgt aus.
Quattro hört ihn nicht mehr. Da gleiten die Schotten zur Seite. Sein erster Schritt in die Kommandozentrale hinein wirkt hölzern und steif. Der Handwerfer in seiner rechten Faust zielt genau auf den Kommandantensessel vor dem großen Bildschirm. Der Konturensessel ist leer. Da schreit Quattro tierisch auf. Einige Meter neben dem Kommandostand liegt eine merkwürdig verrenkte Gestalt. Arme und Beine sind verdreht, als wäre dieses leblose Bündel eine billige Stoffpuppe.
Quinto! Sein Gesicht ist aufgedunsen, der Mund weit geöffnet, und die Augen quellen hervor. Er bleckt wie in unmenschlicher Wut die Zähne.
Jetzt spürt Elmer auch den Leichengeruch.
Kein Zweifel, Quinto ist schon seit Tagen tot ...
Obgleich es völlig unsinnig ist, sagt er tonlos: „Er ist tot, Kosmander.“ Quattro rührt sich nicht. Er zittert am ganzen Körper. So steht er eine Ewigkeit. Elmer wagt nicht, etwas zu unternehmen. Da endlich bewegt sich der Kosmander. Wie ein Schlafwandler wankt er auf den Leichnam zu, läßt sich auf die Knie nieder und streckt die Arme aus. Vorsichtig dreht er den Kopf des Toten so, daß er dessen entstelltes Gesicht sehen kann.
„So weit mußtest du nicht weglaufen, Bruder, so weit nicht ...“, murmelt Quattro.
Elmer räuspert sich, als der Kosmander keine Anstalten macht, sich von dem Toten zu trennen.
„Soll ich Ihnen helfen, ihn hinauszubringen?“ fragt er behutsam. Quattro hebt wie erwachend den Kopf.
„Wie bitte? Ach so ..., ja, bringen wir ihn zum Tubifex.“ Ihm ist deutlich anzusehen, wie sehr die überraschende Wende der Ereignisse ihn erschüttert.
„Er hätte es nicht mehr geschafft, er wäre mit draufgegangen“, sagt der Kosmander unvermittelt, und Elmer versteht erst nicht, was er meint. Quattro sagt es so, als müsse er Quinto von aller Schuld der Welt freisprechen. „Warum mußte er nun auch noch sterben, so sinnlos ...“ Er sieht starr geradeaus. „Ich bin schuld“, flüstert er mit versagender Stimme. „Ich habe ihn zu Tode gehetzt! Ich bin sein Mörder!“ Die letzten Worte schreit er verzweifelt.

Später wundert Elmer sich selbst über die Kaltschnäuzigkeit, mit der er den Kosmander davor bewahrte, den Verstand zu verlieren.
„Unsinn!“ sagt er rauh und packt Quattro bei den Schultern. „Unsinn, Kosmander! Wir hatten Befehl, die von Quinto entführte Achternak zu retten. Sie wissen so gut wie ich, daß der Erfolg unserer Mission über den Ausgang der Evakuierungsaktion entscheiden wird. Einzig das zählt jetzt. Ich achte Ihre Trauer, Kosmander, aber wir alle haben keine Zeit und vor allem kein Recht, länger als unbedingt nötig an unser eigenes Leid zu denken. Außerdem ..., noch wissen wir nichts über die Todesursache.“
Quattro sieht ihn lange mit glanzlosen Augen an. Dann sagt er müde: „Sie haben recht, Proximer. Noch wissen wir nichts ..., gar nichts wissen wir. So war es schon immer. Wir laufen blind und taub durch die Welt ...“
Elmer spürt, daß in Quattro eine schwere Veränderung vorgeht. Der da vor ihm steht, der sich bisher in jeder Situation voll in der Gewalt hatte, der sogar die Trauer um Frau und Tochter in seinem Herzen verschließen konnte – der existiert nicht mehr. Da ist ein gebrochener Mann, dem das Schicksal nichts erspart hat ...
Quattro den Jäger gibt es nicht mehr.

Elmer starrt gedankenversunken auf das geometrische Muster, das weit unter ihnen die Oberfläche des Dritten bedeckt. Eine Stadt? Eine geheime Forschungsbasis? Bald werden sie es wissen. Nur dieses Objekt kann der Grund dafür sein, daß man das System Pollux vor etlichen Jahren zur Verbotenen Zone erklärte.
Für die Skorpion gilt dieses Verbot nicht. Der durch den Antiplasmatreffer verlorene Wasserstoffvorrat muß aufgefüllt werden.
Dort unten, da werden sie sicher Wasserstoffzisternen vorfinden. Morrik hatte den Vorschlag unterbreitet, einen Hydrogeniumtank der Achternak anzuzapfen, doch Quattro wies das kategorisch zurück. Statt dessen befahl er Stellaster Geonyx, die Achternak auf kürzestem Weg zur Basis Aurora zu fliegen. Geonyx schluckte und schnaufte, aber Quattro sah ihn so durchdringend an, daß er keinen Widerspruch wagte. Dabei gab es

keinen Grund mehr, an der Funktionsfähigkeit des Cephalomaten zu zweifeln.
Elmer weiß das besser als jeder andere. Gemeinsam mit Galaxor Morrik hat er das künstliche Gehirn einer gründlichen Kontrolle unterzogen. Martha arbeitete fehlerfrei.
Es lag an Quinto. Martha hat in ihren Speichern alles festgehalten. Zum Glück war Quattro nicht dabei, als sie sich die Aufzeichnungen des automatischen Rapports ansahen, das hätte ihn endgültig vernichtet.
Nachdem Quinto das Basisprogramm entfernt hatte, waren dem Cephalomaten alle Fesseln genommen. Siebenunddreißigfache Erdbeschleunigung hält kein Mensch aus. Der Andruck zerquetschte ihn regelrecht ... Elmer und Morrik einigten sich schnell, Quattro die Vorgänge weitgehend zu verheimlichen. Reganta müßten sie Meldung machen, aber da reichte es aus, auf den Speicher des automatischen Rapports hinzuweisen. Quattro nutzt dieses Wissen nichts ...
Er fragte sie auch nicht. Die Tatsache, daß er einen Automaten gejagt, mit einem Cephalomaten gekämpft hatte – Marthas Elektronengehirn mußte das Stoppsignal als einen Angriff werten und sich verteidigen –, machte ihm schwer zu schaffen. Andererseits erlöste diese Entdeckung ihn von der vermeintlichen Schuld, unter der er so litt: Denn Quinto war schon tot, bevor seine Flucht richtig begonnen hatte ...
Elmer wollte den Kosmander nicht belügen, aber als jener mit belegter Stimme die Vermutung aussprach, Quinto hätte das Basisprogramm einzig und allein zu dem Zweck entfernt, um der Moskito schneller zu Hilfe eilen zu können, da widersprach Elmer – der es doch viel besser wußte – nicht.
Galaxor Morrik sagte es in einem Gespräch unter vier Augen treffend: „Ein toter Held nutzt allen, ein toter Feigling niemandem.“ Sie waren sich einig, daß der Admirander ebenso denken würde. Also sollte es bei Quattros Version bleiben.
Nun schwebt die Skorpion seit fast einer Stunde in einer stationären Bahn über diesem seltsamen Gebilde auf der Nordhalbkugel des Dritten, während die Achternak mit Höchstgeschwindigkeit der Sonne entgegenjagt. Auf die Signale der Skorpion antwortet niemand. Quattro sitzt zurückgelehnt im Kommandantensessel und gibt Befehle. Seine Kommandos kommen unverändert präzise und deutlich. Nur der Tonfall hat sich geän-

dert. Die metallische Härte, die Rasiermesserschärfe in seiner Stimme fehlen.
Trotzdem hält er die Zügel fest in der Hand. Manchmal scheint es so, als wundere er sich selbst, daß es auch so geht.
Elmer starrt angestrengt auf die Anzeigefelder der Telemetrieautomatik.
„Niveauunterschiede bis zu vierzig Metern, Kosmander."
Die merkwürdigen Strukturen sind über fünf voneinander abgesetzten Ebenen verteilt. Nein, Wohnstätten können es nicht sein. Dort stehen Kegel neben mächtigen Spiralen, die sich um schlanke Röhren winden, aus kugelförmigen Gebilden unterschiedlicher Größe zusammengesetzte Trauben, blasige Bänder wie Seifenschaum, gerippte Streifen, alles von einem Netz aus strahlenförmigen Straßen, die von konzentrischen Ringalleen geschnitten werden, in gleichmäßige Segmente geteilt. Sind das überhaupt Straßen?
„Eine stillgelegte Raumbasis aus dem vorigen Jahrhundert vielleicht?" vermutet Morrik.
„Sehen Sie dort, Kosmander! Diese Kuppeln! Das können doch Wasserstoffzisternen sein!" ruft da Dorean und zeigt auf ein traubenförmiges Gebilde am Rande der vermeintlichen Basis, dabei streift sein Blick Elmer. Der weicht unwillig aus. Es fällt ihm schwer, Dorean die kalte Schulter zu zeigen, eigentlich hat er ihm doch nichts getan.
„Gut. Wir landen." Quattro drückt die Nase der Skorpion im selben Augenblick nach unten. Der Raumkreuzer segelt wie ein gigantischer Schwan durch die dichte Stickstoffatmosphäre des Planeten.
Nun werden die Konturen der seltsamen Bauwerke deutlicher sichtbar. Das Ganze ähnelt einem riesigen Industriekomplex.
„Vielleicht ein geschlossenes Bergwerk mit den dazugehörigen Aufbereitungsanlagen. Hier in der Gegend wurde doch früher mal Vanadium gefördert", sagt Morrik.
„Das ist etwas weiter, im System Alpha. Die Minen arbeiten noch", verbessert ihn Dorean.
„Aha ..., jetzt fällt es mir auch wieder ein. Die beiden äußeren Planeten des Kastor, nicht wahr?"
Dorean nickt herablassend. Er hat Galaxor Morrik noch nie richtig ernst genommen. Elmer schüttelt unwillig den Kopf, als er Doreans hochmütigen Gesichtsausdruck bemerkt.

Quattro landet auf einer der breiten, strahlenförmig auseinanderlaufenden Pisten. Die rußgeschwärzte Betondecke scheint tatsächlich eine Start- und Landebahn zu sein.
Aber der Kosmander muß sein ganzes Können aufbieten. Breite Risse durchziehen die Piste, hier und da gähnen sogar mehrere Quadratmeter große Löcher im Beton wie Explosionstrichter.
„Beim großen Sirius! Hier hat's aber kräftig eingeschlagen!" stellt Dorean beeindruckt fest, als die Skorpion ausrollt. Was aus der Vogelperspektive nicht zu sehen war, wird nun um so deutlicher. Eine furchtbare Katastrophe muß diese planetare Basis heimgesucht haben.
„Ponape, Malden, Martin – nehmen Sie sich einen Gleiter und erkunden Sie die Zisternen. Hoffentlich ist eine heil geblieben!" befiehlt Quattro müde. „Und Sie bereiten vorsichtshalber den Hydrogeniumgenerator vor, Morrik. Notfalls müssen wir atmosphärischen Wasserstoff verflüssigen."
Dorean gibt Elmer und Miranda einen Wink und sagt befehlend: „Los, wir wollen uns beeilen!"
Nie wäre Elmer in den Sinn gekommen, sich gegen Doreans Führungsanspruch aufzulehnen. Das ist die Gewohnheit. Bisher war immer der Freund derjenige, der die Initiative ergriff, der die Entscheidungen traf. So sieht er auch diesmal keinen Grund, sich gegen Doreans anmaßendes Auftreten zur Wehr zu setzen.
Während Elmer gleichgültig losgeht, bleibt Miranda stehen und schnieft verächtlich. Dabei blickt sie den Kosmander vorwurfsvoll an.
„Einen Augenblick noch, Proximer Malden, ich war noch nicht fertig", sagt Quattro ruhig. Dorean zieht erstaunt die Augenbrauen hoch und spitzt unwillig den Mund. Fast hat es den Anschein, als spräche er Quattro das Recht ab, ihm irgendwelche Befehle zu erteilen. Elmer beobachtete das in den letzten Stunden schon mehrfach. Zwar zeigt es Dorean nicht offen, aber durch Gestik und Gesichtsausdruck gab er einige Male zu verstehen, daß er die Autorität des Kosmanders nicht mehr anerkennt. Und Elmer wundert das nicht. Ein Mensch der Gewalt unterwirft sich eben nur der Gewalt. Dorean kann nicht akzeptieren, daß auch ein Lächeln eine starke Macht verkörpert.
„Proximer Ponape ist für diese Aktion verantwortlich. So, nun können Sie gehen", fährt Quattro fort.

Dorean zuckt wie unter einem Peitschenhieb zusammen. Er sieht Quattro erst verständnislos, dann wütend an, und als Miranda ihn triumphierend angrinst, wirft er ihr einen bösen Blick zu. Aber er schluckt die deutliche Zurechtweisung ohne Widerspruch. Und er macht sofort ein friedfertiges Gesicht, als Quattro leicht die linke Augenbraue hochzieht.
So wollte Elmer es auch nicht. Aber Quattro hat so entschieden, also muß er gehorchen.
Elmer sieht Dorean unsicher an. „Gehen wir", sagt er, als Miranda ihm einen leichten Stoß versetzt. Dorean trottet hinter ihnen her und pfeift gleichmütig ein Liedchen. Zu gleichmütig, wie es Elmer scheinen will. Aber was macht er sich darüber überhaupt Gedanken? Kann er denn etwas dafür, daß der Kosmander plötzlich einen Narren an ihm gefressen hat?
Der Gleiter bewegt sich gemächlich über die aufgerissene, schon stark verwitterte Piste.
„Wir bleiben auf der Bahn, Dorean. So können wir uns ein wenig umsehen."
„Zu Befehl, Proximer." Dorean grinst, ihm scheint das Spiel offenbar schon wieder Spaß zu machen.
Trotz des Luftkissens, auf dem sich das Universalfahrzeug bewegt, muß Dorean vorsichtig fahren. Sicher, sie hätten auch fliegen können, aber Elmer hat schon einen Schritt weitergedacht. Auf diese Art und Weise kann er bereits eine Trasse für die Schlauchleitung auskundschaften, über die der flüssige Wasserstoff zur Skorpion gepumpt werden soll.
Zu beiden Seiten der Piste ragen merkwürdige, größtenteils zerstörte und daher bizarr geformte Gebilde auf. Verbogene Rohrbündel, die wie Orgelpfeifen in den Himmel ragen, riesige Isolatorpilze, zwischen denen armdicke Kabelstränge hängen, turmhohe Spiralen, überdimensionalen Spulen ähnelnd, trichterförmige, blasige, kubische Bauwerke – aber nichts ist unversehrt. Überall klaffen dunkle Löcher mit zerfransten Rändern, hier und da sind nur noch zersplitterte Stümpfe zu sehen.
„Als ob der ganze Aquaridenschwarm auf einmal runtergekommen wäre!" Dorean macht ein Gesicht, als könne er sich gar nicht satt sehen, an diesem Werk der Zerstörung.
„Quatsch!" fährt Miranda ihn an. „Meteorite wären in der Atmosphäre verglüht, die ist immerhin fast doppelt so groß wie die Lufthülle der Erde."

„Hehehe! Jetzt reicht's aber bald! Was habe ich euch denn getan?" sagt Dorean wütend und wirft Elmer einen um Unterstützung heischenden Blick zu.
Der verzieht unwillig den Mund und sagt nur leise: „Hört doch endlich auf."
Miranda ist enttäuscht, Dorean wendet sich wieder den Armaturen zu und starrt durch das Dyolit der Kanzel geradeaus. Seine Lippen kräuseln sich, und er murmelt irgend etwas, das Elmer nicht verstehen kann. In der Kabine des Gleiters herrscht bedrücktes Schweigen.
„Das sind tatsächlich Hydrogeniumzisternen", sagt Elmer, als die flachen Kuppeln hinter der ersten Kreuzung der Piste mit einer Ringallee sichtbar werden. Er erkennt es sofort an der Form der Einfüllstutzen, die wie Brustwarzen auf den Kuppeln sitzen.
„Hab ich doch gesagt", knurrt Dorean befriedigt.
„Hat er doch gesagt", äfft Miranda ihn spöttisch nach. Elmer überlegt, ob er sie zurechtweisen soll. Was ist nur in sie gefahren? Seit der Nacht in seiner Kabine, es war nach dem Abflug der Achternak, seit dieser Nacht tritt sie Dorean gegenüber unverhohlen feindselig auf. Aber Miranda zurechtweisen – der Mann muß erst noch gebacken werden, der das kann. Also schweigt er. Beim Gedanken an die viel zu kurzen Stunden in seiner Koje muß er unwillkürlich schmunzeln. Aber sie soll sich nicht einbilden, daß sie ihm nun auf der Nase herumtanzen darf!
Ganz vorsichtig hatte er sie gefragt, was sie denn an ihm fände, wo doch Dorean ... Da versetzte sie ihm eine kräftige Kopfnuß und antwortete versonnen: „Schlimm, wenn man das so genau wüßte, wirklich schlimm."
Und dann lachte sie so glücklich wie eine Vierzehnjährige.
An der ersten Zisterne fährt Dorean vorbei und deutet mit dem Daumen nur auf einen quer über die Wandung klaffenden Riß. Auch der zweite Behälter ist beschädigt. Ebenso der dritte. Am vierten läßt Elmer halten. Die metallisch blaue Kuppel scheint unversehrt. Er steigt aus und tritt an die hochaufragende Wand heran, zieht den Handwerfer aus dem Futteral und packt ihn am Lauf. Dann schlägt er mit dem Knauf gegen das Metall, dicht über dem Boden. Wie Hammerschläge dröhnt es in der Zisterne.

„Mist, elender!“ flucht Elmer ungehalten. „Leer, das Scheißding.“
Alle anderen Zisternen sind auch leer oder beschädigt.
„Es sieht so aus, als hätten die Ergophagen auch hier gehaust“, sagt Miranda nachdenklich.
„Die haben doch nur energetische Anlagen zerstört“, gibt Elmer zu bedenken.
„Irgendwie ähnelt das Ganze hier einem riesigen Umspannwerk. Überall Kabelstränge, Isolatoren ..., und das da hinten, beinahe würde ich sagen, das ist eine Protonenschleuder.“ Miranda zeigt auf ein weit entferntes Gebilde, eine sich konisch verjüngende Röhre, die von dicken Spulenpaketen umgeben ist und die steil in die Wolken ragt.
Dorean, der, die Augen mit der flachen Hand beschattend, ebenfalls in diese Richtung sieht, gibt ihr recht: „Das ist tatsächlich eine Protonenkanone, oder ich fresse meine Uniformmütze.“
„Na, wenn schon“, Elmer zuckt mit den Schultern. „Was hat eine Protonenschleuder überhaupt mit einem Umspannwerk zu tun?“
„Schutzautomatik“, belehrt ihn Miranda. „Das muß ein sehr wichtiges Objekt gewesen sein.“
Dorean kneift die Augen zusammen und beißt sich auf die Oberlippe. „Beim großen Sirius!“ flüstert er plötzlich. „Mit Protonenstrahlen kann man doch nur Raumschiffe vernichten, keine kosmische Materie ...“
Elmer zuckt wie elektrisiert zusammen. Dorean hat wieder recht! Mit Hilfe von gezieltem Protonenbeschuß ist es möglich, das spaltbare Material in Raumkreuzerreaktoren oder in Gefechtsladungen zur Explosion zu bringen! Einem gewöhnlichen Meteoriten jedoch kann man damit sowenig anhaben wie mit einem Blasrohr.
„Ich werde es Quattro melden“, sagt Elmer entschlossen.
Der Kosmander seufzt, als er erfährt, daß die Zisternen leer oder zerstört sind. Elmers weiteren Bericht nimmt er interessiert auf.
„Wir haben auch schon einiges Merkwürdige entdeckt“, antwortet er schließlich. „Gut, machen wir es so: Sie sehen sich dort noch eine Weile um ..., sagen wir, drei Stunden ..., und dann kehren Sie zurück. Inzwischen beginnen wir mit der Verflüssigung!“

„Zu Befehl, Kosmander!“ bestätigt Elmer den Auftrag.
Doreans Augen glänzen. „Na, dann frisch ans Werk!“ Er ist begeistert.
„Du hast Nerven. Weißt du überhaupt, was das bedeutet, atmosphärischen Wasserstoff zu verflüssigen?“ Dorean zuckt auf Elmers Frage nur gleichgültig mit den Schultern.
„Wir hängen hier mindestens eine Woche fest“, fährt Elmer fort. „Solange dauert es nämlich, bis wir die Tanks voll haben.“
„Die müssen doch nicht unbedingt bis zum Rand gefüllt werden. Hauptsache, wir haben soviel, daß wir bis nach Hause kommen“, erwidert Miranda.
Elmer winkt verdrießlich ab. „Da kennst du Quattro schlecht. Wenn der was macht, dann macht er es richtig.“
„Na, und wenn schon!“ Miranda lächelt verschmitzt. „Dann haben wir doch eine Woche lang Zeit und Ruhe …“
Dorean grinst.
„Das meinst du“, entgegnet Elmer unsicher. „Quattro befiehlt uns eher, die Skorpion mit der Zahnbürste zu schrubben, bevor er Langeweile aufkommen läßt …“
„Ach, der doch nicht. Die Zeiten sind vorbei“, wirft Dorean gleichgültig ein. Wie ein Nadelstich trifft es Elmer ins Herz. Da ist es wieder, dieses Fremde, Abstoßende, das er vorher noch nie am Freund festgestellt hat. „Alles Quatsch, darüber brauchen wir uns jetzt nicht die Köpfe zu zerbrechen!“ sagt er rauh. „Sehen wir uns lieber unseren Urlaubsort an.“
In wenigen Minuten haben sie die Stelle erreicht, an der sich die Protonenschleuder drohend in den Himmel reckt.
Auch hier muß ein Sturm der Zerstörung gewütet haben. Die dicken Spulenpakete sind aufgerissen und zerfetzt, teilweise zu kupferroten Klumpen geschmolzen. Das Rohr, in das der Gleiter bequem hineinpassen würde, ist auf einer Seite geplatzt.
„Das waren Antiplasmaladungen. Hier wurde gekämpft“, stellt Dorean mit Kennermiene fest.
„Schon möglich“, antwortet Elmer dumpf. Langsam wird ihm diese Basis, oder was das sonst sein soll, unheimlich.
„Aber das muß schon Jahre her sein“, flüstert Miranda.
„Eben. Also kein Grund zur Aufregung.“ Dorean klopft gegen seinen Halter, aus dem der Griff des Handwerfers ragt, und fährt fort: „Außerdem sind wir ja auch nicht ganz ohne.“
Miranda runzelt nachdenklich die Stirn.

„Sagt mal ..., in dem einen Dokument, das wir im Zentralarchiv aufgestöbert haben, da war doch von Transporten ins System Pollux die Rede, nicht wahr?"
„Stimmt!" Elmer blickt sie überrascht an. „Transporte für die korenthische Wehrflotte!"
„Also ist alles klar." sagt Dorean gewichtig. „Es handelt sich um eine Raumbasis der Korenther!"
„Aber deshalb muß man das System doch nicht gleich zur Verbotenen Zone erklären", meint Elmer nachdenklich.
Miranda sieht sich besorgt und etwas furchtsam um. „Vielleicht lagern hier noch Waffen oder sogar chemische und bakteriologische Kampfstoffe in irgendwelchen Depots, die durch Minen und Sprengsätze so gesichert sind, daß man nicht herankommt?"
Dorean pfeift anerkennend: „Das ist möglich." Er grinst Miranda friedfertig an und setzt hinzu: „Man merkt gleich, wer vom Fach ist." Miranda sieht ihn verächtlich an, aber Dorean beachtet es nicht weiter, denn er hat schon wieder etwas Neues entdeckt.
Wenige Meter neben dem zerstörten Protonengeschütz duckt sich ein flaches Gebäude am Boden. Die gepanzerte Tür steht eine Handbreit offen.
Dorean stemmt sich gegen die Stahltür, sie gibt quietschend nach.
Einen Augenblick verschwindet er im Dunkeln. Dann steckt er den Kopf durch die Türöffnung und ruft: „Hier geht's abwärts, Chef! Wollen wir uns mal den Keller ansehen? Vielleicht finden wir noch ein paar Fässer vom vierunddreißiger Jahrgang."
„Beim großen Sirius! Nur das nicht noch mal!" murmelt Elmer. Miranda stößt ihn an.
„Gehen wir. Vielleicht wird es ganz interessant. Wenn das tatsächlich eine Basis der Wehrflotte ist, befinden sich die wichtigen Räume sowieso unter der Erde."
„Ob ich es nicht lieber Quattro mitteile?" fragt Elmer unsicher.
„Ach was!" Dorean winkt ab. „Er hat uns doch drei Stunden Ausgang gegeben! Wer viel fragt, bekommt viel Antwort – das weißt du doch!"
Und als Elmer noch zögert, frotzelt er. „Die Last der Verantwortung drückt dir wohl die Luft ab, Chef!"

„Komm! Hier ist niemand außer uns“, sagt Miranda und schubst ihn sanft vorwärts. Elmer geht nur widerwillig. „Was du vorhin über die Kampfstoffe gesagt hast, Miranda, geht mir nicht aus dem Kopf. Wir müssen vorsichtig sein“, sagt Elmer.
Miranda drückt zärtlich seinen Oberarm. „Verlaß dich auf einen alten Hasen des Wachdienstes. Mit Sicherungen aller Art kennt sich niemand besser aus als Protektor Miranda Martin.“
„Glaub ich dir ja. Aber hier werden sie andere Dinge verwendet haben als eure pneumatischen Spielzeuge.“
„Das ist anzunehmen“, erwidert Miranda trocken. Ihre Selbstsicherheit zerstreut seine letzten Bedenken.
Eine steile Wendeltreppe führt sie mehrere Meter in die Tiefe. Bald müssen sie die Helmscheinwerfer einschalten. Die Treppe endet in einem schmalen, kaum mannshohen Gang. Sie laufen gebückt weiter. Nach einer Strecke von etwa dreißig Metern mündet der Gang in einen größeren Stollen. Gerade als sie um die Ecke biegen, springt Dorean zur Seite und stößt Elmer in den schmalen Gang zurück, der prallt gegen Miranda.
„Aufpassen!“ zischt Dorean, der plötzlich den Handwerfer in der Faust hält. Dieser katzenhafte, geschmeidige Sprung – genau wie Quattro, geht es Elmer durch den Kopf. Erst dann begreift er, daß Dorean etwas gesehen haben muß.
Vorsichtig, jedes Geräusch vermeidend, huscht Dorean um die Ecke und gibt den anderen beiden ein Zeichen, ihm zu folgen.
Dicht an die Wand gepreßt, schleichen sie durch den Stollen. Weit vorn blinkt etwas im flackernden Licht der Helmlampen. Die Form des Gegenstandes kommt Elmer bekannt vor.
Nach wenigen Schritten erkennt er es.
Ein Handwerfer!
Dort liegt tatsächlich ein Handwerfer. Und aus dem Dunkeln ragt noch etwas, dicht neben der Waffe. Elmer stockt das Blut in den Adern. Er erkennt die unnatürlich verkrampften Finger einer menschlichen Hand. Miranda klammert sich entsetzt an ihn, als Doreans Helmscheinwerfer auf einen Toten zeigt.
„Der tut uns nichts“, sagt er rauh. „Der hat schon lange nicht mehr gefrühstückt.“
Die Gestalt trägt einen Raumanzug der korenthischen Wehrflotte. Elmer erkennt es sofort an der goldenen Schlange auf dem rechten Ärmel. Der Mann muß wirklich schon lange tot

sein. Durch den Helm sind die blanken Schädelknochen zu sehen. Ein grausiger Anblick.
Der Skaphander ist über der Brust zerrissen, wie mit einer Rasierklinge aufgeschlitzt, die Ränder geschmolzen. Zweifellos das Werk eines Handwerfers. Miranda hat sich abgewandt. Dorean aber hockt sich neben das Skelett und sagt leise: „Komm doch mal, Elmer. Sieh dir das an!“
Er zeigt auf den Schädel der Leiche. Durch den Helm hindurch ist deutlich ein merkwürdiges Gerät zu sehen, von der Größe eines Zigarettenetuis. Aber das ist nicht das merkwürdigste. Aus der Schädelplatte des Toten ragen Hunderte feiner Drähte, die durch Klemmen mit dem Gerät verbunden sind.
„Ein Synthom!“ ruft Elmer überrascht aus. Zweifellos, sie haben die Überreste eines jener Wesen vor sich, die vor über dreißig Jahren von den Korenthern speziell gezüchtet wurden, um sie über implantierte Elektroden an Computer anschließen und fernsteuern zu können.
„Nun wissen wir es ganz genau. Es ist eine Basis der Korenther“, stellt Dorean gelassen fest. Er greift in den Riß und nestelt an etwas herum. Elmer kann nicht verhindern, daß ihm übel wird. Wie der Freund dort im zerschossenen Brustkorb des Skeletts herumwühlt, dazu gehört schon mehr als Kaltblütigkeit. Doreans Hand kommt wieder zum Vorschein. „Na bitte“, sagt Dorean zufrieden und zeigt Elmer ein silbernes Plättchen, das wie ein Amulett aussieht.
„Dorean! Das ist Leichenfledderei! Bist du von Sinnen!“ Elmer ist empört. Miranda schreit auf.
„Reg dich ab. Hättest in Militärgeschichte besser aufpassen sollen“, erwidert Dorean ruhig und bricht das Plättchen, das in der Mitte perforiert ist, auseinander. Die eine Hälfte läßt er unberührt in den zerfetzten Brustkorb des Leichnams fallen, die andere reicht er Elmer.
„Das ist die Erkennungsmarke, Chef“, sagt er vorwurfsvoll und erhebt sich.
Elmer nimmt die Marke mit spitzen Fingern an sich und dreht sie unschlüssig hin und her.
„Entschuldige“, sagt er schließlich beschämt. „Die Nerven ...“
„Schon gut. Gehen wir weiter.“ Dorean stapft weiter, ohne sich noch einmal umzudrehen.
Miranda greift nach Elmers Hand und drückt sie zärtlich.

„Ich hab's auch nicht gewußt", sagt sie leise. Dorean muß es trotzdem gehört haben, denn über die Schulter hinweg knurrt er: „Ihr müßt mich doch für total bescheuert halten ..."
„Vielleicht", antwortet Miranda schnippisch. Dorean bleibt stehen und dreht sich um. Beim großen Sirius, das hätte sie nicht sagen sollen, denkt Elmer verärgert. Aber Dorean grinst nur.
„Die Chefin hat heute ihren schlechten Tag. Gut, das Gefolge wird sich darauf einstellen."
Als Elmer unwillkürlich mitgrinst, läßt Miranda beleidigt seine Hand los.
„Darf euer untertänigster Diener weiter den roten Teppich ausrollen?" fragt Dorean und verbeugt sich tief.
„Rolle er, Unwürdiger!" antwortet Elmer hoheitsvoll, und fast glaubt er, es sei alles wieder so wie früher. Ein schneller, prüfender Blick trifft Elmer. Dann nickt Dorean zufrieden und trottet wieder voraus. Der Stollen endet in einem halbkugelförmigen Saal.
Hier bietet sich ihnen ein Bild des Grauens. Dutzende von Toten liegen übereinander, die Einschüsse in den Wänden zeugen davon, daß hier ein erbitterter Kampf stattgefunden hat.
Sogar Dorean schluckt mehrmals, bevor er sprechen kann.
„Die haben sich gegenseitig abgeschlachtet ...", sagt er angewidert. Diesmal hat Elmer sich besser in der Gewalt. Er tritt an eine der Leichen heran und macht eine bemerkenswerte Entdeckung. Dieser Mann ist kein Synthom.
„Drei goldene Schlangen auf schwarzem Grund. Was bedeutet das, Dorean?" fragt er mit belegter Stimme.
„Magister", antwortet er. „Mit einem Sternchen darüber Obermagister, zwei Hauptmagister. Ein Offiziersdienstgrad der Korenther."
„Was kann hier vorgegangen sein?" fragt Miranda bestürzt.
Dorean stemmt die Fäuste in die Hüften und sieht sich nachdenklich um. Dann sagt er mehr zu sich selbst: „Eine Meuterei, eine Revolte. Aber warum? Wer gegen wen? Ich könnte mir vorstellen, daß es mit den Kämpfen vor dreißig Jahren zusammenhängt, als die progressiven Kräfte Korenths mit Waffengewalt einen Anschluß an die Solare Föderation erzwangen. Die Aufständischen werden auch hier ihre Leute gehabt haben ..."
„Ganz recht, Proximer Malden. Sie haben den Hergang der Er-

eignisse zutreffend rekonstruiert", sagt eine fremde Stimme hinter ihnen. Doreans Hand zuckt zur Waffe, doch er zieht sie nicht aus dem Futteral.
Sechs Männer in schwarzen Skaphandern stehen vor ihnen, jeder ein Dreiäuglein in den Händen. Ihre Waffen stecken unberührt in den Futteralen. Unwillkürlich tastet Elmer nach seinem Bauchnabel, als könne er die Wellen spüren, die von dem winzigen, implantierten Kristall reflektiert werden.
Grellrot leuchtet auf jedem der schwarzen Skaphander das Symbol Rhosigma.
„Die Schwarze Brigade!" flüstert Miranda.
Der Mann, der sie angesprochen hat, lächelt flüchtig. Seine Schultern zieren mehrere dicke rote Balken.
„Mein Name ist Zenarra. Es ist mir Ehre und Freude, Kosmander Elldes und seine Mannschaft auf dem Dritten des Pollux begrüßen zu dürfen. Vorläufig muß ich Sie jedoch bitten, mir ohne Widerspruch zu folgen. Sie befinden sich in einer Verbotenen Zone. Daran ändert auch der Umstand nichts, daß Sie mit einer speziellen Mission betraut wurden."
Superkosmander Zenarra! denkt Elmer verdutzt. Seit Jahren hat man von diesem bekannten RS-Offizier nichts mehr gehört. Das Gerücht geht um, er sei in geheimer Mission ums Leben gekommen. Aber nun steht er vor ihnen!
„Kommen Sie!" fordert der Superkosmander sie auf. Seine Leute nehmen Elmer, Dorean und Miranda in die Mitte. Sind wir verhaftet, oder ist das eine Ehreneskorte? fragt sich Elmer verwirrt. Warum nehmen sie uns nicht die Handwerfer ab? Was hat das alles überhaupt zu bedeuten?
„Vergessen Sie nicht die Erkennungsmarken, Proximer!" spottet Miranda. „Laß das jetzt!" fährt Elmer sie barsch an und zieht sie hinter sich her.
Sie werden durch mehrere unterirdische Korridore geführt und gelangen in einen Trakt, der offensichtlich den Mannschaften der Korenther als Unterkunft diente. An den Kabinentüren sind noch Namensschilder zu erkennen.
Ihre Begleiter reagieren auf alle Fragen mit Schweigen und freundlichem Kopfschütteln.
„Um Ihren Gleiter brauchen Sie sich nicht zu sorgen", sagt Zenarra unvermittelt, „meine Leute haben ihn bereits zu Skorpion zurückgeschafft." Elmer nutzt die Gelegenheit, um ein letztes

Mal eine Frage zu wagen. „Und was wird aus uns, Superkosmander?"
„Nichts weiter, wir bringen Sie zurück. Allerdings auf einem anderen Weg, wie Sie sicher schon bemerkt haben."
Da bleibt Elmer wie angewurzelt stehen. Er starrt auf eins der verblichenen Türschildchen. Dort steht, noch deutlich lesbar: Magister Gerald Spinks.
Einer der Männer des Superkosmanders schiebt ihm sofort weiter, sanft, aber bestimmt.
„Superkosmander! Der Name da, das ist Terrys Vater. Sie kennen doch Stellaster Spinks ...", ruft Elmer.
Zenarra wehrt freundlich ab.
„Kommen Sie, Proximer! Sie haben schon zuviel gesehen."
Dorean wirft ihm einen vielsagenden Blick zu. Elmers Gedanken überschlagen sich. Das können keine Zufälle mehr sein! Der Kreis schließt sich! Ergophagen, die korenthische Basis, Magister Spinks – irgendwie gibt es einen Zusammenhang!
Da kommt ihnen eine andere Gruppe von Sicherheitsleuten entgegen. „Wohin mit den Sonnensteinen, Superkosmander?" fragt einer der Männer.
„Halten Sie den Mund, Mann! Abtreten!" schreit ihn Zenarra an.
Der Mann sieht ihn verblüfft an und salutiert flüchtig. Da begreift Elmer! Sonnensteine! Das vierte Glied in der Kette! Aber wie, verdammt noch mal, muß man die Glieder aneinanderfügen?
Sie betreten eine Luftschleuse. Als sich die Schotten wieder öffnen, stehen sie vor einem hellbeleuchteten Gang. Ihre Begleiter klappen die Helmvisiere hoch, also können sie es auch tun.
„Vergessen Sie alles, was Sie gesehen haben", verlangt Zenarra müde. „Ich verstehe diese Geheimniskrämerei ja auch nicht, aber so lautet unser Befehl. Meiner Ansicht nach Unsinn. Aber, was hilft's? Wenn Sie nicht gerade auf den Kopf gefallen sind, können Sie sich sowieso genug zusammenreimen ..."
„Ich bin leider auf den Kopf gefallen, Superkosmander!" sagt Dorean schnell. Aber Zenarra läßt sich nicht aufs Kreuz legen.
„Bedauernswerter Bursche", murmelt er und grinst hinterhältig. Dorean schürzt enttäuscht die Lippen, dann zuckt er die Schultern und grinst zurück.

Der Teil der Basis, durch den sie nun geführt werden, ist völlig unversehrt. Vor jeder Tür steht ein Wachposten, und wie eine Reihe von Dominosteinen klappernd umfällt, hat man den ersten angestoßen, so schließen sich hastig nacheinander die Kabinentüren, sobald sie einen Gang betreten.
Es gelingt Elmer nicht, einen kurzen Blick in einen der Räume zu werfen. Aber eines wird bald klar: Auf der ehemaligen Basis herrscht hektische Betriebsamkeit.
Ein Stellaster stürzt auf Superkosmander Zenarra zu.
„Wir sind ganz dicht dran, Superkosmander! Ich glaube, wir haben es bald geschafft!“ Seine Augen strahlen. Und auch Zenarra atmet erleichtert auf.
„Dann wäre das alles nicht umsonst gewesen, diese furchtbaren acht Jahre ... Prox, bringen Sie die drei zurück!“ Und zu Elmer, Dorean und Miranda gewandt: „Entschuldigen Sie mich bitte, ich habe zu tun. Grüßen Sie Quattro von mir!“ Er nimmt den Stellaster beim Arm, und die beiden entfernen sich, miteinander flüsternd.
„Begreift ihr das?“ fragt Dorean.
„Noch nicht ganz“, antwortet Elmer langsam. „Aber ich glaube, ich bin auch ganz dicht dran. Ich erzähle es euch nachher ...“
Der Anführer ihrer Begleiter oder Bewacher, Prox, grinst und bemerkt: „Wenn Sie jemals erfahren, was hier vorgeht, Proximer, dann lege ich ein Ei und brüte ein Krokodil aus!“ Seine Kameraden lachen. Sie scheinen ausnehmend guter Laune zu sein.
„Macht euch keine Gedanken, Jungs“, sagt einer von ihnen, „das wird das größte Ding in der Geschichte der Menschheit ...“
„Halt die Klappe, Bonzo, du schwatzt schon wieder zuviel!“ unterbricht ihn Prox. Danach schweigen sie wieder, als seien sie stumm zur Welt gekommen. Sie besteigen einen Lift, und nach wenigen Sekunden Fahrt müssen sie schon wieder aussteigen.
Eine kurze Wendeltreppe, die unmittelbar hinter der zweiten Luftschleuse beginnt, führt sie wieder an die Oberfläche des Planeten.
Erstaunt stellen sie fest, daß es nur knapp hundert Meter bis zur Skorpion sind. Dort ist auch schon der Gleiter.
An ihrem Raumkreuzer stehen Männer in schwarzen Skaphan-

dern. Irgendwo aus dem Boden kommt eine dicke Schlauchleitung, die pulsierend hin und her zuckt. Sie endet im Heck der Skorpion. Wasserstoff! denkt Elmer, und laut sagt er: „Wird nichts mit der Woche Urlaub, wie mir scheint." Dorean nickt zustimmend, und Miranda kuschelt sich an Elmer.

Quattro war völlig überrascht, als die Männer der Schwarzen Brigade die Skorpion umstellten und als ihm schließlich Zenarra die Hand drückte.
„Ich darf dich leider nicht einweihen, Quattro", sagt er, „aber glaube mir, hier fallen zur Zeit Entscheidungen, die für die gesamte Menschheit von größter Bedeutung sind. Ich muß euch verbieten, den Raumkreuzer zu verlassen. Es ist lediglich eine Frage der Sicherheit, jedes, auch das geringste Risiko muß ausgeschlossen werden. Nimm's mir nicht übel."
Quattro nahm ihm nichts übel. Das alles berührt ihn nicht mehr. Ob man ihn eingeweiht oder ausschließt – was bedeutet das jetzt noch. Wichtig ist, daß die Achternak von Geonyx zur Basis Aurora gebracht wird und daß sie Wasserstoff bekommen.
Die Startvorbereitungen sind abgeschlossen. Quattro steht vor dem Astrogonium und wartet auf die Starterlaubnis. Über ihnen kreisen noch drei Transporter, die irgend etwas vom Dritten des Alpha gebracht haben. Die müssen erst abfliegen.
Quattro ahnt, was hier auf dem Planeten vorgeht. Zenarras Andeutungen bestätigen seine Vermutungen nur.
Seit sie auf dem Dritten sind, leuchtet sein Sonnenstein wieder. Beinahe hätte er es nicht bemerkt, weil er hier keine Ergophagen vermutete. Erst wollte er gleich wieder starten. Dann bemerkte er, daß hier das Steinchen anders flackerte, viel schwächer. Darauf kommt es nun auch nicht mehr an, sagte er sich und verwarf den Gedanken an einen sofortigen Start. Aber den Heliolith behielt er argwöhnisch im Auge. Irgend etwas machen sie hier mit Ergophagen, das steht nun für ihn fest. Und offensichtlich haben sie gar keine Angst mehr vor diesen Biestern.
Kein übler Gedanke, dafür eine längst verlassene Raumbasis, über dreißig Lichtjahre von der Erde entfernt, herzurichten. Aber warum dieser Geheimhaltungstick? Vielleicht, damit keine falschen Hoffnungen genährt werden, überlegt Quattro. Nichts ist schlimmer, als eine um ihre Hoffnungen betrogene

Menschenmenge. Trotzdem sollte man es nicht so maßlos übertreiben …
Da erscheint noch einmal Superkosmander Zenarras Gesicht auf dem Bildschirm. „Rhosigma-Order von der Basis, Quattro. Ihr sollt etwas mitnehmen. Meine Leute sind schon unterwegs."
„Ich frage lieber nicht, was es ist", antwortet Quattro ironisch.
Zenarra lächelt versöhnlich: „Frage lieber nicht."
„In Ordnung! Sie sollen zur Ladeluke vier kommen." Dann dreht er sich um. Wieder fällt sein Blick auf Ponape. Ein zuverlässiger Bursche. Mit den wenigen Worten an Bord der Achternak hat er ihm sehr geholfen.
„Proximer Ponape, kümmern Sie sich bitte um die Verladearbeiten."
Malden und das Mädchen folgen Ponape unaufgefordert. Das ist auch so ein Dreigestirn, denkt Quattro, es muß doch schön sein, Freunde zu haben. Er lacht bitter auf, Freunde – er hat immer nur seine Familie gehabt. Zum Freund hat er nie getaugt. Quattro der Jäger, Quattro der Einzelgänger, Quattro der Einsame …
Auf dem Bildschirm ist zu sehen, wie Zenarras Leute auf einem Transportkarren einen merkwürdigen Behälter heranrollen. Irgendeinen Spezialcontainer.
Nun erwacht doch Quattros Neugier – und sein Mißtrauen. Aufmerksam beobachtet er, wie der Container in den Laderaum gehievt wird. Er beschließt, selbst noch einmal nach unten zu gehen.
Kurz vor der Luke zum Deck vierzehn, wo sich die Frachträume befinden, begegnen ihm Ponape, Malden und das Mädchen.
„Alles erledigt, Kosmander!" meldet Ponape. „Ein komisches Ding, hab ich noch nie gesehen …"
„Ist gut, Ponape. Ich seh selbst noch mal nach."
Als die Luke hinter ihm zufällt, zieht er das Kettchen mit dem Sonnenstein hervor. Geblendet schließt Quattro die Augen.
Das Steinchen strahlt und funkelt, als befände sich in seinem Innern eine kleine Sonne. So hat er es noch nie erlebt …
Vorsichtig nähert sich Quattro der chromblitzenden Truhe. Das Flackern und Sprühen wird immer stärker.
Quattro merkt, wie ihm der Mund trocken wird. Also doch!
Als er die Hand auf das kühle Metall legt, glaubt er ein feines

Prickeln in den Fingern zu spüren. Doch seltsamerweise fürchtet er sich nicht. Eine Sekunde lang spielt er mit dem Gedanken, die Truhe zu öffnen, und sucht nach einem Schloß. Da! Eine Zahlenkombination. Quattro verzieht verächtlich das Gesicht. Sie sollen sich nur nicht so haben.
Dann zwingt er sich zu nüchterner Überlegung. Sie haben also eine Möglichkeit gefunden, Ergophagen zu lokalisieren, sie sogar zu fangen und einzusperren! Aber so läßt er sich nicht überfahren! Wütend hastet er in die Kommandozentrale zurück und verlangt Superkosmander Zenarra zu sprechen.
„Was befindet sich in den Containern?" brüllt er den ranghöheren Mann respektlos an. Zenarra zieht erstaunt die Augenbrauen zusammen.
„Wir hatten uns doch geeinigt ..."
„Ich lasse mich nicht aufs Kreuz legen!" Quattros Gesicht ist rot vor Wut. „In der Truhe befinden sich Ergophagen."
„Moment mal ..." Zenarra winkt hilflos ab und verschwindet vom Bildschirm. Dann blitzt kurz das von einem Uranium gerahmte Rhosigma auf. Das Symbol der RS-Basis! Wenig später mustern Regantas blaue Augen Quattro.
„Mach keinen Ärger, Quattro." Doch Quattro läßt ihn nicht weiterreden.
„Wenn man mich mit einer Ladung Dynamit unterm Hintern losschickt, möchte ich gefälligst informiert werden! Mir geht es nicht um meine eigene Sicherheit. Aber ich bin auch für meine Mannschaft verantwortlich!"
„Ich sag doch: Mach keinen Ärger!" Der Admirander läßt sich nicht beeindrucken. „Der Container enthält keine Ergophagen. So weit sind wir leider noch nicht. Deine berühmte Nase hat dich dieses Mal im Stich gelassen, Quattro. Tut mir leid."
Nein, so lasse ich mich nicht abspeisen, denkt Quattro. Jetzt sollen sie endlich mal die Karten aufdecken.
„Ich möchte wissen, was für eine Ladung ich transportiere. Laut Dienstordnung habe ich ein Recht darauf", beharrt er.
Reganta überlegt angestrengt. Dann sagt er bedächtig: „Gut. Das alles muß schließlich ein Ende haben. Ich nehme es auf meine Kappe. Aber erst etwas anderes: Sofort nach der Ankunft melden sich folgende Besatzungsmitglieder bei mir: Kosmander Mariel Elldes, Proximer Dorean Malden, Proximer Elmer Ponape und Protektor Miranda Martin."

Quattro registriert verwundert, daß der Admirander die Namen von einem Zettel abliest. Was hat das wieder zu bedeuten?
„Nun zu dir, Quattro. Der Container enthält Sonnensteine. So, jetzt weißt du's. Wenn du mir nicht glaubst, sieh nach. Der Code ist siebenundneunzig-zweiundvierzig."
Noch ehe Quattro reagieren kann, ist der Bildschirm wieder leer, die Verbindung unterbrochen. Im ersten Moment muß er dem Wunsch widerstehen, sich von der Richtigkeit der Behauptung zu überzeugen. Nein, belügen wird Reganta ihn nicht! Daran zu glauben wäre der größte Unsinn.
Sonnensteine! Also reagiert sein kleiner Heliolith nicht nur auf die Anwesenheit von Ergophagen, sondern er zeigt auch die Nähe anderer Sonnensteine an!
Doch er muß starten! Mit Gewalt reißt er sich aus seinen Gedanken.
„Skorpion startklar. Erbitte Starterlaubnis", wiederholt er seine Bereitschaftsmeldung, wohl schon das fünftemal in den letzten sechzig Minuten.
„Aufstiegskorridor frei. Viel Glück, Skorpion!" hört er den Diensthabenden. Dann zündet er die Triebwerke.
Im Donnern und Fauchen der Tachyonentriebwerke versinkt unter ihnen die blaßgrüne Kugel des Dritten im System Pollux.

Admirander Reganta stochert mit der Gabel mißmutig in den Spaghetti herum und piekt ein zusammengeschrumpftes Speckstreifchen heraus. Als die vier zum Rapport befohlenen Besatzungsmitglieder eintreten, schaut er nicht auf, sondern erlaubt ihnen mit einer zerstreuten Geste, sich zu setzen. Auf ihren Gruß brummt er nur etwas, und Elmer glaubt Ärger herauszuhören. Vor ihm, direkt neben dem Teller, liegt ein staubiger Aktenordner.
Erst als die Tür ein weiteres Mal klappt und Terry Spinks eintritt, hebt Reganta den Kopf. Elmer erschrickt. Zwei tiefe Falten zeichnen sich auf der Stirn des Admiranders ab. Das Kinn ist unrasiert, und unter den Augen liegen dunkle Schatten. Das kommt vom Traumteufel, denkt Elmer. Wenn Reganta nicht bald aufhört, sich so zu schinden, fällt er eines Tages um und ist tot.
Seufzend schiebt der Admirander den Teller zur Seite, faltet die Hände und mustert die fünf.

„Da hätten wir unser geheimes Komitee für Sicherheit und Ordnung ja vollzählig beieinander“, sagt Reganta gereizt, nachdem er sich mit dem Handrücken den Mund abgewischt hat. Dann öffnet er die obersten beiden Uniformknöpfe und wedelt sich mit einer Hand Luft zu. Scheinbar fällt es ihm schwer, den richtigen Anfang zu finden. Elmer fährt erschreckt zusammen. Unsicher blickt er zu Dorean hinüber, dann zu Spinks. Miranda legt ihre Hand auf sein rechtes Knie, als ginge sie das alles überhaupt nichts an.

„Am meisten verwundert mich doch das Verhalten der beiden Proximer“, erklärt Reganta. „Sie haben wohl vergessen, daß Ihre Strafe zur Bewährung ausgesetzt ist, meine Herren?“

Elmer schluckt mühsam. Dann gibt er sich einen Ruck und sagt mit belegter Stimme: „Admirander! Wir haben nichts getan, was wir mit unserem Gewissen nicht vereinbaren können …“

„Hauptsache, Sie können es auch mit dem Dienstreglement vereinbaren“, wirft Reganta sarkastisch ein.

Gut, jetzt alles oder nichts, denkt Elmer entschlossen.

„Wir sind einer Riesenschweinerei auf der Spur, Admirander!“ sagt er mit fester Stimme, ohne auf Doreans entsetztes Augenzwinkern, Stellaster Spinks' unwilliges Kopfschütteln und Mirandas Rippenstoß zu reagieren. „Und ich werde nicht ruhen, bis wir herausgefunden haben, wer an der Ergophagenkatastrophe schuld ist.“ So, nun ist es heraus, denkt er und lehnt sich aufatmend zurück.

„Blödsinn!“ Der Admirander winkt verächtlich ab. „Eigentlich müßten Sie es doch nun endlich kapiert haben, oder sind Sie mit geschlossenen Augen durch die Basis Cobra gelaufen?“

„Basis Cobra?“ fragt Spinks vorsichtig.

„So nannten die Korenther das Objekt auf dem Dritten von Beta Gemini. Beim großen Sirius! Sie haben doch alles gesehen, die riesigen Konverter, die Generatoren, den ganzen energetischen Klimbim – stellen Sie sich doch nicht dümmer, als Sie sind! Sie suchen Schuldige! Wofür denn? Suchen Sie diejenigen, die allem Anschein nach mit Hilfe der Heliolithe in einer komplizierten Apparatur die Ergophagen ins Leben riefen und sie auf die Erde losließen? Suchen Sie denjenigen, dessen Zeigefinger noch fünf nach zwölf auf einen winzigen, unscheinbaren Knopf drückte und die Menschheit damit an den Rand des Untergangs

brachte?" Reganta funkelt sie zornig an. Dann greift er den Aktenordner und wirft ihn Stellaster Spinks zu, der gerade noch die Arme hochheben kann, um ihn zu fangen.
„Tut mir leid, Terry. Es wird Ihnen sehr weh tun. Aber lesen Sie! Das sind Versuchsprotokolle aus dem Energetiklabor acht, das Ihrem Vater unterstand. Leider sind sie unvollständig und teilweise in einem Code, den wir noch nicht entschlüsselt haben. Aber die Fragmente reichten aus, um folgendes festzustellen: Die Korenther waren uns in der Erforschung der Sonnensteine weit voraus. Leider erfuhren wir erst vor wenigen Tagen, daß die Bezeichnung Kleine Drachen ein Deckname für die Heliolithe war. Deshalb tappten wir lange Zeit im dunkeln. Bereits vor acht Jahren fanden wir heraus, daß die Basis Cobra dazu errichtet worden war, um eine ganz besondere Waffe herzustellen. Wir kannten auch den Namen – Energonen. Allerdings war damit anfangs noch gar nichts klar. Alle unsere Versuche, hinter die Herstellungstechnologie dieser Energonen zu kommen, schlugen fehl. Auch ahnten wir nichts davon, daß eine riesige Wolke dieser Energonen bereits unterwegs zur Erde war ... Ja, in diesem Sinne bin auch ich schuldig! Ich hätte es wissen müssen, daß diese Verbrecher versuchen werden, die ganze Welt mit in die Hölle zu nehmen. Zenarras Leute arbeiteten fieberhaft, wir mußten herausbekommen, was das ist: Energonen. Daß es sich um eine hochwichtige Angelegenheit handelt, begriffen wir sofort. Also wurde das System Pollux sofort gesperrt. Aber es war schwierig, die völlig zerstörte Anlage anhand der wenigen Dokumente, die erhalten geblieben sind, zu rekonstruieren. Nach und nach gelang es Zenarra und seiner Schwarzen Brigade, das Mosaik zusammenzufügen. Zuerst fanden sie heraus, daß es sich um eine Art Wirbelfelder handeln mußte, wie diese erzeugt wurden, blieb lange schleierhaft. Dann kamen sie dahinter, daß diese Felder auf eine komplizierte Art und Weise moduliert wurden und dadurch fernsteuerbar waren. Nun glaubten wir uns dicht am Ziel. Erst als die Ergophagen begannen, die Erde zu verwüsten, mußten wir unseren Irrtum erkennen."
„Entschuldigen Sie, Admirander", murmelt Elmer betreten, dem schlagartig alles klar wird. Reganta winkt nervös ab.
„Die Ergophagen sind nun einmal keine gewöhnlichen elektromagnetischen Kreaturen. Bis jetzt wissen wir noch nicht, wie es den Korenthern gelingen konnte, sie zu erzeugen. Aber Pyron

hat uns auf die wohl wichtigste Spur gebracht: die Sonnensteine. Die Korenther müssen gezielt nach einer militärischen Verwendbarkeit dieser geheimnisvollen Kristalle geforscht haben. In dieser Frage hat ihr Vater leider eine sehr unrühmliche Rolle gespielt, Terry."
Elmer sieht, wie Stellaster Spinks mit bleichem Gesicht und zusammengekniffenem Mund die Akten durchblättert. Auch Quattro starrt betroffen vor sich hin und greift sich an den Hals, als bekäme er keine Luft mehr. Seine Finger tasten nach irgendeinem Gegenstand, den er auf der Brust trägt. Wohl ein Amulett oder so etwas, denkt Elmer.
„Allem Anschein nach war die Erforschung und Entwicklung dieser grausamen Waffe noch nicht beendet, als Angehörige der progressiven Kräfte Korenths die Basis in einem kühnen Handstreich eroberten. Der Kommandant konnte sich in seiner Kabine verbarrikadieren und schaffte es noch, eine Ladung Ergophagen abzufeuern, dann öffnete er die Ventile eines speziell für solche Fälle vorgesehenen Leitungssystems. Es muß ein hochwirksames Nervengas gewesen sein ...
Alles weitere sind lediglich Spekulationen. Viel spricht dafür, daß sich die Ergophagen im Vakuum mit Lichtgeschwindigkeit fortbewegen können. Daß sie für die dreiunddreißig Lichtjahre zwischen Pollux und Erde exakt dreiunddreißig Jahre benötigten, läßt darauf schließen, daß es ihnen nicht möglich ist, Oszillationspunkte aufzufinden und zu durchstoßen. Weiterhin vermuten wir, daß die Sonnensteine multifunktionale Gebilde künstlicher Herkunft sind, deren Aufgabe es unter anderem ist, Ergophagen zu synthetisieren. Allerdings dürften diese zweifellos anderen Zwecken gedient haben, sie sind von den korenthischen Militärs gewissermaßen deformiert worden, umgeprägt. Wie das geschehen ist, müssen wir unbedingt noch herausfinden. So, meine Herren, nun wissen Sie Bescheid. Und in dieser schwierigen Situation bringen einige neugierige RS-Beamte alles durcheinander."
„Aber warum ist das alles geheimgehalten worden, Admirander?" fragt Dorean. „Wir mußten doch annehmen, daß irgend etwas an der Sache faul ist!"
Reganta stöhnt gequält auf. „Beim großen Sirius! Malden, Sie sind doch sonst ein heller Kopf! Begreifen Sie doch: Tausende, Zehntausende ehemaliger Korenther arbeiten mit uns in den

verschiedensten Raumfahrtberufen. Von den Millionen auf der Erde ganz abgesehen. In einer Situation, die größte Zuverlässigkeit und Exaktheit verlangt, wo das Leben Hunderttausender von einigen wenigen Leuten abhängt – da sollen wir in alle Welt hinausposaunen, daß die Ergophagen eine Zeitzünderbombe der korenthischen Wehrflotte sind? Sie wissen, was die Korenther für Integrationsschwierigkeiten haben, vieles ist noch unvergessen. Wer garantiert uns, daß es nicht zu Ausschreitungen käme, zu Mißtrauen und Feindschaft? Unmöglich, das Risiko dürfen wir nicht eingehen. Niemandem ist damit geholfen, wenn er die wahren Schuldigen kennt. Sollen die Menschen ruhig an eine unbekannte Naturgewalt glauben, dann kämpfen sie in Einigkeit, Schulter an Schulter."

Elmer nickt beklommen. Er sieht die Gluthölle der Siriusfestung vor sich, hört das Stöhnen und Ächzen der dort Leidenden. Was geschähe, wenn man diesen Menschen die Wahrheit sagte? Darf man sich der Illusion hingeben, sie würden es mit Fassung aufnehmen, oder wäre es nicht vielmehr so, daß sich viele auf die Korenther unter ihnen stürzen würden? Der Admirander hat recht.

„Sie haben uns das Leben nicht leichter gemacht, meine Herren. Einerseits achte ich Ihre Motive, andererseits fühle ich mich persönlich gekränkt durch Ihr Mißtrauen, und es wird mir nicht leichtfallen, diese schwere Enttäuschung zu vergessen. Was alles hätte geschehen können, wäre ich nicht über jeden Ihrer Schritte informiert gewesen ..."

Elmer und Dorean sehen erst sich, dann Stellaster Spinks verblüfft an. Der zuckt nur nervös mit den Schultern. Elmer sieht, wie sich Doreans Blick plötzlich verfinstert. Jetzt funkelt er Spinks feindselig an.

„Nein. Nicht Stellaster Spinks", sagt Miranda da in die ungemütliche Stille hinein. „Nach dem Zwischenfall im Datenbunker hat man mich gebeten zu helfen, um Schlimmeres zu verhindern. Ich habe gleich begriffen, daß es eine wichtige Aufgabe ist ..., wenn auch eine sehr unangenehme. Es fiel mir nicht leicht."

Elmer prallt zurück. Unwillkürlich reibt er sich die Augen. Nein, er träumt nicht. Miranda sitzt tatsächlich neben ihm und erklärt in aller Seelenruhe, ein Spitzel Regantas zu sein!

„Ich sollte herausfinden, welches Ausmaß die Verschwörung

angenommen hatte. Zum Glück war es nicht so schlimm, wie der Admirander befürchtete."

„Es macht keinen Spaß, die eigenen Leute überwachen zu lassen, glauben Sie mir das!" erklärt Reganta. „Doch als Durila mir erzählte, daß Sie das Gespräch zwischen Wondermark und mir belauscht haben, da blieb mir nichts weiter übrig. Protektor Martin erschien mir als besonders geeignet ..." Bei den letzten Worten schmunzelt er.

Elmer schiebt brüsk Mirandas Hand von seinem Knie.

„Elmer", sagt sie leise und vorwurfsvoll. Er wendet sich demonstrativ ab. Ihm ist, als müsse er zerspringen. Alles Lüge, alles Betrug, denkt er betroffen, und er hat Mühe, die Tränen zurückzuhalten, so groß ist die Enttäuschung.

„Ist eine Frage erlaubt, Admirander?" hört er Dorean wie aus weiter Ferne.

„Bitte, Proximer Malden", antwortet Reganta, schon milder gestimmt.

„Was bedeuten die Kristalltürme, die die Ergophagen errichtet haben?"

Reganta kraust die Stirn und wiegt bedächtig seinen Kopf. „So genau wissen wir das noch nicht. Unsere anfängliche Vermutung, sie benötigen die Energie zur Vermehrung, mußten wir verwerfen. Nach ersten groben Schätzungen ist die gesamte durch die Atomexplosionen freigesetzte Energie, so unglaublich das auch klingen mag, in diesen seltsamen Gebilden gespeichert! Aber wozu? Die Einzelkristalle ähneln in der Struktur den Sonnensteinen. Haben die Ergophagen versucht, Sonnensteine herzustellen? Diese Zusammenhänge hoffen wir in den nächsten Tagen klären zu können. Nur eines wissen wir mit Sicherheit: Die Ergophagen sind keine bösartigen Raubtiere, sondern eher so etwas wie energetische Maschinen, vielleicht sogar Roboter. Sie wurden von den Korenthern unter Verwendung der Sonnensteine geschaffen und im Verlauf dieses Prozesses umprogrammiert." Er lächelt flüchtig und fügt erläuternd hinzu: „Ich habe früher einmal – noch in der Schule – einen Ferieneinsatz in einem pharmazeutischen Institut mitgemacht. Eines Tages gaben wir in das Futter für die weißen Mäuse eine winzige Prise Dynamin und ließen sie dann auf die Katze des Hausmeisters los. Sogar einige von uns erlitten dabei ernsthafte Bißverletzungen ... Etwas Ähnliches müssen die Korenther mit den Ergophagen gemacht haben. Das werden wir herausfinden."

Dann schlägt er mit der Faust auf den Tisch und knurrt ärgerlich: „Wenn wir doch nur früher darauf gekommen wären, welche Rolle die Sonnensteine dabei spielen. Da sitzt der Pyron auf einem Planeten, der von Sonnensteinhöhlen durchlöchert ist wie ein Schweizer Käse, und experimentiert schon über dreißig Jahre ohne ein greifbares Ergebnis ... Stellaster Spinks' Vater hingegen entwickelt mit Hilfe derselben Heliolithe innerhalb kürzester Frist eine mörderische Waffe ... Daß die großen Entdeckungen immer nur im Dienste des Bösen gemacht werden, es ist zum Verzweifeln!"

Elmer beobachtet, wie Quattro immer blasser wird. Zwar ging es bisher immer nur um Magister Gerald Spinks, doch der Hauptverantwortliche war doch Großadmiral Markus Elldes, Quattros Vater. Der Kosmander scheint schwer daran zu tragen. Man sieht ihm die Verzweiflung an.

Aber noch schlimmer ergeht es Stellaster Spinks. Er, der nach der Wahrheit gesucht hat, der sich Klarheit über die Rolle seines Vaters in jenen Jahren verschaffen wollte, wurde nun mit Tatsachen konfrontiert, die eine deutliche Sprache sprechen. Spinks erhebt sich steif und legt den Aktenordner auf Regantas Schreibtisch zurück. „Danke, Admirander, es war sehr aufschlußreich", murmelt er.

„Tut mir leid, Terry. Ich hätte es Ihnen erspart – aber Sie zwangen mich dazu ..." Reganta bedauert es wirklich, es ist ihm anzusehen.

„Er war ein Verbrecher", sagt Spinks haßerfüllt. „Alle waren sie Verbrecher." Dabei nestelt er mit zitternden Fingern den vergilbten Zettel aus seiner Brusttasche.

„Hier, nehmen Sie, Admirander! Heften Sie ihn mit ab, oder werfen Sie ihn in den Papierkorb. Ich sage mich los von ihm, unwiderruflich. Nein, ich bin nicht der Sohn dieses Mannes!"

Der Admirander nimmt den Zettel und entfaltet ihn vorsichtig.

„Darf ich gehen, Admirander" fragt Spinks hölzern.

„Sekunde ..., warten Sie bitte noch ..." Reganta liest leise vor: „Seht ohne Niedergeschlagenheit Neues entstehen, nie sterben Taten eines Ichs. Nicht einer Größe erringt, fehlt alles Handeln. R." Er liest noch einmal. Dann ein drittes Mal. Schließlich

stöhnt er fassungslos. „Stellaster Spinks! Wie lange ist die Botschaft bereits in Ihrem Besitz?“ Seine Stimme bebt.
„Etwa zweiunddreißig Jahre. Sie wurde uns kurz vor der Hinrichtung zugespielt. Aber ich bin mir nicht sicher, ob es nicht eine Verwechslung ist. Die Unterschrift ...“
Reganta läßt ihn nicht ausreden. Plötzlich und unerwartet brüllt er los: „Und da bekomme ich das erst jetzt zu sehen! Der einzige konkrete Hinweis auf die Sonnensteine – und Sie tragen ihn zweiunddreißig Jahre in Ihrer Brusttasche spazieren! Mann, sind Sie überhaupt noch bei Verstand?“
Terry Spinks prallt erschreckt zurück. Er stammelt zusammenhanglose Worte. Reganta schäumt vor Zorn.
„Wir setzen Himmel und Hölle in Bewegung, um die Menschheit aus der größten Gefahr seit ihrer Existenz zu retten, müssen uns dabei von einem kleinen Stellaster ins Handwerk pfuschen lassen, der mit sich und seiner Welt unzufrieden ist, weil er einfach keine Augen im Kopf und keinen Verstand im Schädel hat, und ebendieser Stellaster trägt die Formel mit sich herum, die wahrscheinlich die Rettung bedeutet, ohne es auch nur zu ahnen! Beim großen Sirius, wie ist so etwas nur möglich?“
Spinks sieht Reganta verwirrt an. Der reicht Elmer den Zettel mit der Aufforderung: „Lesen Sie laut vor. Aber immer nur den ersten Buchstaben jedes Wortes!“ Und etwas leiser fügt er hinzu: „Der simpelste Code, den man sich überhaupt vorstellen kann, so etwas sieht man doch auf den ersten Blick.“
Elmer liest: „S-O-N-N-E-N-S-T-E-I-N-E-G-E-F-A-H-R.“ Verblüfft wiederholt er: „Sonnensteinegefahr.“
„Das hätten wir schon vor dreißig Jahren wissen können!“ flucht Reganta. Bestürzt starrt Elmer auf das vergilbte Papier in seinen Händen.
Terry Spinks springt auf und reißt ihm den Zettel aus den Fingern. Mit zitternden Lippen liest auch er den Text, immer wieder. Sein Gesicht zuckt nervös. Plötzlich lacht er auf, schlägt sich an die Stirn und ruft fassungslos: „Das kann nicht wahr sein ..., das kann nicht wahr sein ...“
„Es ist wahr“, entgegnet Reganta eisig. „Es ist wahr, daß dieser Zettel wahrscheinlich vielen Menschen das Leben gerettet hätte, wenn er früher in unsere Hände geraten wäre.“
Elmer überlegt: Natürlich hat der Admirander recht. Aber ist er

selbst nicht auch mitschuldig daran, daß Spinks sich ihm nicht anvertraut hat?

„Admirander, Stellaster Spinks trifft keinerlei Schuld!" sagt Elmer selbstsicher. Als Miranda ihn schmerzhaft in den Oberschenkel kneift, um ihn zurückzuhalten, schlägt er ihre Hand grob zur Seite.

„So?" fragt Reganta kühl, aber innerlich kocht er, das spürt Elmer.

„So, ihn trifft also keine Schuld? Und wie kommen Sie darauf?"

Elmer erhebt sich unwillkürlich und steht nun neben Terry Spinks, der immer noch mit feuchten Augen und glücklichem Lächeln auf den Zettel starrt, dabei unentwegt flüsternd: „Er wollte uns warnen ..., er wollte uns warnen ..., er war kein Verbrecher ..."

„Stellaster Spinks trifft keine Schuld, Admirander!" wiederholt Elmer fest. „Es ist sicher sehr gewagt, hier überhaupt nach einem Schuldigen zu suchen", schränkt er vorsorglich ein, denn er weiß genau, es gibt einen. Und dieser Mann wird es auch gleich begreifen. Wahrscheinlich hatte er nur noch keine Zeit, sich darüber Gedanken zu machen. Schließlich ist auch ein Admirander Reg Reganta nur ein ganz gewöhnlicher Mensch.

„Stellaster Spinks hatte keinerlei Veranlassung, sich bei Ihnen Rat zu holen, Admirander. Erstens: Es ist allgemein bekannt, daß Sie ehemaligen Korenthern gegenüber sehr reserviert sind."

Elmer sieht, wie Quattro krampfhaft nickt.

„Diese Zurückhaltung ist verständlich, denn *Sie* wußten ja die ganze Zeit, was es mit den Ergophagen auf sich hat. Andererseits, wie lange noch sollen sich die Söhne der Taten ihrer Väter schämen? Zweitens: Stellaster Spinks hat ja eben erst erfahren, daß sein Vater eine Schlüsselrolle innehatte! Und gerade deshalb, weil der Magister Spinks an der Erschaffung der Ergophagen beteiligt war, wurden dem Stellaster Spinks alle ihn interessierenden Informationen vorenthalten. Warum konnte man ihn nicht einweihen? Ihm ging es doch nur um seine Identität. Warum dieses übertriebene Mißtrauen? Ja, Mißtrauen, Vorsicht kann man das nicht mehr nennen. Und Sie erwarten Vertrauen von jemandem, dem Sie selbst keins entgegenbringen! Sicher hätte Stellaster Spinks Ihnen den Zettel gezeigt, wenn er nur ein klein wenig Vertrauen gespürt hätte ..."

„Sie meinen also, ich wäre schuld?“ fragt Reganta erstaunlich ruhig.

„Ja.“ Elmer zögert nicht mit der Antwort.

Unheilvolles Schweigen lastet auf den sechs Menschen. Dorean starrt Elmer mit offenem Mund und einem Gesichtsausdruck an, als habe der sich soeben vor seinen Augen aus dem Fenster gestürzt. Quattro schüttelt nur heftig den Kopf, schweigt aber immer noch. Mit aller Kraft krallt Miranda ihre Finger in Elmers Arm. Elmer jedoch spürt es vor Erregung kaum.

Nur Spinks begreift überhaupt nichts, er drückt den kleinen Zettel an seine Brust und murmelt: „Verzeih mir, Vater ...“

Der Admirander hat den Kopf gesenkt, trotzdem erkennt Elmer, wie seine Stirnadern anschwellen. Seine Hände ballen sich zu Fäusten, so daß die Gelenke hörbar knacken.

Immer noch steht Elmer stocksteif vor dem Schreibtisch. Jetzt erscheint es ihm unglaublich, daß er es war, der da soeben den Admirander schuldig gesprochen hat. Die plötzliche Erkenntnis hat ihn so überrascht, geradezu überwältigt, daß er einfach reden mußte.

Aber es ist tatsächlich so. Woher sollte Spinks wissen, daß die letzte Botschaft seines Vaters eine Nachricht beinhaltet? Ihm kann niemand einen Vorwurf machen. Er hat gesucht und geforscht, ist jeder Spur nachgegangen, die zurück in die Vergangenheit führte, um zu erfahren: Wer war Gerald Spinks?

Hätte er auch nur im entferntesten geahnt, daß Magister Gerald Spinks etwas mit den Ergophagen zu schaffen hatte, sicher wäre ihm der merkwürdige Wortlaut dieser Nachricht verdächtig erschienen.

Aber der mächtige Reg Reganta tat alles, um Terry Spinks von der Wahrheit fernzuhalten. Aus Gründen der Sicherheit. So ist das nun mal. Was mag jetzt in Reganta vorgehen? fragt sich Elmer.

„Bitte gehen Sie jetzt“, sagt der Admirander in die spannungsgeladene Stille hinein. Seine Stimme klingt brüchig. „Es ist alles gesagt. Bitte, lassen Sie mich jetzt allein. Ich möchte wenigstens einmal eine einzige Minute Zeit zum Nachdenken haben ...“

Die letzten Worte klingen sehr bitter. Die fünf gehen schuldbewußt hinaus. Elmer zögert an der Tür. Sein Herz krampft sich zusammen, als er Reganta hilflos den Aktenordner zur Seite

schieben sieht. Am liebsten würde er sich entschuldigen, alles zurücknehmen. Aber das ist unmöglich. Der Admirander beging einen Fehler: Er hatte zuwenig Vertrauen, glaubte, seine Mitarbeiter bevormunden zu müssen, indem er entschied, was sie wissen dürfen und was nicht. Bestimmt war es eine sehr schwere Entscheidung. Das entschuldigt aber nicht, daß er falsch entschied. In solch einer Funktion darf man keine Fehler begehen. Das ist der Preis.
Als Elmer die Tür leise hinter sich zuzieht, faßt Miranda seinen Arm.
„Laß mich." Er schiebt sie kraftlos zur Seite und geht. Er fragt sich: War auch sie im Unrecht, durfte sie so handeln? Elmer kann die Frage nicht beantworten.
Er weiß überhaupt nicht mehr, was falsch oder richtig ist.
Als er ihre trippelnden, zögernden Schritte hört, rennt er einfach los. Ihm wird bewußt, daß es eine Flucht ist. Er flieht vor sich selbst.

Quattro läßt den Lander wie einen Stein in die Tiefe fallen. Reganta wollte, daß er die Truhe mit den Heliolithen am Stadtrand von Tirax in einen pneumatisch betriebenen Ballon umlädt. Aber Quattro hat seine eigenen Pläne. Die großflächigen Tragflügel des Flugkörpers gestatten eine antriebslose Landung wie bei den großen Frachtseglern. Er wird direkt neben den Kristalltürmen der Ergophagen aufsetzen. Das Gebiet wurde bereits geräumt und abgesperrt. Man weiß nicht, wie die Ergophagen auf die Sonnensteine reagieren werden. Es ist ein Blindversuch. Aber irgend etwas geschieht, darüber sind sich alle einig.
Als Reganta ihnen klarmachte, welche Bedeutung die Sonnensteine voraussichtlich für die Lösung des Problems haben, verlor Quattro fast den Verstand. Auf einmal wurde es ihm schlagartig klar: Sie faseln von Schuld und Verantwortung – dabei gibt es nur einen einzigen Schuldigen. Er heißt Kosmander Mariel Elldes. Dieser Mann hat aus eigennützigen Motiven verheimlicht, daß sein Sonnenstein, das Abschiedsgeschenk des Vaters, des verruchten Mörders Großadmiral Markus Elldes – die Anwesenheit von Ergophagen anzeigt! Wohl hat er geahnt, daß es da Zusammenhänge geben muß, aber er hat geschwiegen. Dieser Mann muß bestraft werden!
Quattro lächelt grimmig bei diesem Gedanken.

Eigentlich ist Kosmander Mariel Elldes doch schon tot – er starb, als er erfuhr, daß seine Familienangehörigen verunglückt waren. Aber sein Körper widersetzte sich diesem Tod. Da gibt es etwas nachzuholen.
Da unten stehen sie! Unzählige blauglitzernde Gittertürme sind aus dem geschmolzenen Boden des Servenatals gewachsen. Merkwürdigerweise haben die Ergophagen nach Errichtung dieser fremdartigen Bauwerke alle Aktivitäten eingestellt, als wüßten sie nicht mehr weiter. So, als ob sie ein Programm, ein fehlerhaftes anscheinend, abgearbeitet hätten und nun auf neue Befehle warteten. Vielleicht war die Idee, die Ergophagen mit Kernenergie zu ködern, tatsächlich die einzig richtige. Wenn Reganta recht hat, dann warten sie auf die Sonnensteine, deren künstliche Herstellung ihnen nicht gelungen ist. Oder sind die eisblau glänzenden Gebilde so etwas wie ein Larvenstadium, einfach eine andere Existenzform der Ergophagen? Womöglich kann man diesen Zustand mit der Anabiose vergleichen?
Das alles wird Kosmander Mariel Elldes nicht mehr erfahren, sagt Quattro und lacht heiser auf.
„Alpha. Reganta für Kosmander Elldes. Quattro, was machst du? Du kannst das Servenatal nicht direkt anfliegen, du hast keinen Thyon an Bord! Außerdem kommst du ohne Ballon nicht wieder weg! Omega!" hört er die beunruhigte Stimme des Admiranders.
Quattro langt zur Armaturentafel und schaltet den Empfänger ab. Kosmander Elldes benötigt keinen Thyon mehr, denkt er seltsam erheitert, was soll er mit dem Strahlenschutzpanzer anfangen?
Mitten zwischen den Kristallgewächsen entdeckt er eine freie Fläche, wie geschaffen als Landeplatz. Weich setzt das Fluggerät auf. Nur das Knirschen der Kufen und das Knistern des aus den Düsen sprühenden Gleitschaums sind zu hören. Quattro schiebt den Skaphanderhelm achtlos zur Seite. Dann klettert er in den Laderaum. Als er die große Luke zurückschiebt, bläst ihm ein heißer Wind ins Gesicht. Langsam senkt sich die Rampe aus dem Flugkörper und setzt auf der harten Schlacke auf, die von Ruß und Asche bedeckt ist.
Quattro schiebt den Schlitten, auf dem der chromblitzende Container steht, auf die Rampe und beobachtet gedankenver-

loren, wie die Truhe sachte nach unten gleitet. Dann springt er aus der Luke und tritt an das mannshohe Behältnis.
Er wirft noch einen letzten Blick auf die verästelten, netzartigen Strukturen der Türme, die um ihn herum in die Wolken wachsen. Alles ist ruhig, nur der Wind pfeift eine eintönige Melodie, brennt heiß auf der Haut. Quattro glaubt zu spüren, wie die Quanten der harten Strahlung seinen Körper durchbohren, und es bereitet ihm tiefste Genugtuung. In wenigen Minuten wird alles vorbei sein. Die alles zerstörenden Neutronen werden vollenden, was er so halbherzig angefangen hat. Und wenn man dann den kleinen Heliolith auf seiner Brust entdeckt, wird man verstehen, daß es keinen anderen Weg für Kosmander Elldes, genannt Quattro, gab.
Seine Finger tasten nach dem Zahlenschloß. Siebenundneunzig-zweiundvierzig. Als die letzte Zahl einrastet, lösen sich die Sperren mit einem kaum hörbaren Klicken. Bedächtig klappt er den Deckel zurück. Das Strahlen und Leuchten ist so intensiv, daß er unwillkürlich zurückzuckt. Als habe man ein Stückchen Sonne in der Truhe eingesperrt, so taucht der hellrote Schein, der aus dem Behälter hervorbricht, die Umgebung in ein unnatürliches, in den Augen schmerzendes Licht.
Quattro tritt einige Schritte zurück. Das intensive Leuchten bereitet ihm Kopfschmerzen. Oder ist es die radioaktive Strahlung?
Ein Brausen und Toben löst sich aus den Kristalltürmen und steigt in die Lüfte. Es klingt wie das Donnern der heranjagenden Ronde. Die Luft beginnt zu vibrieren und zu zittern wie eine Stahlsaite. Staunend beobachtet Quattro, wie die glitzernden Gewächse in sich zusammensinken, sich förmlich in nichts auflösen.
Da kommt es wie ein Tornado auf ihn zu. Der Anprall wirft Quattro zu Boden. Als er mühsam den Kopf hebt, erkennt er eine Staubsäule, einen mächtigen Wirbel aus Ruß und Asche, der die Truhe umtost. Aus dem Container sprühen grellrote Funken, er erkennt es ganz deutlich: Eine unsichtbare Kraft schleudert die Heliolithe aus dem Behältnis, als rubinrot funkelnde Kaskade spritzen sie auseinander.
Mit letzter Anstrengung erhebt sich Quattro. Unverwandt auf das gespenstische Schauspiel starrend, tastet er nach dem Kettchen an seinem Hals. Kaum hat er den Sonnenstein hervorgezo-

gen, muß er wieder geblendet die Augen schließen. Eine feurige Aureole hüllt das flimmernde, gleißende Steinchen ein, als läge ein kleiner Stern auf seiner Handfläche.
Plötzlich fühlt sich Quattro von einer Sturmböe emporgehoben. Verzweifelt rudert er mit den Armen, aber eine immer stärker werdende Kraft setzt ihm Widerstand entgegen. Ihm ist, als würde er in dickflüssigen, zähen Sirup getaucht, der allmählich erstarrt. Ist er das? fragt er sich, ist das schon der Tod? Entsetzt bemüht er sich, wenigstens noch eine Sekunde zu hören, zu sehen, zu fühlen ... Ist das der Tod? Furcht ergreift Quattro, denn er erhält keine Antwort. Die unendliche Nacht, die ihn verschlingt, ist stumm und kalt. Er schreit gräßlich auf, dann erlöschen sein Denken und Fühlen.

Epilog

„Elmer …, hör doch …, Elmer …“ Die Stimme kommt von weit her. Das müssen mindestens zwanzig Lichtjahre sein, überlegt Elmer. Und im selben Moment wundert er sich, daß er so klar denken kann. Vor seinen Augen gähnt ein schwarzer, tiefer Trichter. Wohin er den Kopf auch wendet, immer blickt er in dieses scheußliche Loch. Aber er fällt nicht mehr. Vorhin, als er noch in diesen Strudel hineingezogen wurde, war es unerträglich. Jetzt ist es nur noch unheimlich, rätselhaft.
„Du mußt die Augen öffnen, Elmer, versuch es!“ hört er wieder diese weit entfernte, schwache Stimme.
Blödsinn, denkt er unwirsch, ich habe sie doch auf, die ganze Zeit schon, laßt mich dich endlich in Ruhe!
„Er ist wieder bei Bewußtsein, es kann nicht mehr lange dauern“, sagt eine andere Stimme erfreut.
Beim großen Sirius! Was faseln die da, ich bin schon die ganze Zeit bei Bewußtsein. Er ärgert sich. Wenn bloß nicht dieser dämliche Trichter wäre, irgendwie muß ich aus diesem Ding herauskommen!
„… etliche Millionen Volt, sie haben den Thyon glatt durchschlagen …“
Da blitzt eine Erinnerung in seinem Gehirn auf. Dieser merkwürdige Klumpen, wie geschmolzenes und wieder erstarrtes bläuliches Glas. Ein riesiger unförmiger Klumpen, und in seinem Inneren – nur verschwommen zu erkennen – der Spezialcontainer, in dem sich die Sonnensteine befanden.
„… acht Wochen ohne Bewußtsein, mehr tot als lebendig, er hat unglaubliches Glück gehabt …“
Aber neben diesem durchsichtigen Gebilde! Noch so ein gläser-

nes Ding! Und in dem erstarrten Zeug ... dort stand Quattro! Eingeschlossen von der eisblauen Schmelze wie ein Insekt in einem Bernstein. Auf seinem Gesicht grenzenloses Staunen.
Aus weit aufgerissenen Augen starrte er ihnen entgegen, die rechte Hand weit von sich gestreckt, als wollte er ihnen etwas überreichen. In der geöffneten Hand lag ein silbernes Kettchen mit einer leeren Fassung. Und dann dieser furchtbare Schlag, als er mit dem Pneumohammer Quattro aus diesem Gefängnis befreien wollte! Ein Schlag, der ihn auslöschte, verbrannte, zu Staub zerfallen ließ ...
„Er muß uns hören."
Aber das – das ist doch Dorean!
„... hör doch, Elmer, die Ergophagen sind weg, sie haben die Erde verlassen!"
Laßt mich schlafen, ich will doch nur schlafen, nichts weiter, stöhnt es in ihm. Was interessieren mich die Ergophagen.
„Wenn Sie ihn nicht sofort hierhergebracht hätten, Proximer, ich weiß nicht ..."
Das war wieder die fremde Stimme. Dorean hat mich hierhergebracht! Aber die Gasflaschen des Ballons waren doch leer, außerdem sollten wir warten, bis der Wind dreht.
„... war auch eine schöne Schinderei. So eine Strecke bin ich in meinem ganzen Leben noch nicht zu Fuß gegangen, und dann noch mit solch einem Rucksack!"
Langsam kehrt sein Gleichgewichtssinn wieder. Elmer spürt, daß er auf einer weichen Unterlage liegt.
„Die Ergophagen haben die Erde verlassen, Elmer! Aber das ist noch nicht alles. Etwas Unglaubliches ist geschehen! Stell dir das vor: Ungefähr auf Höhe der Venusbahn ist plötzlich ein schwarzes Loch entstanden! Was meinst du, was das für eine Aufregung gab. Aber das schwarze Loch ist gar keins! Es ist ein Hypertunnel, kapierst du? So etwas wie ein künstlich angelegter Oszillationspunkt! Und rate mal, wohin dieser Hypertunnel führt! Du glaubst es nicht – direkt in den Vierten Spiralarm des Andromedanebels! Das waren die Ergophagen, Elmer, die Ergophagen!"
Nach einigen Sekunden hört Elmer, wie Dorean enttäuscht fragt: „Ist er wirklich schon bei Bewußtsein, Medikaster? Er rührt sich ja gar nicht ..."

Was gehen mich die Ergophagen an, ich will endlich schlafen! Begreift ihr das denn nicht! Elmer hätte es am liebsten gebrüllt.
Plötzlich fühlt er, wie ihm jemand einen kantigen Gegenstand in die Hände legt. Er spürt kühles Metall und glatte Plaste.
„Ein Reglermodul, Elmer! Ich habe drei Sinusspeicher dafür hergegeben ..., sag doch was, freust du dich gar nicht?"
Beim großen Sirius, denkt Elmer, Dorean kann keine Geschäfte machen. Drei Sinusspeicher, das ist glatter Wucher!
„Sehen Sie, Medikaster, er bewegt die Lippen!"
Miranda! Sofort ist Elmer hellwach. Aber immer noch kreist dieser ekelhafte schwarze Strudel vor seinen Augen. Er spürt etwas Weiches, Warmes, was zärtlich über seine Wangen streicht. Dieser Geruch, dieser angenehm herbfrische Duft! Das ist zweifellos Miranda!
Elmer seufzt zufrieden. Wenn sie hier ist, dann kann ihm nichts geschehen, dann wird alles gut.
„Elmer, mein Schatz!" Ja, das ist ihre dunkle, aufregende Stimme. „Der Admirander schickt mich, Elmer. Er hat meinen Auftrag verlängert. Ich soll noch eine Weile aufpassen, daß du keine Dummheiten mehr machst, hörst du?" Ihre zärtlichen, leisen Worte sind wie das Schnurren einer Katze.
„Er meint, am besten wäre es, ich würde immer auf dich aufpassen."
Elmer wird hellhörig. Was hat das zu bedeuten, wieder ein geheimes Komplott? Wie beiläufig sagt Miranda: „Ich habe uns schon angemeldet, weißt du ..."
Mit einem gewaltsamen Ruck reißt Elmer die Augen auf. Fast hätte er aufgeschrien, als sich die strahlende Helligkeit wie ätzende Säure in seine Augen ergoß. Zuerst taucht Doreans breites Grinsen aus dem blendenden Licht. Dahinter sieht er Medikaster Bornschleifs rotgeränderte Augen, die Schatten zahlloser durchwachter Nächte im Gesicht.
Aber direkt neben seinem Kopf funkeln zwei aufgeregte Katzenaugen. Mühsam sagt Elmer:
„Aber du kannst doch nicht einfach ..., ohne mich zu fragen ..."
Wieder hört er das Schnurren dicht an seinem Ohr, und die weiche, zärtliche Hand streicht sacht über seine Stirn.
„Weißt du, in der nächsten Zeit überlasse solche Dinge lieber

mir, Schatz. Sieh dich doch an, in deinem Zustand kannst du sowieso keine vernünftige Entscheidung fällen …“

Als er Dorean kichern hört, schließt er zufrieden und müde die Augen.

Miranda hat wohl recht, denkt er.

Und er ahnt, daß sich daran auch in Zukunft nichts mehr ändern wird.

Otto Emersleben

Papiersterne

Roman

2. Auflage · 272 Seiten · Pappband mit Schutzumschlag · 7,80 M

Was gibt es zu entdecken im Abenteuer Alltag, das für den Kundendienstmitarbeiter Edmund Horn durch den ungewöhnlichen Auftrag seines Generaldirektors, sich zu erinnern, erneut herausgefordert wird. Wie aber erinnert man sich ... eines Freundes ... und Wegbegleiters auf vielen Reisen ..., wenn es nur um die eine Reise geht – Paris, Mai 1968, von der Ernst Lenner nicht mehr zurückkehrte? Sicher braucht man an einen solchen Kollegen auch nicht mehr zu denken, wenn er sich nicht plötzlich selbst in Erinnerung bringen würde ..., als Directeur Lenner, Frankreich, um mit seinem ehemaligen Betrieb Geschäftsbeziehungen aufzunehmen. Wie wird man sich entscheiden? Da ist plötzlich wieder von Interesse, wie das damals war, als im Mai nicht nur die Bäume blühten, sondern auch die Hoffnungen; und auch dies: was jetzt, heute, geändert werden muß, damit sich etwas ändert – nicht bei irgend jemanden, sondern bei einem selbst.

Verlag Neues Leben Berlin

Herbert Friedrich

Nachmittag eines Schriftstellers

Erzählungen

1. Auflage · Illustriert von Dieter Müller · 184 Seiten · 7,20 M

Arnulf Straßberger hat gerade den ersten Satz zu seinem Roman über das alte Rom niedergeschrieben, als ihn familiäre Ereignisse zwingen, die Gedanken an die Historie abzubrechen und sich mit den Problemen des Hier und Heute auseinanderzusetzen; eine geschiedene Frau erfährt am Silvesterabend, den sie mit ihrem Freund feiert, daß sich ihre siebzehnjährige Tochter Neujahr verloben will, und bemerkt erst jetzt jene Fremdheit, die ihre einst so enge Beziehung zu ihrem Kind bedroht; dem achtzehnjährigen Werner Truckenbrodt, der sich Ende 1944 freiwillig zur Wehrmacht gemeldet hat, wird in den letzten furchtbaren Monaten des zweiten Weltkrieges die Sinnlosigkeit des Mitmarschierens bewußt; eine alte Frau sieht eines Tages das Bild ihres Sohnes in der Zeitung und hofft auf seinen Besuch, statt dessen erscheint die Enkelin mit Freund und bringt durch egoistische Gedankenlosigkeit den einsamen Alltagstrott der schwerhörigen Großmutter durcheinander.

Verlag Neues Leben Berlin

Benito Wogatzki

Ein goldener Schweif am Horizont von Thumbach

Roman mit Kindern und Erwachsenen

2. Auflage · 208 Seiten · Ganzleinen · 7,90 M

Ein Neuer kommt an die Schule von Thumbach. Noch ahnt niemand, wie er die Stadt durcheinanderbringen wird, das Lügenmaul Jürgen-Wolfgang Satrapichanowski, das mit der Wahrheit im Bunde steht. Seine Geschichten erzählt er vor allem Klaudias wegen, der schönen Klassengefährtin. Mit diesen Geschichten holt er die Welt nach Thumbach und erweckt die Vergangenheit zum Leben. So etwas bleibt nicht ohne Folgen. Seltsames ereignet sich. Eine Detonation erschüttert den Ort, in den Läden liegen hochmodische Netzpullis, Jungen namens Mario werden mit Mord bedroht und zu ihrem Schutz ins Spritzenhaus gesperrt, eine Kundgebung findet statt, zu der sogar das Fernsehen erscheint. Und alles, weil Satti verborgener Wirklichkeit auf der Spur ist. Die Thumbacher lauschen ihm und treiben ihn voran, besonders die schöne Klaudia. „Wie weiter?“ fragt sie, und Satti muß neue Geschichten preisgeben. Plötzlich hat alles ein Ende. Der goldene Schweif am Horizont von Thumbach erlischt.

Verlag Neues Leben Berlin